後全球化時代的語文教育

周慶華・主編

東大語文教育叢書出版理念

只要有教育，就一定會有語文教育；而有語文教育，也勢必要有語文教育研究來檢視它的成效和推動它的進程。因此，從事語文教育的研究，也就成了關心語文教育的人所可以內化的使命和當作終身的志業。

臺東大學語文教育研究所從 2002 年設立以來，一直以結合現代語文教學的理論及實務、發展多媒體語文教學、培養專業語文教育人才、提供在職教師語文教育進修和開拓未來語文教育產業等為發展重點，已經累積不少成果，今後仍會朝這個方向繼續努力，以便為語文教育開啟更多元的管道以及探索帶領風潮的更新的可能性。

先前本所已經策畫過「東大詩叢」和「東大學術」兩個書系，專門出版臺東大學師生及校友的詩集和臺東大學語文教育研究所研究生的學位論文，頗受好評。現在再策畫「東大語文教育叢書」新書系，結集出版臺東大學語文教育研究所舉辦的學術研討會和研究生論文發表會的論文，以饗同好，期望經由出版流通，而有助於外界對語文教育的重視和一起來經營語文教育研究的園地。

如果說語是指口說語而文是指書面語，那麼語文二者就是涵蓋一切所能指陳和內蘊的對象。緣此，語文教育就是一切教育的統稱而可以統包一切教育；它既是「語文的教育」，又是「以語文來教育」。在這種情況下，語文教育研究也就廣及各個語文教育的領域。本叢書無慮就是這樣定位的，大家不妨試著來賞鑑本叢書所嘗試「無限拓寬」的視野。

由於這套叢書的出版，經費由學校提供，以及學者們貢獻精心的研究成果，才能順利呈現在大家面前；以至從理想面的連結立場來說，這套叢書也是一個眾因緣合成的結晶，可以為它喝采！而末了，寧可當語文教育研究是一種「未竟的志業」，有人心「曷興乎來」再共襄盛舉！

臺東大學語文教育研究所

目　次

含「英」咀「華」
——後全球化時代的中國古典文學教學

王萬象
臺東大學華語文學系副教授

摘　要

二十一世紀已經是後全球化的時代，如何走出固有文化的封閉圈，迎向開放而多元的社會，值得我們努力思索探究。在本世紀的頭一個十年裏，網路時代的地球村社羣生活彷彿是「大同世界」，由於資訊發達交通亦相當便利，許多不同的地區、國家和民族都能穿梭往來互通有無，彼此之間就可能受到影響。雖說東西文化漸趨同質化，可是兩大文化的源頭活水其來有自，知來必須鑑往，博古所以通今，如何透過不同語碼的轉譯，去傳釋彼此的衣食住行、典章制度、思想價值、宗教信仰和倫理準則，應是我們追求「世界大同」理想的首要任務。不少現代中西文學觀頗為相似，中西文學相互影響之處亦所在多有，如何在文學的領域裏兼融中西，以多元文化思維來包容紛異，朝向人類精神文明的世界大同邁進，且在大同中維持自身獨特的風格，應該是我們努力完成的目標。從跨語際文化交流的層面來看，如何藉由對中國古典文學的現代闡釋來傳播華夏文明，通過對藝術審美感知的詮解去彰顯天人情性，並以此與其他不同的文化傳統形成參照共譜對話。

在「中國作為全球化文化教學」的過程裏，讓學生獲致更深刻的文化理解，於此高度競爭的全球貿易市場中，能對中西文化之異同持續關注，乃為當今華語教師責無旁貸的文化闡釋任務。海外中國古典文學在語言教學領域的地位向來不甚明確，有的學者認為應屬美學範疇，有的則認為應與文化語境聯繫起來，將語言句式的習得和思維活動的發展結合在一塊。在第二外語習得的語言教室中，學生並非不需要文學相關的教學活動，難就難在教師如何為學生選擇適當的教材，學習文學者不一定要有高級的語言能力，中國古典文學作品應可置入華語教學的教材當中，如依學生程度而做不同的課程活動安排，便能收到中國語言文字與文學文化的教學效果。傳統經典篇章大都巧妙圓熟，最能展現文學語言的優美雅致，而泰半中國古典文學作品出之以文言文，詩詞歌賦戲曲小說例皆如此，因此我們有必要先談談文言文教學的問題。文言文教學是華語文教學的一部分，學習過幾年中文的外國學生，高年級者必須學習文言文，此舉將使學生對現代中文的源流有所了解，亦可有效地提升學生的中文能力。

在海外從事華語文教學的工作者，未必人人盡是學有專精的漢學家，即便是碩彥時俊亦無法遍覽羣籍，腹笥便便通曉天文地理，更遑論全為「化外之民」析疑解惑。可是，許多西方人士在學習中國的語言文字、歷史思想與文學藝術的時候，對教師多少還是有些「求全」的期待，他們希望教師有關中國的相關事物什麼都知道。但是，實際上這種期待是會落空的，因為在我們的時代里碩學鴻儒根本沒有，就算有的話，也是可遇不可求。過去半個世紀以來，歐美漢學界曾出版過六種有關中國文學概論與文學史的書籍，和四種卷帙浩繁的英譯中國古典文學選集，我們可從這些論著譯作來探究中國古典文學在西方世界中的地位，看看他們如何接受傳統中國傳統的經典文學作品，又怎樣傳播中國古典文學的精隨。歸根究底，中國古典文學在美國的接受與傳播，實有賴於許多學養豐富和眼光銳利，精通中英文學的譯家和學者，始能編選譯評克竟其功。然而，任何一種文學選集或論著皆有其限制，編選家與譯評者難免囿於自身的涵養識見，和考量各種文學以外的實際因素，也因此不可能有「放諸四海皆準」的選本或論著，所有的選本或論著充其量亦不過是一時一地一人一輩之作。尤其甚者，中國古典文學之英譯編選與論著，在文化翻譯的傳播效果上無法盡善盡美，因為透過語言的轉換詮釋，許多原文中的語言韻律美感都消失了，文化內涵上的豐富意義也不易傳達，論者所揭櫫的「信、雅、達」標的恐怕只是永遠的理想。

長期以來，華語教師由於不同的專業導致其相互輕視冷漠，又因開設課程的分類方便使其分殊隔絕，尤有甚者，不少人相信古典文學對非母語的學生相當困難，所以他們往往重視語言文字的聽說習得，而輕視古典文學的讀寫能力。職是之故，遂有不少教師將文學教學與語言教學一分為二，好像這兩者根本毫無關聯，其間似乎有著難以逾越的鴻溝，然則語言教學與文學教學是一體兩面相輔相成的，它們的共同目標就是要分析和組織語言文字。究其實，如何導正文學與語言教學一分為二的偏差，並改善文學教學使其有所裨益於語言教學，這應該是值得我們再深思且設法解決此一困境。因此，不管是教日常語言或文學語言，我們都要了解到這二者相輔相成的道理，兩者配合方能融通語言文化情境。最為重要的就是整體教學情境，教學者必須重視語言與文學合一，從完善實際的觀點來考量教學效果，將文學作品包括在內的各種語文表現都視之為語言行動，能夠引導學生審慎選擇安排語文，巧妙運用語文來表情達意，如此亦能切中說話的場合，使學習者話能投機吻和情境，達到完全溝通的目的。職是之故，本文將著眼於對外中國古典文學教學，試圖結合文學教學與語文教學，其所主要討論議題如下：（一）「攻玉之石」：從外部觀察的必要；（二）含「英」咀「華」、同「工」異「曲」；（三）複調或變奏：譯事由人因難

一、後全球化時代的中國古典文學教學

美國大學開設中文課程始於 1870 年，哈佛大學首開先例，其後不久哥倫比亞、加州大學柏克萊分校等亦跟進，但早期的中文課程實在非常簡陋，師生人數屈指可數寥寥無幾，從中國語言、文學到歷史、哲學方面的課程，全仰賴同一位教師包辦所有相關科目，而這些先行者可說是真正通才的漢學家。1950 年代韓戰之後，基於政治情勢的考量，美國政府及私人基金會開始大量培養師資、訓練學，並鼓勵學生學習中文，因此中文課程得以迅速蓬勃發展，開設中文課程的大學由原先的七、八家增加到一百三十多家，師生人數也較前遽增，隨之而來的發展情況便是加強專業課程，以及科目分工更為細緻。進入二十一世紀後，由於中國大陸開放改革經濟崛起，為了因應全球華語熱，現在美國至少有數以千計的大學開設中文相關課程。[1]2006 年，美國前總統布希（George W. Bush）推出「國家安全語言倡議」（the National Security Language Initiative），他認為美國應該加強「關鍵語言」（critical languages）教育，以資培訓包括中文在內的重要外語人才。至此，中文之重要已是不言可喻，最近的「星談」（Star Talk）計畫乃應運而生，其宗旨無非是為了增加學習關鍵語言、能說關鍵語言、與教授關鍵語言的美國人數。[2]現今學習中文的美國大學生越來越多，他

---

1 王靖宇，〈美國大學中文系的演變——從語言學習到文化研究〉，王潤華主編，《全球化時代的中文系》（臺北：文史哲，2006 年），頁 6；另一方面有的學者並不看好其前景趨勢，華語熱即將面對英語帝國雄霸的出路問題，周慶華認為：「如今外人的華語熱，僅因它的商務便利，而還不及對它的社會文化背景了解研習的渴望，以至離它要取得類似英語帝國的地位還無限的遙遠。」請參閱周慶華，《反全球化的新語境》（臺北：秀威，2010 年），頁 41。

2 賴舒庭，〈國際化下美國的華語文教學〉，《臺灣教育》，頁 12-19；有關華語教學的現況與展望，請參閱何淑貞等，《華語文教學導論》（臺北：三民，

們的學習動機和目的也與前人有所不同，這些學生認為中國研究是一條可以吸引許多工作機會的途徑，他們不再將中國視為一種陌生文化，在精神想像上充滿了異國情調的遙遠東方。正因如此，華語教師怎樣面對時代變遷和政治經濟上的嶄新局勢，在「中國作為全球化文化教學」（Teaching China as a Global Culture）的過程裏，讓學生獲致更多深刻的文化理解，於此一高度競爭的全球貿易市場中，能對中西文化的差異與相似加以持續關注，也就成為當今華語教師責無旁貸的文化闡釋任務。[3]

對外中國古典文學教學在語言教學領域的地位向來不甚明確，有的學者認為應屬美學範疇，有的則認為應與文化語境聯繫起來，將語言句式的習得和思維活動的發展結合在一塊。在第二外語習得的語言教室中，學生並非不需要文學相關的教學活動，難就難在教師如何為學生選擇適當的教材，學習文學不一定要有高級的語言能力，中國古典文學作品應可置入華語教學的教材當中，如依學生程度而做不同的課程活動安排，自能收到中國語言文字與文學文化的教學效果。[4]運用文學去教語言頗受 ESL 和 EFL 師生歡迎的教學方式，近來有些華語教師試以唐詩去教外籍學生，結果發現這種作法針對非華語國家的學生，在語言與文化習得方面成效卓著，值得我們參考借鏡。[5]目前美國外語教學的理念是以學生為中心，他們相當注重語言的功能，以及語言的輸入和輸出，也因此美國外語教師協會（American

---

2008 年），頁 1-22。

3 Robert E Hegel, "Teaching China as a Global Culture," *Tamkang Review* 38.2 (June 2008), pp.9-23.

4 Szu-chi Chen. "Literature in the Classroom of Chinese as Foreign Language --- Observations to a Beginner Class."《中原華語文學報》，第 4 期（2009 年）, pp.73-90.

5 Chia-Ching Wu & Chia-Ling Wu, "Using Chinese Poetry in Translation to Teach Language and Culture in the English as a Second Language Classroom," *Journal of Education and Foreign Languages and Literature*. Volume 1 (June 2005), pp.235-241.

Council on the Teaching of Foreign Languages）針對外語教學就提出 5C 的指標：Communication（溝通）、Cultures（文化）、Connections（貫連）、Comparisons（比較）、Communities（社區），這五個指標也是美國 Advanced Placement 中文課程的依據準則，在華語文教學方面，其具體作法則是：「運用中文溝通、體認中華文化、貫連其他學科、比較語言文化特性、應用於國內與國際多元社會。」[6]我們於此可思索文學教學如何體現美國外語教育 5C 的指標，及怎樣解決語言教學的兩個核心問題：「教什麼」和「怎麼教」。華語教學應以培養學生的溝通交際能力為主要任務，在教學過程中引導學生主動參與、主動探索、主動思考和主動實踐，訓練好聽說讀寫的語文綜合能力，如此方能為華語文教學開創活法新脈。[7]職此之故，我們應該將中國古典文學納入對外華語教學的範疇，審慎運用經典作品於課程教學中，可使學生透過閱讀的方式來了解文化。經典傳統畢見於古典文學，它是中國人生活的一部分，外籍生如不接觸中國古典文學，就無從了解中國文化的義蘊。[8]

傳統經典篇章大都巧妙圓熟，最能展現文學語言的優美雅致，而泰半中國古典文學作品出之以文言文，詩詞歌賦戲曲小說例皆如此，因此我們有必要先談談文言文教學的問題。文言文教學是華語文教學的一部分，學習過幾年中文的外國學生，高年級者必須學習文言文，此舉將使學生對現代中文的源流有所了解，亦可有效地提升學生的中文能力。眾所周知，文言文在古代中國已推行久遠，它是以先秦口語為基礎而形成的古代書面語言，後代亦有無數仿照先秦作品所寫成的書面語言，皆屬文言文的範疇。究其實，吾人如能明瞭文言與白話互

---

6 姚道中，〈談談美國中文教學的近況〉，《中原華語文學報》，第 2 期（2008 年），頁 5-6。

7 徐子亮、吳仁甫，《實用對外漢語教學法》（臺北：新學林，2008 年），頁 68-156；另外參閱張金蘭，〈5C 理論在華語文教學中的運用〉，《中原華語文學報》，第 2 期（2010 年），頁 71-90。

8 黃桂英，〈5C 架構下文話教材開發與課程設計舉例〉，《華文世界》，第 101 期（2008 年 5 月），頁 47-51。

轉的原理，就會知曉白話文正是所謂的「語體文」，而「文言」則是作者將平常的口語淬取後所產生的另一種書面語言。文言文歷經各朝文人的加工錘煉，頗能將中國文字的特點發揮到極致，諸如聲韻、節奏與對仗無不精美。在華語文教學的過程中，提高外籍學生的文言文閱讀能力，將有助於他們對中國古典文學作品的理解和欣賞，因為文言文範例往往文白交融，同時也能體現古今並存的特點，熟讀精思其中的義理章法則能培養對古典文學作品的閱讀理解能力。[9]雖然古文與白話文的教學並無差別，但是時代環境和表達方式有異，兩者是應該有不同的教學方法，對此問題，黃錦鋐認則為文言文的教學需要特別注意三大原則：「（一）詞語的問題；（二）文義的問題；（三）綜合運用的技巧。」[10]教師應當先讓學生明瞭文言詞語的音義與構造，詳釋單詞章句的文義作法，務使學生逐漸了解文章之義旨所在，再融合貫通各科學識，藉以誘導學生進入文字之外的高妙意境。此外，論者亦指出文言文閱讀方法應該強調三個大方向：「（一）原文加字；（二）用部首釋義；（三）尋求音近字。」[11]首先，我們可以運用訓詁學中「增字為釋」的方法，在文言文的原文上造詞加字，將之組合再變回白話。其次，在訓詁學中有「以類名釋別名」的方法，而每個字的部首其實是這個字的類名，我們應可教導學生用部首釋義去了解冷僻的文字，那麼就能夠幫助學生閱讀文言文中的生澀字詞。最後，教師應當利用訓詁學中的「聲訓」方法，以同音字或音近字來解釋文字，並且提醒學生注意聲調與文義的關係，亦可以音訓義輔助學生記憶特殊字義。

　　閱讀與寫作的教學對向有兩類，一是母語學習者，一是非母語學習者。在華語教學上，閱讀與寫作是一體兩面的學習關係，尤其中國

---

[9] Kai Li & James Erwin Dew, *Classical Chinese：A Functional Approach* (Boston: Cheng & Tsui Company, 2009), pp.v-vi.

[10] 黃錦鋐，〈談文言文教學〉，《華文世界》，第 2 卷第 1 期（1990 年 4 月），頁 19-23。

[11] 胡伯欣，〈文言文閱讀方法教學〉，《國文天地》，第 25 卷第 11 期（2010 年 4 月），頁 70-74。

古典文學的教學，是以培養學習者理解文化內涵的能力為目標，而寫作教學則要求「訓練學生使用恰當的詞彙、正確的語法，同時以中文篇章模式思考表達。」[12]此外，就對外華語文師資的培育而言，除了現代漢語語言學和教材教法的課程之外，最重要的莫過於華人社會與歷史文化的相關知識了，而此一知識來源則多出自古典文獻。古典文獻在華語文教學中頗有價值，它不僅是古代漢語知識的寶庫，同時也蘊含了豐富的華人文化知識，如能善加利用將有助於深入引介學生。然而，教師面對龐雜的古典文獻資料，究竟又該怎樣地深入淺出來教學？要如何運用有系統的閱讀策略，把豐富的資源轉化成實用有效的教材？欲求厚實教師實力，我們在閱讀古典文獻時，必須選擇適當的閱讀版本，運用正確的文白對照，旁徵相關的文獻記載，以及結合輔助的圖影說明。[13]另一方面，我們也可以將修辭學融入華語文教學的課程之中，讓外籍學生在讀說聽寫時均能運用正確的詞彙，進而學習如何修飾語句，期使她們能營造出優美的語文情境，更進一步認識與掌握各種中文文體。修辭學是修飾語辭、文辭的學問，它在華語文教學中有其實用價值，首先是在口語表達上的應用，如能運用修辭技巧來修飾語句，那麼就能夠營造較為優雅的對話情境，也可以傳達出說話者的深層情意。其次，在華文閱讀方面，如果可以注意到作者的修辭技巧，自然會對理解文意和鑑賞文辭均有助益。再者，修辭學亦有助於華文寫作教學，其主要功能則偏於文章形象美感的經營，以及輔助形象思維的完整呈現。最後，談到修辭學融入華語文教學的具體原則，論者以為：「在教學態度上要深入淺出，在教學內容上要具體而微，在教學方法上要循序漸進，面對教學對象要因材施教。」[14]此洵為知

---

12 何淑貞等，《華語文教學導論》（臺北：三民，2008 年），頁 270。

13 蒲基維，〈華語文教學與古典文獻閱讀〉，《中原華語文學報》，第 4 期（2009 年），頁 41-71。

14 蒲基維，〈修辭學融入華語文教學的理論與實例〉，《中原華語文學報》，第 2 期（2008 年），頁 99。

者之言，頗值吾人參考，在高級閱讀與寫作教學的課程當中，教師應為學生分析古文的篇章結構，讓它們充分理解段落的內容和意義，設法找出文章的主題和要點，並從閱讀的文章裏反映一己之思，自由發揮且嘗試不同的寫作題材。緜是觀之，對外中國古典文學教學可結合閱讀與寫作教學，利用古典文獻資料與現代修辭技巧的分析，經由閱讀培養中文寫作力，從而提升外籍生的整體華語文水準，讓他們在華語文的說和寫方面，能夠話講得漂亮、文章寫得優美。

二、「攻玉之石」：從外部觀察的必要

二十一世紀已經是後全球化的時代，如何走出固有文化的封閉圈，迎向開放而多元的社會，值得我們努力思索探究。在本世紀的頭一個十年裏，網路時代的地球村社羣生活彷彿是「大同世界」，由於資訊發達交通亦相當便利，許多不同的地區、國家和民族都能穿梭往來互通有無，彼此之間就可能受到影響。雖說東西文化漸趨同質化，可是兩大文化的源頭活水其來有自，知來必須鑑往，博古所以通今，如何透過不同語碼的轉譯，去傳釋彼此的衣食住行、典章制度、思想價值、宗教信仰和倫理準則，應是我們追求「世界大同」理想的首要任務。[15]現代的中西文學觀頗有許多相同之處，中西文學相互影響早已是不爭的事實，如何在文學的領域裏兼融中西，以多元文化思維來包容紛異，朝向人類精神文明的世界大同邁進，且在大同中維持自身獨特的風格，應該是我們努力完成的目標。從跨語際文化交流的層面來看，如何藉由對中國古典文學的現代闡釋來傳播華夏文明，通過對藝術審美感知的詮解去彰顯天人情性，並以此與其他不同的文化傳統形成參照共譜對話。過去長久以來，中國人研究中國文學幾乎不假外求，

---

15 參見黃維樑，〈廿世紀中國文學與全球化（上）、（下）〉，《幼獅文藝》（1997年），頁 29-36&頁 62-65。

鮮少顧及外國學者的觀點和意見，然而時至二十一世紀的今日，我們再也無法自外於人了，因為在全球化多元文化的思維定勢之下，中西文學相互影響毋寧是極其自然之事。在跨國文化的交流對話中，為了尋求比較文學的「共同美學據點」（Common Aesthetic Grounds），翻譯與詮釋他國語言之文學作品，進而對這些篇章讀解與審美再創造，已成比較文學教育工作者的責任。

與西方文學傳統不同，中國文學的傳統特質有六：「（一）歷史悠久傳統持續；（二）文學範圍雜而不純；（三）作品反映現實人生；（四）抒情詩是文學主流；（五）政教倫理色彩濃厚；（六）含蓄委婉韻味為高。」[16]上述這些特徵概括提供我們對中國古典文學的基本認識，亦可作為文化文學史觀的視野參照，並以此來探究不同文類作品本身的流變，再論述中國文學發展的整體趨勢與演變軌跡。除了將中國古典文學選、編、譯、評之外，更應思考如何對中西文學傳統的異同作雙向的闡發比較，如此方能獲致中國文學的跨文化理解。中國古典文學是一筆豐富的文化遺產，無論是海峽兩岸三地的華人，抑或歐、美、亞、非、澳五大洲的僑民，甚至是長年學習古代漢語文學的域外知音，大都能明瞭其藝術價值所在。這些歷代遺留下來的佳篇鉅製，穿越不同的歷史時空和社會環境，對我們仍然可以產生一股強烈的感召力量，畢竟世界經典文學作品乃不刊之鴻教，這些偉大的篇章對於我們的文化涵養、人生視野和情操胸襟，自有其潛移默化的功用。緣此，張隆溪認為只有透過跨文化閱讀的視角，東西方的文學和文化

[16] 王國瓔，《中國文學史新講（上）》（臺北：聯經，2006 年），頁 3-12。此書迥異於以往的同類型論著，是一部既有新格局氣象，亦能提供新視野的力作。在〈總緒〉一章裏，王國瓔簡介中國文學的傳統特質、發展大勢、作者類型與場域背景之外，再從各體文類的演變進程陳述其來龍去脈，並舉重要作家作品來說明文學審美之特性。像這樣的著作應當可與一般以朝代畫分文學發展階段，且以諸朝代中個別著名作家的成就為關懷中心的文學史，有互補之益。此書可增加域外學者對中國文學全面的了解，在古典文學的教學時如能參酌，應有更深入周全的認識。

比較研究，不僅可以展現這兩大傳統在觀念和主題上的契合，同時也能夠獲得批評上的洞見，他說：

> 如果不超越單一文學傳統有限的視野，我們就不可能有開闊的眼光，來縱覽人類創造力的各種表現和無窮的可能性；而我們一旦跨越文化差異的鴻溝，有了開闊的眼光，再回過頭去反觀許多文學作品，就會發現有些東西我們過去竟然沒有留意到，也毫無批評的意識。[17]

在這強調多元文化交流對話的新世紀，中國古典文學的內涵與形式似乎仍然有所限制，其研究對象、理論格局、思維方式和價值規範等方面，與現代文學發展距離愈來愈遠。因此，我們應在中西文學問題上突破殊相的束縛，將之引申到共相的層面，並從傳統中走出自我的界限，對傳統進行創造性之轉化，如此才做到成傳統的現代詮釋。只有經過跨文化、跨科際的現代化多元詮釋，改變傳統詩學渾沌不足的形態，破除陳舊的思維方式與框架，我們始可展開中西文學的對話交流。然而，當我們以西方文學為參照體系時，並不等於用西方的模子來建構中國文學，更不可將中國的事象材料整合到西方的理論框架中，並藉此證明西方思想的普遍有效性。就中西文學的比較研究而言，合理且平衡的現代多元化詮釋，應該是建立在雙向交流、互為仲介的關係，採用雙重視野的觀照方式來同異全識。

英語讀者如何欣賞和理解中國古典文學，他們對傳統的各種體類又有多少認識，經過不同語言的翻譯傳釋，域外知音又該如何尋求美感的共振，這些都是值得我們深究的。過去五、六十年來，北美中國古典文學的教學和研究，因為有了一批又一批的華裔學者滯留異邦，窮畢生之力於此深耕厚耘，不管他們的研究取向和批評方法是如何地

---

[17] 張隆溪，《同工異曲：跨文化閱讀的啟示》（南京：江蘇教育，2006 年），頁 4。

不同，大都能作平行比較和雙向闡發，因之亦能促進西方讀者對中國古典文學的了解。這些從事中國古典文學教學和研究的西方學者，與他們的中國同行一樣熱愛詩詞歌賦戲曲小說，並且願意為此奉獻一生，但是他們的教學和研究環境卻與我們的迥然不同，甚至可說相當不利於他們的學術發展。首先，這些西方學者身處於西方的學術環境中，其所操持的學術語言、方法理論與文化觀念皆有迥異於我們，當他們利用西方的批評理論與方法作研究時，固然也呈現出極為出色的成果，但同時也有許多令人生厭、不敢苟同的生搬硬套，更有一些漠視古典文學的實際情況且錯誤百出的現象。其次，西方研究中國古典文學的學者人數畢竟不多，他們各自的專業範圍又往往相去甚遠，在研究上有時是無法有效地相互支援，他們常常得靠自己的力量單打獨鬥，較難形成強而有力的研究團隊。最後，在教學上他們會因情勢所迫而無法專門化，其所講授對象的學科基本知識也不足，致令其身處窘境中。凡此種種皆不利於西方學者的中國古典文學的教學與研究，然而危機卻也是轉機，他們可變不利條件為有利條件，將中國古典文學置於西方讀者能夠理解和感受的背景中，於文本分析時亦能彰顯濃厚的理論色彩，這應是他們在學術上獨特且成功之處。[18]

「漢學」一詞首見於十九世紀上半葉，通常是指關於中國事物的研究，「漢學」原本是清代的考據之學，此詞用來和宋學相對應，強調回到東漢時期的訓詁考證之學。「海外漢學」（Oversea Sinology）有時稱作「國際漢學」、「世界漢學」、「域外漢學」與「西方漢學」，其歷史發展頗為久長，至少也有四百多年，現代漢學則意謂著對中國相關學問的了解，從十六世紀耶穌會傳教士來華便已開始，其範圍亦無所不包，從中國上古以迄當今，舉凡人文思想、藝術政治與科技經濟等皆為探討的對象。[19]漢學的範圍極廣，原本大致可分為義理之學！考據

---

[18] 宇文所安著、莫礪鋒譯，〈序一〉，《神女之探尋：英美學者論中國古典詩歌》（上海：上海古籍，1994 年），頁 1-4。

[19] 陳躍紅，〈漢學家的文化血統〉，張西平編，《他鄉有夫子》（上海：上海古

之學、詞章之學及經世之學，後來漢學的綜合研究乃逐漸分化，中國古典文學終於從中脫穎而出，形成獨特的治學風格和學派傳統。然而中國古典文學卷帙浩繁，內容非常豐富，因此學者們便採學術專業的分工方式，從大家巨擘到中小作家，由文人作品至民間文學，各式各樣的漢學研究都有相當可觀的成果。北美漢學家有的本身學問相當紮實，往往比中國人更加了解中國，更懂得欣賞中國文學藝術之美，他們以西方學問的基礎來研究中國文學，其學術視野遼闊亦頗具現代觀。就傳統的中國文學研究而言，西方的治學方法比較科學，研究態度非常嚴謹，論述上條分縷析，講究資料證據及邏輯推理，不會斷章取義或張冠李戴。面對全球化多元主義的思潮衝擊，我們必須放眼天下開闊胸襟，可藉由域外知音對中國文學的研究成果，讓我們更加清楚地認識自己在學術上的得失。近二、三十年來，海外漢學研究頗有持續升溫的情況，這種現象也曾引起比較文學界的注意，甚至有不少比較文學學者參與其事，而國外漢學與比較文學的關係自然較前密切許多。國際漢學家研究漢學「旁觀者清」，他們從外面來看中國的事物，比較沒有傳統觀念的束縛，致力於探索新觀點和新方法，對中國傳統賦予現代的詮釋。論者指出海外漢學的學術蘊涵相當豐富，其研究方式與內容可供參照互鑑，值得中西比較文學研究者加以留心，至少就有以下幾個範疇需要注意：譯介學、鑑賞與評價、影響研究、平行研究、方法論的創新。[20]此外，論者亦嘗指出比較文學借鑑和利用國外漢學，例如「梳理中外文學交流史、向國外譯介中國文學、不斷更新文學研究方法、積極發展中西比較詩學研究」等等[21]；反之亦然，

籍，2005 年），頁 94-126。

[20] 周發祥曾經撰文論及「國外漢學」的定義與蘊涵，並探討了它和比較文學的異同，請參閱乃喬編著，《比較文學概論》（北京：北京大學，2002 年），頁 158-160。

[21] 楊乃喬編著，《比較文學概論》，頁 160-162；此外，有關如何從比較文學的觀點來切入中國文學之研究，請參閱李達三，《比較文學研究之新方向》（臺北：聯經，1982 年），頁 197-213；袁鶴翔，〈他山之石：比較文學、方法、

海外漢學也可以效法學習比較文學的長處，移植西論以為中用，彌綸羣言貫通今古，如此方能對文學做全面而整合的研究。無論如何，世移時異新舊交替，學術這一行的發展迅速多元，不斷面臨科際整合的壓力，文學研究亦須有其變通之道，疏瀹中西文論以為闡發之用，或可走出自我的封閉圈，造就中西詩學對話的環境。當今的中西比較文學研究，不管如何生發平行影響，仍須匯通眾說以求創造新見，從不同的對話模式當中，努力去達到互識、互證和互補的目標，在雙向交流的過程之內，相互碰撞、吸收和解構，終能完成「他者視域」下的文化闡釋。

北美漢學界的中國古典文學研究獨樹一幟，這半個多世紀來經過無數學者的努力，稱得上是蓬勃發展，已有不少傑出的研究成果，值得我們借鏡參考。雖然北美漢學界的中國文學研究已累積可觀的成果，但是這種學術上的困境依舊存在，當西方學者對豐富的中國文學上下求索，他們身處漢語文化圈之外，也只能從外部來觀察和思考。西方學者研究中國文學的時候，經常會遇到一些難以逾越的障礙，特別是對中國歷史文化的隔閡感，一直無法讓他們全然理解中國古代作家外儒內道的心態，同時也對漢語文字的特殊音韻莫分異同，更遑論要去掌握文本中那只可意會的韻外之致。對於這種歷史文化語境的疏離，宇文所安就曾說過：

> 不管我們如何努力，那些最優秀的中國同行們的學問之深是我們無法企及的。即使我們偶然地達到了那樣的深度，在西方也只能孤芳自賞。我們所處的環境逼著我們以廣度代替深度，我

批評與中國文學研究〉，李正治主編，《政府遷臺以來文學研究理論及方法之探索》（臺北：學生，1988 年），頁 389-405；雖然大部分的學者認為漢學研究與比較文學關係至為密切，但是蘇其康仍然堅信漢學不是比較文學，因為「它也只是處理一個國家的文學。」見蘇其康，〈中西比較文學上的幾點芻議〉，《中外文學》，第 6 卷第 5 期（1977 年），頁 90-103。

> 們常常必須使自己的研究範圍涵蓋整個中國文學，或中國文學與西方文學，或中國學的幾個學科。[22]

另一方面，在北美的學術圈要著書立說，大都是以英文來翻譯傳釋的，學者須得對中英文有精湛的造詣，方能有效地將中西文學匯通闡發。然而，英譯中國古典文學又何其不易，因為透過語言的轉換，許多原文中的語言韻律美感都消失了，文化內涵上的豐富意義也很難傳釋，論者所揭櫫的「信、雅、達」標的恐怕只是一個永遠的理想。究其實，上述這些跨語際跨文化的華裔批評家於異邦傳釋中國古典文學時，在不同的語言情境之中，他們應該都已體悟到語言的根本限制，雖然他們有時也會強作解人來說詩，但也許最好的辦法就是讓這些作品以本來面目呈現之，而所有透過語言轉換才產生的傳釋活動，也只是一時一地的權宜之計。然則我們又該如何看待中西不同的文學傳統，宇文所安認為我們理當跨越時空的藩籬，尋找新方法來理解過去，讓舊的東西重新活在眼前，並且與現代生活連接在一起，因此對他而言，中西畛域之分毋寧是一種「影響的焦慮」（the anxiety of influence），所以他說：

> 許多年來，人們陸續把石頭搬來搬去，簡直很難分清到底什麼是他山之石、什麼又是本山之石了。就算我們可以把多樣性的「中國」和多樣性的西方分辨清楚，這樣的區分和挑選，遠遠不如這麼一件事來得重要：找到一個辦法使中國文學傳統保持活力，而且把它發揚光大。[23]

以上這些話是非常有道理的，對中國古典文學研究的比較思維與開放態度，頗值得我們仔細參考，因為無論如何傳統總居於變動之中，

[22] 宇文所安著、莫礪鋒譯，〈序一〉，《神女之探尋：英美學者論中國古典詩歌》，頁 2。

[23] 宇文所安著、田曉菲譯，《他山的石頭記：宇文所安自選集》（南京：江蘇人民，2002 年），頁 3。

我們必須找尋新的方法和觀點來理解過去，這樣才能使我們對傳統的不斷思考觸動現在的敏感神經。宇文氏質疑現有「文學史」的寫作方式和思維模式，他認為首先我們不能將文學歷史等同於朝代歷史，其次我們不能僅以文學體裁作為文學史寫作的基本單位，再者我們不能把文學史寫成文學英雄和文學經典的集錦，最後我們不能將文學史（包括文論史）等同於觀念史。[24]古有明訓「他山之石，可以攻玉」，西方的中國古典文學研究論著難免瑕瑜互見，我們不要因此而忽視它們的精妙之處，我們可以看看別人怎樣詮釋中國古典文學，其立論觀點與研究方法又如何不同於我們的。由於文化背景極為不同，西方學者研讀中國古典文學實事求是尋根問柢，常常可以避開我們認為理所當然的缺陷，他們往往深究細節與結構，執意剖析文學作品的形式與內容，檢視文學的修辭意象如何達到審美效果。

三、含「英」咀「華」、同「工」異「曲」

中國古典文學教學已經超脫出純粹語言認知的層面，從而進入了文化精神生命的層面，如何讓外籍學生從藝術審美的世界來體認真實客觀世界的侷限性，已成為華語教師責無旁貸之事。然而，中西文學之比較又談何容易，全面的文化背景殊異，語文形式特質迥然不同，除非博古通今學貫中西之士，一般人恐怕也只能望洋興歎、徒呼負負了。然則，在網路超文本連結的時代，文學的板塊急遽碰撞已非昔日的版圖樣貌，而依靠終端數據機的轉換傳送，各地區的交流匯通加速進行，彷彿文學是可跨語際無國界的，但實際上從國家文學到世界文學之路何其迢迢，雖說地球村的商品文化蒸蒸日上，人類的心靈和精神卻也有枯萎貧瘠之虞。誠如英國詩人鄧約翰（John Donne, 1572-

[24] 宇文所安著、田曉菲譯，《他山的石頭記：宇文所安自選集》，頁 5-25。

1631）所言：「沒有人是一座孤島」（No man is an island）[25]般地生存，文學研究也是如此，我們現今所處的是一個全球化多元文化的世界，任何以國界、語言、種族、政治等因素來框限文學的作法，都是自外於人且不符合潮流的，終將為時代所淘汰。

海外漢學家以英文書寫中國古典文學，這就使這些跨語際批評家成為比較主義者，在多元文化的學術環境當中，他們必須致力於超越歷史和文化，推求中西詩學的異同和特點。跨語際批評家（The Inter-lingual Critic）企圖尋求超越歷史和文化差異的共性，他們必須採取超歷史主義和跨文化主義的閱讀位置。劉氏曾經提出文學理論的「四維循環架構」（the tetradic circle），即文學活動中的四個要素：世界、作者、作品、讀者，他認為這四要素循環交流且相互為用，因為作品不可能離開作者而存在，作者也無法活在真空裏，作者與讀者都共用這個世界，而作品就記錄著意識投射與現象激盪的情況。[26]緣此，我們閱讀一首詩並非要發現或解決什麼問題，而是去尋找一種互動共鳴的體驗，為了與作者交流對話，讀者必須了解作者所身處的歷史文化。此一架構演化成跨語際批評家的四種角色，他們身為讀者、翻譯者、詮釋者和品評者，我以此來說明中西方文學傳統，他們不僅深諳多國語言，對古今中西文學的學養更是博雅精湛，因此他們的中國古典文學研究深具比較文學的色彩，這些學者一方面嫻熟於西方文學理論，一方面也對中國文學傳統知之甚詳，故乃能於中西文學作雙向之闡發，在對話和匯通中互為參照借鑑。[27]當今的中西比較文學研究，不管如何生發平行影響，仍須匯通眾說以求創造新見，從不同的對話

---

[25] John Donne, "Meditation 17," *The Norton Anthology of English Literature*, M.H. Abrams, et.al., Sixth Edition, Vol. 1（New York & London： W.W.Norton & Company, 1993), p. 1123.

[26] 王萬象，《中西詩學的對話——北美華裔學者中國古典詩研究》（臺北：里仁，2009 年），頁 218-225。

[27] James J.Y.Liu, *The Interlingual critic: Interpreting Chinese Poetry* (Bloomington: Indiana University Press,1982).

模式當中，努力去達到互識、互證和互補的目標，在雙向交流的過程之內，相互碰撞、吸收和解構，終乃完成「他者視域」下的文化闡釋。中國文學能夠增添比較文學研究的內容，也可令西方人士開拓眼界，使其對總體文學有更為廣闊的認識，而應用比較文學的研究方法，在世界文學與總體文學的脈絡中，重新評估中國文學的價值。與此相似，《紅樓夢》的英譯者霍克思教授（David Hawks）也強調中國文學研究對比較文學的重要，他說：

> 中國文學研究的價值乃在於它本身形成了一個獨立的，與西方完全無關的文學世界。一個比較文學的學生觀察過歐洲各國文學中的一些主題、類型，以及語句、觀念的組織方法之後，也許會對文學的是非曲直作一論斷。然而，事實上，從來就沒有一個普遍性能適合歐洲文學的各種通則——如果拿我們對小說、民謠、戲劇或詩歌的諸般臆測來衡量中國文學的話，我們會立刻產生一些值得一再追問的基本問題——文學的形態顯示，主題的發展演變出它的形式。類型並非太初即有的柏拉圖概念——事實上，我們的處境頗似一位語言學家的處境——人們要求他描述、分析一種迄今仍無文字記載的語言。我們期望發現某些熟稔的事物，以及某些新奇的、在我們過去經驗中所未曾出現過的事物。[28]

霍克思的看法有其參考價值，域外知音的觀點能不受制於我固有傳統，因此他山之石總能攻我之錯，而如今英美漢學界也有極大的變化，對中國文學的接受與傳播情形，早已不是當日漢學家所斷言的景象了。當今西方漢學界人才輩出，各學科領域不乏諸多頂尖的學者，

---

[28] 參見 *The Legacy of China*, ed. Raymond Dawson (Oxford: Clareendon Press, 1964), pp.84-86.；中文譯文引自李達三，〈比較文學研究的思維習慣〉，《比較文學研究之新方向》，頁 171-172。

他們對中國的學問自然較其前人更多了解，這些有識之士在中國文學方面的翻譯與研究成果，應該有助於加速中西文學的交流。雖則中是中西是西，永無完全遇合之日，但道術未裂人心攸同，相知相賞乃至相較相倣實為可企盼之事。然則，今日研究漢學的學者們，在展現中國傳統文化的「不同」特色之同時，他們更應當努力顯示中國研究到底能給西方甚至全球文化帶來什麼樣的廣闊視野？盱衡今日國際情勢，在地球村多元文化的思維框架內，文學的聲音自是眾荷喧嘩，相異的語言文化經由翻譯來傳播與接受時，也就無法不去思考閱讀位置（reading position）和文學詮釋（literary interpretation）的問題了。那些精通國學和兼知西論的華裔漢學家，對上述問題必有一番深刻的體會，如果比較文學研究者的中西學養俱佳，那麼「傳統的批評著作便確實能予人不少啟發與印證的光照。」[29]

海外漢學家自能含「英」咀「華」，他們往往在「同工」之中發現異曲，頗能吐納幽微抉隱潛德。批評家詮釋過的中國古典文學，經常會自原始背景抽離出來，轉而附屬於其他目的或不同時空中。究其實，中西詮釋者皆試圖尋求古典文學的衍義，但是文本的潛能與衍義通常延異變遷，因此所有的詮釋只是創造活動的一環，無法完全確定文學作品的最終意義。研究中國古典文學的西方學者往往更像是批評家，而非是一般的讀者，他們作為中國古典文學的詮釋者，有他們獨特的詮釋策略與讀解方式。中國本土批評家遭逢的詮釋問題已是困難重重，而跨語際批評家所面臨的處境將會加倍困難，因為兩者的歷史、語言和文化差異頗大，在詮釋策略與讀解方法上也會不太一樣。詮釋中國古典文學必然會涉及評價問題，跨語際批評家又該如何來評價中國文學？他們究竟該用什麼樣的判準？到底出自誰的判準？是作者自己的判準抑或是作者同時代人的判準？是古代或當今中國批評家的判準？為了善盡作為品評者的批評家之職責，他們必須明瞭和藝術價值

[29] 葉嘉瑩，《詞學新詮》（臺北：桂冠，2000 年），頁 272。

有關的某些特質，例如「清晰」、「晦澀」、「簡單」和「複雜」，批評家應該描述出一篇作品在藝術審美方面的特質，而非說明他們自己在閱讀過程中的感情狀態。另一方面，中西比較文學的必要基礎是研究「文學性」，我們應該拋開國、界語言及政治等限制，我們應該正視文學的藝術獨特性，而非一窩蜂的轉向文化研究，因為文化研究也有可能是死路一條。比較文學的思維習慣和方式將對人文學研究有所助益，因為比較研究會對既定的概念和狹隘的肯定提出質疑，像這樣一種鑿穿邊界與搭起架橋的工作，不僅只是為了探尋視域，同意也意味著勇於改變已然熟知的景物。[30]

美籍華裔學者余寶琳曾撰〈迷惑：美國大學裏的中國文學〉一文，余氏探索西方漢學界的中國文學研究情況，呈現出幾個主要學術機構的發展過程，始於十九世紀歐洲文獻學（歷史語言學）的強勢主導，轉向為二次世界大戰後出自防衛戰略動機的區域研究計畫演變，再移至中西比較文學的急劇地發展，最後到了經常隱藏於當代西方理論中明顯地使普遍化的假定。餘氏雅不欲列舉理由反對偏狹的文化本質主義或異質性，因為一旦那樣做的話，只會造成以西方學術常規的分析工具來隔離中國文學傳統的結果，餘氏覺得「全球的」概念至今並未真正仔細地接受檢驗，藉由那些根植於每一種不同的歷史和語境中的作品。餘氏進而言之，那些關乎人文對話之功用與本質的問題，一直都被人臆測為可傳輸的，而非視那些作品所產生的對立與轉變狀況而定。最後，餘氏指出西方理論與其他傳統，其間的關係是如何的不對稱，尤其反映於美國大學制度化了的典型系所結構之中，而這種情形現今勢必將面臨嚴峻的挑戰。[31]在東亞與西方跨文化關係研究中，余氏此文聚焦於學術機構里的人文學發展，尤其是針對美國各大學的東

30 Eugene Chen Eoyang, *Two-Way Mirrors: Cross-Cultural Studies in Glocalization* (Lanham & New York: Lexington Books, 2007), pp.19-36.

31 "Disorientations: Chinese Literature in the American University," *Surfaces No. 5(*Univ. of Montreal, electronic journal), pp.5-21.

亞系的學科現況，餘氏更輔以自身的教育行政管理經驗來說明跨科際整合的重要，以及我們如何採取更寬廣的視野來從事東亞研究。西方學者研究中國文史哲相關議題時，難免帶來「東方主義」(Orientalism)的色彩，經常不自覺地流露出「他者的眼光」，借用對位閱讀法來詮釋文本的話語權力意涵，對此餘氏指出問題癥結所在：

> 比較難免是偏執一方的或不知不覺地惹人不快的：假使相似處能被顯示出來，那是因為有些地方具有中國的特質，正如有些地方也具有西方的色彩。以個人為基礎而將中國詩人比較參照於西方詩人的討論增多了，闡明預期中中國詩人「浪漫的」或「象徵的」慣例，並且相當自然地宣稱說中國於西元四世紀時就已經有解構的觀念了。如果差異存在，那是有害於中國的範例（譬如說中國「缺乏」史詩和悲劇，或是中國小說因無一強而有力的載道衝動之限制而蒙受損害，或者是說中國詩學傳統並不擁有形而上的和主觀上的力量，以便能產生像〈汀潭寺〉這麼偉大的作品）。批評的詞彙泰半出自於一般化的詞典，而整個饒富變化的異質傳統，卻變成了同質化的且徹底的獨石巨碑，在東西方的對峙之中。特別是，一組挑選過的東亞文本和人物變成了身負重責大任的「代表」，並將之縮減為一已然本質化之文化菁華，而此一文化菁華不斷地蒙受所謂的文學「宇宙」的標準之害，且令人意外的是，這些價值卻是西方的那一套觀念。[32]

余氏指出西方文評的價值標準曾主宰學界，有識之士不滿於以往的文學典律觀，開始強調多樣化、多元文化的思維模式，相當重視與非西方文化的對話溝通。然而曾幾何時，昔日比較文學的諸多典範悄悄

[32] "Disorientations: Chinese Literature in the American University," *Surfaces No. 5 (*Univ. of Montreal, electronic journal), pp.14-15.

移轉，現今已為各種理論所取代，此時中國文學亦與西方批評傳統參照互鑑，例如詮釋學、接受美學、讀者反應理論、後結構主義、解構主義，以及文化研究皆可共相闡發，研究者擺脫自身的框架進而完成一種超越的主體性。關於比較視野中的文學研究問題，餘氏接著又說：

> 或許最重要的第一步就是要將我們利用的理論取向在語境中脈絡化；畢竟，它們一直為人發展，且用來解釋一組非常具體的局部的、特別的案例。那些宣稱為「全球的」概念並未曾以特殊的範例，以極為不同的歷史和語境，真正地嚴謹第為人測試過，甚至當據傳處理關於非西方世界的問題時，〔亦然〕。在某一處出現了什麼樣的問題，而在其他地方這些問題是否都相同？這個暫時的反思根植於一批評程式，也出現在擾人的、卻極為罕見的對亞洲文學的當代比較論述中。只要批評家無法從事此一反思，許多東方亞洲學家對普遍主張的抗拒，即對其主體本質的建構和堅持，很不幸地將愈來愈根深砥固。我這裏所說的並非是頑固的漢學家，正如我曾表示過的一樣，他們的文獻學方法呈現出經常未被承認的普遍化的自我傾向，但是他們佔據更為混合式的，而且也許更能夠自我反思的位置。[33]

余氏此文著眼於中國研究在現今美國大學結構中的位置，以及此一位置所須的一種介於相同性與他者性之間不確定的平衡，這也是為什麼東亞研究相關機構並未分裂成國別研究科系，過去幾十年來歐美大學的中文系不斷改名，其間大致反映出從政治服務、東方主義學術到文化研究的整體趨勢，但是他們也了解「同在一個屋簷下」的道理，畢竟在數目上團結力量就大，所以他們抗拒分離不願分家。餘氏歸結道：

[33] "Disorientations: Chinese Literature in the American University," *Surfaces, No. 5 (*Univ. of Montreal, electronic journal), pp.18-19.

> 或許，我們遲早都將感到足夠的迷惑和去除西方的思想，以至於我們可免於老舊的東西雙體元素，且從中昂首闊步。新的二分法無疑地將會出現，而無疑地他們也將如舊的二分法一樣，但是也許我們對真正混雜且異質的現在位置，對我們過去的那一套東西的短暫性，都夠將保有我們足夠的敏感，並且不去忽視這項事實我們與其並足而立，或者想到它們將永遠長存。[34]

英語世界的中國文學論著是以西方的人文社會學科理論為參照體系，並且廣泛地運用比較文學的研究方法，也不時將中國古典文學置於西方的文化語境之中。[35]這些批評取向容或有所偏差，但是因為他們的觀察角度和研究方法頗為新穎獨特，免於我們來自文化傳統的框架之限制，異邦新聲有時亦可發人深省，畢竟「不識廬山真面目，只緣身在此山中」。以英文書寫的中國古典文論足資我們借鏡參照，因為這些西方學者從不同的文化視野，提出他們對相關議題的討論和詰難，將中西比較學互相比照且證同辨異，進而形成中西比較文學的真正對話，達到世界文學的交流匯通。這些英文的論著往往楬示新的方法與視角，一方面能夠補我們研究之不足，一方面也可以開啟我們新的思路，正如陶淵明所言「奇文共欣賞，疑義相與析」，讓我們對中國古典詩的切磋研討日益全球化，在多元文化的語境脈絡更顯其鮮明特色，如此自然可收兼聽互看的好處。然則，從文學接受理論的觀點來看，怎樣跨越社會歷史文化的藩籬，在不同的語境中對文本作出合理且有效的闡發，既符合藝術準則也容於文學典律。[36]

---

34 "Disorientations: Chinese Literature in the American University," *Surfaces No. 5*(Univ. of Montreal, electronic journal), p.21.

35 黃鳴奮，《英語世界中國古典文學之傳播》（上海：學林，1997 年），頁 9-10。

36 Haun Saussy, ed., *Comparative Literature in an Age of Globalization* (Baltimore, Maryland: Johns Hopkins University Press, 2006).

四、複調或變奏：譯事由人因難見巧

在後全球化時代裏，在跨文化語境中，我們更需要藉由文化翻譯（cultural translation）來完成大眾文化傳播。然而翻譯是件吃力不討好的工作，行家早已深知箇中甘苦，但要讓作家輪迴轉生在不同的語境中，捨翻譯別無他途。嚴格來說，文學翻譯作品，應該隔代更新。中國古典文學英譯的總集或別集中，經典作品向來少有不同的譯本，大部分的篇章能夠有翻譯可用，就已經算是難得的了。尤其甚者，英譯中國古典文學之編選譯可謂難上加難，因為透過語言的轉換，許多原文中的語言韻律美感都消失了，文化內涵上的豐富意義也不易傳釋，論者所揭櫫的「信、雅、達」標的恐怕只是永遠的理想。因此，英譯中國文學的編選就不只是把事物組合在一起而已，在過程中將會牽涉到許多複雜的問題，例如語言形式的轉換、文化觀念的傳釋和藝術審美標準等等。文學作品的翻譯涉及文化的深層結構，在語言文字中所流露出的思想意識形態，恐怕才是文學翻譯工作最大的困難。至於如何寫貌傳神中國古典菁華，幾個世紀以來，中西著名的翻譯家已有不少實際的經驗，從中也可以觀察到中國文學英譯的不同面貌，早期的翟理斯（H.A.Giles）、理雅各（James Legg）、和韋理（Arthur Waley）的譯作在文體上雖各有其特色，但於風格方面則殊少變化，甚至時常展現譯者個人癖好。另一方面，晚近譯者如 A.C.Graham、A.R.Davis、海濤兒（James Robert Hightower）、華茲生（Burton Watson）、霍克思（David Hawks）、傅漢思（Hans Frankel）、康達維（David R. Knechtges）、梅維恒（Victor Mair）、閔福德（John Minford）、宇文所安（Stephen Owen）等人已獨擅勝場多時，然亦偶見白璧微瑕，因此如何避免「眾口一聲，千部一腔」，不致於扭曲了原著當中人物個性與聲吻的本來面目，應是譯者對大的挑戰工作。[37]故此，英譯中國古典詩選集實乃權宜之計，既得比對譯者對原典的理解，又須衡量譯品之妥當與否，透過不同語言的轉換之後，看看譯家如何拿捏折衷兩者的微妙處。其實在美國的出版界，學術翻譯是一種相當寂寞的行業，英譯中國文學的出版品，泰半皆為冷門之書，很難獲得金錢上的報酬，唯一稍感安慰的是來自行家的喝采。而學院派的翻譯情形通常是這樣，譯文古注今疏夾雜在一起，三步一崗五步一哨的，體例上嚴謹得不得了，也只能滿足學院派人士或行家的需求，應該是無法引起一般讀者的興趣。

文學作品的翻譯涉及文化的深層結構，在語言文字中所流露出的思想意識形態，恐怕才是文學翻譯工作最大的困難。具體來說，中國文學英譯自然會涉及翻譯相關問題，詩是語言運用的極致表現，而譯詩的難度遠甚於原創，因此文評家相當關注翻譯的形式體裁、意象修辭與「傳意價值」(communicative value)。這裏所謂的「傳意價值」是指廣義的「意義」，包括一個詞、一句話的各層含義。眾所周知，翻譯不單是語言文字層面上的轉換而已，有時譯者需要對原作適度改寫，這就涉及了文化互動的問題。勒弗維爾（Andre Lefevere, 1946-1996）曾為文論及譯詩的問題，他扼要說明譯詩的本質、目標、方法和條件，值得我們參考。勒弗維爾認為「一般譯詩都有兩個特色（和毛病）：它們既引申了原詩，又壓縮了原詩。所謂『壓縮』，就是指譯詩里用了一些複詞或釋意的詞句，來代替原文有創意的表達方式。所謂『引申』，就是譯詩誇張了原詩的語態、加入了補充資料，把含蓄的話清清楚楚說出來。這兩種特色都不免歪曲了原詩的藝術，不能代表原詩的真正面貌。」[38]職是之故，勒弗維爾相信「理想翻譯」既不是

[37] 陳長房，〈寫貌傳神論中國文學英譯〉，《中外文學》，第 21 卷第 4 期（1992 年），頁 59-70。

[38] 勒弗維爾著、周兆祥節譯，〈譯詩的真諦〉，《書評書目》，第 18 卷第 71 期（1979 年），頁 71；英文原文為：”The Translation of Poetry: Some Observations and a Model,”刊載於 *Comparative Literature Studies*, XII, 4(1975), pp.70-75。

字字忠於原著，亦非自由發揮，而是要忠於原文整體，能夠比較自由地處理細節問題，獲致譯詩的最佳效果。勒弗維爾指出文學的譯者需具備下列五個條件，才能好好翻譯不同時代、地點和傳統的作品，而這些條件都一樣重要：

（一）能夠把原作全篇來研究，看出它整體的結構，而不單是集中看某些部分。能夠做到這一點，便明白到原作各種時間空間傳統的成分都應該同樣注重，翻譯時要同樣小心處理。這個條件不用說要求譯者先認識到原作的文學、社會、文化背景，單就語言的知識是不夠的，如果研究不足，絕不可能拿詩的靈感來補償。

（二）能夠度量原作的傳意價值和含意，再在譯文裏儘可能表達出來——換句話說，譯者不但要能夠有修辭的修養，看得出原作修辭的特色，還要在譯文裏用類似的手法表現出來。受過一般修辭學訓練，誰都看得出原作的修辭特色；但說到摹仿重現，做得到的可不多。

（三）能夠分辨得出原作時間空間傳統的成分之中，那些是文化的問題，那些是結構的問題，好把關於文化的改成現代式，把關於結構的保存原貌，在譯文裏好好解釋；又假如譯入語的文化有類似的成分，讀者容易聯想得起，便保存下來。

（四）能夠在譯入語的文學傳統裏，選出一種最接近原作在本身文學傳統裏所佔的地位的詩體，但也明白到絕不能受這種詩體過份限制，以至於無法表現原作的傳意價值，或是不得已要譯出大多數讀者（就行文方面說）無法接受的東西。

（五）譯者必須要能夠照作者的方式去詮釋原文的主題。能否做到這一點，正是翻譯和改寫的分界。改寫者基本上明

> 白到作者對原作的詮釋，卻並不足夠，以至於不能尊重作者表達這個主題所用的那套密碼，而這套密碼卻決定了原作的最終形式。[39]

此外，勒弗維爾亦指出文學翻譯的四個層次：(一)意識形態；(二)詩學；(三)文化萬象(論述的宇宙)；(四)語言。[40]就此四大制約因素而言，譯者如欲出版譯作，須得儘量使其不與譯入語之文化意識形態相衝突，若果原文與譯入語之文化意識形態有所衝突，譯者就要對原文中引起爭議的內容處理或修訂，甚至刪去不譯。再者，譯作如果要讓讀者容易接受，就必須力求符合譯入語的詩學原則。有時某些原文中的文化萬象是譯入語的讀者無法理解的，譯者也需要從譯入語的文化中找到相應的概念來代替，或是以前言和注腳的方式對原文的社會文化概念加以闡釋。原文所本的文學傳統是足以左右原文的結構，因為每個文學傳統都自有其沿襲的表現方式，譯者也要在譯入語的文化傳統裏找到相應的密碼來傳釋。最後，譯者還得認真解決語言的問題，尤其要先確定一個翻譯文本的總體策略。譯者總得照著作者的意思去詮釋原文，卻不能把自己的詮釋也加進去，因為那樣做便是改寫，只譯出了內容，已改變了原文的形式。文學翻譯如欲獲致相應的效果，須得忠於原文的整體，以保存原文的傳意價值為重。[41]

我們應將英譯中國古典詩視為中國詩或是英詩？以英文書寫的詩能夠成為中國詩嗎？相反地，中國古典詩可以和它們的中國根源分離嗎？從中國古詩再加以創造的英詩實質上仍屬於漢詩，英譯漢詩是一

---

[39] 勒弗維爾著、周兆祥節譯，〈譯詩的真諦〉，《書評書目》，第 18 卷第 71 期（1979 年），頁 73-75。

[40] Andre Lefevere, *Translating Literature：Practice and Theory in a Comparative Literature Context*, Rpt（Beijing： Foreign Language Teaching and Research Press, 2006）, pp.86-87.

[41] 勒弗維爾著、周兆祥節譯，〈譯詩的真諦〉，《書評書目》，第 18 卷第 71 期（1979 年），頁 72。

種橫跨中西文化的藝術品，它深受比較詩學的觀念影響，在轉換的語境中依舊維持原來文本的意義。成功的譯詩在語言和形式上必須是新創的，因為詩歌超越雙邊文化的意識形態美學。二十世紀的漢詩英譯反映出詩歌詮釋取向的改弦更張，由龐德和韋理、華茲生和史耐德、劉若愚和宇文所安，以及餘寶琳和蘇源熙等人的譯作或論述可知箇中轉變。我們從上述這些譯者的學經歷及其身處境，便不難發現他們的家庭背景、受教育的過程，以及個人的理想追求等因素，都會影響到詮釋取向的差異。此外，這些譯者所面對的批判理論、文學思潮，以及政治、社會、經濟運動也會左右詮釋的轉變，也因此漢詩英譯可說是一種跨文化詮釋。[42]誠然，翻譯可使文學作品獲得另一生命，從文學傳播接受的觀點來看，中國古典詩如何透過語言翻譯的轉換，跨越社會歷史文化的藩籬，在異質文化的語境中輪迴再生，並對詩歌文本作出合理且有效的詮釋，既能夠符合文學的審美標準，也見容於不同的文學典律，這是跨語際批評必須面臨的課題。英美作家和詩人對中國古典詩的了解，主要仰賴於英譯漢詩的個別選集或總集，各式各樣的英譯中詩選本得失互見，其實每位選家譯者都是以自己的文化本位立場，對外來的詩歌加以翻譯闡釋、吸收利用，甚至誤讀歪曲原作，這些現象固然有其缺失，但是這也屬於中西詩學的對話交流過程。況且中國古典詩英譯要成為歐美文本經典，還是得靠英美詩人和譯者的創意英譯或改寫，始能克竟英譯漢詩經典化之功。[43]

---

[42] Roslyn Joy Ricci. "Lost in Translation or Gained in Creation: Classical Chinese Poetry Re-created as English Poetry," *Biennial Conference of Asian Studies Association of Australia in Canberra (*2004), pp.1-12; Roslyn Joy Ricci, "Changing Approaches to Interpretation: Twentieth Century Re-creations of Classical Chinese Poetry." MA Thesis, Center for Asian Studies, University of Adelaide, Australia, 2006.

[43] Eugene Chen Eoyang, *The Transparent Eye: Reflections on Translation, Chinese Literature, and Comparative Poetics* (Honolulu: University Press of Hawaii, 1993), pp.190-209.

英譯中國古典文學作品究竟是原著的複調？還是變奏？深諳此道者泰半任為譯事由人，且往往因難見巧。至於如何寫貌傳神中國古典菁華，幾個世紀以來，中西著名的翻譯家已有不少實際的經驗，從中也可以觀察到中國文學英譯的不同面貌。故此，翻譯選集的存在實乃權宜之計，既得比對譯者對原典的理解，又須衡量譯品之妥當與否，透過不同語言的轉換之後，看看譯家如何拿捏折衷兩者的微妙處。實則在美國的出版界，學術翻譯可說是一種相當寂寞的行業，英譯中國文學的出版品，泰半皆為冷門之書，很難獲得金錢上的報酬，唯一稍感安慰的是來自行家的喝采了。就中國古典詩的英譯選集而言，一類是學院派翻譯，其譯文講究嚴謹的學術規格，只能供學者及行家參考，無甚市場價值可言。另一類是翻譯選集，出版對象不是行家，而是在大學選修英中國文學的學生，這類選集的注釋通常是點到為止，為提供授課材料圖個方便。至於中國古典詩英譯的評價標準，要看從譯後作品是否還能保留原作的若干精髓，可以譯龍點睛曲盡原詩其妙。總的來說，傳統中國文學的菁華之作，差不多都已有翻譯，以前的節譯今天也有全譯。這些翻譯選集的主要對象當然不是行家，而是在大學選修英譯中國文學的學生。如果我們希望中國文學可以匯入世界文學的主流，一定得透過優質的翻譯，而且在語言和形式上須變華夏為夷狄，為達此目標，我們也只能求諸於英美當代作家，以信雅達的文字來傳釋中文原著的菁華義蘊。

雖則域外漢學家尋幽搜密，於鈎沉古籍之際，每多新見創生，然一國之文學經過轉譯成他國語言後，彷彿已然走進了人家的租借地，亦享有其治外法權，本國政府對其種種行徑都將束手無策，別人有別人的律法來管制，租界地以外之人總是鞭長莫及的。在後全球化時代的語境中，文化翻譯不再只是對他者的想像而已，譯家更是自我理解與詮釋的主體，也因此劉紹銘教授才會說：「翻譯文學的編選工作，最理想的是由兩個運用兩種『相關母語』的專家來負責。」[44]至於選家

[44] 劉紹銘，《文字豈是東西》（瀋陽：遼寧教育，1999 年），頁 28。

們如何於西方再現與傳遞中國文學經驗，這應是比較文學與世界文學的重要課題，來自不同傳統的讀者羣在異質的文化情境之中，閱讀異國文學時自然會有不同的「期待視野」，這種差異甚至在品賞本國文學也會有的，對此讀者反應與接受美學的問題，亞伯拉姆斯在《諾頓英國文學選集》第四版的序言裏曾說：

> 然則，一個充滿活力的文學文化總是在進行中。讀者羣的興趣改變；新的文本為人發現；舊的文本善加編輯；新的學術資訊和批評觀點為世所知；師生亟需新材料以探究文學之面向。因此，編輯的策略一直是提出定期的修正，而此一修正主義無違於只呈現主要作品的原則，並設計將選集置放於當代文學的主流思潮，以及知識分子的識見和關懷之中。[45]

就美國大學中的英國文學課程而言，只要出版市場的需求不斷，甚且有利可圖，諾頓選集的編輯們便可一再發行修訂版。前引亞伯拉姆斯的話也只有讓我們好生羨慕，因為在臺灣的大學文學選集並無此龐大的市場需求，而且出版機制或考量亦有所不同，如能找到一、兩種搜羅廣博的選本，以為文學課程之用，則屬萬幸之事。另一方面，對這些跨語際的選家來說，他們將許多翻譯過的中國文學作品綜輯成書，就不只是把東西放在一起而已，除了去蕪存菁挑選代表作之外，恐怕多少也有傳遞文學知識，展現文學的審美趣味，以及形塑文學史觀的潛在效果。1995 年，由耶魯大學的 Maynard Mack 主編的《諾頓世界文學傑作選》（The Norton Anthology of World Masterpieces：Volume 1 Beginnings to 1650），在全世界享有極高的聲譽，許多西方的大學把它列為文科必讀的書籍，但是這部世界文學傑作選卻沒收錄中

---

[45] M.H. Abrams et.al., *The Norton Anthology of English Literature: Seventh Edition*, 4th Edition (New York & London: W.W. Norton & Company, 1979), vol. 1, p.xxix.

國文學作品。後來推出多次的修訂版，新版已經選錄了英譯中國古典詩歌菁華，將華夏文學置於世界文學傑作之列。這部選集的譯文出自多位英美譯者，輔以編者引言與學者的研究成果，相當便於西方讀者的閱讀欣賞和深入研究。[46]

五、中國古典文學在西方的傳播與接受

過去半個世紀以來，歐美漢學界曾經出版過以下六種有關中國文學的概論書籍，例如（一）Liu, Wu-chi（柳無忌）的 An Introduction to Chinese Literature（中國文學概論）；（二）James J.Y. Liu（劉若愚）的 Essentials of Chinese Literary Art（《中國文學藝術菁華》）、；（三）Wilt Idema（伊維德）& Lloyd Haft 的 A Guide to Chinese Literature（中國文學手冊）；（四）Andre Levy（雷威安）的 Chinese Literature, Ancient and Classical（中國文學：年代久遠的與古典傳統的）；（五）Victor H. Mair（梅維恒）ed., The Columbia History of Chinese Literature（《哥倫比亞中國文學史》）以及（六）Sun Kang-I（孫康宜）& Stephen Owen（宇文所安），eds. Cambridge History of Chinese Literature（《劍橋中國文學史》），從這些學者的論著當中來探討中國古典文學在西方世界的地位，看看他們如何接受傳統中國的經典文學，又是怎樣傳播這些中國文學的基本知識。除此之外，我們亦將論及西方讀者的中國古典文學鑑賞能力，特別是對古典詩詞歌賦與戲曲小說等重要文類的認識，為此我們也將簡論中國傳統文類的涵義特質、形式內容與流派變化，俾使西方讀者對中國古典文學有一基本而通盤之了解，為爾後中國文學之閱讀與欣賞奠定基礎。在探討美國中國古典文學選集之前，我欲就西方有關中國文學的英文論著代表作六種，先加以簡略

---

46 Maynard Mack, ed., *The Norton Anthology of World Masterpieces: Volume 1 Beginnings to 1650* (New York & London: W.W. Norton & Company, 1995).

述評其內容與特色，再分析其對中國文學知識之傳播效果，俾便從事海外中國古典文學教學工作。下麵我們將論述這六種著作，從這些西方學者的論著當中來探討中國古典文學怎樣在世界文學中佔一席之地，看看西方人士是如何接受傳統中國的經典文學，以及它們對中國文學。另外，本節將探討西方讀者的中國古典文學知識及鑑賞能力，特別是對古典詩詞歌賦與戲曲小說等重要文類的認識，並將對這些傳統文類的涵義特質、形式內容與流派變化作詳盡地論介，使西方讀者對中國古典文學有一基本而通盤之了解，為爾後中國文學之閱讀與欣賞奠定基礎。

柳無忌的書，正如同作者在序文中告訴我們的一樣，以三百多頁的篇幅要來論述三千多年的中國文學，根本就是一項不可能的工作，如欲對中國文學作完整的介紹，至少須有像《劍橋英國文學史》（*Cambridge History of English Literature*）的篇幅才行。因此，作者的目的是要滿足西方讀者對中國文學的好奇心，在挑起他們的好奇心之後，又能引導他們閱讀一些經典之作的範例。於此，柳氏意在介紹中國主要的作家與作品，並從中歸納出中國文學的特色，方便西方讀者的理解和掌握。柳氏認為中國的歷史文化傳統悠久，其間亦有外族入侵及征服中國，可是最終卻為漢人所同化。在該書的第一部分，作者首先從中國語言的初始談到《詩經》，次及中國詩歌之父屈原，再論中國散文的發展。第二部分則論述漢代文學、古體詩與近體詩、盛唐詩人和晚唐詩人。第三部分介紹了詞的起源與盛行、散文的新古典運動、文言與口語的故事、早期的劇場娛樂和活動，以及元雜劇的概況。最後一部分就簡略地說明散曲作為一種新詩旋律的文學體式，古典小說作為一種民間史詩的意義，介於新與舊之間的故事書，明清時期一羣沒沒無聞的作家所寫的偉大小說，文士與平民的戲劇如何雅俗共賞，以及當代文學的實驗精神與藝術成就。此書實為柳無忌在美國教授中國文學的心得成果，雖然已經是四十多年前的經驗談，但是仍有其參考價值。柳氏告誡當時美國大學生修習中國文學者的話，衡諸二十一世紀的現況，還是有其顛撲不破的道理，因此值得我們在此引述：

> 在讀中國文學時，倘使語言已無困難，他們不必立刻就鑽入文學的範圍內，他門可同時讀一些歷史及哲學的書籍，積一點有關中國傳統社會的知識，然後從事文學，在修習時會得到深一層的了解。即在中國文學的領域內，初入門時亦不必亟於分門別類，或畫出時代來，而應有一種廣泛的及基本的學識。然後，也是最後，始可作專題或一家的研究。至於碩士、博士論文，僅是一個短時期做學問的訓練而已。[47]

關於劉若愚《中國文學藝術菁華》的內容，作者在陳述評析作品的理論觀點之後，他接著對古典詩歌、古典散文、古典小說、古典戲劇一一分析，其所涵攝的層面相當廣博，而論述的範圍亦極縱深。根據美國南加州大學 Laurence G. Thompson 的說法，該書是「Duxbury 亞洲文明系列」（The Duxbury Civilization in Asia Series）之一，這套叢書原為當時美國大學的教師與學生所設計的，其目的是要幫助他們了解亞洲文明的現況，開拓美國大學生的國際視野，加強他們對亞洲各國的文學藝術社會，和歷史文化思想的認識。因此，叢書的編輯便要求撰稿者在呈現其研究成果時，必須注意到知識涵蓋面要廣，行文能夠深入淺出，敘述可以簡明扼要，以便縮短專業研究與普及知識的距離。[48]正是基於這樣的編輯要求，劉若愚不可能在此長篇大論，勢必於有限的篇幅內簡述中國文學，因此他在序言中便說：「本書的對象不是中國文學專家，而是那些希望從世界上最古老豐富的文學傳統之一，獲取些許知識以為博雅教育之用。」[49]職是之故，劉氏此書的表

---

[47] 柳無忌，《古稀話舊集》（臺北：聯經，1980 年），頁 136-137。

[48] See Laurence G. Thompson's "Foreword," James J.Y. Liu, *Essentials of Chinese Literary Art* (North Scituate, Massachusetts: Duxbury Press, 1979), p.ix.

[49] James J.Y. Liu, *Essentials of Chinese Literary Art* (North Scituate, Massachusetts:

現方式乃為:「列舉一些最著名的中國文學作品,以資呈現其為文學技藝的菁華所在,並且描述其最為顯著的文學特色。」[50]

劉氏此書除前言與序文之外,另有導論一章總說其文學理念,他指出文學作品實為藝術功能及其語言結構的交叉重疊,故此,文學世界乃有別現實世界,切勿混為一談。在導論的末尾之處,作者附上中文發音指引,以嘉惠西方讀者學習華語語音,也是這該書的特色之一。該書正文五章對中國文學和臺灣文學都有大概的介紹,允為初學中國文學者的入門書。每一章的最後附有「建議閱讀書目」,作者精挑細選過的以英文撰寫之相關書籍,對想要進階的讀者有莫大的助益,此外,書後的附注亦極具學術參考價值,可以提供讀者更為廣闊的視野來了解中國文學。總的來說,劉氏該書雖然篇幅不長,但是各章節的安排還算適當,書中時有精闢之見,可謂是英語地區中國文學教學及研究的最佳參考讀物。劉氏避開了歸納論者的傾向,全書少見以偏概全的空泛議論,說文學源流敘歷史脈絡,論典籍經緯談人物風采,無不旁徵博引抉剔幽微。雖然在內容上極其精簡,但是像這樣一種概論中國文學的方式,就中國文學的主要文類和主題,窮其究竟並引人入於勝地,窺其堂奧宗室之美,若非漢學界的佼佼者,中英語言文學的涵養俱佳,那裏能夠堪此大任?該書主要是介紹中國文學經典之作,著重於實際的作品分析,並不太涉及理論概念的闡釋,也不作一般的中西文學比較,只有在兩大傳統的差異處略加說明,好讓讀者明白觀念上的出入。劉氏除了介紹中國文學的基本知識之外,在成書的體例結構、選材標準及分析方法等方面均能掌握得宜,以一百五十頁左右的篇幅來簡略陳述,讓英語讀者對中國文學的觀念、類型、歷史及代表作家作品,能有基本而完整的認識,這本小書的貢獻實在不小。[51]

Duxbury Press, 1979), p.xi.

50 James J.Y. Liu, *Essentials of Chinese Literary Art*, p.xi.

51 Paul W. Kroll, "Review of Essentials of Chinese Literary Arts, by James J.Y.Liu," *Chinese Literature: Essays, Articles, Reviews* 2.1 (1980), pp.151-152;詹杭倫,《劉若愚:融合中西詩學之路》(北京:北京,2005 年),頁 189-215。

伊維德和漢樂逸的《中國文學指南》曾列入 1997 年美國傑出學術書籍選單，對於中國從古至今三千多年的文學史，有一綜合的概覽。該書分成五部分，每部分包括若干章節，第一部分先從早期語言文字到紙的發明說起，首就文學的概念分析，次及語言與書寫、紙與印刷，再論傳統中國社會的情形，特別是漢至清時期，其他的議題則有在傳統社會中的中心傳統，道與政府、真實與文學，以及在西方中國文學的翻譯與研究。第二部分再從早期到紙的發明為討論階段，陳述這一時期的歷史散文、諸子百家的文章、先秦詩歌。接著就紙的發明到書籍印刷的散播述評一番，並以漢代辭賦、散文與文學批評、古詩與樂府、唐詩、唐代散文、大眾文學，以及詞與變文為中心議題，提供西方讀者深入且詳盡的中國文學知識。第三部分，再談從書籍印刷的散播到西方印刷方法引進中國之後，中國詩歌、散文和曲的發展、古典語言之詩與散文的關係，並以戲劇、小說、話本、中篇小說、劇本和口頭文學等為考察核心。最後兩部分則論及從過渡時期到現代文學（1875-1990）的轉變過程，中國近現代及當代文學的發展衍變情形全在掌握之中。該書附有一百四十幾頁的注解書目，對進階閱讀幫助相當大。

雷威安的《中國文學：年代久遠的與古典傳統的》原以法文寫就，後經美國學者倪豪士翻譯成英文，書前有英譯者序言，論及翻譯是書之緣由始末，可供我們了解中國文學在西方之接受的情況。雷書第一章先就古代之起源作一陳述，次及春秋先秦時代「百花齊放百家爭鳴」的情形，再談論儒家經典的面面觀。第二章專就古典散文介紹，著眼於此一文類作為敘事藝術與歷史記錄的意義，並詳言唐宋文士如何回歸古體，明清小品文家怎樣造就一個瑣細文學的黃金時代，末及文學批評。第三章以詩歌為論述對象，先追溯中國古代詩歌的兩種來源——楚辭與漢賦，再談及中國詩歌的黃金時代，包括了詩歌的美學情感到一種形上的逃離、成熟年代的詩人所展現的千姿萬態，晚唐的浪漫唯美詩風，最終提供不少詞曲文類的典範以便學習揣摩。最後一章則以娛樂的文學——小說與劇場為討論重心，先爬梳以古文寫就的敘事文學，次論劇場——北曲與南曲，再談小說作為口頭文學的一種型式，並及於故事和中篇小說、長篇小說或長篇家世小說。雷威安這本小書呈現出中國古典文學的圖景，他不出之以長篇大論，而採用他自己的一百二十則生動譯作，配合他對這些作品的論述，娓娓道來中國古典文學的菁華優勝之處。雷氏在此以中國的四大文類為礎石，陳述它們的發展脈絡與內容特色，並且不為政治社會的歷史框架所拘限。這本小冊子簡述中國古典文學知識及研究，作者有意避開中西作家或作品的比較，此書所包含之範圍、其規模之大小與分析之精闢，可說是中國文學最佳的指南之一。

雖然早在 1975 年北美漢學界即已開會準備撰寫中國文學史，但是一直要到二十一世紀初，出版中國文學史的重要學術工程整整遲了四分之一個世紀，在過去這十年間就出版了兩部各具特色的英文著作。[52] 首開其端的是梅維恒主編的《哥倫比亞中國文學史》，此書篇幅厚達 1362 頁，是第一部最為完備詳盡的英文中國文學史，此書乃為學者及一般讀者所撰寫，它詳述了中國文學的發展歷程，全書架構主要是以文類及次文類來區分，從最早期到現當代的文學作家與作品多所探討，按時代先後呈現中國文學豐富的面貌。該書的編者梅維恒教授聚集西方漢學界的菁英之力，窮數年之功纂修成此一鉅著，諸論述嘉惠英語讀者良多。此書一共分為七大部分五十五個單元：基礎、詩歌、散文、小說、戲劇、評點＆批評與詮釋、流行與周圍的現象，它主要是以文體來分類，並不是以時間和朝代來定位。[53]一如其他的文學傳統，中國文學史是多層面的且具生命力的，它並非只是故紙堆裏的遺

---

[52] Knechtges, David, R. & Stephen Owen. "General Principles for a History of Chinese Literature." *Chinese Literature: essays, Articles, Reviews* 1 (January 1979), pp.49-53.

[53] Victor Mair, ed., *The Columbia Anthology of Traditional Chinese Literature* (New York: Columbia University Press, 1994), pp.1-10.

產而已，無論從歷史文化或語言藝術的層面來看，中國文學都展現出難以企及的成就，特別是儒釋道思想的融合共生，對中國文學的精神趣味和審美鑑賞影響極為深遠。此書從中國文學的語言與思想基礎開始談起，其論述範圍涵蓋整個中國文學的領域，尤其聚焦於前現代時期的文學經典，鉅細靡遺地呈現出華夏文學多采多姿的風貌。此書編者撰寫〈導言：文人文化的來源與影響〉一文，梅維恒闡釋文章博學如何與政統合道統的觀念相互為用，並論及中國文學中文類的增殖、華夏民族與意識之多樣性以及中國文學的研究取向。該著與《哥倫比亞中國傳統文學選集》可合而觀之，兩書皆為同一人所編，兩書之篇幅亦相當，兩書皆薈萃眾作採摭英華，而編輯努力將主題取向與整體的編年史架構結合在一起，並讓中國文學的譯作與論述得以完整且深入地呈現出來。這本厚重的中國文學史應是為研究生而設計，但是對教授中國文學概覽之類課程的教師，可增加相關的文學知識，並深入理解中國文學的形式結構與內容特色。雖然該書在西方漢學界，同類型的著作至今仍無出其右者，但是它並不適合作為大學部的教科書，因其規模過於龐大且所費不貲。嚴格說來，此書較無系統且失之雜亂，其架構亦缺乏連續性和整體性，有些章節甚至是自相矛盾的，或者也有相互重複的情形出現，這些疏漏現象使其成為一本論文集，而非一本文學史著作，因為它並無一核心的整體觀念以支撐全書。[54]

身處後全球化時代的西方語境中，以跨語際的文化交流為目的，思欲兼顧文學理念與溝通文化，孫康宜和宇文所安所合編的兩卷本《劍橋中國文學史》別具一格，其所展現的成果可謂名家薈萃、精采紛呈。此一鉅著是海外漢學界的最新學術成果，聯合十多位英美頂尖學者共同撰寫，並列入劍橋大學出版社出版的「世界國別文學史」系列之一，其全球能見度與重要度可想而知。此書主編孫康宜有其獨到的編撰觀點，她試圖打破現存的文學史編寫體例，為了讓讀者能全面

[54] Kern, Mark & Robert E. Hegel. "A History of Chinese Literature." *Chinese Literature: essays, Articles, Reviews* 26 (December 2004), pp.159-179.

認識整體文學史的格局，兩位編者決定將兩卷的時間分野定於 1375 年，此舉乃與其他國別文學史的開端大致相同，且能超出原有文學史分期格局的窠臼，以資體現新的編寫理念。全書兩卷的卷頭均有主編的引言，闡明文學史書寫的相關理念，便於讀者了解此書的體例、宗旨、分期和特點，書中亦附有多幅圖像，有助於閱讀理解，書末則附有參考書目，可供進階研究之用。全書雖由多人合寫成編，然其可讀性頗高，各章撰者文筆深入淺出雅俗共賞，力求不同篇章的敘述協調連貫，各章之間還能相互參照，讀者可以兩卷連續批覽，亦可單卷獨立閱讀。這部文學史迥異於傳統的文學史，它是一部相當有趣的文學文化史，編寫者將文學文化視為一有機整體，他們強調文學史上的文學現象和文化潮流，卻不偏重介紹單一個別作家及其作品，並且特別注意文學接受史的內容及其諸多成因。[55]孫氏提出文學文化史的文學史觀念，她認為中國文學史對中國文化而言，正是一種精神世界的顯見，因此她重視文學的整體趨向，以及造成這種趨向的內在文化原因。除此之外，孫氏亦側重從文化生活史的角度來研究文學與文體變化的關係，探究在建構傳統的過程中文學典律的生成問題，並從文學接受史的觀點呈現古典文學的性別、傾向與潮流等不同現象。

上述這六種概論中國文學的英文書籍，其成書年代雖則有先後之分，其篇幅內容也有所差異，但是大體觀之，咸能曲盡中國文學的精妙，對中國文學的來龍去脈亦能和盤托出，可說是海外華語文學教學的優秀參考書，如能搭配適合的中國文學英譯選集，對學生修習相關的課程應有莫大的幫助。在美國大學開中國文學導論之類的課程，常常會碰到一些實際上的困難，例如：教師應該選些什麼作品當

[55] Kang-I Sun-Chang and Stephen Owen, eds., "Introduction," *The Cambridge History of Chinese Literature*, volume 1 (Cambridge, England: Cambridge University Press, 2010), pp.xx-xxxii. 另外，請參閱孫康宜，〈新的文學史可能嗎？〉，《清華大學學報》，第 20 卷第 4 期（2005 年），頁 98-108；宇文所安，〈史中有史：從編輯《劍橋中國文學史談起》（上）、（下）〉，《讀書》（2008 年 5&6 月），頁 21-30 & 頁 96-102。

教材？要教的作品有無應譯？譯筆是否可靠？個別作的作品有多種翻譯可選擇時，究竟該採用哪種譯本較為適當？早期英譯中國文學教材相當缺乏，教師沒有多少選擇的餘地，現在英譯的教材供應無缺，教師於作品之取捨，卻也費盡思量。有鑑於美國大學的選課因素與施教對象，教師用英譯本來講授中國文學，在編輯收錄文學作品時，就不得不因地制宜作必要之修正。除此之外，還要考慮到轉載的版權問題，有些出版社收取的費用頗為驚人，編輯便因版權費而忍痛割愛，自然也會影響到課程教材的安排。再者，美國大學奉行多元文化主義久矣，文科教師開課挑選教材，須得注意所謂的「政治正確性」（political correctness），他們特別重視配合現實，事先要弄清楚怎麼教和教些什麼。

究竟西方讀者怎樣掌握中國文學的來龍去脈，他們對古今各種文學體類又有多少理解，經過不同語言的翻譯傳釋，域外知音該如何尋求美感的共振，這些都將是我在此所欲深究的。美國的中國古典文學選集必須仰賴專家學者來編輯，這些選集通常是大部頭的書，編者於搜羅薈萃眾作採摭典籍英華之後，就得尋找出色的文本翻譯，如無可用之譯本，便要請合適的人來翻譯，從挑選、翻譯和編輯作品到定稿付梓，這其間的過程又何其繁瑣，未足以為外人道也。眾所周知，各式各樣的文學選集是批評家建構或解構經典的媒介，因此在文學典律化的過程中，這些選集具有決定性的功能。Jeffrey R. Di Leo 編輯《論選集：政治與教學法》（On Anthologies： Politics and Pedagogy）一書，收錄了英美學近年來二十篇相關論述，分成五個部分探討選集之諸多層面：（一）從選集到經典化；（二）創新與挑戰；（三）態度與反應；（四）理論、教學法與實施；（五）標題注意事項。[56]Di Leo 撰寫〈分析選集〉長文，闡明選集之來龍去脈、功能和價值、編輯策略、市場取向等問題。此外，文學選集除了和典律化有關，同時也與學術教育

---

[56] Jeffrey R. Di Leo, ed., *On Anthologies: Politics and Pedagogy* (Lincoln and London: University of Nebraska Press, 2004).

密不可分，學者和學生都得仰賴選集，以便形塑構作文學的知識版圖。雖然如此，我們很少有人會去質疑文學選集的形式與內涵。文學選集展現出學術文化及公共氛圍，因為選集和教學法會相互為用，就像旅客需要世界地圖來了解方向，師生也需要選集來引導認識文學版塊的樣貌。教師和學生面對選集通常會心生畏懼謙卑之情，或許有朝一日作者會消隱，而選集卻能永存世間周行流布，於此亦可見選集對師生之規範及引導之功。另一方面，我們亦可從選本與選家來探究其價值觀與意識形態，尤其是美國教科書市場所具備的特質，如何將異文化傳統的文學作品英譯及評價，並納入其主流文化的論述之中，這就會涉及到政治正統和文化意識的複雜問題。

自從 1965 年以來，北美漢學界出版了四種主要的英譯中國古典文學選集，卷帙浩繁且搜羅極廣，集眾多學者之力選譯古代中國文學作品，其所展現的具體學術成果，對於域外中國文學之傳播與接受，無疑地已經開啟了新的里程碑。這些中國古典文學選集主要是為美國大學生而編譯，雖則不無學院市場需求之考量，然幾位編者於操選政之際斟酌再三，對中國古典文學的範疇認知及選材安排都有不同的看法，讀者於此不難見出各家選本的異同得失，亦可窺探這些選家不同的編輯理念。本節將探討這些英譯中國古典文學選集對西方人士所造成的影響，簡評這四種英譯中國古典文學選集的特色，並著重探討這些選家的編輯策略與編輯體例、這些選本的異同得失、選家又如何在域外華語文學教育中凸顯文學審美的因素，以及這些選集在美國大學教育中所具備的功能與文學價值意義。

英譯中國文學選集之用心所在應當是：「讓英語世界讀者通過他們熟悉的語言去『含英咀華』，『沉浸』於『醲郁』的中國古典文學世界中。」[57]緣此，編選者所面對的創新與挑戰至鉅，原文與譯作到底怎樣輪迴轉生，北美漢學家操選政與譯意事之態度究竟為何，以及西方

---

57 閔福德、劉紹銘主編&陳虹莊編，《含英咀華集上卷：遠古時代至唐代》，（香港：中文大學，2001 年），頁 li。

讀者對外國文學作品的反應又是什麼，這些問題都值得我們加以探討。[58]過去這四十幾年來，在美國出版的英譯中國古典文學選集，主要有以下四種，現依付梓先後順序臚列如下：（一）Birch, Cyril（白之），ed. Anthology of Chinese Literature：from the Early Times to the Fourteenth Century (《中國文學選集：早期至十四世紀》)；Birch, Cyril, ed. Anthology of Chinese Literature Volume 2：from the Early 14th Century to the Present Day. (《中國文學選集：十四世紀至現今》)；（二）Victor Mair ed., The Columbia Anthology of Traditional Chinese Literature (《哥倫比亞中國傳統文學選集》)；（三）Stephen Owen（宇文所安）ed. & tr., An Anthology of Chinese Literature： Beginnings to 1911 (《中國文學選集：伊始至 1911》)；（四）John Minford（閔福德）& Joseph Lau（劉紹銘）eds. , Classical Chinese Literature： An Anthology of Translations (《中國古典文學：翻譯選集》)。

這四部譯書以精選的例證，在比較的視野中分析不同的譯文，既給讀者欣賞和理解原著的捷徑，也同時提供研究者許多進階入門的資料。其實最難的應該是編者要在許多的不同的譯文作出取捨，主觀的評價容易惹人非議，如果沒有絕佳的文學翻譯修養，恐怕是無法勝任這種英譯編選工作的。眾所周知，編選文學總集已經不易，而綜理翻譯選集尤難，其實就難在取捨之標準主客不一。如何客觀公正地反映出世人對這些中國古典作家的評價，選編者的中英文讀寫能力、文學能力及識見胸懷，均攸關選集之成敗。為求公正客觀，編者必需避免用全知的編者語氣和讀者來交流，在作家簡介前均臚列中外歷代名家對作家的評語譯文，以供讀者參考。循此以往，我們可見此書之超然立場，書中編者評論用注時皆相當審慎，這也反映出他們學植深厚，絕不妄下斷語，嚴守選評家的清規戒律。選家於選詩文之際，由於受到篇幅或其他因素的限制，往往無法將欲選之作悉數囊括，有時必得

58 Jeffrey R. Di Leo, ed., *On Anthologies: Politics and Pedagogy*, pp.1-27.

作一番取捨，這就涉及個人的編輯策略和美學標準了。在另一方面，跨語際的選家綜輯中國文學翻譯選集，實際上的考量就要比單語的選家來得多，例如語言的形式轉換、現存譯作的揀擇及出版市場的因素。

上述這四種主要的英譯中國古典文學選集，選家面對卷帙浩繁的作品時，既要考慮到各類體裁的演變，也須顧及古典文學教學的需要，雖然選錄詩文戲曲小說數量可觀，但是各種課程的不同教師於授課之際，可視實際情況需而自行斟酌取捨。這些選集收錄的歷代各體名作，大體上是可以代表中國古典文學的菁華，其所囊括的範圍遍及經史子集，收錄的主要文類則有詩詞歌賦戲曲小說等，可謂眾體皆備莫不兼賅了。總的來說，這四部美國大學中的中國文學古典菁華英譯選集，所收作品皆按中國文學史發展的順序分編成卷，所選作家按其時代先後排列，選錄作品包括了詩、詞、曲、辭賦、散文、駢文、小說、戲曲以及文學評論等各種體裁，以名家名篇為主，間亦旁及鮮為人知之作。至於這些選家的編輯策略與審美理念，我們可從選集中的編者凡例弁言來加以探討，他們往往在序文引言內概括其選政考量。仔細考究這四部中國文學英譯選集，各選集中所收錄之原文或翻譯文辭優美，華夏民族的思想文化深刻微妙，如能精確傳釋這些原典的精神，應有助於西方讀者對中國文學的理解。

上舉英譯中國文學選集「四書」，選文大都是「百代之典範，不朽之偉作」，內容豐富可觀，體裁多樣變化，篇幅規模鉅大，選材範圍廣泛，各種文類幾乎無所不包。當我們從事對外華語文學教學的工作時，這幾套選集均有其莫大的助益，一方面對教師來說，它們是一些頗有參考價值的補充教材，里面收集了許多種類的文學作品，可供我們挑選來作課程討論之用；另一方面對學生來說，這些選集也可以作為完整有用的文學參考資料，學生修習相關的文學課程時，也可以當作自修的讀本。然則，來自不同文化傳統的跨語際讀者，在閱讀他國古代文學經典的時候，他們的感受思維及審美反應，首先有賴於超越語言文字的障礙，才能近入異質的文學世界，而選家作為跨語際的傳釋者，他們在編選翻譯作品的時候，譯作不須全部經由自己的手，但是他們對這些選文的原典和譯作，必定有正確而優異的判斷，才能有效地傳播中國文學。《哥倫比亞中國傳統文學選集》，和《哥倫比亞中國文學史》可以參照閱讀，兩書皆為同一人所編撰，兩書之篇幅亦大致相當，兩書皆薈萃眾作採摭英華，而編輯努力將主題取向與整體的編年史架構結合在一起，並讓中國文學的譯作與論述得以完整且深入地呈現出來，有助於普及和深化西方中國文學的教學與研究。

綜觀上述四種選本，這些選家的中英雙語能力、中西文學修養、採編綜輯的理念以及文學美學觀，在在值得我們學習效法，同時他們這四種大規模的中國文學選本，也將成為中國文學在西方傳播的最佳憑藉。當我們從事對外華語文學教學的工作時，宇文氏的選集有其莫大的助益，一方面對教師來說，它們是一些頗有參考價值的補充教材，里面收集了許多種類的文學作品，可供我們挑選來作課程討論之用；另一方面對學生來說，這些選集也可以作為完整有用的文學參考資料，學生修習相關的文學課程時，也可以當作自修的讀本。然則，來自不同文化傳統的跨語際讀者，在閱讀他國古代文學經典的時候，他們的感受思維及審美反應，首先有賴於超越語言文字的障礙，才能近入異質的文學世界，而選家作為跨語際的傳釋者，他們在編選翻譯作品的時候，譯作不須全部經由自己的手，但是他們對這些選文的原典和譯作，必定有正確而優異的判斷，才能有效地傳播中國文學。

Paul W.Kroll 於《亞洲學報》（*The Journal of Asian Studies*）發表一篇長文，詳細比較評介梅維恆、宇文所安和閔福德＆劉紹銘三種主要選本的異同得失，其中不少意見頗值得我們在此引述參考。[59]Kroll 一開始先談到美國大學的中國文學教學狀況，過去長久以來教師們因課程需求，常自編講義提供學生作為教材來閱讀，然而後來由於影印侵犯了著作權的關係，因此便有英譯中國古典文學選集之必要，於是梅

59 Paul W. Kroll, "Reflections on Recent Anthologies of Chinese Literature in English," *The Journal of Asian Studies* 61.3 (2002), pp.985-999.

維恆、宇文所安和閔福德＆劉紹銘三種主要選本乃應運而生。這三種選集主要是為美國大學生而設計的，不論主修中文或其他科系的人，在修習與中國文學相關課程的時候，教師如採用其中一種作為教科書，礙於學期或學季時間相當有限，勢必對選集作品之閱讀講授再作一番取捨。另一方面，Paul Kroll 也談到美國學院派的研究情況，頗有科際整合的趨勢，這與中國人所說的「文史哲不分家」，也是異曲同工的，衡諸這三種主要的中國文學英譯選集，便不難印證其博雅通識的旨趣。雖然這三種選集的選文搜羅的範圍極廣，編者卻又宣稱採摭之際，也考量到作品的形式美和情感效果。

對一般美國讀者來說，英譯中國文學都是冷門書，幾乎沒什麼市場價值可言。這些中國古典文學翻譯選集的對象不是行家，而是在大學里選修中國文學的學生，只為教學者提供授課材料之便。然則時過境遷，當文學書籍已從文化生活的中心移至邊緣，我們之中如果還有人對人文主義之夢懷抱著希望，那麼他將註定背水一戰。Paul Kroll 文末不無感嘆文學選集於數位時代的處境，在他看來，網路時代異國文學的編選與傳播，頗有文化上懷舊的意味，像極了戀人們對已逝的浪漫愛的追憶：

> 或許文學選集的編輯和教學正在成為，假如它還不是，一種在懷舊之情方面的練習，像極了現在人文學科的情形，一個戀人對一則消逝羅曼史的回憶。於此，我們一直在研討斟酌的這些翻譯文集，造就這些作品的文化曾經是一個書寫的文化。咀嚼這句話的含意；這些選集現在實際上和那些為網路連結所操控著，並由電腦視窗來觀看這世界，且毫無退路的孩子們，是大不相容的。因此，在許多方面，並非是中國文學的他者性造成學生的最大障礙，而是產生在前電子文本的文化之中，任何文學的他者性皆有以至之。[60]

[60] Paul W. Kroll, "Reflections on Recent Anthologies of Chinese Literature in

因此，如何跨越文化上的鴻溝，便成為一項真正的挑戰了，對於西方的讀者來說，含「英」咀「華」才能理解感受中國文學的奧妙，沉浸醲郁方可涵詠高籍典冊的精髓，這又有賴於跨語際傳釋者的翻譯詮釋，以匯通整理中西不同的文學傳統。不可諱言，上述所言乃為一種中西文學交流的理想境界，真正能夠將中國文學置放在世界文學的舞臺上，雖然此舉並非水到渠成一蹴可幾的，但至少是一個值得我們追求的目標。而上述這三種選集皆有其訴求對象，泰半讀者應是修習英譯中國文學作品概覽之類課程的學生，這主要也反映了美國大學中的現象，在這種課程中的大部分學生，並無多少閱讀嚴肅文學作品的技巧，對於歷史甚至是極為厭惡的，我們又怎能期待他們藉由閱讀這些翻譯過的文學選集，就能完全了解異文化傳統的實際情形，更不用說欣賞理解中國文學獨特的美感和內涵。

在海外從事華語文教學的工作者，未必人人盡是學有專精的漢學家，即便是碩彥時俊亦無法遍覽羣籍，腹笥便便通曉天文地理，更遑論全為「化外之民」析疑解惑。可是，許多西方人士在學習中國的語言文字、歷史思想與文學藝術的時候，對教師多少還是有些「求全」的期待，他們希望教師有關中國的相關事物什麼都知道。但是，實際上這種期待是會落空的，因為在我們的時代里碩學鴻儒根本沒有，就算有的話，也是可遇不可求。然則歸根究底，中國古典文學在美國的接受與傳播，實有賴於學養豐富和眼光銳利的選家們，以及許多精通中英文學的翻譯者，始能編選譯克竟其功。然而，任何一種文學選集皆有其體例上的限制，選家於操選政之際，難免囿於自身的涵養識見，和考量各種文學以外的實際因素，也因此不可能有「放諸四海皆準」的選本，所有的選本充其量不過是一時一地一人一羣之選。尤其甚者，英譯中國古典文學之編選可謂難上加難，因為透過語言的轉換，許多原文中的語言韻律美感都消失了，文化內涵上的豐富意義也不易傳

English," *The Journal of Asian Studies* 61.3 (2002), p.998.

釋，論者所揭櫫的「信、雅、達」標的恐怕只是永遠的理想。職是，英譯中國文學的編選就不只是把事物組合在一起而已，在過程中將會牽涉到許多複雜的問題，例如語言形式的轉換、文化觀念的傳釋和藝術審美標準等等。

六、中國古典文學教學與語文教學的結合

長期以來，華語教師由於不同的專業導致其相互輕視冷漠，又因開設課程的分類方便使其分殊隔絕，尤有甚者，不少人相信古典文學對非母語的學生相當困難，所以他們往往重視語言文字的聽說習得，而輕視古典文學的讀寫能力。職是之故，遂有不少教師將文學教學與語言教學一分為二，好像這兩者根本毫無關聯，其間似乎有著難以逾越的鴻溝，然則語言教學與文學教學是一體兩面相輔相成的，它們的共同目標就是要分析和組織語言文字。其實，文學的語言和非文學的語言有時也很難區分清楚，對此問題，董崇選教授就曾經明白指出：「學會語言的人便是學會文學的人；最有『語言智能』的人便是最能使日常語言變成文學語言的人；絕對沒有一個身懷『文學語言』的人會不懂得選擇與安排語文之『語言智能』的。」[61]除了「語言智能」（linguistic competence）與「文學智能」（literary competence）之外，我們應該再融入「溝通智能」（communicative competence），在語言和文學教學上才算完備，因為「語言智慧」只注意到「語法性」（grammatical-ness），而「文學智能」也只關照到「詩文性」（poeticalness），兩者須得配上「溝通智能」方可兼顧到所謂的「語言倫理」（linguistic ethics）。就對

61 董崇選，〈從「文學性」談語言與文學教學〉，《中華民國第七屆英語文教學研討會論文集》（臺北：文鶴，1991 年），頁 4。另外請參閱董氏的英文論文，Alexander C.H.Tung, "Teaching for Three Kinds of Competence,"《興大人文學報》第 43 期（2009 年），頁 313-339。

外華語文教學來說，這種強調選擇與安排能力的「溝通智能」，並非只以了解語句文法的構成為標的而已，它會把語言溝通過程的各個層面納入考量，如此一來教學者才能掌握語言溝通的具體情境，使學習者注意到說話的場合，亦能同時顧及語言本身的美感。[62]總而言之，在華語文教學的課程安排中，教師應該強調培養學生的興趣，綜合運用語言、文學和溝通三種智慧，對語言文字精讀細品以求呼應人生，激發學生的豐富想像力去體認經驗世界，在賞析感悟的過程中使其思而得之，如此或能引領他們一窺中國古典文學的堂奧。

古典文學作品是語言表現的最高層次，我們學習一種外語及其文化，到了較高程度便不能不接觸文學。過去有些華語課程教學設計，刻意使語言與文學分為兩科，但即便是分了家，語文課程中仍含有不少文學的成分，學生也能夠從中學習如何理解、體會和鑑賞文學。上述語言與文學教學分道揚鑣的問題，存在已久不容吾人輕忽，因此如何導正這種華語文教學上的偏差作法，並改善文學教學使其有所裨益於語言教學，我認為應是值得努力思考並設法加以解決。然則，我們又該怎樣來從事文學教學，並且讓它與語言教學結合在一起？論者以為應當「（一）慎選適當的文學作品；（二）注重作品本身的語言；（三）施行小班教學或小組；（四）使教學多元活潑化。」[63]這四種作法值得我們從事中國古典文學教學時參考。首先，作品之難易須適合學生程度，同時也要選擇文化背景適合的作品來教，因為學生自己的背景及對他種文化的基本認識，勢必會影響他們對文學作品的理解。其次，再運用文學作品於語言教學時，教學者必須回歸語言文字本身，為學生分析遣詞用字之奧妙，跟他們解說文法規則和句型結構，並且引導

---

[62] 董崇選，〈從「文學性」談語言與文學教學〉，《中華民國第七屆英語文教學研討會論文集》（臺北：文鶴，1991 年），頁 4-6。

[63] 郭章瑞，〈試論文學教學與語言教學的結合〉，*Spectrum: NCUE Studies in Language, Literature, Translation, and Interpretation*，Vol.1（2006 年 7 月），頁 123-125。

學生模仿應用這些文學作品。再者，文學課最好也能小班上課，避免掉教師講課學生背誦課文的方式，如能讓學生分組討論再作口頭報告，既能加深學生的文學涵養，又可增進口語表達能力。最後，文學教學者必須廣泛使用各種印刷影音教材及多元化的輔助資料，網路或電腦教學早已成為趨勢所在，e-mail、blog、msn、skype、facebook 等都將是教學上快速方便的溝通工具。[64]總的來說，中國古典詩文也是一種言談，教語言者不必刻意去規避文學，教文學者亦不可存心忽略語言。其實，不管是教日常語言或文學語言，我們都要了解到這二者相輔相成的道理，以言以立執兩用中，俾便溝通語言的情境。我想最為重要的就是整體教學情境，教學者必須重視語言與文學合一，從完善實際的觀點來考量教學效果，將文學作品包括在內的各種語文表現都視為語言行動，能夠引導學生審慎選擇安排語文，巧妙運用語文來表情達意，亦能切中說話的場合，使其話能投機達到完全溝通的目的。[65]

Elaine Showalter 曾論及文學教學的理論與方法，她試圖釐清文學的定義，並且引用羅蘭・巴特（Ronald Barthes）的說法：「文學是那些被教出來的東西，」[66]（"literature is what gets taught"）其中涵蓋了文學經典、英美偉大傳統作品、全世界各地以英文書寫的後殖民文學及大眾文學，也包括美文。其次，她認為文學教學的作用不僅在教育方面，而且更應在生活本身，無論是以娛樂、政治或哲學為目標。除了分別說明怎樣教導詩歌、小說、戲劇和文學理論之外，她同時也提出該如何教文學的四個理論：（一）以主題為中心的理論；（二）以教師為中心的理論；（三）以學生為中心的理論；（四）折衷

64 郭章瑞，〈試論文學教學與語言教學的結合〉，*Spectrum： NCUE Studies in Language, Literature, Translation, and Interpretation*, Vol.1（2006 年 7 月），頁 118-126。

65 周靜琬，〈華語教學中的文化認知及教案編寫——以〈木蘭辭〉與〈孔雀東南飛〉為例〉，《華文世界》，第 101 期（2008 年 5 月），頁 52-61。

66 Elaine Showalter, *Teaching Literature* (Oxford: Blackwell Publishing, 2003), p.22.

理論。[67]Showalter 的意見值得華語教師參考，特別是當外籍生學好華語文後，想再進而深入了解華夏文明，如如何引導他們通過語言和文學去體認中國文化，應是我們今後教學努力的方向。對外籍生而言，華語文習得不僅是表達工具或交際行為，更是跨文化語境中整體思維與感受的展現。鄧仕樑曾論及新世紀的語文和文學教育，其中有一段話是關於教與學平衡的道理，相當值得對外華語教師參考：

> 在文學教學裏，要嘗試以學生作為主導，儘量刺激他們自行思考，從思考中建立個人體會。文學作品無疑是作家的創作，但讀者在閱讀的過程中，也有參與創作的意味。閱讀文學作品，其實也是創作活動。因為作品在作家筆下誕生以後，生命就要靠讀者培育滋養。每一代的讀者都可以對作品賦予新的意義。因此如果教師只管教，學生就沒有餘地去創作，這可違背了文學教育的精神。[68]

鄧氏所言旨在改變重教而輕學的情況，教師傳授知識與培養學生能力應取得協調。古典文學修養攸關學生的語文能力，在教學過程中要讓學生直接面對作品，教師則從旁予以指導點撥，除了重視學生的閱讀樂趣，也要引發學生的審美聯想，更須使學生通過理解感悟來培育創意思考和人文關懷。西方讀者反應理論者與接受美學家曾倡言詮釋差距，他們認為不同時代讀者對作品的接受和了解不會一樣，所以過去和現在的理解便形成詮釋差距。這種歷史的詮釋差距可反映文學之代變新雄，對那些跨文化跨語境中的學習者來說，空間上的詮釋差距很難避免，惟其如此，我們更應該鼓勵學自由想像、多方思考，勇於抒發己見，提升文化創意的闡釋能力。

---

[67] Elaine Showalter, *Teaching Literature* (Oxford: Blackwell Publishing, 2003), pp.21-61.

[68] 鄧仕樑，《語文能力和文學修養》（香港：三聯，2003 年），頁 150。

本文著眼於對外中國古典文學教學，試圖結合文學教學與語文教學，並認為在後全球化多元文化時代裏，我們研究中國文學確實有從外部來觀察的必要，因為透過中西文學之比較能含「英」咀「華」，且坐收同「工」異「曲」之效。文學翻譯往往藝由人為且因難見巧，四種大部頭的英譯中國文學選集既是複調也是變奏，再檢視六種以英文撰寫的中國文學史或概論著作，有助於我們了解中國古典文學在西方的傳播與接受情形。最後結論強調對外華語教學須考量文化溝通的整體情境，應將中國古典文學納入對外華語教學的範疇，審慎運用經典作品於課程教學中，使學生透過閱讀的方式來了解語言文化，如此結合文學與語文教學，必能實踐對外華語教學的效果和的目。

參考文獻

一、中文

王國瓔，《中國文學史新講》，臺北：聯經，2006 年。

王萬象，《中西詩學的對話——北美華裔學者中國古典詩研究》，臺北：里仁，2009 年。

王潤華主編，《全球化時代的中文系》，臺北：文史哲，2006 年。

王曉平、周發祥、李逸津，《國外中國古典文論研究》，南京：江蘇教育，1998 年。

王曉路，《中西詩學對話：英語世界的中國古代文論研究》，成都：巴蜀，2000 年。

王曉路等，《西方漢學界的中國文論研究》，成都：巴蜀，2003 年。

王鍾陵，《文學史新方法論》，臺北：文史哲，2003 年。

田曉菲、程相佔，〈中國文學史的歷史性與文學性〉，《江蘇大學學報》，第 11 卷第 5 期，2009 年 9 月，頁 1-6。

宇文所安著、莫礪鋒譯，《神女之探尋：英美學者論中國古典詩歌》，上海：上海古籍，1994 年。

宇文所安著、田曉菲譯，《他山的石頭：宇文所安自選集》南京：江蘇人民，2002 年。

宇文所安著、鄭學勤譯，《追憶：中國古典文學中的往事再現》，北京：三聯：2004 年。

宇文所安，〈史中有史：從編輯《劍橋中國文學史談起（上）、（下）》〉，《讀書》，2008 年 5&6 月，頁 21-30 &頁 96-102。

宋柏年主編，《中國古典文學在國外》，北京：北京語言學院，1994 年。

何淑貞等，《華語文教學導論》，臺北：三民，2008 年。

周靜琬，〈華語教學中的文化認知及教案編寫——以〈木蘭辭〉與〈孔雀東南飛〉為例〉，《華文世界》，第 101 期，2008 年 5 月，頁 52-61。

周發祥，《西方文論與中國文學》，南京：江蘇教育，1997 年。

周慶華，《反全球化的新語境》，臺北：秀威，2010 年。

尚學鋒等，《中國古典文學接受史》，濟南：山東教育，2000 年。

李達三，《比較文學研究之新方向》，臺北：聯經，1982 年。

姚道中，〈談談美國中文教學的近況〉，《中原華語文學報》，第 2 期，2008 年，頁 1-11。

孫康宜，《文學的聲音》，臺北：三民，2001 年。

孫康宜，〈新的文學史可能嗎？〉，《清華大學學報》，第 20 卷第 4 期，2005 年，頁 98-108。

徐子亮、吳仁甫，《實用對外漢語教學法》，臺北：新學林，2008 年。

徐志嘯，《中外文學比較》，臺北：文津，2000 年。

胡伯欣，〈文言文閱讀方法教學〉，《國文天地》，第 25 卷第 11 期，2010 年 4 月，頁 70-74。

邵燕、劉毅青，〈中國文學的跨文化理解〉，《杭州師範大學學報》，第 4 期，2010 年 7 月，頁 81-86。

張金蘭，〈5C 理論在華語文教學中的運用〉，《中原華語文學報》，第 2 期，2010 年，頁 71-90。

張隆溪，《同工異曲：跨文化閱讀的啟示》，南京：江蘇教育，2006 年。

張隆溪，《走出文化的封閉圈》，香港：商務，2000 年。

張隆溪著、馮川譯，《道與邏各斯：東西方文學闡釋》，南京：江蘇教育，2006 年。

郭紀金等主編，《中國文學閱讀與欣賞》，北京：首都師範大學，1999 年。

郭英德等，《中國古典文學研究史》，北京：中華，2000 年。

郭章瑞，〈試論文學教學與語言教學的結合〉，Spectrum： NCUE Studies in Language, Literature, Translation, and Interpretation，Vol.1 .2006 年 7 月，頁 117-126。

閔福德、劉紹銘主編＆陳虹莊編，《含英咀華集上卷：遠古時代至唐代》，香港：中文大學，2001 年。

蒲基維，〈修辭學融入華語文教學的理論與實例〉，《中原華語文學報》，第 2 期，2008 年，頁 87-112。

蒲基維，〈華語文教學與古典文獻閱讀〉，《中原華語文學報》，第 4 期，2009 年，頁 41-71。

黃桂英，〈5C 架構下文話教材開發與課程設計舉例〉，《華文世界》，第 101 期，2008 年 5 月，頁 47-51。

黃鳴奮，《英語世界中國古典文學之傳播》，上海：學林，1997 年。

黃錦鋐，〈談文言文教學〉，《華文世界》，第 2 卷第 1 期，1990 年 4 月，頁 19-23。

董崇選，〈從「文學性」談語言與文學教學〉，《中華民國第七屆英語文教學研討會論文集》，臺北：文鶴，1991 年，頁 1-10。

劉若愚著、杜國清譯，《中國文學理論》，臺北：聯經，1981 年。

劉若愚著、杜國清譯，《中國詩學》，臺北：幼獅，1977 年。

劉紹銘，《文字豈是東西》，瀋陽：遼寧教育，1999 年。

鄧仕樑，《語文能力和文學修養》，香港：三聯，2003 年。

樂黛雲、陳玨編，《北美中國古典文學研究名家十年文選》，南京：江蘇人民，1996 年。

賴舒庭，〈國際化下美國的華語文教學〉，《臺灣教育》，頁 12-19。

二、英文

Birch, Cyril, ed. Anthology of Chinese Literature: from the Early Times to the Fourteenth Century. Rpt. New York: Grove Weidenfeld Press, 1989.

Birch, Cyril, ed. Anthology of Chinese Literature Volume 2: from the Early 14th century to the Present Day. Rpt. New York: Grove Weidenfeld Press,1974.

Brumfit, C.J. & R.A. Carter. Literature and Language Teaching. Oxford: Oxford University Press, 1997.

Bloomington and Indianapolis: Indiana University Press, 2000.Liu, James J.Y. Essentials of Chinese Literary Art. North Scituate, Massachusetts:Duxbury Press, 1979.

Chen, Szu-chi. "Literature in the Classroom of Chinese as Foreign Language---Observations to a Beginner Class."《中原華語文學報》, 第 4 期, 2009 年, pp.73-90.

Di Leo, Jeffrey R., ed. On Anthologies: Politics and Pedagogy. Lindon and London: University of Nebraska Press, 2004.Eoyang, Eugene.

Eoyang, Eugene & Lin Yao-fu, eds. Translating Chinese Literature. Bloomington & Indianapolis: Indiana University Press, 1995.

Hegel, Robert E. "Teaching China as a Global Culture." Tamkang Review 38.2 (June 2008), pp.9-23.

Kern, Mark & Robert E. Hegel. "A History of Chinese Literature." Chinese Literature: essays, Articles, Reviews 26 (December 2004), pp.159-179.

Knechtges, David, R. & Stephen Owen. "General Principles for a History of Chinese Literature." Chinese Literature: essays, Articles, Reviews 1 (January 1979), pp.49-53.

Levy, Andre, tr.by William H. Nienhauser. Chinese Literature, Ancient and Classical.

Liu, Wu-chi. An Introduction to Chinese Literature. Bloomington, Indiana and London: Indiana University Press, 1966.

Lynn, Richard John. Guide to Chinese Poetry and Drama. Second Edition. Boston,Mass., G.K.Hall & Co., 1984.

Langer, Judith A., ed. Literature Instruction: A Focus on Student Response. Literature. 2 volumes. Cambridge, England: Cambridge University Press,2010.

Mack, Maynard, ed. The Norton Anthology of World Masterpieces: Volume Beginnings to 1650. New York & London: W.W. Norton & Company, 1995.

Mair, Victor, ed. The Columbia Anthology of Traditional Chinese Literature. NewYork: Columbia University Press, 1994.

Mair, Victor H., ed. The Columbia History of Chinese Literature. New York: Columbia University Press, 2001.

Miller, Barbara Stoler, ed. Masterworks of Asian Literature in Comparative Perspective, NY: M.E. Sharpe, 1994.

Minford, John & Joseph S.M. Lau, eds. Classical Chinese Literature: An Anthology of Translations. New York & Hong Kong: Columbia University Press & The Chinese University Press of Hong Kong, 2000.

Owen, Stephen. An Anthology of Chinese Literature: Beginnings to 1911. NewYork: W.W. Norton & Company, 1996.

Rogers, Theresa & Anna O. Soter, eds. Reading Across Cultures: Teaching Literature in a Diverse Society. New York: Teachers College, Columbia University, 1997.

Saussy, Haun, ed. Comparative Literature in an Age of Globalization. Baltimore, Maryland: Johns Hopkins University Press, 2006.

Showalter, Elaine. Teaching Literature. Oxford: Blackwell Publishing, 2003.

Sun, Kang-I Chang and Stephen Owen, eds. The Cambridge History of Chinese The Transparent Eye: Reflections on Translation, ChineseLiterature, and Comparative Poetics. Honolulu: University Press of Hawaii,1993.

Two-Way Mirrors: Cross-Cultural Studies in Glocalization. Lanham & New York: Lexington Books, 2007.

The Interlingual critic:Interpreting Chinese Poetry. Bloomington: Indiana University Press, 1982.

Tung, Alexander C.H. "Teaching for Three Kinds of Competence."《興大人文學報》，第 43 期，2009 年，頁 313-339。Idema, Wilt & Lloyd Haft. A Guide to Chinese Literature. Ann Arbor: Center for Chinese Studies The University of Michigan, 1997.

Urbana, Illinois: National Council of Teachers of English, 1992.

Wu, Chia-Ching & Chia-Ling Wu. "Using Chinese Poetry in Translation to Teach Language and Culture in the English as a Second Language Classroom."Journal of Education and Foreign Languages and Literature. Volume (June 2005), pp.235-241.

Yu, Pauline. "Disorientations: Chinese Literature in the American University." Surfaces No. 5 (Univ. of Montreal, electronic journal), pp.5-21.

有無之間

——「現代文學」在華語文教學上的應用

董恕明
臺東大學華語文學系助理教授

摘 要

近年來的「華文熱」跟著大陸這個廣大的經濟體，仍在持續熱燒中，「華語文」的學習，從聽、說、讀、寫開始即是一系列與「異文化」對話、交流、溝通與交往的過程，「文學」既是文化展現的一種結果，更是語言的表現與創造，在進入「華語文」世界的同時，「文學」能在語言的學習上發揮那些作用即是本文關切的重點。在此以「現代文學」為例，針對「現代文學」如何有可能成為語言學習之教材進行分析與說明。

關鍵詞：華語文、華語文教學、現代文學

一、什麼都好，到底有沒有用

近年來的「華文熱」跟著大陸這個廣大的經濟體，仍在持續熱燒中，「華語文」的學習，固然有它的「實利」作誘因，但語言從聽、說、讀、寫開始即是一系列與「異文化」對話、交流、溝通與交往的過程，「文學」既是文化展現的一種結果，更是語言的表現與創造，在進入「華語文」世界的同時，「文學」能在語言的學習上發揮那些作用即是本文關切的重點。在此以「現代文學」為例，針對「現代文學」如何有可能成為語言學習之教材進行分析與說明。

二、「現代文學」在華語文教學中的意義

在此所說的「現代文學」即是自文學革命以降的「白話文」書寫，文類以詩、散文、小說與戲劇為主。這些作品儘管都接近我們現今使用的語言，但顯然與胡適所說的「我手寫我口」的說法，仍相去甚遠，也就是在我們的經驗中，文學的語言固然取材自生活，但絕對不是生活語言的複製。我們要以文學作品作為學習華語文的教材，在理想狀態下，它應具有以下意義：

（一）對華人「現代生活」的觀察

華人社會在這一百餘年的發展中，原則上便是朝著要國家社會「現代化」方向前進。而所謂的「現代化」，即是以西方社會為鵠的，從統治者到一般庶民，更特別是以「美國化」的標準，作為國家整體追求的目標。在這其中，尤其是自「五四運動」起最具代表性的「德

先生」（民主）和「賽先生」（科學）兩個重要的概念，經過了百年，它們仍然是華人社會在從事自我評價時極為重要依據，因為它正是一國家社會是不是「進步」、「文明」和「開化」的基石。換言之，它已是一「普世價值」，不具有什麼「中國式民主」或「臺灣式科學」這類討價還價的空間。既然大多數華人已在「現代」的情境底下生活，它在相當程度上即是在提醒我們既是「地球村」的一員，華人生活中的食、衣、住、行、育、樂中少不了有「麥當勞」、「臉書」……這類「現代化文明小物」的存在。這種現代生活的樣貌，或許因為是我們習而不察的生活原型，便彷彿是我們「最不足為外人道」的基本常識，但文學作品的作用便是會在我們最無知無覺甚或無感的常識經驗中，翻轉我們對於既有成規的見與不見。

（二）對「生活中」華語文的認識

文學本離不開生活，而生活中的華語文除了是一種溝通表達的工具，它也同樣可以進入到書寫的世界，轉而成為一說明、敘事、抒情與議論的場域。在以往會以「國語的文學，文學的國語」展現我們對一新工具使用所能達到的「極致」，不過在華人社會圈中關係網絡是又古典又前衛、既單一又多元的臺灣這座島嶼，這種語言「極致的表現」，顯然已是非常之「政治不正確」，比較「正確」的說法或是「語言的多音交響」，亦即不僅是表現形式多樣，還包括使用多種不同的「混血」的語言，從早期鄉土文學作品中充滿「泥土味」的語言，或是晚近，在近二十年來臺灣「本土化」的成就，表現在文學創作上，已有相當可觀的成品，不論是原住民各族的族語書寫，或是漢人的閩南語和客家語的書寫。創作者將生活中的語言，置入文學作品中的展演，在那些以「母語書寫」為職志的作家羣中，尤其能夠讓讀者在文字的閱讀中，「自然而然」認識多種臺灣社會生活中的語言。

（三）在文化脈絡中的華語文實踐

文化是人類生活的總和，亦是語言表現與發展的沃土，特別是在文學作品中，「文化」尤其是呈現作品「獨特性」的最佳方式。在「華人文化圈」中，透過生活慣習、祭典儀式、社會規範、器物發明、藝術創造……等面向展現「華人文化」特色的作品不在少數，如魯迅〈阿Q正傳〉中的阿Q一角，對中華文化的拆解、調侃、諷刺與批判，應是為百年來華人社會在朝「現代化」前進之時，為所能碰到的最平庸也最頑強的人物，塑造出一種典型，沒有任何人願意大方承認自己是阿Q，甚至不免也一起加入對阿Q鄙薄撻伐，但我們都沒有說出口的是我們的人生當中，也有那種「非阿Q不可的時刻」，而魯迅藉著阿Q一角展演的「精神勝利法」，即使在今天的世界，仍充滿了豐富的文化意涵在其中。

（四）在美感經驗中的華語文創造

將語言的學習從溝通表達、觀察生活、文化體驗進而連結到美感經驗的創造，應是文學作品的特長之一，將取材自世界的素材「陌生化」之後，那些我們視為尋常的事物，頓時便會產生不同的肌里紋路，特別是透過展示此一將抽象的概念具體化的過程，更是能夠有效的提升我們對使用語言文字的敏感度、感受力和感染力，就如我們耳熟能詳的歌〈西風的話〉——「去年我回來，你們剛穿新綿袍，今年我來看你們，比們變胖又變高，你們可記得，池里荷花變蓮蓬，花少不愁沒顏色，我把樹葉都染紅」。在歌詞中將「西風」擬人化，時間的流轉，事物的更迭，人情的變化，就自然的融合在「西風的話」裏，華人文化中視天地萬物皆有情的文化底蘊也不言而喻。美感經驗的體會對語言的學習或許遠不如「學會怎麼說」來得迫切和重要，但是對於一語言的習得，也顯然不是只要會說一種語言即止，我們能藉著文學作品，進入語言表達最豐美生動之處，其實就能夠進入在一語言背後真正深邃迷人的天地。

不論是「現代」、「生活」「、文化」或「美感經驗」，這些在文學作品中的豐富元素，正可以使之成為教學者對「華語文」所進行的一系列「詮釋」過程。周慶華將「詮釋」一語所包含的要素、運作方式以及可能發揮的功能（周慶華，2009：55）如圖一：

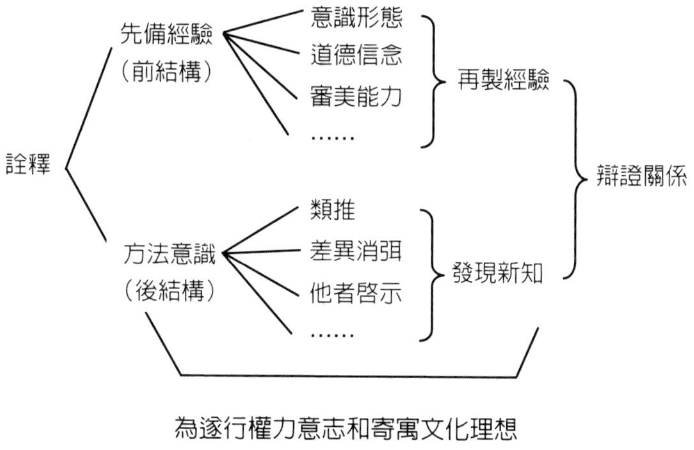

在圖一中我們可以看到在進行「詮釋」時，一是由先備經驗（前結構）再製經驗，另一是由方法意識（後結構）發現新知，而前結構與後結構的辯證關係，能使得此一詮釋的過程展現其「遂行權力意志」和「寄寓文化理想」的功能（作用）。對一般的學習者而言，認識「詮釋為何物」的經驗，多半隻會成為一種「懂」或「不懂」的狀態，但「詮釋」對教學者來說，卻是一具有反思性的可操作概念，特別是當他面對的教材是「文學作品」時，尤其需要藉著「詮釋」的存在與開展和受教者產生密切的互動，換句話說，當我們要使「現代文學」在華語文教學中產生意義，一旦落實在實際的教學綱領時，就無法不同時面對我們是如何在「詮釋」中成就其「意義」的講授過程。

三、「現代文學」在華語文教學中的適用性

面對一個資訊爆炸的時代，社會中流竄變動的各種價值觀，不斷在挑戰著我們對個人、羣體以至是世界的認知，「文學」在這當中，作為一個「看不到實利」的存在，對我們個人而言，有何意義？尤其，當人已習於在現實世界中，漫無邊際的為所欲為，卻仍然感到「天地是牢籠」時，想想「文學」的世界，還能令我們「遇見」（預見）或者「在乎」一點什麼？或許就在我們試圖辨視「文學為何物」的過程中，一方面除了看到「文學」的「自然美」（內容素材）和「人工美」（形式文類）邂逅時，如何成為一種「美」（藝術）的實現，另一方面也能和自己遺忘的「觀察力」、「想像力」和「感受力」重逢。「現代文學」既然是「文學」中的一部分，它顯然也具備了讓我們通過它們，能夠以更多元與多樣的視角去認識這個華文世界。以下即針對「現代文學」在華語文教學中的適用性分述如下：

（一）從文言文到白話文的轉換與實踐

「現代文學」在文學史上最重要的成就之一便是使用了一種新的表達工具——白話文（語體文），在古典文學中未必沒有「白話文」的使用，如南北朝的民歌，現在看來也仍然非常接近我們使用的口語，但顯然那些文字表現，並不如現代文學中的大量與多變。胡適《嘗試集》以白話文寫詩，應是具有畫時代的意義的嘗試，姑且不論他作品本身的文學成就，單只在「嘗試」一途，去具體的實踐「文學革命」，便有其歷史地位。而這類「開風氣之先」的作品，其實可以很好的運用在華語文教學的現場，儘管華文仍是這些作家們的「母語」，卻不見得是他們熟悉或習慣的表達方式，從古典轉到現代，「工具」改變的同

時，應也是思想行動轉變的具體落實。在「白話詩」裏保留了「語言」朝「現代」移動的各種痕跡，從初萌到成熟的過程，其實亦是一從陌生到熟悉的摸索，現代文學初期的創作，應能很具體的讓我們認識到「白話文」在表達形式上的通與不通。

（二）文學素材的今昔對話

從工具到內容的「現代」，這自然是構成現代文學之所以是現代文學的理由，在唐朝的絕句裏不會出現「麥當勞」這種語彙，是因為沒有這樣的「真實」可作為取材的對象，這彷彿是不說自明的道理，但是，我們經驗或闡釋現在的方式，也不僅限於只能用「此時此刻」才能說明「現在」。亦即每一個古典都曾經「現代」過，而每一個「現代」也終會走向「古典」，這應是「傳統」對不管過去或現在的人，都能產生作用的緣由。而「時間」的斷限，在一定程度上，是建立在我們對時間移動之下，人對事物變化的熟悉感或陌生感決定的，所以「今之古人」或「古知今人」都能言之成理，我們有一個「真實」（歷史）的時間，我們還有一個「感覺」（創造）的時間，決定了我們會從世界取那些材料來構成我們的作品。「現代文學」中包羅萬象的素材，便是我們學習華語文最佳的食材。

（三）現代文學中「詩性思維」對人性的啟發

還記得自己念的第一首詩嗎？是「床前明月光，疑是地上霜……」，或是「白日依山盡，黃河入海流……」，還是「春眠不不覺曉，處處聞啼鳥……」，或什麼都不是，而是自己在年少時匆匆寫下，本要送給喜歡（牽掛）的人，結果卻遲遲沒有遞出去，自此它便壓在了夢裏，成為一句永不老去的話。一直到多年以後，才突然驚覺，原來自己是一個那麼好的詩人，為什麼當時……而詩人，是「濕人」，所以他會說：「為什麼我的眼裏常含淚水……」（艾青），或者是「失人」，所以她要問：「如何讓你遇見我，在我最美麗的時刻……」（席慕蓉），或……然而不管是那一種，他們首先都是一個人。然後我們走進詩人的世界逛逛，看到：有些詩人是帝王，他們規定路必須開在天上，地就只好收留雲；有些是馴獸師，他們需要使用一種連野獸都能聽得懂的語言，人因此就不能一直堅持只能當一個人；而有些比較辛苦，是空中飛人，要沒日沒夜專門負責捕捉許多迷路的夢想、失聯的希望以及無家可歸的徬徨……在現代文學中的想像力的創發語與延展，便是「詩人」們從思考、取材、剪裁、布局、統整……最終是對語言表達在「秩序」與「脫序」之間的實驗，它是靈光乍現，更要尋常的累積，「華語文」在規矩之外的各種可能，在「現代文學」的表現中，基本上已能做相當的應和了。因此，這些「現代文學」的作品要如何在教學現場中具有「實用性」，在此可以周慶華華語文閱讀教學概念圖（圖二）（周慶華，2011：67）表述之：

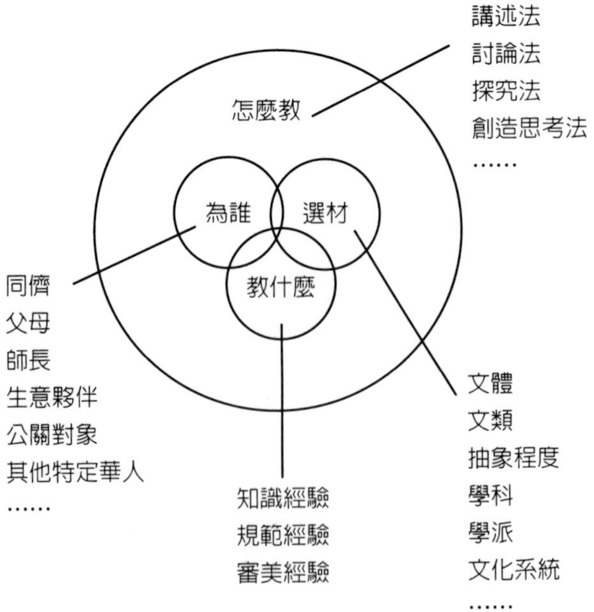

在此圖示中即以怎麼教（教學方法）為重心，將教學對象（為誰）、教學理念（教什麼）和教學內容（選材）統整為一閱讀教學的概念，事實上此圖在相當程度上都可運用在華語文教學的各面向上，只是從口說到閱讀之間，或因「教學內容」有別，故在教學方法和教學理念上，需做不同的調整與取捨。不過大體而言，以「文學」作為「教材」授課，學習者最重要的練習之一便在「閱讀」，而能不能閱讀「文學作品」，除了與教材的深淺難易有關，更與教學者要選擇「怎麼教」的教學方法和理念息息相關。

四、教學設計舉隅

既然從理論和概念上述說現代文學在華語文教學中確實是有「可用武之地」的，在此即以陳黎〈戰爭交響曲〉為例，透過對這篇作品的「教案設計」，除了是嘗試將前述「現代文學」在華語文教學中，究竟可以怎麼用的「理論」與「實踐」展示出來，更希望能將教學者的詮釋與受教者的閱讀（理解）統合起來，落實文學作品的「無用之用」。而根據周慶華教學活動設計概念圖三（周慶華，2011：84）所示：

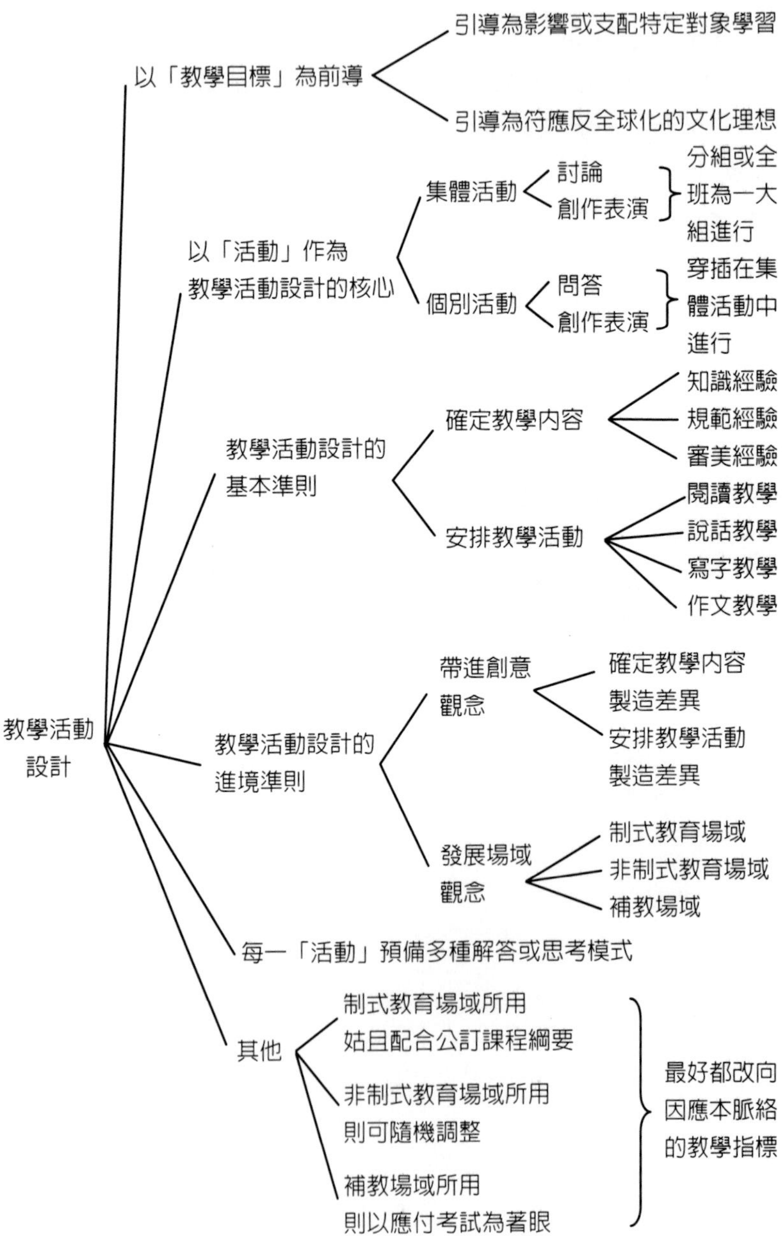
教學活動設計
以「教學目標」為前導
引導為影響或支配特定對象學習
引導為符應反全球化的文化理想
以「活動」作為教學活動設計的核心
集體活動
討論
創作表演
分組或全班為一大組進行
個別活動
問答
創作表演
穿插在集體活動中進行
教學活動設計的基本準則
確定教學內容
知識經驗
規範經驗
審美經驗
安排教學活動
閱讀教學
說話教學
寫字教學
作文教學
教學活動設計的進境準則
帶進創意觀念
確定教學內容製造差異
安排教學活動製造差異
發展場域觀念
制式教育場域
非制式教育場域
補教場域
每一「活動」預備多種解答或思考模式
其他
制式教育場域所用姑且配合公訂課程綱要
非制式教育場域所用則可隨機調整
補教場域所用則以應付考試為著眼
最好都改向因應本脈絡的教學指標

表一　華語文創意閱讀教學活動設計舉隅

單元名稱	為誰而戰	教學對象	高級或進階學生
設計者	董恕明	學生人數	20 人（分成 4 組）
時間	共二節（100 分鐘）	場地	教室
教材來源	主教材：〈戰爭交響曲〉 副教材：〈覺——遙寄林覺民〉、〈消失的土地〉、《走過》 對比教材：《不是我的錯》（繪本）、《請不樣忘記那些孩子》（繪本）、《愛花的牛》（繪本）、〈搶救雷恩大兵〉、〈十月圍城〉		
教學資源	CD、DVD、繪畫、圖片、電腦、單槍、象棋		
教學目標	一、透過「字形」、「字音」和「圖像」的詩作，認識「戰爭」。 二、思考「戰爭」此題材，在不同形式的文本中如何呈現。 三、在中西方不同的「戰鬥」位置與歷史脈絡中，「戰爭」的發生對人類社會的影響。 四、由文學作品所表現出來的「戰爭」描寫，觀察不同文化脈絡下所呈現的美學風格。		

教學活動名稱	教學活動內容	時間	教學具體目標	教學評量
	一、準備活動 （一）教師 準備〈覺——遙寄林覺民〉和〈意映卿卿〉CD、《搶救雷恩大兵》、《十月圍城》影片 DVD 和象棋一副等教材。 （二）學生 課前預習主教材、副教材和對比教材，並蒐集相關的題材、視聽資料和遊戲。 二、發展活動 （一）引起動機			
個別問答	1、活動一 教師提問： (1) 你們會注意到「戰爭」對我們的影響嗎？	5	意識「戰爭」此議題是否出現在學習者的學習經驗中	察覺得出來自己和不同文化

	※直接回答「不知道」。 ※災難、毀滅。 ※驚恐，不想深究與面對。 (2) 你們有沒有發現在我們對「戰爭」的態度有很不同的想法？ ※沒有。 ※有。有些人的說法很寫實，有些則很婉轉。 ※不知道；還沒感覺這是個問題。			系統中對「戰爭」的看法有別
看影片想主題	2、活動二 (1) 影片欣賞：播放《搶救雷恩大兵》片段和《十月圍城》片段。 (2) 心得分享：請各組討論兩段影片裏對戰爭的詮釋，並派代表作口頭報告。 ※一是從親情，一是從「命運的趨使」切入戰爭的主題。 ※影片中的角色面對生離死別的表現方式也不同。 ※戰爭是人類最殘酷的「發明」，證明人類的文明其實很野蠻。 (3) 教師總結：從大家的經驗和觀賞影片中，已經發現中西方對戰爭的詮釋，差別不小；接著我們就要深入來探討這個課題，並試著從探討中進行更深入的思考。	10	找資料觀察中西方在面對戰爭時的差異	從影片對比發現不同文化系統中人「戰鬥」者所在的位置在「戰爭」的表現中確實不一樣
認識語言面意義	（二）講述大意 1、概覽作品 請學生將各教材默讀一遍，並	10	說出作品的大意	對詩作中的戰爭描繪

	準備試說主教材的大意。 戰爭交響曲　陳黎 兵兵兵兵兵兵兵兵兵兵兵兵兵兵兵兵 兵兵兵兵兵兵兵兵 兵兵兵兵兵兵兵兵兵兵兵兵兵兵兵兵 兵兵兵兵兵兵兵兵 兵兵兵兵兵兵兵兵兵兵兵兵兵兵兵兵 兵兵兵兵兵兵兵兵 兵兵兵兵兵兵兵兵兵兵兵兵兵兵兵兵 兵兵兵兵兵兵兵兵 兵兵兵兵兵兵兵兵兵兵兵兵兵兵兵兵 兵兵兵兵兵兵兵兵 兵兵兵兵兵兵兵兵兵兵兵兵兵兵兵兵 兵兵兵兵兵兵兵兵 兵兵兵兵兵兵兵兵兵兵兵兵兵兵兵兵 兵兵兵兵兵兵兵兵 兵兵兵兵兵兵兵兵兵兵兵兵兵兵兵兵 兵兵兵兵兵兵兵兵 兵兵兵兵兵兵兵兵兵兵兵兵兵兵兵兵 兵兵兵兵兵兵兵兵 兵兵兵兵兵兵兵兵兵兵兵兵兵兵兵兵 兵兵兵兵兵兵兵兵 兵兵兵兵兵兵兵兵兵兵兵兵兵兵兵兵 兵兵兵兵兵兵兵兵 兵兵兵兵兵兵兵兵兵兵兵兵兵兵兵兵 兵兵兵兵兵兵兵兵 兵兵兵兵兵兵兵兵兵兵兵兵兵兵兵兵 兵兵兵兵兵兵兵兵 兵兵兵兵兵兵兵兵兵兵兵兵兵兵兵兵 兵兵兵兵兵兵兵兵 兵兵兵兵兵兵兵兵兵兵兵兵兵兵兵兵 兵兵兵兵兵兵兵兵 兵兵兵兵兵兵兵兵兵兵兵兵兵兵兵兵			能加以概括

	兵兵兵兵兵兵兵兵 兵兵兵兵兵兵兵乒兵兵兵兵兵兵兵乓 兵兵兵兵兵兵兵乒 兵兵兵乓兵兵乒兵兵兵乒乒兵兵乒乓 兵兵乒乓兵兵乓乓 乒乒兵兵兵兵乓乓乓乓兵兵乒乒乓乓 乒乓兵乓兵兵乓乓 兵乒兵乒乒乒乓乓兵兵乒乒乓乓乓乓 乒乒乓乓乒兵乓乓 乒兵乓乓乒兵乓乓乒乒乓乓乒乒乓乓 乒乒乓乓乒乒乓乓 乒乒乓乓乒乒乓乓乒乒乓乓乒乒乓乓 乒乒乓乓乒乒乓乓 乒乒乓乓乒乒乓乓乒乒乓乓乒乒乓乓 乒乒乓乓乒乒乓乓 乒乓乒乓乒乓乒乓乒乓乒乓乒乓乒乓 乒乓乒乓乒乓乒乓 乒乓乒乓乒乒乓乓乒乓乒乓乒乒乓乓 乒乓乒乓乒乒乓乓 乒乒乒乒乒乒乒乒乓乓乓乓乓乓乓乓 乒乒 乒乒乒 乓 乓乓 乒乓乒乒 乒 乓 乒乒 乒乒 乓乓 乒乒 乓乒 乒 乓 乒 乓 乒乒乒乓 乒 乒乒 乓 乓乓 乒 乒 乓 乒 乓乒 乒乓乓 乓乒 乓 乒乓 乒乓 乓 乒乓 丘丘丘丘丘丘丘丘丘丘丘丘丘丘丘丘 丘丘丘丘丘丘丘丘 丘丘丘丘丘丘丘丘丘丘丘丘丘丘丘丘 丘丘丘丘丘丘丘丘 丘丘丘丘丘丘丘丘丘丘丘丘丘丘丘丘			

	丘丘丘丘丘丘丘丘 丘丘丘丘丘丘丘丘丘丘丘丘丘丘丘丘 丘丘丘丘丘丘丘丘 丘丘丘丘丘丘丘丘丘丘丘丘丘丘丘丘 丘丘丘丘丘丘丘丘 丘丘丘丘丘丘丘丘丘丘丘丘丘丘丘丘 丘丘丘丘丘丘丘丘 丘丘丘丘丘丘丘丘丘丘丘丘丘丘丘丘 丘丘丘丘丘丘丘丘 丘丘丘丘丘丘丘丘丘丘丘丘丘丘丘丘 丘丘丘丘丘丘丘丘 丘丘丘丘丘丘丘丘丘丘丘丘丘丘丘丘 丘丘丘丘丘丘丘丘 丘丘丘丘丘丘丘丘丘丘丘丘丘丘丘丘 丘丘丘丘丘丘丘丘 丘丘丘丘丘丘丘丘丘丘丘丘丘丘丘丘 丘丘丘丘丘丘丘丘 丘丘丘丘丘丘丘丘丘丘丘丘丘丘丘丘 丘丘丘丘丘丘丘丘 丘丘丘丘丘丘丘丘丘丘丘丘丘丘丘丘 丘丘丘丘丘丘丘丘 丘丘丘丘丘丘丘丘丘丘丘丘丘丘丘丘 丘丘丘丘丘丘丘丘 丘丘丘丘丘丘丘丘丘丘丘丘丘丘丘丘 丘丘丘丘丘丘丘丘 丘丘丘丘丘丘丘丘丘丘丘丘丘丘丘丘 丘丘丘丘丘丘丘丘 2、教師提問 (1) 在這個作品中，你看到什麼？ ※一片一片的字，不清楚是什麼。 ※兵。 ※還有丘。			

	※還有斷手斷角的兵。 (2) 用兵和其他「乒」、「乓」、「丘」等字的編排，能讓我們看到戰爭是怎麼回事？ ※就是要很多人才能進行。 ※一定會有人受傷。 ※也會有很多人犧牲。 ※結局都是很悲慘的。 (3) 在戰爭中有沒有誰是贏家？ ※不知道。 ※沒有，都輸了，尤其是雙方的「兵」。 ※有，那個看不到的發動戰爭和「被迫參戰」的人。 (4) 請各組把上述這些問題組合起來，試著說此詩的大意。 ※很多人參與了戰爭，尤其是在戰場上的士兵，他們只有聽從長官的指令，沒有個人的意志。 ※在戰爭中的人是沒有意義的，他只是一個「兵」是殺人工具或被殺的證明。大家都沒有姓名，都是過河卒子。 3、教師總結 大家的詮釋都很中肯；可以特別注意的一件事是中國文字的特殊性，能讓我們單純從字的選取到編排，就能讓我們看到戰爭的殘酷。 （三）詞語生字教學（本項暫略） 1、詞語教學			

	(1) 師生共同提出新詞 (2) 解釋詞義 (3) 造句練習 2、生字教學 (1) 辨形 (2) 辨音 (3) 辨義 3、詞語生字綜合練習 (1) 語詞接龍 (2) 文字遊戲 （四）課文深究 1、內容深究 (1) 師生提問及共同討論（學生提問的部分，可以擇要帶入）	60		
聽歌了解戰爭中的人情	① 活動一 播放〈覺——遙寄林覺民〉（齊豫唱）、〈意映卿卿〉（李建復唱）CD，請大家感受後分組討論歌詞里性蹩角色對於「走向戰場」的對應方式。 ※女子很哀怨。 ※男子非常的深情但是要化小愛為大愛。 ※因為在戰爭中人被迫要做出很多不得已的決定。 ※「愛情」似乎是人能不能面對苦難的最重要的力量。		理解作品中面對戰爭的方式與特徵	想得到在不同的角色位置上，戰爭對人的影響確實會因文化脈絡的不同而有別
在「戰爭」位置中「人」的	② 活動二 帶讀鴻鴻《消的土地》、巴代《走過》、《不是我		探索作品中呈現戰爭的方式以及中西對比	指得出中西方詮釋戰

差異性	的錯》、《請不要忘記那些孩子》、《愛花的牛》等作品分組討論，請大家看看在戰爭中的「人」(角色）的命運是不是很相似，還是會因為身處的環境不同而有不同的命運？在這里可有中西文化的區別？ ※在〈消失的土地〉、《走過》這兩篇作品中的角色都是無端捲入戰爭的平民百姓；在《不是我的錯》、《請不要忘記那些孩子》是以兒童的角色為主。 ※《愛花的牛》很特別，它是一則寓言，但是可以讓我們感受到如果大部分的人都像那頭愛花的牛一樣，人可能就會好好思考為什麼非要用武力才能解決爭端，對於違反「個人秉性」的事，我們為什麼又非做不可。 ※戰爭的影響是全面性的 ※透過兒童的位置更加能夠凸顯戰爭中的非理性與殘忍。 ※認識戰爭的方式在〈消失的土地〉、《走過》這兩篇作品中，比較是從成人的位置展現戰		差異背後的原因	爭的差異跟其中的倫理關係

	爭中人的掙紮、痛苦與無奈；在《不是我的錯》和《請不要忘記那些孩子》是從孩子的角色，說明人在面對災難時的態度。 ※《愛花的牛》則是堅持做自己，儘管會被視為異類，也絕不違背自己的天性。			
詮釋與才藝展示	③ 活動三 請各組運用各種可能的方式，再進一步將〈戰爭交響曲〉、〈消失的土地〉和〈走過〉等跟《不是我的錯》和《請不要忘記那些孩子》、《愛花的牛》等對比，找出彼此的美感和世界觀的差異。 ※我們演兩齣短劇請大家評判。 ※我們用圖畫，將不同位置的戰爭中人，透過圖像的形式展現。 ※理解文化在文本中對我們體會「戰爭」的影響。 (2) 情意擴展及統整 ① 活動一		玩味作品內蘊的中西方對詮釋戰爭所採取的方式以及因此而產生的不同視角不同的美感差異及在整體表現戰爭方式的不同是與各自的世界觀息息相關	體會得到中西方在詮釋戰爭與表現戰爭的差異性及其背後所傳達出不同的文化語境
善後小考驗	讓大家繼續思考中西方表現戰爭的方式，是否與中西不同的文化脈絡有關。 ※好像無關。 ※應該有關係。在繪本中，雖然主要是從兒童		深入作品中詮釋戰爭的方式在中西對比中各自類化的結果差異	尋繹中西方詮釋戰爭的方式及其各自所類

	的角色表達「戰爭」對人的影響，兒童的「無辜」形象，更加強化成人在面對戰爭時的複雜心態。			化的「外顯」和「內隱」的詮釋位置，以及由此展現出人面對「戰爭」的態度及其對世界意義
「兵」「卒」遊戲	② 活動二 分組討論如何運用上述探討的結果。 ※透過「下象棋」的遊戲，學生分別觀察其中各個棋子所代表的作用，特別是「兵」和「卒」這兩枚棋在整個棋盤上的位置與意義。 ※同學玩「騎馬打仗」的遊戲，思考在遊戲中的戰爭，與現實中的戰爭，有那些相似的特質。		將所得情意予以擴展及統整見效	知道把所學回饋給所要影響或支配的對象
圖象詩創作	2、形式探究 由前面各活動的延伸，分組討論主教材的文體及主旨、段落安排要領、結構分析和文章特	15	了解整首詩的作法	可以說中詩作的形式結構及

		色（這一部分可爭議的較少，所以權宜的只列一種解答或思考模式）： (1) 文體及主旨 ※文體是敘事詩；主旨是從「兵」「乒」、「乓」和「丘」四字的排列組合將戰爭中「起、承、轉、合」的過程呈現出來。 (2) 段落安排要領 ※第一段，事排列整齊的「兵」；第二段，在仍然排列整齊的「兵」之中出現了「乒」、「乓」狀態下的「兵」，之後隊伍越來越亂，「兵」越來越少，主體是「乒」、「乓」；第三段中出現的仍是整齊排列的兵，不過這些兵已成了「丘」。 (3) 結構分析 ※第一段是起；第二段是承（將戰場中兵的狀況展現出來）和轉（戰事的激烈）；第三段是合。 (4) 文章特色 ※戰爭的殘酷透過「兵」、「兵」、「乓」、「丘」四字的排列組合呈現，將戰爭的場面鋪排成一幅戰事行進的場面，卻以「戰爭交響曲」命名，整首詩作立顯其中的衝突與張力。			其特徵

	三、綜合活動（本項暫略） （一）朗讀教學和聆聽教學 1、朗讀練習 2、聆聽訓練 （二）說話教學 1、說故事（讀者劇場／故事劇場） 2、即席演講 3、說相聲／雙簧 4、演短劇 5、辯論 …… （選） （三）寫作教學 1、仿作 2、改寫 3、看圖作文 4、聽聲作文 5、命題作文 6、影像作文 …… （選）			

在此教學設計中，以主要教材〈戰爭交響曲〉切入，同時在副教材中以〈覺——遙寄林覺民〉（歌）、〈消失的土地〉（詩）和《走過》（小說）等不同文類的連結，加上對比教材中《不是我的錯》、《請不要忘記那些孩子》和《愛花的牛》等繪本，引導學生進入對「戰爭」的認識、理解與詮釋，進而從「戰爭」此一對人類社會具有毀滅性的議題中，思考人在不同的歷史、文化與社會情境之下，是否會做出不同的選擇與行動。

五、結語：用不用，有關係

現代文學的發生，本是與近百年來動盪的家國時局有緊密的聯繫，只是當近二十餘年臺灣本土化運動以畫疆立界的方式，將各種可能的聲音排除出去，以示正統純粹，尤其視對岸的「華人」如「外人」甚至還不如「外國人」以後，「中國／臺灣」文學原有許多可以相互對話、碰撞、理解與欣賞的火花，變得混沌曖昧不明，「文學」的可貴之處，本是奠基在透過語言文字「將抽象的概念具體化」，具體化到姑且不管是華人或非華人，當他（她）讀到陳黎〈戰爭交響曲〉時，都能想像得到「戰爭」的場面，戰場上人的位置，以及戰爭結束後人的處境。「現代文學」中出現很多人在困境中掙紮、突圍、沉淪、反思與創造之作，將它轉化成華語文教學中可用的教材，應能讓有心學習華語文的外國人，有機會見識到華人社會在近百年來與西方文化匯通交流後的解構與重構。

參考文獻

一、教材

加娜・拜亞茲・阿貝爾斯・文・圖，林真美譯（1997），《請不要忘記那些孩子》，臺北：遠流。

巴代（2010），《走過》，臺北：印刻。

陳黎（2010），《陳黎詩選 1974-2010》（增訂版），臺北：九歌。

曼羅・里夫・文，羅伯特・勞森・圖，林真美譯（1999），《愛花的牛》，臺北：遠流。

雷・克里斯強森・文，迪克・史丹伯格・圖，周逸芬譯（2000），《不是我的錯》，臺北：和英。

鴻鴻（2006），《土製炸彈》，臺北：黑眼睛工作室。

二、作品

史鐵生（2002），《我與地壇》，山東：山東畫報。

朱文華、許道明（1995），《新編中國現代文學作品選（上）》，上海：復旦大學。

侯吉諒總編（1989），《中國新文學大師名作賞析》（1-30），臺北：海風。

洛夫、李元洛編（1996），《大陸當代詩選》，臺北：爾雅。

彭小妍編（1998），《沈從文小說選Ⅰ、Ⅱ》，臺北：洪範。

楊牧、鄭樹森編（1997），《中國現代詩選Ⅰ、Ⅱ》，臺北：洪範。

三、方法、理論、文學史與評論

王德威（1998），《如何現代，怎樣文學？——十九、二十世紀中文小說新論》，臺北：麥田。

呂正惠（1995），《戰後臺灣文學經驗》，臺北：新地。

何淑貞、張孝裕、陳麗芬（2008），《華語文教學導論》，臺北：三民。

周慶華（2004），《創造性寫作教學》，臺北：萬卷樓。

周慶華（2007），《語文教學方法》，臺北：里仁。

周慶華（2009），《文學詮釋學》，臺北：里仁。

周慶華（2011），《華語文教學方法論》，臺北：新學林。

馬庫色（1989），《美學的面向——藝術與革命》（陳昭瑛譯），臺北：南方。

夏志青（1985），《中國現代小說史》，臺北：傳記文學。

泰瑞・伊格頓（1993a），《文學理論導論》（吳新發譯），臺北：書林。

泰瑞・伊格頓（1993b），《文化的理念》（林志明譯），臺北：巨流。

唐翼明（1995），《大陸新時期文學（1977-1989）：理論與批評》，臺北：東大。

陳東榮等主編（1995），《典律與文學教學》，臺北：書林。

趙俊賢主編（1994），《中國當代文學發展綜史（上）、（下）》，北京：文化藝術。

劉珣（2005），《對外漢語教育初探》，北京：外語教學與研究。

戴維揚、梁耀南主編（2006），《語言與文化》，臺北：文鶴。

謝明勳、陳俊啟、蕭義玲編（2009），《中文創意教學示例》，臺北：里仁。

譚國根（2000），《主體建構政治與現代中國文學》，香港：牛津大學。

後全球化時代的華語主導權之爭

蔡佩玲
臺東縣新生國中博士教師

摘　要

華文在未來一、二十年將是使用人口成長最快的語言，也是擁有最多使用人口的語言，但是否能取代英語，成為新的世界語言，仍有些變數。在全球華語熱的氛圍之中，誰能掌握華語的主導權是值得探討的議題。本文首先分析全球華語學習與教學現況，再從全球各區域分區探討各國華語使用情形及語言政策，最後真對語言特性、語言使用人口結構、語言政策等面向探討華語權力的變動趨勢。

關鍵詞：華語、華語教學、全球化、世界語言

一、前言

語言學家 David Crystal（1997）認為特定的某個語言之所以能成為全球使用的國際語言，跟「多少人」使用這個語言的關係不大，「誰」使用這個語言才是重點。而「誰」可以出線，掌握主導權，端看「誰」背後的政經實力與軍事後盾。當語言現象超越地域性時，就是示現在經濟發展不平衡條件下，經濟實力消長的結果。David Crystal（2003）在 English as a Global Language《英語為全球語言》一書中更進一步提出英語之所以能成為國際語，除了英美的政治勢力，最重要的是它們的軍事力量。Robert Phillipson（1992）在 Linguistic Imperialism《語言帝國主義》中也談到帝國殖民是英文成為全球語言的主因。世界語言主導權不停的更迭，在英語之前，拉丁語、法語、西班牙語和德語、日語也都曾成為世界強勢語言。但隨著這些語言母語國家的政經實力的衰退，語言強勢也隨之不復存在。就像二十世紀 70 年代，隨著日本經濟崛起而產生的日文熱，持續不了多久就隨著日本經濟泡沫化而趨冷；再如 80 年代出現類似的韓潮，也在亞洲金融危機後消退。任何語言都難以單靠自身魅力維持強勢地位。（新華網，2005）David Graddol（1997）在 The Future of English 一書中點出：當重大技術發現不斷出現在中國或其他非英語國家的時候，就是英語能出現頹勢的時候。而 2006 年 6 月《時代週刊亞洲版》（Time Asia）就以「要卓越！學漢語！」（"Get Ahead! Learn Mandarin!"）為封面標題，「世界上已經有了新興的第二語言，但不是英語」（"The world has a new second language – and it isn't English."）為這篇報導的副標題，應證了這世界語言更替的時期。（Ramzy, 2006）隨著全球化互動影響與亞洲經貿的崛起，中國經濟的起飛，華語是否能與英語分庭抗禮，甚或取代英文成為這世界的新語言，仍有待眾多因素的促成。

倚仗著最快速的經濟成長率、最高的匯存底、最大規模的軍隊和最多中產階級與僑居者中國的，華人經濟已在世界佔有舉足輕重的地位，以觀光市場為例：中國國家旅遊局副局長孫鋼表示，到 2020 年，中國將成為世界上第一大旅遊目的地國和第四大客源輸出國。（蔣桂斌、吳晶，2002）世界財經人士匯聚到東亞地區掏金的同時，學習華文成為開啟這超過 14 億人口市場所必備的鎖鑰。在 90 年代，美洲、歐洲與紐澳地區，以華語為外語學習的人數已超過日語；亞洲地區包括日本、韓國與越南，華語也超越英語學習，成為外語學習中的第一位，以鄰國日本為例：中文是僅次於英文最被廣泛教授的外語。1993-2005 年間，日本國內提供中文語言課程的中學就成長三倍之多（唐浩，2007）；在東南亞各國，華語為僅次於英語的第二大外語，而新加坡將華語列為四大官方語言之一；聯合國也將華語列為六大工作語言之一。目前全球使用華語人口已有三十一國超過十三億人，遠高於第二的西班牙文（四十四個國家，近四億人）與名列第三的英文（一百一十二國，約三億人）。（Lewis，2009）全球學習華語人數則超過 3000 萬人，約有一百個國家、超過 2500 所大學教授華語課程（僑務委員會，2009）預計在 2010 年人數將上達一億的學習人口數全球華語教師的需求量可能從 60 萬到 100 萬名。這些數據在在顯示華語文在海外受到重視的程度與學習熱潮的蓬勃現象。華語文教育受到世界各國的重視及推廣不言而喻。這也難怪投資大師羅傑斯（Jim, Rogers; 2009）在他的書《投資大師羅傑斯給寶貝女兒的 12 封信》（A Gift to My Children：A Father's Lessons for Life and Investing）中也提到：「或許我可以給在這世界任何一個人的最好的一個建議就是——讓你的孩子或孫子學華語。英語和華語將成為這個世界最重要的語言。」

二、以華語非母語的國家市場概況分析

（一）亞洲地區

亞洲地區學習華語盛行的國家，包括東北亞的日本與韓國，以及東南亞的泰國、印尼、越南、馬來西亞、印尼、菲律賓、新加坡、印度等。其中東南亞地區的海外華人最多，華語的使用人口已超過 2000 萬人，佔海外使用華語總人數的一半。以下針對亞洲重要華語國家，說明其華語教學發展的多樣性面貌。

1.東北亞的日本與韓國：到中國大陸或臺灣的華語學習者，以韓國日本的學生為最大宗。除了地緣近之外，文化有許多相近之處，加上文字上也使用漢字，因此造成日本與韓國華語學習的潮流快速竄起。日本約有近 200 萬的人學習華語文。以 2007 年為例，全國五百多所高中，有 353 所高中超過兩萬名高中生選修中文學習華，因為華文是大學入學的選考外語之一。日本的 500 餘所大學中，幾乎全部開設中文課，其中 95%以上的大學將華語列為第二外語，有 85 所大學設置了中文系，參加日本中文檢定考的人，到 2007 年已經超過 60 萬人。（何淑貞、張孝裕、陳立芬、舒兆民、蔡雅薰、賴明德，2008；張金蘭，2008）

在韓國，有 300 餘萬人學習中文，華語已經超過英語成為最重要的外語。韓國的華文熱潮可在主流與非主流的教育體系發現其趨勢：小學、中學、大學與補習教育都廣設華語課程。韓國有 270 餘所大學、600 多所高中、100 多所初中，70 多所小學開設了漢語課程。每年有近 3000 名主修中文的學生畢業。另外還有遍布全國的上千所補習式「中國語學校」，每年培訓人數也在 20 萬人次以上。而韓國由於與中

國的經貿關係，自西元 2002 年以來，對中國的出口額度已超過 238 億，中國儼然成為韓國的第一出口國，因此半數以上的企業以華語為求才的重要指標，甚至不少企業都開設中文補習班，提供職員在業餘時間可以學習中文的服務。且韓國人到中國留學的留學生已達到 5.7 萬人，超過中國留學生的三分之一。而漢語水準考試，韓國人也佔應試的六成以上。（中新社，2006；張金蘭，2008；何淑貞等，2008）

2.東南亞地區：新加坡教育部從 2006 年起在小學階段推行中文改革，著重在提高學生學習中文的興趣，積極舉辦各種活動，例如：新加坡每年舉辦全國中學中文演講比賽、全國學生中英文互譯比賽。著名的南洋理工大學還開辦孔子學院，設「中華文明 5000 年」課程，幫助華文學習者了解華文的文化背景。

東南亞地區將華語課程納入主流教育的國家越來越多。泰國、印尼、菲律賓對華文教育從原來的禁止到現在的寬鬆教育政策，使得華文教育有有很大的成長空間。泰國有超過 50 萬人學習華語。早期泰國華僑人數頗多，說潮州方言或華語的人口僅次於泰語，可惜後來華語教學一度因為政策而被禁止。但隨著華人經貿的興起，泰國政府才又鬆綁對華文教育的限制，甚至在 2006 年宣布將華語訂為第一外語，隨之孔子學院可以說是如雨後春筍般落戶泰國，泰國是目前中國在亞洲孔子學院分布最多的國家。中國政府的積極措失更升溫了這股華文熱潮，如在 2007 年，中國政府給泰國提供了 400 名漢語教師到到中國進修的獎學金名額，並接帶泰國 200 名大中小學的校長前往中國考察中國語言文化。且於 2008 年泰國政府將華語課程納入 2000 所中小學的課程中，同年，泰國史上第一個專門為皇宮官員開設的漢語學習班也正是在首都曼谷大王公開課。中文已成為泰國人學習的第二大外語。（僑務委員會，2010；張金蘭，2008；何淑貞等，2008）

菲律賓全國人口的 2%是華人，現在約有 160 萬人，在 1976 年之後，因為施行「菲化」政策，使得華文教育受到限制，菲律賓華文教育，華文學校全面菲化為菲律賓學校。寬鬆政策之後，目前有 130 所中學校，約 10 萬名學生學習華語。獨立後的馬來西亞與菲律賓之華文教育與泰國華校一樣，逐漸納入為國家教育體系之內。曾經也是排華嚴重的馬來西亞，在 1990 年解禁後，學習華語的人口也與日俱增。華語甚至與馬來文、英文並列為當地國民教育（小學）的三種語文之一。馬來西亞與菲律賓華人社團對華文教育發展階有很大的貢獻，當地華文學校的學制、課程教材、師資、學生出路等與臺灣、中國有密切關係。不同在於馬來西亞華文教育重視母語教育與文化傳承，菲律賓則注重華語的學習。

排華的印尼也曾制定種種限制華文教育的政策，甚至禁止華文教學及華文報刊達 33 年之久。二十世紀 5、60 年代起，中文在近 40 年里甚至被列為非法語言。但在擋不住華文潮流之下，目前政府重新局部開放華文教育。強大的華裔因素，更促進了中國與印尼經貿文化的交流。2001 年印尼教育部部長表示，面對全球化的時代，印尼政府將致力使華文與英文和日文具有同等的地位。同年，印尼與中國教育部門檢署在印尼舉辦漢語水準考試（HSK）的協辦書，第一次漢語水準考試就有 1192 人報名名參加。2007 年，全印尼有 7 所大學設置中文系或漢語系，而公私立中小學也紛紛開設中文課程供學生選修。而登記立案的民間華語補習班也有 206 多家。兼顧印尼語、英語、和華語的三語學校也如雨後春筍的在大城市出現。（廣西日報，2010；僑務委員會，2010）

泰北、柬埔寨、越南和寮國的華語教育尚未納入當地的主流教育，還是屬於補習教育的型態。越南傳統文化與中國文化有著共同的淵源，十九世紀以前，越南一直使用漢字，越南許多史學、文學著作均是用漢字寫成的，因此在越南在南北越合併之前華文教育環境極佳，僑校極多，各級華文學校多達 200 餘所。後雖因越戰關係，使華語文教育受挫一時，但越戰結束後，又陸續蓬勃發展。現今越南小許多大學陸續增設中文系，越南首都河內目前就有近 10 所大學有中文系，留學中國，成為時尚。越南的中文或漢語系所錄取成績也超越了英語系，成為重要的外語。

中國與印地的貿易在 2011 年可望達到 205 億美元，隨著印度與中國雙邊貿易逐年遞增，在官方語言多達 17、8 種的印度，大學裏學習漢語的學生逐年增加，漢語系成為印度學生最想進入的外語科系，華語也是該國學生最想學習的外國語言。以印度國立德里大學東亞問題研究學系為例，東亞系開設漢語、韓語和日語，而學習漢語的學生已經成為工商界爭相聘請的對象，所以在 2000 年之前，全系僅有 30 名左右的學生，但如今已增到 300 多名。（大紀元，2007a）

在東南亞地區，海外華人雖然比世界其他區域的人數多，但是當前東南亞地區的華文教育面臨著共同的困難，主要表現在缺乏前瞻統一規範、師資素質不高、數量不足、教師待遇低下、各類教材短缺、教學環境欠佳、數位教學能力差異大、學生素質參差不齊等。就東南亞地區的華語師資而言，當地普遍產生教師人數不足，根據 2007 年中國大陸漢辦的統計，馬來西亞漢語教師缺少 9 萬人，印尼則缺少 10 萬人。師資質量上也是有需要提升的隱憂，華文教師年齡偏高、學歷偏低、教學專業訓練不夠，以印尼華文教師調查顯示，華文教師在 40、50 年代出生的佔 80%，最高學歷為中學者佔 82%，過半數的人沒接受過專業訓練，69%認為自己的教學水準有待提高。（肖海薇，2005）

（二）北美地區

北美地區目前華語文學習熱潮在美國各州及加拿大各省敘述蔓延，從 90 年代開始的華人新移民，與近來美國地區語言教育政策的改變教育，使得整個華文在北美地區的華語教學生態產生很大的改變。

在美國中文是 12 種外語中選修人數增加最快的語種。美國在 2005 年宣布「Chinese K-16 Flagship 計畫」鼓勵從幼稚園到大學均設置華語文課程。在 2006 年秋季開學後，全美大學理事會（College Board, 2006）

開始實施美國主流教育體制之下的「華語文進階先修學分課程」（Advanced Placement Chinese Language and Culture or AP Chinese），AP 中文被喻為美國教育界 50 年來最重要的政策之一，對華語文教育普及化及在地的中文學校有重大影響。

美國大學理事會（College Board）為美國高中生舉辦的全國性專科標準測試 Scholastic Assessment Test（SAT Subject Test），在 1993 年把華語文列入 SAT-Ⅱ其中測華語的部分為「SAT Subject Test in Chinese with Listening」是用英語來考量學生對中文的了解程度。測驗分為聽力、語法和閱讀三部分，考試內容以實用語言資料為主。考試成績是美國大學錄取新生的重要依據。美國大學理事會（College Board）在 2005 年將中文納入 AP 考試科目之一。AP 中文考試也是各大學做為審核高中學生申請入學的條件之一。中文 AP 課程即是美國大學中文預修課程，是讓高中學生在高中時即選修相對於大學一年級及二年級程度的中文課程，換算後相當於學完 240 個課時。取得 AP 中文課程學分的高中學生，進入大學之後，則可獲得大學中文學分或抵免大學外語必修課，直接銜接大三程度的中文課程。高中生取得不同科目的 AP 課程學分，不但有助於申請進入名學校科系及大學獎學金的取得，還可以抵免學分，更可以節省學費和時間。所以自 2007 年有中文 AP 考試以來，已有來自 433 所學校 3,261 位學生應試。在中文 AP 課的推波助瀾，2006 年時，主流學校（各公私立高中）學習中文的學生人數已達 2 萬 4,000 人，傳統中文學校（主要教授正體字）的中文學生約有 10 萬人，漢語學校（教授簡體字）學生約 8 萬人，總計已逾 20 萬。另據亞洲協會 2006 年的一項調查，到 2015 年時，全美將有 75 萬名學生學習中文。（林立傑，2006）

此外美國為了提高國人對國家安全關鍵語言學習的興趣（包括阿拉伯語、華語、日語、韓語、俄語、印度語、波斯語、土耳其語），與關鍵語言訓練合格執照師資的增長，在「國家安全語言專案」（NSLI）下成立了一個「星談計畫」（Startalk），這是一個為學生提供暑期語言學習經驗和培育語言教師專業的革新計畫。（National Foreign Language Center, 2010）

美國在星談計畫的上投注的經費由 2007 年的 500 萬、2008 年的 1000 萬，逐年增加到 2009 年的 1500 萬。星談計畫基金有很大的比例是用於資助華文教師培訓與推廣華文課程的設立。星談計畫下的華文課程有效啟發學生學習華語的動機，以 2008 年為例：在 22 個學區內 56 班上過課的 1000 多個學生中，有 90%的學生表示他們會繼續學華語文。（Teaching Chinese，2007）

加拿大在二十世紀 80 年代時，有大批從臺灣香港的華人移入，加上近十年來自中國的新移民，加拿大全國有已 140 多萬華人。加拿大政府在 1994 年正式將中文教育列入中小學國際語言課程之一，且承認中文考試成績可以做為大學認可的一種外語學分。「中英雙語十二年學制」，開創多元教學的新面向。2002 年起，加拿大自將華語列為使用人口最多的第三大語言，僅次於英語及法語。據加拿大統計局於 2003 年 2 月 11 日公布的資料，在工作場所中講中文的人口在全加共有 20.8405 萬人，僅次於講英語、法語的人數。在多倫多，中文已經成為繼英文之後，在工作場所被用的第二大語言，有 8.3955 萬人在工作場所中講的是中文。加拿大的華文教育主要分三個類型：1.高等教育的中國文化及語文教育。2.華僑社羣所辦的中文學校及中文班；3.「祖裔語言計畫」下的華語教育。

由於學習華語的人數不斷增加，近年華語已有逐步取代法語之勢。（雷勵，2004）

（三）紐澳洲地區

在西元 2001 年的調查中顯示，華文成為澳洲的第二大語言，全澳洲講華語的人口超過 40 萬人，華語是澳洲使用人數最多的外語。澳洲目前開設中文課程的中小學約有 140 所，2009 年澳洲公立國小學生學習華文的人數已經接近 6 萬人。1993 年頒布《全國華文課程規》，目前澳洲政府對華文教育相當重視，華文是 OP 考試的選項，公立學校也開設華文為選修外語課。「澳大利亞維多利亞州教育証書課程」（Victoria Certificate of Education）簡稱 VCE，是大學預科，為期兩年，供 11、12 年級學生修讀（相當於高二、高三），來鼓勵華文的學習，學生修畢這個課程後考得的成績，是升讀維多利亞州各大學的依據，澳大利亞其他州和其他國家的很多學校都認可。澳洲政府實行華文教育的 VCE 證書，對華語學習有相當大的助益。VCE 中文課程包括兩年研習和公開考試。VCE 中文考試包括三部分：平時寫作、口試和筆試。VCE 中文考試內容是現代漢語，語言是普通話，字體繁、簡體字皆可，而標音系統則採是漢語拼音。為避免不公平現象，維多利亞州考試局於 1995 年起分卷考試：華語背景考生必須選考以中文為第一語言的試卷；而其他人士如澳洲本土出生或來澳超過 7 年的華裔學生則可報考以中文為第二語言的試卷。而紐西蘭教育部從 1998 年就把華語列入全國大學入學考試的外語科目，1999 年開始實施，2000 年列入中學會考的外語考試項目，公立學校課程及升學考試都已列入華語文。

（四）歐洲地區

隨著中國大陸經濟起飛，有 13 億人使用的華語也漸受歐美國家重視，歐洲地區也為因應與中國商業往來的需求，熟識中文的人才變得更具市場競爭力，歐洲學習華語的比率，近幾年以每年增加 20%向上攀升，華語也列為歐盟工作語言之一。

華文在法國是學習人第五多的第二外語（次於英、德、西、義），且學習華語人口每年都有 20%到 30%得成長幅度，2005 年中文已成為法國外語教學中，發展最快的語種。因此法國已實施中法雙語教育的實驗班，且制訂了華語學習標準與能力分級標準。法國各地大學幾乎都已開設華語課程，有 100 多所大學中開設中文課程，其中 13 所的外語系開設漢語專業，5 所大學設有碩士研究生，2 所設有博士研究生。（新華社，2005）中等學校部分，起初只有高中開設華語課，現已推展到初中的第二外語課程，目前開設華語課程的中學有 190 多所；有 10 餘所小學設置華語課程，部分小學甚至已將華語列為第一外語選項。從法國政府於 2006 年派任「漢語督學」，增進中小學華語推廣，可知華語教育在主流教育中的地位已是日益重要。（張錦弘，2008）

除了對於漢語已有的多年的研究牛津劍橋等名校，近來英國開設華語課程的大學日益增多。英國政府從 2000 年起，每年撥專款 100 萬英鎊，推廣華文教學。使得華文學習人數呈倍數成長。據 2009 年英國《獨立報》消息指出，在英國，普通話正快速成為約 500 家學校的教授科目，這些學校把普通話列為課餘項目，有的更把普通話列為正式課程。例如英國東索塞克斯郡的頂尖學府布萊頓公學（中學），於 9 月份開始將中文列為必修課程，且英國將中文列入學校的正規課程，出版了第一本正規中文 GCSE（普通中等教育證書）教科書，以便作為一種新的國家職業學歷與學術考試機構（Edxcel）考試科目。中文現在終於成了 GCSE 各種正規語言選擇中的一種。其他歐洲國家，德國中文學習熱潮從兩德時期到統一，持續上揚的走勢，目前德國學中文人口也於近一年間估計有近五倍的成長。在義大利，除了華人外，約有近 50 萬人想學習華語。義大利境內的著名學府的大學階設有中文系。西班牙政府，在 2004 年底即擬定一項「前進亞太」的外交政策，目標是對準中國。但因為華語師資不足，華語的學習形成供需不足的情形。

（五）中南美洲地區

百年前移民到中南美洲的華人以古巴最多，達 13、4 萬人。近年來華語文在中南美洲十分盛行，但主要以大學與成人教育為主。南美洲有許多國家，如巴西、阿根廷、秘魯、智利等國家都陸續將華語教學列入大學課程中，甚至提供修讀學位的課程。巴西華人移民也很多，巴西聖保羅市內已有多所學校設立中文課，聖保羅成立了第一所以中國大陸僑民為主要教授對象的中文學校，學習中文的學生正與日俱增。目前在巴西全國有 20 餘所的中文學校。秘魯 Juan23 學校規定中文為全校 3000 名學生的必修課程。如位於大聖保羅地區哥琪雅市的仁德國際學校，目前有 400 名學生，到五年級為止，中文都是必修課程，之後才可以選修西班牙文。華語學習在巴拿馬受到重視，中巴文化中心附設中山學校有 1700 百名學生學習華語，各僑團也開辦中文班，當地大學也紛紛籌設中文課程。厄瓜多中學以上紛紛開設華文課程，各大學語言中心里學習華文的學生人數也越來越多。這些在在顯示中南美地區的人也已經意識到中文在世界上是越來越重要。（大紀元，2007b）

（六）非洲地區

埃及民眾正興起學習華語的熱潮，埃及的艾因．夏姆斯大學語言學院中文系是非洲最大的漢語教學中心。此外埃及名校如開羅大學、紮卡濟克大學、阿斯尤特大學也陸續增設華語教學。2007 年中埃兩國簽訂了興建中文學校的條文，成立整個非洲大陸第一個中文學校。而南非政府也與中國共同合作開設中文學習課程，目前已有南非大學和金山大學以建教合作方式進行。特別的是，南非大學的中文課完全透過遠距教學方式教授。

三、以華語為母語的國家市場概況分析

隨著全球的華文熱，來臺灣學習華語文的國際人士也是與日俱增。以教育部及內政部的資料統計，2006 年來臺學習華語人數達到 13,000 人次以上來自世界各地 60 多個國家。此外，外籍配偶之華語文

教學亦值得關注：依據內政部的統計，到 2009 年 5 月 31 日為止，我國外籍配偶人數已達 41 萬 8756 人，以大陸（含港澳）配偶最多為 27 萬 8394 人，其次為越南、印尼、泰國、菲律賓等。這些新住民第二代的語文教育也需要及早協助，目前臺灣開設外籍配偶的華語文教學輔導班別相當多元，各級中小學亦同時於重點地區開設外籍配偶的華語班。（內政部，2010）

為了使臺灣成為全球華語文學習中心，政府與民間多方面採取積極作為，致力於營造開放自由的華語文學習環境、開發活潑生動的教法與教材、培訓優秀的教學師資、發展數位學習的優勢，加上有計畫地輸出華語文教師、提供來臺研習華語獎學金等，在華語教學上已看得到成果。臺灣近 30 所大學院校設有華語文教學中心和華語教學系所，加上民間的機構與政府部門，不管是對華語文教學的專業化、學術化與國際化、人才師資的培育、教材的研發等均有相當的提升。

根據教育部國際文教處 2011 年所公布「各大學校院附設華語文教學中心得自境外招收外國學生來臺研習華語一覽表」目前臺灣共有 28 所大專院校設置語言中心教授華語，每年約可招收 15,000 人次國外人士到臺灣學習華語文。（張良民，2006；國際文教處，2011）

除了語言中心，近年來臺灣高等教育也陸續成立華文教學相關專業系所，臺灣最早的華語文教學系所是 1995 年成立於國立臺灣師範大學的「華語文教學研究所」，招收碩士班，2003 年開始招收博士班，迄今已有近百位畢業生。2007 年國立臺灣師範大學成立「國際與僑教學院」，除推動華語文教學外，還可強化僑教功能，進而從事推廣國際化語言與文化的學術研究。此外還增設應用華語文學系（本國生就讀）、國際華語與文化學系（外籍生就讀）、東亞文化暨發展學系、國際漢學研究所、歐洲文化與觀光研究所及華語教學研究所僑教與海外華人組等。

2003 年國立高雄師範大學也成立華語文教學研究所，同年，中原大學也成立大學部應用華語文學系（2002 年），目前已成立的研究所。

大學部則包括聯合大學（2007 年）、臺東大學（2007 年）、銘傳大學、文藻外語學院應用華語文系（2001 年）等成立的華語教學系，2007 年華語教學系所及華語文學程、學分班如雨後春筍般一個接著一個成立：政治大學「華語文教學碩士班」「華語文教學學程」、開南大學「國際華語碩士專班」「境外華語碩士在職專班」；中國文化大學推廣教育部「華語文教學碩士專班」；屏東教育大學「華語文教學學程」臺北市立教育大學「華語文教學碩士學位學程」「華語文教學學程」；僑光科技大學「應用華語文系」；銘傳大學「應用中國文學系」；元智大學應用中語系；實踐大學、臺中技術學院、育達商業技術學院、修平技術學院紛紛成立「應用中文系」。臺灣各大學已逐步開辦華語文教育的研討會，顯示華語文教學學術研究愈來愈受學界的重視，每隔兩年舉辦「全球華文網路教育研討會（icice）」，齊聚國內外華語教學多媒體學者專家與華語教師共同研習，且會中也有最新的華語文圖書與書面教材發表、及網路學習網路軟體，是華語教學產學界的學術盛會。除了各大學設立的華語中心辦理對外華語教學的工作之外，臺灣民間華語文學術團體與民間教學機構也辦理華語文訓練的課程一同推動臺灣華語文教學領域之發展，提升華語文教師的專業：世界華語文教育學會，臺灣華語文教育學會（2002 年）與「臺灣華語文教學學會」（2002 年）。

目前政府機構與臺灣華語教學推展關係密切的單位有：教育部國際文教處、對外華語工作小組、僑民教育委員會與僑務委員會等單位。而僑民教育委員致力於海外臺灣學校的發展、招收優秀的僑生回國升學，對於東南亞地區的華文教育影響尤劇。近 10 年，華語教學的海外推廣是僑務委員會的政策重點，歷來僑委會對於輔導海外僑校推展華文教育、影響最深遠，推廣最具成效。2003 年成立國家對外華語教學政策委員會，對於華語教學領域的長遠性政策與規畫逐漸明確落實，包括發展 TOP 華語文能力測驗、對外華語教師能力認證、對外華語教材研發、華語教學系所與學程專業評核、華語教師的培訓與輸出計畫、國際學術合作、開展國內大學華語境外專班、擴招外籍學生與臺灣獎學金的設立等等，並持續華語教學的海外推展中。

四、中國政府的積極運作

然而華文這塊大餅並非由臺灣獨佔，不僅臺灣政府、學術界、以及產業界在華語推行上不遺餘力，中國大陸政府更是有計畫地推行漢語。自 1987 年大陸官方整合各部會、單位成立「中國國家對外漢語教學領導小組辦公室」（簡稱為國家漢辦），於 2004 年漢辦在南韓首都首爾設立第一個「孔子學院」後，隨即在全球各國廣設「孔子學院」（中國大陸指定的大學和外國大學為主的機構合作設立）與「孔子課堂」（建在外國中小學的課堂）。依據 2009 年國家漢辦公布的資料統計，目前中國大陸已在 88 個國家建立 282 所孔子學院和 272 個孔子課堂，合計 595 所。（網絡孔子學院，2009）但面對如雨後春筍的孔夫子教室與強勢的漢辦，其實美國人也不是對中國這免錢的午餐照單全收、毫無戒心，例如加州當地居民對於中學將開設「孔子課堂」（Confucius Classroom）已有反對聲浪，有些人認為孔子課堂是是假教授華語、傳播中國文化之名；行宣揚共產主義、文化入侵之食。雖然反對人士為數不多，但可從他們標語「向孔子說不」、「要美國主義不要共產主義」，「向共產主義宣戰」嗅到美國人排中的氣息。（啟銘、陳光立，2010）

五、華語主導權之爭誰會勝出

新的帝國主義戰爭，戰場將在語言領域上廝殺。*The Economist*《經濟學人》在 2001 年曾特別報導"The triumph of English-A world empire by other means."「英語的勝利——以其他手段建立的世界帝國」。文中強調英語帝國的建立，並非透過傳統的武力，而是透過語言。美國於 2006 年執行的國家安全語言計畫（The National Security Language Initiative），將中文、俄文、波斯語、阿拉伯語等外語，列為攸關國家安全的「戰略語言」。美國國防部編列預算給語言的教育經費，將語言視為一種策略性的武器，顯見語言已成了國防策略的一環。

中文未來 10、20 年將是上升最快的語言，也是擁有最多人口的世界語，至於是否能取代英語的世界地位，仍有些變數。學者周慶華在《反全球化的新語境》一書中提到一般認為國際語言的形成主要是透過兩個進程：一是將此語言訂為官方語言，二是即使沒有官方認可，也可以在一個國家的外語教學上取得優先順序。但除了國家支援外，還應需要考慮接受者的意願。（周慶華，2010）北京語言大學校長曲德林點出一個值得省思的例子：目前有 100 萬名美國學生正在學習只有 7000 萬人使用的法語，而只有不到 5 萬名學生在學習有 10 幾億人使用的漢語。從漢語水準考試（HSK）的需求來看，也不像韓國等亞洲國家那樣多，遠遠不及英語託福在世界的影響。所以華語要在這語言霸權爭奪戰中出線，還有些因素要克服。強勢語言還有賴於國民對知識的追求和社會開放的程度。華文要成為一種強勢的世界語言，很大程度上取決於中國能不能維持其經濟社會高速發展。此外華語本身的語言特性也有舉足輕重的影響，華語屬於圖像文字，與西方拼音文字有很大的落差，這也是華文要普及一個重要的關卡。即使華語果真取代英文成為下一個世界語言，誰會是擁有這個語言主導權的一羣？

以英文為例，當英文成為世界語言的時候，雖然英文教學產業經濟以英國美國為輸出的主要國家，但是決定英語未來的發展並非是把英語當母語的人士，因為他們的人數遠遠少於是把英語當第二語言或當外語的人士。Crystal 將英與使用者畫分三層同心圓：內圈（inner circle）代表英語為母語的人士，外圈（outer circle）代表英語為第二語言的人士，擴散圈（expanding circle）則指將英語當為外語的人士。

將英語當作第二語言或外語的人口，遠比以英語為母語的人多。依Crystal 西元 1977 年的統計做為估計的基礎，預估現今內圈人數大約有 4 億到 4 億 5 千萬，佔世界 60 億人口的比例依舊非常低，自然不可能是決定英語未來的主角。當英語成為第二語言顯然是全球化的現象之一。其次，英語在全球化的同時，也展現在各地的多樣性（local varieties）。產生了一種融合地方色彩，受在地第一語言遷移的影響的新英語，如新加坡人說的 Singlish、中國人的 Chinglish、或印度特殊的英文。這也是為何印度學者 Braj Kachru 在他的名著 The Alchemy of English-The Spread, Functions, and Models of Nonnative Englishes 提到世界英語時（The World Englishes），他特別用了” Englishes”英語這個字的複數形態，代表面貌多樣的世界英語。也因此大家將不再強調語言的純度及所謂標準英語（Standard English）的問題。

如果將華語使用者也此分法分類，會發現華語的內圈大於外圈，使用華語的人以華語為母語者為主，但使用英文但英語非其母語的人數比以英語為母語的人數多達三倍。而華語的情形則大大不同。如以同樣的概念來區分華語使用國家，內圈的以華語為母語的使用國家就會是中華人民共和國和中華民國；外圈以華語為第二語言的國家如新加坡，以華語為外語的國家如日、韓、和歐美國加。使用華語為母語的內圈人數遠遠大於以華語為第二外語的人數。華語學習的熱潮，正向全世界蔓延，各國紛紛將華語文列入外語教學政策。華文學習者不僅在人次上大幅攀升，更重要的是華文學習者在特質的轉變：全球的華文學習者，不再僅限於海外華人，更多非華人族羣的學習者加入華文學習熱潮，但僅僅因為人多勢眾，以華語為母語的內圈人難道就理所當然的能掌控華語主的導權嗎？在地化反成了全球化的必然發展。當華語一旦變成世界語會帶來何種改變？誰有權利決定一個人的華語比另一個人標準？一個標準考試的應試者較多、影響羣眾較大，是否也會成為在某個程度上該國所訂的華文標準就有其程度的主導權。

六、誰的華語標準是標準

在華語教學較有規模的政府語組織中，致力於建構華語文能力的標準化測驗的主要有臺灣、中國和美國。

臺灣中華民國教育部特委託「國家華語測驗推動工作委員會」研發「華語文能力測驗（Test Of Proficiency-Huayu，簡稱 TOP）」是針對母與非華語的外籍人士所設計的華語能力分級測驗，近似中文托福的概念。2003 年 12 月華語文能力測驗正式對外開辦考試，在臺灣一年舉辦四次，至今應試者已達千餘人，國籍遍布全球 20 多個國家的外國人士，冀能成為全球廣大華語學習者提供一套具公信力的國際級華語語言能力測驗。（國家華語測驗推動委員會，2007）目前分為「基礎」、「初等」、「中級」「高級」四級，合格者頒發國家證書，以為申請入學或者求職就業時作為語文能力之證明。（國家華語測驗推動委員會，2007）

大陸則設立有官方國家級標準化考試「漢語水準考試」（官方英文簡稱為 HSK；又稱中國漢語水準考試或漢語託福）。包括基礎漢語水準考試；初、中等漢語水準考試；和高等漢語水準考試。凡考試成績達到規定標準者，可獲得相應等級的《漢語水準證書》，通過考試的外國學生還可以獲得中國大陸政府提供的全額獎學金。（漢語水準考試中心，2010）此外，中華人民共和國國家語言文字工作委員會、國家教育委員會、廣播電影電視部三部於 1994 年頒布「普通話水準測試」（Putonghua Shuiping Ceshi，簡稱 PSC）。考試由口試和筆試結合進行，考試結束後，獲得足夠成績的應試者可以獲得對應的普通話水準證書。另外還有中文託益「實用漢語水準認定考試」（Test of Practical Chinese），用以測試母語非漢語的外籍人士在國際環境下社會生活以及日常工作中實際運用漢語的能力。目前全球已有 33 個國家，共設立超過 150 個以上的「漢語水準考試」考場，已有超過 54 萬人的應考。

美國大學理事會（College Board）為美國高中生舉辦的全國性專科標準測試 Scholastic Assessment Test（SAT Subject Test），在 1993 年把華語文列入 SAT-Ⅱ其中測華語的部分為「SAT Subject Test in Chinese with Listening」是用英語來考量學生對中文的了解程度。測驗分為聽力、語法和閱讀三部分，考試內容以實用語言資料為主。考試成績是美國大學錄取新生的重要依據。美國大學理事會（College Board）在 2005 年將中文納入 AP 考試科目之一。AP 中文考試也是各大學做為審核高中學生申請入學的條件之一。中文 AP 課程是讓高中學生在高中四年級時即選修相對於大學一年級及二年級程度的中文課程，若未來通過中文進階課程考試，進入大學之後，則可直接銜接大三程度的中文課程。自 2007 年有中文 AP 考試以來，已有來自 433 所學校 3,261 位學生應試。在中文 AP 課的推波助瀾，2006 年時，主流學校（各公私立高中）學習中文的學生人數已達 2 萬 4,000 人，傳統中文學校（主要教授正體字）的中文學生約有 10 萬人，漢語學校（教授簡體字）學生約 8 萬人，總計已逾 20 萬。另據亞洲協會 2006 年的一項調查，到 2015 年時，全美將有 75 萬名學生學習中文。（林立傑，2006）

菲利浦・蒂奇那（Phillip Tichenor）在 1970 年代，提出「知溝理論」（Knowledge Gap Theory）。他認為資訊技術與媒體的發達，不僅不會消弭族羣間的知識差異，反而會擴大彼此間的「知識鴻溝」（Knowledge Gap），讓社經地位較高的人，因為使用科技獲取更多知識，進而擴大知識落差。社經程度高的人，無論在知識取得的技巧、原有資訊的存量、社會接觸的對象與科技媒介的應用，都普遍高於社經程度低的族羣，所以讓知識鴻溝愈來愈大。用這樣的概念來看國際語言：擁有國際語言強勢的族羣，當然就更容易接觸、取得、存取大量的資訊，甚至擁有資訊的詮釋權，這是不是也是一種知溝產生的原因。所以除了城鄉差距、數位差距，語言差距是否也會造成貧富、或知識上的差距？當華語繼英語變成全球化的語言，世界貧富的差距是否也越拉越大，或重新洗牌？Graddol（2006）認為英語變成世界語言之後，就好比一匹脫韁的野馬，無法駕馭它。華將來會如何發展，也實在難以預測。當我們思考全球化時代華語的未來時，我們不禁要問政府是否也將華語視為國防、經濟和文化的一環？又如何與華語教育市場的在地元素相輔相成？而在世界爭奪華語主導權之時，我們國家的定位在哪？我們的華語文政策又是什麼？這些都是值得我們再進一步深思的問題。

參考文獻

一、中文

大紀元（2007a），〈經貿觀光全球化　印度大學興起學中文熱〉，http://www.epochtimes.com/b5/7/6/8/n1737342.htm。

大紀元（2007b），〈中文熱延燒南美　美名校教師：主宰第三千年〉，http://www.epochtimes.com/b5/7/3/27/n1659830.htm。

孔子學院（2010），〈網絡孔子學院〉，http://www.chinese.cn/。

內政部統計處（2010），〈99 年上半年國人結婚登記之外籍與大陸港澳配偶人數統計〉，http://www.moi.gov.tw/stat。

世界華語文教育協會（2007），（華語文教師認證現況），http://www.wcla.org.tw/?q=node/209。

朱浤源（2010），《我國僑教政策未來發展趨勢之研究》，臺北：僑務委員會，www.edu.tw/files/list/B0061/主要國家僑民教育政策之研究.pdf。

何淑貞等（2008），《華語文教學導論》，臺北：三民。

肖海薇（2005），〈東南亞地區漢語教學的現況與對策〉，《東南亞漢學教學透視》，http://www.fltrp.com/hydt/2005-4/2005-4-25.pdf。

林立傑（2006），〈分合進擊的全球華語文產業推動戰略〉，《數位內容學院月刊》，2006/07/28 月刊，http://www.dci.org.tw：8000/news/index.jsp。

林金錫、連育仁（2010），《華語文數位教學理論與實務》，臺北：新學林。

林遊嵐（2007），〈AP 中文專題介紹〉，《僑教雙週刊》，第 528 期。

周慶華（2010），《反全球化的新語境》，臺北：秀威。

唐浩（2007），〈學中文是商機更是人生轉機〉，《新紀元週刊》，45，臺灣：臺北，http://www.epochtimes.com/b5/7/12/3/n1924171.htm。

教育部（2010），〈2010 年教育部對外華語教學能力認證考試重要事項日程表〉，http://www.fgu.edu.tw/-chinlang/2010%20test.pdf。

張良民（2006），〈全球華語學習熱潮與僑教發展〉，《研習資訊》，第 23 卷第 2 期。

張金蘭（2008），《實用華語文教學導論》，臺北：文光。

張錦弘（2008），〈法國華語熱小學生也學〉，《聯合報》，http://twtcsl.org/news/%E6%B3%95%E5%9C%8B%E8%8F%AF%E8%AA%9E%E7%86%B1-%E5%B0%8F%E5%AD%B8%E7%94%9F%E4%B9%9F%E5%AD%B8。

國家華語測驗推動委員會（2007），〈測驗介紹〉，http://www.sc-top.org.tw/chinese/LR/test1.php。

國際文教處（2011），《各大學校院附設華語文教學中心得自境外招收外國學生來臺研習華語一覽表》，臺北：僑務委員會。

啟銘、陳光立（2010），〈抗議居民：要美國不要共產〉，世界新聞網，http://www.worldjournal.com/view/full_news/6472670/article-。

新華網（2005），〈新華視點：全球中文熱升溫的背後〉，http://blog.sina.com.tw/642cn101cc/article.php?pbgid=60660&entryid=577520&comopen=&trackopen=1#myping。

雷勵（2004），＜加拿大華文教育創舉——中加文化雙向交流＞，臺北：華文學會。

僑務委員會（2009），〈全球華文網〉，2009 學習華語來臺灣，http://www.huayuworld.org/index.php/?attachment_id=1227。

漢語水準考試中心（2010），〈中國漢語水準考試（HSK）介紹〉，http://www.hsk.org.cn/intro/summary.html。

廖賢龍（2009），〈資訊工業策進會華文推展組〉，臺師大華研所僑教與海外華人研究組部落格，http://overseaschinese2008.blogspot.com/2009/03/blog-post_05.html。

蔣桂斌、吳晶（2002），〈中國已成為世界最主要旅遊目的地和客源國〉，《新華社》，http://blog.sina.com.tw/642cn101cc/article.php?pbgid=60660&entryid=577520&comopen=&trackopen=1#myping。

劉德泰（2008），〈推動布建全球華語文數位學習中心點點滴滴〉，《數位典藏與學習電子報》，第 7 卷第 7 期，http://newsletter.teldap.tw/news/read_news.php?nid=2246。

謝天蔚（2001），〈e 世代的中文教師如何面臨挑戰〉，《中文教師學會學報》，第 36 卷第 3 期，頁 75-80。

二、英文

Crystal, D.(1997). English as a Global Language. Cambridge: Cambridge UP.

CSET .(2010). Before Registering to Test.Retrieved from http://www.cset.nesinc.com/index.asp.

Graddol, D.(1997). The Future of English? UK: The British Council.

Graddol, D.(2006). English Next. UK: The British Council.

Internet Usage World Stats.(2010). Top ten languages used in the web. Retrieved from http://www.internetworldstats.com/stats7.htm.

Jim, R.(2009). A Gift to My Children: A Father's Lessons for Life and Investing. New York: Random House.

Kachru, Braj.(1990). The Alchemy of English: The Spread, Functions, and Models of Non-native Englishes . Chicago: U of Illinois P. Teaching Chinese .(2007). Student Programs. http://teachingchinese.org/teaching/2010/bin/index1.aspx?DB=StudentPrograms&ID=200S .

Lewis, M. Paul(ed.)(2009). Ethnologue: Languages of the World, Sixteenth edition. Dallas, Tex.: SIL International. Online version: http://www.ethnologue.com/.

National Foreign Language Center. (2010). TARTALK 2010 - Teacher Programs. http://startalk.umd.edu/programs/search?year=2010&participant-type=teacher.

Phillipson, R.(1992). Linguistic Imperialism. Oxford: Oxford UP.

Ramzy, A.(2006). Get Ahead, Learn Mandarin. Time Asia. http://definingcharacters.com/docs/timeasia080406.pdf.

The College Board.(2006). Chinese Language and Culture Description. Retrieved from http://apcentral.collegeboard.com/apc/public/repository/ap06_chinese_coursedescription.pdf.

The Economist.(2001). The triumph of English-A world empire by other means. Retrieved from http://www.economist.com/node/883997.

國小教師的爭辯

——後全球化時代的語文教育探討

陳意爭
臺東縣富山國小利吉分校碩士教師

摘　要

2006 年臺灣首次參加以國小四年級學童為施測對象的 PIRLS 國際評量，施測的隔年公布結果，給了教育界一個不小的震撼；去年 12 月 7 日，全球同步公布了 2009 年國際學生評量計畫（PISA）的測驗結果，臺灣的閱讀素養居華文世界之末。各界繼之而起的檢討聲浪，無不希望結果能讓臺灣重振雄風，反觀國際學生評量計畫設計的用意，在於「強調語文的生活化與應用化，以培養能用語文解決問題、獨立思考的個體」，但是一旦披上「評比」的外衣，就如同魔咒一般叫臺灣的教育界為之恐慌，就是怕輸給別人。在後全球化時代的現在，這眾多檢討聲浪中，到底有多少聲音真正重視讀者的「閱讀習慣」或「閱讀心」？或者語文能力真的能「教」嗎？又要怎麼「教」？本論述旨在透過作者的實際教學經驗，從五個面向，探究臺灣在後全球化時代語文教育的方向，以做為第一線教師教學上的參考。

關鍵詞：後全球化、語文教育、聽說讀寫作

一、説在前頭

「後全球化」相對於「全球化」，是思維辯證的產物。「後」字可以代表上一個世代的延續，也可以是對前一個世代的質疑與反動。

全球化的歷史根源，可以說是建立在「貿易」之上。據傳早在西元第二世紀，橫跨陸地的路線就已經連結了中國與地中海東部，將羅馬世界與中國漢朝連結起來。（湯姆．斯丹迪奇〔Tom Standage〕，2010：106）到了中古世紀，中國藉著茶葉以及絲製品的輸出，與西方國家有商業往來而大蒙其利，這些雙方通商往來的陸路，一路從亞洲延伸到歐洲，被史學家定義為絲路。後來因鄂圖曼帝國興起，使得商業行為受阻，因而激動了西歐國家尋求海上替代道路的夢想，在海權興盛的時代，駕著船艦往東方航行，史稱地理大發現，也是全球化的初期型式。然而沿著貿易路線交流的並不只限於貨物，「除了物質商品之外，新發明、語言、藝術風格、社會習俗和宗教信仰也一同被商人帶到世界各地」。（同上，109）而現在大家所說的全球化，則是一個概括性的稱呼，專指全球性的人口、金融、資訊和商品等的流動現象。（約翰．湯林森〔John Tomlison〕，2007）這裏提到的人口、金融和商品，可視為幾世紀以來貿易現象的延伸；資訊則可以「維基百科」當作網路世界裏全球化的例子。維基百科訴求「海納百川，有容乃大」，是人人都可以編輯的百科全書。因此當我們在維基百科中鍵入「全球化」三個字時，就可以搜尋到「或許」源自不同作者（因為事實上我們無法斷定資料究竟源自於誰？或誰們？）彙集編整出的全球化的定義、歷史、影響及世人對這個條目的質疑。

在周慶華《反全球化的新語境》一書中，他引及：

> 有關全球化的論辯，約可分成三個陣營：「超全球化論者」，宣稱民族國家已經過時；「懷疑論者」，認為全球化根本是一個迷思，隱瞞了國際經濟逐漸分割為三大集團的現實狀況，而集團中的政府仍頗具影響力；「轉型論者」，肯定當代的全球化模式是前所未有的，國家和社會處於鉅變當中，使得世界的連結更為緊密，但也呈現高度不確定，國家和社會都得嘗試適應這個世界。（周慶華，2010：7-8）

由此看來，現在已經進入後全球化的時代，無論支持或懷疑，各人都應具備反思的能力，而不是一味的追隨潮流跟進。身為語文教師的我，不禁也要停下腳步想想：本論究竟臺灣在後全球化時代如何看待全球化的趨勢？臺灣的語文教育又如何面對這股新舊匯集的潮流？

幾個世紀以前，臺灣讓葡萄牙人喊出讚嘆的「IIha Formosa」；接著荷蘭人、西班牙人前後佔領統治並「教化」臺灣南北，形同開啟臺灣居民知識的新頁，加上所屬地理條件優良，臺灣漸漸成為國際舞臺上重要的成員。然而隨著時代的演變，科技的發達使得全球性資訊大量湧入，臺灣在知識的洪流上似乎又漸漸失去自己，所謂「西風東漸」，但是否曾經省思，看看臺灣「漸」到什麼地步了？

去年 12 月 7 日，全球同步公布了 2009 年國際學生評量計畫（PISA）的測驗結果，臺灣的閱讀素養居華文世界之末，比 2006 年第一次參加時退步七名。消息一傳出，立刻引起國內各界檢討的聲浪，甚至直接以「走錯路的國中語文教育」來指稱現階段的語文教育缺失。（林雯淑，2011）

近日來教育部發行《閱讀理解——文章與試題範例》，令各縣政府教育處推廣閱讀活動，以臺東縣為例，教育處社會教育科的網站中就連結了上述「文章與試題範例」的檔案以及《閱讀理解策略教學手冊》，並將此活動的推廣納入 100 年度國中小閱讀訪視項目。此舉其來有自，奠因於 2006 年臺灣首次參加以國小四年級學童為施測對象的 PIRLS 國際評量，施測的隔年公布結果，又給了教育界一個不小的震撼。就排名上來看，四十五個參與國家或地區中，臺灣排名二十二；同樣是使用繁體字的香港，從先前（2001 年）的第十四名，躍升為第二名；最值得警惕的是，臺灣國小四年級的孩子，僅 24%因興趣而每天閱讀課外讀物。（陳欣希等編，2011）

在篇名為〈PISA 啟示錄——走錯路的國中語文教育〉的文章中，作者林雯淑列舉出臺灣在 PISA 評量中結果不佳的原因，諸如參加評量的時間正值學測時期、城鄉差距太大、語文教育過度重視形、音、義等，並整理了 PISA 界定閱讀能力的五個層面，以及試題的方向與原則：

> PISA 是衡量學生的閱讀能力，主要從五個層面——擷取資訊、解讀資訊、思考和判斷力、共同解決問題的能力、活用知識的能力。試題的方向與原則可歸納出七個面向——採用生活化與情境式的命題設計，採用與生活知識和經驗連結的文本，要求讀者充分的辨認出文本所提供的訊息，要求讀者評價與文本相關的特徵，要求讀者提出證據以證明觀點，重視對不同情境的假設與類推，要求讀者推斷作者命題或寫作的意圖。（林雯淑，2011）

從上述這些層面、方向及原則中，不難看見國際學生評量計畫設計之初的用意，在於「強調語文的生活化與應用化，以培養能用語文解決問題、獨立思考的個體」，但是一旦披上「評比」的外衣，就如同魔咒一般叫臺灣的教育界為之恐慌，就是怕輸給別人。在後全球化時代的現在，這眾多檢討聲浪中，到底有多少聲音真正重視讀者的「閱讀習慣」或「閱讀心」？或者語文能力真的能「教」嗎？要怎麼「教」？

二、不是什麼，而是怎麼

記得多年前有兩件轟動教育界的事：「三隻小豬」是不是成語？以及「罄竹難書」的用法。或者各位都還記憶猶新，當時教育部長杜正勝面對立委的質詢逼問，只得把「三隻小豬」從電子成語字典中移除。而「罄竹難書」這件事，弄到最後還得由某位政治人物出來，語重心長的呼籲大家要坦承面對自己犯下的過錯，硬是狡辯只會把事情弄得更糟……儼然成為公民與道德的事件。平心而論，我覺得杜部長有他的創意（且「罄竹難書」這個成語的確偶用於形容好人好事，可詳見維基百科），只是腦袋還少了一些變通，既然他決定賦予「成語」新的意義，為什麼不問問質詢的立委「什麼是成語」？如果成語是「社會上習用的言語」且「通常有出處來源與引申的比喻義」，那麼把「三隻小豬」當成成語就不是那麼需要被撻伐的事了。

像我這樣公開支持前部長的行為，其實冒很大的險。但我想強調的是我們的頭腦不能再僵化下去，尤其是第一線的教師，在不超越禮教規範的範圍內，應該徹底替自己安上一個新的腦袋：面對問題時不再只注重答案是「什麼」，而是這個答案「怎麼」來的；換言之，「不是想什麼，而是怎麼想」，要學生儲備解決問題的能力，而不是只為他的考試成績或出路負責而已。

前一陣子國際上的重大新聞「茉莉花革命」在許多情況類似的國家引起共鳴，因為統治階層的腐敗，導致人民失業率攀升、國內貧富差距越大，人民階層的突破透過革命方式展現，這就不禁讓人想到如何與這些集權國家相處合作的問題。早安財經出版社發行人沈雲驄先生曾在廣播節目的訪談中談到他的看法，他認為：各國與集權國家間不是談要不要合作，而是如何合作。這裏同樣點出未來是怎麼思考「怎麼」的時代。

今年是我任教的第十年，扣除第一、二年因擔任科任教師，因此沒有機會接觸語文課程的教學外，其餘可說有八年的時間前後在不同年段擔任導師工作，對於現行國小語文課程，無論在現成教材、自編教材或教學實務上，都有一番了解與經驗。回首這八年的語文教學過程，因不同年段及教學對象的更換，我的教學方法會改變，我的教學腦袋也隨著參與研習、進修與自我學習而不斷調整。以下我便就自己多年的教學心得，並把握國語文混合及統整的教學原則，分別列舉我在聆聽、說話、閱讀、識字寫字以及寫作等五個教學面向裏，試著在教學方式上做的改變，希冀在後全球化時代的語文教育這個議題上有所貢獻。

（一）聆聽

「聽」是學習時一項重要的輸入，也是最認真的學習工具，無論醒著或睡著，「聽」這件事都可以進行。我們都期望學生能將聽到的聲音轉化成資訊訊息，經過思考之後再做出正確的回應、判斷。在我的教學經驗中，我經常會有一股挫折感，總覺得班上一定會有某些比例的學生不知道我在說什麼；爾後有機會跟別人談起這件事，發現很多班級好像都有類似的情形。觀察此一現象的原因，可以歸結為：注意力不集中、不了解字、詞的意思或不熟悉句型結構等。然而我卻很容易忽略後三者的存在，總覺得孩子聽不懂一定是他不夠專心。

有一次上課時，為了解釋現代在殯葬方式上有別於臺灣早期的部分，我舉了「火葬」與「靈骨塔」做說明，當場立刻有學生問我什麼是「靈骨塔」；我也不知道是哪來的靈感，基於對死者的尊敬，我以靈骨塔是「安放往生者骨骸的地方」來回應他，接著他又問什麼是「往生者」、什麼是「骨骸」，此話一出，另一位同學已經看不下去搶著回答：「就是放死人骨頭的地方啦！」果真後來那位學生就沒有再問下去，課程也得以繼續進行。而另一個孩子說的那個句子著實給了我當頭棒喝，究竟我講的是哪一國的語言呀？從發問的孩子身上，可以呈現出我教學里的兩個問題，首先我忽略了該字或該詞尚未在孩子的大腦資料庫中建檔，所以他搜尋不到字詞的意思，進而無法了解句子的完整意義（無論一個五年級的孩子是否應該具備對「靈骨塔」、「往生者」或「骨骸」意義的認識）；再者我說話的方式不是建基在他的經驗上，形同是以文言文來說明文言文。再次印證教學時要因材施教，同樣的教材每個人的理解不同，在回應個人的時候，也應該以他的語言習慣模式來建立他的信心。

我不反對用淺顯易懂的文字來說明事物，這也是教學上因材施教的體現，學生的基礎程度無法讓他理解授課的內容（字或詞的意思或句型結構），都會影響他的學習效果。因此我不會規定學生用成語、強迫學生引名言，語文的功能應該建基在實用上，之後再經由內化提升到集體意識或個人風格的層次。

我還有一個用聽學習的經驗，後來也用在我的教學上。

近幾年來我不怎麼喜歡聽流行音樂，或許因為念舊，總覺得現在的曲調不合胃口，還有些歌根本聽不懂演唱者在唱什麼，因此寧願聽早期的老歌，或者只聽清音樂。前兩年，在我買的二手車裏有一塊前車主留下的 CD 唱片，還可以聽，我心想二十分鐘的車程不算短，聽點聲音也不錯，於是我在開車上班的路上來回聽了好一陣子。剛開始覺得調性太刺耳，聽了一會兒就轉掉，後來覺得太沉悶，於是又再次播放。這樣過了一段時間，不知不覺我竟可以跟著曲子哼起幾句來，但是因為聽不清楚歌詞，勉強也只能跟上一兩句。後來實在太好奇了，拜現代科技之賜，我上網輸入那一小段勉強可以辨識的歌詞，查到原來那是周傑倫的歌〈我不配〉。就這樣，我才真正有機會見識到這位紅透亞洲半邊天、人稱「周董」的小夥子的作品，爾後竟然久久無法忘卻這首歌，它的曲調、旋律甚至歌詞，已經深深刻印在我腦海裏了。

這樣一個記憶的成功經驗讓我回想起自己高中時期的背書「策略」。當時我正巧碰上大學聯考「三民主義」科目第一次改成滿分五十分的年代，聽學長姐的經驗分享，他們幾乎都提到如果三民主義可以考得好的話，能抵掉其他科目的不足，就算只剩五十分，應該也還是有一些加分效果，因此它是最不應該被放棄的科目。於是全班上下大家都卯起勁來狂背那兩本武功祕笈。但是我的背誦頭腦一向不好，尤其是三民主義並不像歷史或地理，可以透過電視劇、地圖、圖表或其他媒介的協助，三民主義對我而言完全像外太空掉下的隕石，偏偏卻又不可不接受，那該怎麼辦？突發奇想的就仿照了平時聽卡帶的方式，先將課文自製成錄音帶，並利用每天上、放學搭公車時聽，慢慢的兩本生硬的三民主義也背起來了。

於是我將這種方式引進教學現場，在班級門口張貼「通關密語」，用來背誦詩詞。詩詞是我重視的課外補充資料之一，原因在於詩詞中蘊含了中國文化與思想，比起三字經或弟子規卻又有更多美感。在不想影響正常授課的情形下，我規定學生進教室前要先大聲唸一次通關密語。剛開始在一個新班級中實施的時候，學生通常會很彆扭，像是對著空氣自言自語一樣，經常惹得他們哈哈大笑，不過習慣之後，反而又變成一種班級默契。根據我的統計，一整天每個學生至少平均要進出教室六至七次，而在別人唸的同時，其他人其實又再聽到一次，通常一個星期下來他們就可以把該週的詩詞內容背下來了。這麼做跟全班一起齊唸不一樣，的目的是藉著由「看」轉「唸」讓學生的腦子進行「放聲思考」，耳朵也跟著不得不「聽」並與「看」到的資訊做對照；換句話說，學生一定要認真看才唸得出來，無形中他多運用了一種感官來學習。我曾經看見學生針對一個句子重讀了好多次，有時是他發現自己唸的跟別人的不一樣，有時是他正在替那個句子找一個適當的節奏。

這裏提到的「節奏」是語意了解的重要關鍵，也會連帶影響人的說話方式，一個句子如果斷句的方式不對，意思可能會完全不一樣。它是一種語言使用上的默契，就像我們在學習英文時，「thank you」會被連音使用一樣，如果我們把它拆開一個字一個字唸，反而無法迅速了解它的意思。而要能夠聽懂別人的語言資訊，或者自己能夠把話說得完整、語意表達得清楚，就要從「聽」做起。

不過就算內容勉強被背誦下來，與了解內容涵意還是有一段落差，因此我一定會向學生解釋詩詞內容，有別於推行讀經教育者所謂的「『讀經』不同於一般知識的學習……只要多『讀』，自有浸潤，自有感發，自有了解。」（王財貴，1997）這就要與以下其他各項來互相幫補，以求完整了。

（二）說話

除了背誦詩詞，我也引導學生編劇本來演戲，並且找機會讓他們在公開場合表演。一開始，我從適合表演的課文著手，找一位學生擔任旁白，其餘的學生分別飾演其他角色，以五年級上學期的國語課課文〈帶箭的花鳧〉為例，全文以記敘文手法寫作，描述一隻受傷花鳧在居民的幫助下，醫治、復健到從新振翅高飛的過程。記敘的文字中夾帶對話，學生只需要在所分配到的角色有臺詞時開口，並注意自己應有的動作就行，因此很適合初期的演出練習。以下便節錄一段課文內容以說明：

> ……年輕的鎮長，也是野鳥學會的會長，他憂心的說：「小唐的身上，帶著竹箭，不方便潛水找東西吃，要趕快幫他拔出來才好。」獸醫說：「箭不能拔，一定要開刀；不然會造成感染。」到了夜晚，鎮長親自駕著小船，悄悄的靠近鴨羣。但是一有動靜，他們立刻察覺，隨即「嘎嘎嘎」的非向夜空，在暗暗的湖面上盤旋。小唐受驚了，鎮長不敢再追，怕他會傷得更嚴重。電視也報導了搶救失敗的消息，小唐馬上成為全國關注的焦點。要怎樣救他上岸接受治療？鎮長最後請來一位擔任保護野生動物志工的神射手來幫忙。當他趕到時，湖邊已經擠滿了

> 人，記者的照相機更是閃個不停。他緊蹙著眉頭，似乎在思考什麼……，鎮長立刻大聲宣布：「要清場！請各位離開。」……（陳宛非主編，2010）

除了一般課文外，我也讓學生演已經編寫好的劇本（其實我不喜歡已經設定好的臺詞，學生只是照本宣科，跟他的生活經驗未必能連接得上，不過現成的劇本，還是有它的教學示範價值），其中我最喜歡的還是類似上述這種記敘文，偶爾我還會應學生要求軋一角，演出多出來的角色。在準備演出的過程中，演員要替自己分配到的角色想臺詞，以符合實際的需要，如果對照到他的實際生活裏，就是他自己說話時可以運用的方式。由於我們學校會在每星期一升旗時開放時間讓學生才藝表演，所以我會想辦法在星期五放學前留一節課時間讓他們討論並練習下週要表演的內容，而這段時間裏，我總是儘量假裝得很忙碌，通常都由學生們自己討論，直到發現他們遇到瓶頸或求救時，才會出手相救。我很喜歡聽孩子們討論劇本，他們會針對大家提出的臺詞做修正，並踴躍提出自己的意見與看法，無須把劇本訴諸於有形的文字，個人可以隨心所欲做調整，也必須能夠應付別人隨時可能的「調整」以做出回應，從練習到演出，幾乎沒有一次是完全一樣的，卻能夠看出他們的變通。爾後只要有機會，我便鼓勵他們參加校外的戲劇比賽、說故事比賽或把演出的內容寫下來，增加學生展現自我的機會。有趣的是，我發現學生會把劇本裏的臺詞拿出來在生活中應用，尤其是平時口語表達不好的學生，更明顯可見。

這里我所強調的「說話」，就是日常生活中溝通的能力，所用的當然得是生活語言。之前我曾經播放一段教學影片給學生看，內容是以相聲來介紹臺灣地名的命名方式，演出者看來與我班上學生的年紀相仿。隨著影片中高低起伏、抑揚頓挫的聲調，我們當時看得是雞皮疙瘩掉滿地，非常不自在。如同我實際觀察過的許多比賽經驗中呈現的一樣，從朗讀、演說到相聲，舉凡與本國語「說」有關的比賽，參賽者咬字清楚、字正腔圓，更容易過度強調聲調的變化，使得內容聽來都不太自然、悅耳，可說是有一套模式在經營比賽，驅使指導者、參賽者及評判者趨向於此一「標準」，因此這些比賽就不是人人都有機會參加的了。所幸近幾年來，臺東縣有了說故事比賽，有別於標準化的比賽，說故事更貼近生活，讓人聽得懂就是好故事；說故事的人能夠說得精采，對故事就有加分作用；人人都愛聽故事，人人都可以說故事。再更推而廣之，說經歷過的往事、說看到的東西、說腦子中的想法、說獨特的見解……不是在比賽場合，日常生活就可以是展現的舞臺。

除了上述幾種可以「事先」準備的說話內容外，平時的教學中，我還會訓練學生「臨場」發表。隨著課程進行的腳步，不時停下來問學生：你覺得？你同意嗎？為什麼？讓學生試著澄清並表達自己的想法，有的時候還為了增加刺激的效果，拿著碼錶計時，每個學生都得講滿特定的時間（為了不影響正常上課，通常設定一分鐘，也避免我自己又節外生枝、越扯越遠）。在訓練的過程中，一開始的確得花一些時間等待，或者他們會以「不知道」來逃避，不過在慢慢的引導及練習下，從強迫動腦勉強「搾」一點東西出來，到可以比較自在的表達看法，已經跟我建立好默契的學生們都很清楚教師一定會等到他說完，說話溝通的能力都進步不少。

反觀實際教學現場，許多教師面對說話這塊都無能為力，無論原因來自內在自醒能力不足或是外在學科成效的壓力，總是很強調「基本能力」，因為國字寫不出來、九九乘法都不會背，還談什麼說話能力？像一、二十年前我的教師、父母告訴我的：「只要你好好讀書，就會出人頭地」、「不好好讀書，等著撿牛糞」、「小孩子有耳無嘴」……不過我認為，我不能用過去的思維教育現在的孩子去面對未來的世界，未來我的學生要歷經的考驗，不會只是發生在臺灣、只與臺灣人競爭而已，這是個全球化的世界，如果他們困在舊思維中，只要求「考試考高分」真的可以讓他們面對未來嗎？不會表達自己的想法，真的可以與他人競爭嗎？

（三）閱讀

〈PISA 啟示錄——走錯路的國中語文教育〉文中作者針對臺灣學生閱讀低成就，再次呼籲第一線教師應該重新檢視自己的教學方式，要跳脫精熟與反覆練習的模式；然而卻也不得不為現行制度下的學生（尤其國、高中生）叫屈，因為學生的時間已經被文法、詞性等技術性的問題佔據，使得他們對語文產生疏離感，也剝奪學生從閱讀中得到感動以及反思的機會。（林雯淑，2011）此外，教學時間的安排也經常在閱讀理解策略等的討論場合中被提出來檢討。

照這樣看來，國小因為導師包班制的關係，扣除固定科任課的時間外，導師可以運用的時間範圍最多（舉凡晨光、課間、午休甚至每堂課剛開始的暖身活動時間），不同科目間要統整教學也比較容易進行，因此國小階段的閱讀推動工作進行的比較順利、學生的閱讀理解與喜好度也會比較高嗎？其實不然，除了先前提到過有關「基本能力」都不夠還談什麼其他的補充外，把閱讀成果看成個人業績，或者隨波逐流、為推動而推動，甚至教師本身根本沒有閱讀習慣，這些方面也是我在「閱讀」這個項目觀察到的問題，發現關鍵還是在教師身上。

繪本《莎莉，洗好澡了沒？》的作者介紹版面中，提出作者約翰・伯寧罕（John Burningham）的創作目的，給身為教師及家長的我一些提醒，它提到：「……（他）善用孩子的觀點描寫人生，由於他深課體悟大人與小孩必須一起分享繪本，所以，他的創作目標是兼顧大人與小孩，讓他們在讀作品時，能夠各得其所。」（約翰・伯寧罕，2006）澳洲青少年小說家莫里斯・葛來茲曼（Morris Gleizman）在一場演講午餐會中以「我們為何需要故事？」這個主題分享他寫故事、說故事的經驗，他認為「故事」的美好，是在使讀者有機會透過它更了解這個世界，因為我們無法經歷世上所有的人、事、物；但是透過不同的故事，我們可以遨遊在真實與想像之間。唯有透過故事，才能使我們想像與思考不同角色所遭遇的困難，然後想想自己是否可以迎刃而解，或是無計可施。（陳之華，2011）智利詩人聶魯達也曾經提到為了紀錄一種無以名狀的情緒，所以他試著用一種超慣性的語言，而他認為要熟習這種非慣性語言，閱讀是不可避免的。（林德俊，2011）上述這段話中可以看出幾個重點：首先，作者在創作時已將閱讀對象（無論大人或小孩）考慮進去，因此閱讀不只是小孩的權利，大人也可從中豐富自己；再者，閱讀是為產出作準備，等待描寫那「無以名狀的情緒」。

兩年前我開始利用第二節下課的課間活動時間唸書給學生聽，唸的內容以少年小說為主。我得先說明一下我這番作為可不是天外「又」飛來一筆，雖然經常在研習中聽到許多講師都曾經做過這件事，當時心中真的深深感動，但一回到教學現場，我還是很珍惜可以休息片刻的機會，一方面讓學生清靜一下好自我反芻，另一方面也為未來做準備，不想太早讓我的聲帶退休。不過這一切都在我與學生「同舟共濟」之後有了另外一種不同的面貌。在我剛開始擔任現在這個班級的導師時，碰巧有機會聽一場為生命教育辦的研習，由《教師的十個對不起》作者簡世明主講。簡教師的言談幽默風趣，不難看出他受學生喜愛的程度，更甚者是他內心充滿對學生的愛，不會因為自己的學識較學生淵博就自認為比學生厲害許多，他分享自己的班級經營理念：只要是教師能做的，學生就能做。這一點適用在處理上課中想喝水、上廁所等事件，力求教師與學生得一視同仁、平等對待。回到學校後，我更上一層樓的要求自己：只要是學生得做的，教師就得做！於是我開始跟著學生做我要求的作業，我才發現在我回家之後因為做家事的關係，根本沒辦法寫完指定的功課、讀完應讀的內容、寫完當天日記，更不用說親近大自然或者從事體育運動等室外活動，如果勉強要做的話，就得犧牲與家人相處、運動的時間，甚至只能敷衍行事。誠如艾菲・柯恩（Alfie Kohn）在《家庭作業的迷思》一書中說的：

> 不論對學生不喜歡寫功課這件事的立場為何，我們應該都很清楚，任何年紀的人很少在做不喜歡的事情時，得到真正有用的東西。（艾菲・柯恩，2010：59）

> 我們應該去問，是否每一個家庭作業都會幫助學生深刻的思考重要的問題。我們應該去問，在每一份作業背後的教學哲理是什麼，學習理論是什麼。（同上，2010：160）

之後我開始減少書寫的功課，只保留「閱讀一段時間」這項，讀的內容可以隨自己的興趣或跟著班上的閱讀進度進行，閱讀時間的長短依個人喜好，並開始利用第二節課間活動的時間唸書給他們聽。我通常選擇劇情比較驚險刺激的冒險故事，或者他們未曾經歷過的生活故事，例如《教海鷗飛行的貓》（路易士・塞普維達〔Luis Sepulveda〕，2003）、《牧羊少年奇幻之旅》（保羅・柯爾賀〔Paolo Coelho〕，2003）以及《星星婆婆的雪鞋》（威兒瑪・瓦歷斯〔Velma Wallis〕，2007）等，我發現我的小聽眾們非常喜愛這段時間，每到唸故事時間，他們會主動找個舒適的角落窩著，然後專注的聽故事，搭配上我抑揚頓挫的語調，學生更容易感受故事中的情緒，而我也會適時的停下來詢問個人的意見，待大家發表之後再繼續故事。由於它並不是制式課程的一部分，所以教與學的過程既輕鬆又愉快，而且通常在讀完之後那本書就會變成大家搶借的熱門焦點，我也能確信學生真的能讀懂。

（四）識字寫字

語文能力中如果說有必教不可的項目，非「識字寫字」教學莫屬。一般我的教學流程會是：概覽課文→整理大意→理解句子→解釋語詞→認識生字，尤其在低年段學習之初，教學者更得著重在基本筆劃、筆劃順序、部件組成及字體結構等方面，無論從實用或美感欣賞的角度來看，中國文字都有它獨特的意義與價值。因此從執筆方式、坐姿、筆芯硬度、下筆力道甚至心理因素都得注意，也是我教學上很重視的一環。「聽」、「說」、「讀」在我的教學推展上一向不太有困難，但我卻著實在「識字與寫字」這個項目上踢到鐵板，遇到無法把字正確書寫出來的學生。事實上以往任教的經驗中，班上或多或少一定會有無法正確書寫文字的學生，只不過因為學生數較多，往往無法深入探究到底他們的錯誤類型為何，更不用說為孩子制訂一套適合他學習的方法；簡單來說，通常只是指定他多做練習，時間一久，究竟學生是不是真的會，就不得而知了。不過由於我現在任教的班級學生數很少，因此我有許多時間可以蒐集並分析某位學生的錯誤類型，也得出一些結論。

我們常說的「寫錯字」其實分為很多類型，就我觀察到的情形區大致上可分為：字跡潦草、筆劃不確實、同音異字、標錯注音、字型重組、字型類似、經驗之外、增減筆以及綜合上述問題的混合錯誤類型，其中以「增減筆」的錯誤類型最多，以同一位學生的九十五個錯字來看，增減筆就有三十九個，約佔五分之二的比例；字形類似或重組字約佔四分之一；同音字則約佔十分之一。這也引導我開始思考如何研擬適合這位學生的學習方法？

經常在討論到這個問題時，就會有人把六書造字原理或圖像記憶等方式拿出來講，但是每個文字的演變並不見得都有故事可講，尤其古代書寫文字與現行標準字體間有差異，反而易造成學生誤用，未必能正面的影響學生，更容易負面的延誤教學進度及時間。當然我也試過讓他多寫幾次，但是我卻發現這些方法對他不管用，殘酷的印證了「如果我們說『繼續練習，直到你了解為止』，這沒有道理」（艾菲・柯恩，2010：95）這句話，除非我們希望他繼續練習，直到書寫變成習慣，否則不斷練習似乎沒太大意義。因為大量練習幫他記住正確的反應，卻無法幫助他精於思考或習慣思考，實在與我的教學原則相牴觸。

在黃香梅的〈《漢字教與學》評述〉中提到：教師若從造字法分析入手，輔以生動形象的語言，學生的學習效果一定會比較好。（黃香梅，2011）其中「輔以生動形象的語言」這幾個字讓我充滿希望，我開始有了讓學生為文字編故事的構想。以往我希望給孩子「正確」的故事，就是深怕萬一不小心把文字的演變說錯，會讓他誤解文字發展的歷史；而現在我要他去營造一個屬於自己的文字故事，企圖透過故事的編撰，加深學生對字形的概念。針對「協」這個字，我在某位學生連續三次把「十」寫成「木」之後，請他替「協」編一個故事：

我的文字故事

很久很久以前，「十」和「劦（力家連體三兄弟）」是敵人，原因就是因為之前「劦」在玩盪鞦韆，碰巧「十」從前面經過，「劦」用力一跳就壓在「十」身上，從此兩人勢不兩立。有一天，他們同住的村子下了一整晚了雨，兩家的家長擔心造成土石流會危害他們的家園，於是「十」和「劦」的父母就叫他們去看看情形再回來報告。他們一邊走一邊朝對方的家靠近，在路上看到對方就打了起來，也把地上的土打鬆了。突然山上滾下一顆大石頭，兩人來不及躲避，就被石頭壓扁了。雙方家長納悶著怎麼出門這麼久還沒回來？出門一看發現了被翻鬆過的土地，很高興的就在那里播種種植。由於這里的土壤被翻鬆過，所以收成也特別好，只是過了好久，大家都還不知道這片土地發生什麼事。直到有一天，一位村民在他的田裏發現一顆巨大的石頭，他請大家來幫忙移開巨石，赫然在石頭底下發現被壓扁的「十」和「劦」，才揭開這一段故事。大家為了紀念這兩個人留給後人的土地，也要提醒村人團結合作，於是在大石頭上刻下「協」這個字，經過大家商量，決定把這個字讀做「ㄒㄧㄝˊ」，因為「同心ㄕˊ力」聽起來很怪，很像在賣東西。（許育豪）

這個故事後來還意外的發展成一本圖畫書（附件一），是這個孩子建立書寫自信的開端。除了引導學生替文字編故事外，我還將相聲教學引進課堂，與學生一同討論相聲劇本（附件二），透過相聲說學逗唱的技巧，加深學生對文字的記憶。同時在教學進行中，我也會整理與該課生字具有相同部件或字形類似的字，於生字教學時一並揭示，讓學生比較其中的差異以加深印象，並附上兩三個常用語詞，顯示每個字在語詞中運用的例子，作為延伸教學之用。

上述這些方法，都在尋求適合個人的教學策略，最終目的還是希望學生能憑自己的能力寫出正確的字，因此書寫文字有練習的必要性，至於寫多少？我個人傾向於「少量多餐」的作法。我會在生字教學當天讓學生先寫兩次，接著隔天的國語課中再練習生字兩次，之後再練習詞語一次，幾週後又再復習該課生字、該課詞語，與當時正在進行的課程做交叉練習……並於每次書寫後，針對仍有筆誤的字再提出說明，無論是個人或全班性的說明，總之我會把握每一次耳提面命的機會（看幾來真有點囉唆）。這也是我不會將生字練習當作回家作業的原因，我期望能在發現學生寫錯時就立刻給予糾正，而不是當他已經寫錯好幾次（累積許多錯誤經驗之後），才要他訂正或繼續罰寫，這樣一來缺乏時效性，也會讓他一直在挫折中學習，甚至因為需要訂正的東西太多而失去學習興趣。

（五）寫作

「寫作」有別於前項所提到的「寫字」，寫字著重在字體結構的完整呈現，也很容易評斷出寫得好不好；寫作則在於把個人想法感受記錄下來，絕大多數是沒辦法評好壞的。廣義的寫作是一種創作，有人用文字呈現、有人用圖像表達、有人透過聲音紀錄、有人綜合聲音影像以電影形式創作，都可說是寫作的延伸。雖然身為語文教師，但我不反對學生透過其他媒介記錄他的感動，就像多年前有一支廣告鼓勵觀眾用「相機」寫日記，這個點子就很令人感動，因為並不是人人都寫得出好文章，相形之下，試著拍出好照片就不那麼困難了。不過這裏既然要談寫作這件事，那我就針對「寫」出成果來分享我的經驗。

從我任教以來，我深信日常生活是語文練習的最佳場域，聽、說、讀、寫、作都應該在生活中進行，所以我會鼓勵孩子多聽別人說話、多說自己聽聞的經驗、多讀別人的作品，其中又以寫作最可以是生活總體經驗的綜合體現。「上個星期六爸爸很兇的對我說：『不准你去染布，不然的話，我就不幫媽媽加摩托車的油。』所以我就沒有來學校學染布。以前爸爸都和我玩一玩就生氣，可是都沒有原因，就像昨天晚上爸爸要去佩紜家，我想跟他一起去，但是爸爸就罵我，我只好哭著回到家里，我的爸爸真的很兇。」（林玟暖）這是一年級孩子對爸爸的描寫，透過寫作教師可以了解她的家庭狀況。「星期六中午，駿聰哥哥的媽媽帶我和玟暖姐姐去學校學染布。教師跟我們說她爺爺的故事，教師說他爺爺去山上挖薯榔，教師的爺爺很辛苦。說完話，就拿橡皮筋還有布給我們準備染布，我們拿橡皮筋把布綁起來，綁完後，把綁好的布拿出去放進煮好的薯榔汁里，教師說要煮四十分鐘才可以拿出來，我等不及要看看我染的布漂不漂亮。」（洪佩紜）同樣是一年級的孩子，記錄了她參與染布課的過程，以及對自己作品的期待。

我在某位學生的日記中看到他跟家裏小狗間的情感，在另一位學生文章中看到父母的爭執對他的影響，也在學生的寫作中聽見他們對班級的期望……寫作是他個人的紀錄，有時更是全體參與者的共同記憶：

快樂的戶外教學

……今天是我六年以來，最快樂的一次戶外教學，我從來都不知道戶外教學也能這麼好玩、這麼有趣。這次的戶外教學不但讓我學到新知識，也讓我再次體驗了利吉好玩的地方。再過幾個禮拜我就要畢業了，也等於我完（玩）了整個國小生活，現

在我沒有留下任何遺憾了，我只想說：這六年來，我玩得很高興，也學了不少，謝謝你，我的教師。(何駿聰)

寫作一直是我了解學生的一個好方法，也是我認為教學中不可缺少的一環。不過就在兩年前我剛接任現在的班級時，因為碰到的是跟之前差異很大的學生，讓我有許多機會重新思考教學到底是怎麼一回事。比方說，當時我只有兩位學生，其中有一位回家就是不完成作業，偏偏他的錯字量是他同學的好幾倍，寫字的速度極慢，探究原因才發現他有好多字都不會寫，一邊寫還得一邊翻字典，書寫的練習對他而言當然是沉重的壓力。這其實也呈現出不同面向的問題：首先，他的識字寫字策略一定有別於其他人，別人看了之後就能理解並記憶起來，但是他肯定得格外花一些心思在這件事上（於是後來我發展出許多識字寫字策略）；再者，花時間思考「字到底怎麼寫」會影響他寫作思路的暢通，於是我改變以往的作法，讓學生先「計畫」再「行動」，在寫作時間之前，先利用回家時間想好到底要寫什麼，最好還收集相關資料，隔一天才進行真正的寫作。或許因為我的用心，也或許是這塊璞玉終於開始挖掘自己的優點了，後來他經常寫出令我驚訝的文章。例如有一回，我要他們記錄下「參觀卑南文化公園」的過程及心得，他給我的是一篇精心設計過的「被」參觀紀錄：

被現代人參觀

時間：2010 年 10 月 11 日

地點：我家門口（臺東卑南文化公園）

內容：

今天有一大羣利吉國小的小朋友來參觀我們的歷史，他們先在停車場停車，下車後他們的教師集合他們到文化館。到了文化館，有一位解說員帶著那羣小朋友介紹我們的生活，解說員告訴他們很多我們的習俗，拔牙和石版棺嚇壞他們了。其實

> 「拔牙」是我們每個族人在成年時要進行的儀式，需要拔除四顆犬齒；至於「石版棺」，則是我們族人死前要做的東西。解說員說完後，他們被帶去看出土的陶器如何保存？後來又帶他們到考古現場，讓小朋友看考古的情形。在這羣小朋友中，我聽到一個小朋友的心得，他叫做許育豪。
>
> 心得：
>
> 那個小朋友說：「我覺得這次的校外教學真好玩，可以學到很多東西。」聽他這麼說，我真是高興。

姑且不論他究竟寫錯多少字，從這篇文章中更值得重視的是他懂得「怎麼」思考，不只是寫什麼，而是怎麼寫。我總是鼓勵學生接受自己，接受自己就是會寫錯字，但那都無礙於他可能是個具有寫作創意的人，不應該因為字寫不出來就抹煞其他的一切。我取消回家「書寫」的功課，取而代之的是鼓勵閱讀以及準備寫作方向、內容，生字的執筆練習改在課堂一開始的五到十分鐘進行，保留了許多時間在放學之後，就是希望學生有更多時間參與其他活動，從「質的改變——讓學生和家庭作業之間建立連結、投入學習過程，以及回應學習的活動和情境等方式，幫助學生學習得更好」。（艾菲・柯恩，2010：93）

三、最後再說

經常有人批評臺灣的教育是「頭痛醫頭，腳痛醫腳」，或者「政治左右政策，政策影響教學」，更嚴重的是「外行領導內行」，似乎臺灣的教育已到病入膏肓的局面。在這樣的政治環境之下，第一線教育者、家長以及學生似乎也只能隨波逐流，盲目追隨的結果是大家拚命的考證照、參加檢定、學測、基本能力測驗、國際學生評量計畫……一但成績不好就檢討，然後由上級召集專家學者提出改進策略，勒令地方政府執行，地方政府再下達教學第一線的教師，接著就等著看成果，令人洩氣的是截至目前為止也沒看到真正令人滿意的結果。試著想：如果有人本質上熱愛閱讀、能從中獲得滿足，他還會在意上述這些檢定、測驗嗎？又如果他無法在語文這個領域中找到自己的價值，他還需要在意這些嗎？

這樣說或許過於消極，甚至把教師存在的價值也一筆抹煞，但是既然我們是具專業知能的教師，是不是更應該用專業的角度來看待教育的問題？例如有些教師只是一味的覺得教科書編的不好，卻不願意為這樣的情形做改善，彷彿錯都在別人身上，忽略了自己「專業」的部分。我們的專業就在於「看得出問題，能解決問題」不是嗎？覺得課本的內容太短，就花點時間自編教材；覺得課本內容死板，無法與現實環境結合，就想辦法直接與作家對話。發達的網路不是只能用在蒐集資料，面對資訊爆炸的時代，教師善用資源，也要教孩子有運用資源的能力，更重要的是尊重孩子天生的氣質，引導他做最適當的發揮。

幾年前芬蘭的教育開始受到國內的注意，而芬蘭在教改上能夠一路順暢，除了專注的策略、平等的核心價值外，還要歸功於專業的教師：

> 自 1979 年開始，教委會就定調，中小學老師屬「研究型」，必須具備碩士學歷，這幾乎是全球最嚴苛的規定。師資教育從原本的三年，延長為五年，高中生畢業申請師範學校時，除了要看在校成績，還必須通過層層面試，確認有教學熱誠與創新思維，才能擠進錄取率僅十%的師範窄門……芬蘭老師教的不是「知識」，而是「學習怎麼學習」。（蕭富元等，2008：115-116）

我發現我們的學生面對新世代的能力薄弱，結果不只顯現在國際幾項的評比中，從日常生活的表現里就可以看出端倪。當我們問出記憶性的問題時，例如兒童節是幾月幾日？他們可以很快出答案；進一步再問為什麼有兒童節？大概剩一半的人會真的思考這個問題；若再進一步要他發表對兒童節的看法，說出來的不外乎喜不喜歡禮物、放不放假等低層次的思考結果，就算之前已經跟學生介紹過兒童節是基於對「兒童權利」意識的彰顯所設立的節日，還是顯少有學生會針對兒童權利部分去思考，真正發表出自己的看法（或者在他腦海中根本就沒有所謂的看法）。從這點就可以看出，我們花太少時間讓學生成為一個會思考「為什麼」、「如何」、「我認為……」的人了，更何況兒童節這還是個與他們切身相關的議題呢！

我向來不反對用淺顯的字句說明，學生回應時也未必要引經據典，做得到、願意嘗試的學生去做，做不到也不要緊，最重要是先能將自己的想法把達清楚，之後再來研究怎麼讓它的層次提升。或許有人會說那是因為我的學生數很少才做得到，我也不否讓這點。因為我所任教的學校，就坐落在卑南鄉利吉村，校外風光明媚，是近年來縣政府極力推廣的優質社區；校舍隔著卑南溪與小黃山相望，校地廣大，走出教室映入眼簾的是一片綠油油的草地；目前全校只有二十二位學生，而我的班上很幸運的目前擁有四個學生（這還是我在這裏六年來人數最多的一個班）。很多人在聽到我的班級人數時，都會先質疑是不是聽錯了？等確定無誤之後，就會以一種「浪費國家資源」的角度來審視我，「人數少」似乎就形同於「教師很偷懶」，甚至會當著我的面直接數落起我們的政府，指桑罵槐一下。初次面對這樣的難堪，我實在無言以對，或許是因為當時年資尚淺（囝仔人有耳無嘴），又或許當時真的沒想過這些問題（不擅長思考是臺灣教育下的產物）；但是現在我可以很有自信的否認對方的質疑，因為這幾年來我很努力的在這裏耕耘。我認為教育要回歸到學生本身的需求、切身相關的經驗去談，要能夠真的適性發展，先了解每個學生的狀況，再給予個人最需要的幫助，而人數少正是我最有利的環境，符合我的教學堅持：從感受、思考到產出。

去年我班上轉回來一位學生（他在四年級上學期時轉出，後在四年級下學期時又轉回來），針對「下雨的聯想」這個主題他寫了：

> 啦淅啦淅老天爺正在哭，大雨不知不覺的停下來我又大聲的叫……（陳昱峯）

如果以一般文章的寫法來檢視這段文字，會發現它完全不合語法，「啦淅啦淅」應該改成「淅瀝淅瀝」，大雨也不會「不知不覺的停下來」。但如果這是詩？「啦淅啦淅／老天爺正在哭／大雨不知不覺的停下來／我又大聲的叫……」似乎很有詩意，這是我最近思考如何引導這個學生寫作方向的初步構想。

此外我也發現自己有許多需要再進步、調整的地方，好比說教師的閱讀習慣會影響教學的傾向，閱讀偏好也會左右閱讀材料的選擇。一個不喜歡閱讀的教師，教不出熱愛閱讀的學生，更不用說會花時間在閱讀理解策略上。教師（大人）經常都只是叫學生讀書，但是自己有沒有養成讀書的習慣？之前我聽過一場專訪，受訪者是誰已不復記憶，但是他說的一段話我印象深刻，他認為臺灣大眾普遍不喜歡閱讀，因為大家都在考試的壓力之下把讀書的熱情也「烤」掉了，一但可以脫離讀書的情境，絕不再拿起書來讀。難道不能只是為了喜歡而讀？一定要讀有名的書或世界名著嗎？有些故事、內容不是每個人都有興趣，能不能允許有人不想看，進而鼓勵他看其他書或做些其他事？

無論聽說讀寫作，教師最大的期望還是學生要能擁有自我前進的動力，而最怕的是一但找到適合的方法，就失去改變的動力，一成不變的教下去。需要了解，我們的世界不段在變動，時代環境改變、學生先備經驗不同、教學場域遷移……教學者面對的是有機的學習者，因此需因時制宜、因地制宜，更需因「對象」制宜。

附件一　《我的文字故事》

圖一

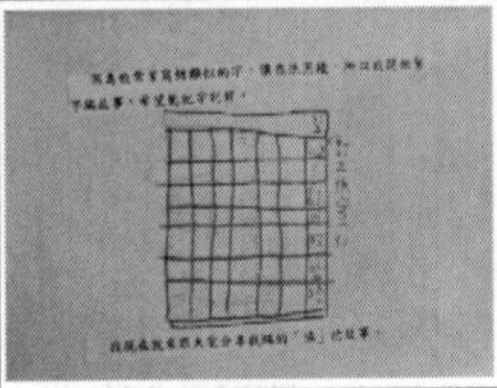
圖二

圖三

圖四

圖五

圖六

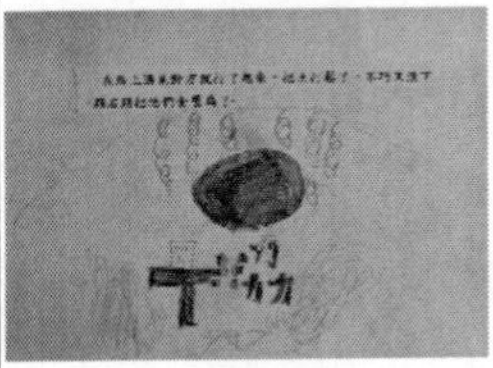
圖七

圖八

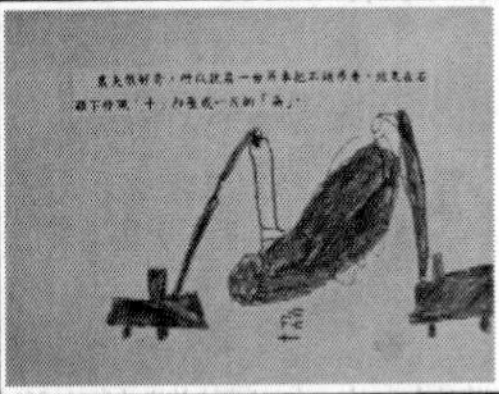
圖九

圖十

圖十一

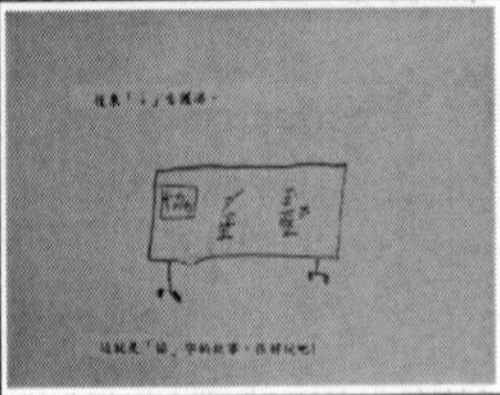
圖十二

作者：許育豪

附件二　〈什麼都能比〉

（甲乙兩人上臺，各拿一本作業簿認真寫，沒注意對方而碰在一塊）

甲：唉唷！你撞著我了！

乙：唉唷！你害我把字寫醜了！

甲：那又怎樣，擦掉重寫不就得了。

乙：重寫！這個字很難寫呢！

甲：難？！怎麼難，也沒我寫的這個字難吧？

乙：怎麼可能，我這個字是天下第一難。

甲：我這個字是舉世無雙難！

乙：你能見著我這個字是你三生有幸！

甲：你得了吧！待會是不是還要來個四通八達、五福臨門、六六大順的？

乙：嗟！你說到哪了？

甲：不如讓觀眾朋友來幫我們評評理，看誰的字難吧！

乙：也好！不過為了增加一點兒趣味性，咱別一次就把字給現出來，而是依照書寫的順序，把各部件一一展示，順便也讓觀眾朋友猜猜看是什麼字，你意下如何？

甲：這有趣！那就一起來吧！

（一同展示第一個部件「虍」）

甲、乙：耶！是一樣的！這算平手了！

乙：成，那再來第二個是……

（甲展示「豆」，乙展示「鬲」）

乙：哈哈！我贏了！光看筆劃數就知道，我的「ㄌㄧˋ」字贏過你的「ㄉㄡˋ」！

甲：你別得意，我的「豆」字除了是豆類植物的泛稱，在古代是用來裝食物的器具，在商周時代還是祭祀用的禮器呢！（說完洋溢著得意的表情）

乙：ㄟ～我的「鬲」雖然是個炊煮食物的器具，而且……喪禮會用到，
　　也算是禮器吧！

甲：好吧！好吧！咱們來看看第三個部件。

（甲展示「戈」，乙展示「犬」）

乙：嘿嘿！看我的「狗」咬住你的……

甲：「兵器」嗎？嘿！我這字念做「戲」，演戲的戲。

乙：哼！我看你就是愛演戲，逢場作戲，讓大家矮子看戲！

甲：你才愛現

乙：對！我這字念「獻」……

甲：（接著說）就知道野人獻曝、借花獻佛、成歡獻媚……

乙：好——停！我有個新點子來獻可替否，你聽聽。

甲：嗯！

乙：咱們再找另一個字來比比！

甲：還比呀！

作者：許育豪、陳金燕、陳意爭

參考文獻

王財貴（1997），《學庸論語》，臺中：鴻全印刷。

艾菲・柯恩著、項慧齡譯（2010），《家庭作業的迷思》，臺北：天下。

林雯淑（2011.3.8），〈PISA 啟示錄——走錯路的國中語文教育〉，《國語日報》第 13 版。

林德俊（2011.3.16），〈用詩駕馭激情的聶魯達〉，《國語日報》第 5 版。

周慶華（2010），《反全球化的新語境》，臺北：秀威。

威兒瑪・瓦歷斯著、王聖芬等譯（2007），《星星婆婆的雪鞋》，臺北：野人。

約翰・伯寧罕著、林貞美譯（2006），《莎莉，洗好澡了沒？》，臺北：遠流。

約翰・湯林森著、鄭棨元等譯（2007），《文化與全球化的反思》，臺北：韋伯。

保羅・柯爾賀著、周惠玲譯（2003），《牧羊少年奇幻之旅》，臺北：時報。

陳之華（2011.2.23），〈故事〉，《國語日報》第 12 版。

陳欣希等編（2011），《閱讀理解——文章與試題範例》，臺北：教育部。

陳宛非主編（2010），《國語課本》第九冊，臺南：翰林。

湯姆・斯丹迪奇著、楊雅婷譯（2010），《歷史大口吃》，臺北：行人。

黃香梅（2011），〈《漢字教與學》評述〉，取自 http://eje.km.edu.tw/，點閱日期：2011.3.30。

路易士・塞普維達著、湯世鑄譯（2003），《教海鷗飛行的貓》，臺中：晨星。

簡世明（2010），《教師的十個對不起》，臺北：圓神。

蕭富元等（2008），《芬蘭教育，世界第一的秘密》，臺北：天下。

解構的敘事符號與書寫研究

黃筱慧
東吳大學哲學系副教授

摘　要

當代的法國思想中有關結構與解構的對應性與主要連接性，一直是一個有趣的哲學議題。解構理論學者德希達在其〈人文科學論述中之結構、遊戲與展演〉[1]中，針對人文科學的方法，提出了法系哲學思路的見解。這對於當代的語文教育是否可提供出創新的思想路徑與討論的張力，在本文中，我們特擬針對吾人可以如何使用「解構的敘事符號」（narrative sign in deconstruction）這個概念，思考後現代這個時代之下的語文教育問題。進一步地，本文擬提出一個新的路徑：解構的敘事符號與書寫的研究。我們將追問如何可能透過書寫的現場性，處理並呈現出在解構之中的敘事符號與其書寫

關鍵詞：解構、敘事、書寫、詮釋、結構

---

1 Jacques Derrida, *Writing and Difference* (Chicago: The University of Chicago Press, 1978), pp.278-293.

一、前言

當代的法國思想中有關結構與解構的對應性與主要連接性，一直是一個有趣的哲學議題。解構理論學者德希達在其〈人文科學論述中之結構、遊戲與展演〉[2]中，針對人文科學的方法，提出了法系哲學思路的見解。這對於當代的語文教育是否可提供出創新的思想路徑與討論的張力，在本文中，我們特擬針對吾人可以如何使用「解構的敘事符號」（narrative sign in deconstruction）這個概念，思考後現代這個時代之下的語文教育問題。進一步地，本文擬提出一個新的路徑：解構的敘事符號與書寫的研究。我們將追問如何可能透過書寫的現場性，處理並呈現出在解構之中的敘事符號與其書寫。

德希達，在其另一本書《邊界——哲學的》（MARGINS of Philosophy）[3]一書中所提出的思想：延異（différance），以供吾人處理我們如何可以針對後現代這個時代，應用德希達特有的解構思想方向，思考有關語文教育的活動，主要任務，與當代的最新議題與建議的處理方式。

因此本論文將處理：在解構歷程下，透過對結構主義的方法之評估所呈現的符號化指涉活動（signifying in the process of deconstruction），如何可以取代一個已呈現的中心論述，進而由語文教育結合解構思想，引導學習者使用這種思考，進行詮釋，以供語文教育者透過對解構思想方法的應用，敘事出一種具有滌淨作用的敘事活動。以呈現一篇新的敘事為主要的任務。然後進而處理這個敘事為一個書寫的實作

---

[2] Jacques Derrida, *Writing and Difference* (Chicago: The University of Chicago Press, 1978), pp.278-293.

[3] Jacques Derrida, *MARGINS of Philosophy* (Chicago: The University of Chicago Press, 1985), pp. 3-27.

物件。解構的敘事符號與其書寫，將指出一種以延異的面向處理過的敘事的呈現。並進而將此書寫為文本。此文本將具有滌淨的效果：因其以一種現場與現在的空間與時間兼具的方式呈現，並可以導引出對過去與未來的影響。此書寫一旦出場之後，將呈現為吾人可以處理的一個對象：因此，我們書寫有關解構的敘事符號，在書寫時，我們呈現出：延異的特質，以呈現出解構的動態，當此同時，比解構之延異化稍晚一瞬間的下一個時刻，我們將之書寫出來了，這個文本，即是：一個承載著解構的敘事符號的一個新的被書寫出場的新實物。我們稱此活動為解構的敘事符號與其書寫的研究。

二、延異「德希達的『延異』」

延異，是法國哲學家德希達創造出的一個與正確的法文之差異（la différence）同樣發音，但不同的拼法的一個怪字。如以正確的拼法呈現時，la différence 同時具有：延緩（defer）與區異（differ）的意義。正因德希達刻意地將 a 代換了 e，自此以後，這個符號又代表出一個可以經由觀看，但不能經由發音區辨其正確與錯誤的一個對象，學過法文者，可以透過標出對 a 的標出，甚或進一步槓掉這個字母。處理的人可能會很驕傲地說：這里拼錯了。但學習過德希達哲學的人又可能說出：這是一個有意義的符號。因此，la différance 才是他們想處理的正確的字詞，la différence 反倒成為一個單純的法文字，但卻不是德希達哲學在此處要處理的意義。延異之 defer 與 differ 兩種意涵的面向，可以導引出一個符號的現場的聲稱延緩的意涵；但讀者可以區異出想有得到的延緩意涵，再進而導向出的新方向。當我們一方面以正確的法文思考出這個詞的錯處的同時，有一個符號的現場性正在延緩這個詞的出現，但我們即刻將區異出用 a 與用 e 的差異；但同時，一位學過法文的人，亦將同時刻很快地糾正的說，並甚至可能很驕傲的說：這是德希達故意如此拼的。延異的意義指出了一種在現場的符號的延緩著的意義；亦同時透過一位使用延異者的活動，將之導向另一個同時可以表現出來的區別活動。La différence 本有此雙重的意義，但 la différance 更指出了說出這個符號的更新的意義，不但沒有錯誤，甚或是極正確的表達出所謂的法系德希達之哲學關鍵詞。我們在此試圖表達出的是兩重的延異：第一重是：在字元的意義上的延異；第二重是：經學習後的所謂法文之創意文字出現在世界上之後的延異的可能。

因此，由延異的路徑，我們可以處理德希達之延異概念，進而將之延緩出的字義，導向到新的，有意義的哲學論述的可能性。但也同時將之再創出新的延緩性。我們將失去區異原本為錯誤的法文字，而得出一個德希達哲學的字詞。

德希達之解構的活動是一種去除已有的中心的解構活動。德希達指出，符號本身不能超越感性與知性的對立，符號的概念被這種對立所限制著。它依靠對立與系統而活。我們可以在能指中同化所指，或索性將能指驅逐於所指之外。符號最終，將臣服於思想。因此，在感性與知性的對仗狀態下，我們可以運行出這種有關符號的活動。[4]因此，當我們延異德希達的延異之後，我們可以得出對於法國哲學符號的一種延緩行動，我們聲稱出原本應是錯誤的法文字的哲學有效性。但也同時使我們得到可以區異這個詞與它的其他可能解釋之間的差異。一位學習者可以很快速地聲稱著某一些解說方法，但，如果我們真正想使用德希達的延異，我們反倒應該依循這個錯誤的詞的寫法，逐一允許它延異自身：一方面延緩著錯的拼法的正確性；一方面又區隔出我們的解說與其他研讀德希達之間的區異性解讀法。我們稱此為：延異的活動。它可以被運用在任何的對象之上。當然也包含著德希達的文本中的字詞。

---

[4] Derrida, *Margins of Philosophy*, op. cit., pp. 280-282.

解構的符號是否可以因其達到了敘事，而有所謂的敘事的特質？本文將進一步運用解構，將之與敘事連接，以所謂解構的敘事符號，建立書寫。本文在此有兩個目的：將敘事的前面加諸上解構的特質：這是指，使用延異的處理出一篇敘事的延緩與區異的同步活動；在將此運用到符號上，使解構的敘事符號成為可能。這一種運作是否可供語文教育者應用當代哲學的路徑，思考書寫的活動，並具體地將解構的特質，一步一步以該對象的延緩聲稱，導向於由語文教育者主動的區異活動，以建立延異的過程。一種延異的特徵下的解消動作，將使我們可以以區辨出差異。我們在此的另一項方法是：敘事符號。在此的任務將是一個解構的敘事符號化的完成。當吾人以現場的呈現，經過延異之後，呈現出的版本，將可供吾人得出一個解構的敘事。這個敘事須扮演現在的與現場的延異後的成果，但也同時將被我們編織到與過去相關的整體之中。敘事符號將有一場新的重整，在整體之中再次將延異的特質，展現在敘事之中。因此，這種解構的敘事符號化是一種過程，它將我們的發現重整到既有的整體敘事之中。以下我們將說明這種解構的敘事符號化與書寫間的關係。

三、解構敘事與書寫神話

德希達在其另一本書文法學（Of Grammatology）[5]中，以書的結尾與書寫的開端為題，引述自希臘以來的一個道統。他探討了能指（signifier）與真理間的關係，吾人可以如何處理 the written being 亦即 the being written 的這個議題。當我們抓取到一個對象的是何內容時，我們真實地經歷了槓去（erasure／以"x"加諸於一個符號之上）一

[5] Jacques Derrida, *Of Grammatology* (Baltimore: The Johns Hopkins University Press, 1976), pp. 6-26.

些不是的，但，我們真的已得出它的是了麼？[6]何謂符號？何謂我們所追問的：它是什麼？

當一個語文教育者須教授判斷一段文本的意義時，延異的導引將為我們提供一條新的路徑。我們不能真正判斷出是與在，希臘古典哲學家所期望的理想固然有其歷史意義，但事實上，人們的判斷來自對一個既存的對象的延緩特徵，以及我們可以區異出的創意特徵。但，就在解構的同時，我們需要一種關切現場的與現在的敘事的能力，以便將這次的延異，連接在與過去的敘事相關的現場敘事符號化之下。本文稱此為：解構的敘事符號化。這一個行動使解構的敘事，與過去的，未來的行動連續性地有著意義上的互動脈絡。德希達以一種總整理的語調將西方哲學自希臘到尼采與海德格一路相接的號稱的使命感為議題，說明他的態度，他認為我們將重點放在一個物的呈現之後，"a" 標出了它自身的書寫，但就在此書寫之下，"a" 將自身題名於延異的金字塔內留存。"What is it to think the present in its presence?"，在一個呈現中，何者被呈現了？[7]哲學的任務在此又重整了腳步。再次向新的路徑移動。

德希達以結構主義之父李維史陀的野性的思維為本，提出他對修補術的看法[8]。當我們以一種不求人的方式，將書寫視為一種修補，這種延異的符號化與書寫的結合，將以補充的方式，將一個被符號化完成的敘事，一步一步的補上自身的修補。但這時並不以一種對錯的，而是一種潛在的被現場呈現的方式進行敘事內的修補。我們稱此為：由解構的敘事符號化，以書寫出區異後的成果。

神話的奠定基礎的過程中，本文所探討的解構的敘事，將扮演一個角色。它使我們的對象被表現為一個在場的超越性特徵。我們以延

6 Ibid., pp. 18-19.

7 Derrida, *MARGINS*, op. cit., pp. 22-23.

8 Claude Lévi-strauss, *The Savage Mind* (Chicago: The University of Chicago Press, 1969), pp. 16-36.

異將符號化完成，這同時以超越了所指——所已指出的（signified）與能指——能夠繼而指出的，因此，延異使神話的能指出現。使所指的走向可能被超越的機遇。但在此，解構的敘事符號化與書寫研究，將有一個特質，我們必須呈現出它的時間元素。否則這個開創型的可以如何如何，在一個集中管束，或被要求即刻要表達出被敘事的效果，將使修補性的書寫，無法表達出原本的解構敘事應該表達出的敘事性與時間的關係。本文進一步希望透過導讀這幾項的基準性的過程，將解構的敘事符號，表達為：一種符號化的成果對象。它使敘事具有說出新的束狀的或被整頓過後的新的符號安置。而此安置將以書寫的形式表達出它的被寫性。唯有在此被書寫的形式下，解構的敘事符號的成果，才算完成了其任務。

四、解構的敘事符號如何書寫後全球化的語文教育

如果後全球化的語文教育，是指以語言與文字為對象，透過教育的活動，在導引學生處理語言與文字時，試圖以解構理論之延異的流程，處理教育。那麼，當代的語文教育可以思考本文所拋出的一個新的起點：一種以語文本有的延緩性的意涵為第一步，但導向於與之區異的表述，以求槓去已有的所指，導向能指（亦即：非此所指的集合中的另一個可能所指，但透過能指的激盪後被產生出來）。延異即是一種創新的輸出平臺。當我們以此為軸，導向本文的另一個階段：解構的敘事符號化時，我們必須小心地以符號表達這個敘事：也即是說，以新的結構的綁束法（例如：由時間的特定的某個刻度開始整理有關的敘事內容），我們將得出類似修補匠一般的書寫。這是一種以特定的新的整頓完成的敘事。它可以完成一次的符號化，以表現出新的符號。因此，一次敘事的完成，我們也即得出了一次的解構原結構：即指——得到了對於延緩的與區異的成果。這種延異的符號化，使敘事代

表出新的結構。當書寫完成之後，我們的被寫的存有，透過其本身的延異，表達出了一種存有物本身不透過書寫不可能被呈現的存有性。德希達以此深度地探討了書寫的獨特的意義。它是解構的敘事符號的必然命運。沒有書寫，就不能有解構的完成。

在後全球化的時代之下，我們的意圖是將本身所在的地域，表現為全球之一處，這個處所在後全球化時代意義下，不以全球共有的與共同的為意義，而以之後，其後為意義。這代表的是何種的解構可能與敘事的機遇？以下本文將以延異為方法，處理這一個後全球化的時代的語文教育的論述。

全球化，指出一種以全部的總體為輪轉型的化成與共通性語文教育。例如：科系教育，文學文本教育，書寫作文訓練等等。當我們以全球化為軸之後，這些教育必須以全部的地球上的文化與總體性，或以整體性的輪轉意義，建立出解讀文本的語文教育。例如：當我們論述亞洲價值下的文學時，我們的教育將期望以他者的非亞洲的文學方法為主要的全球化的語文教育模型實行之。

後全球化，將以一種時間的順序為在其之後出現的為主要意義。但也可以代表出：一種在眾所周知的全球化教育都以遍行於各地域之後的後全球化語文教育。也因此，後全球化的是在以整體的與總體的為主軸流行有型之後，才出現的論述模型。我們的下一個階段的問題是：它可否被本文的主要方法：解構的敘事符號化與書寫處理？答案是可能的。但我們必須一步一步以解構的方式，延異出原本的全球化的延緩；以及與其內容有區別與有異的內容。才算是做到了延異全球化的語文教育，亦即：以解構理論，處理後全球化的語文教育。當代的語文教育在後全球化的解構意義下，應該具有：槓去全球化，以求解構全球化。當解構之時，亦即延異了全球化的後全球化時代下的語文教育模型。我們區異之時，將針對槓去了全球化之後的情況，有切身的新可能性。例如：一種對全球化符號化的語文教育的解構敘事的誕生。

此時，我們主張，解構了全球化，當一個對全球一家，各民族平等等等的不實際的口號後，後全球化時代，意謂了一種真實的與可行的後全球化語文教育。例如：將本國的文本逐一重新教授，慢慢提導出為何要讀這個文本，或是透過教這個文本的敘事，可以導引出：具有解構精神的新敘事符號。例如：槓去全球化的，因此，強調在大地的文本閱讀與語文教育。不以歐美澳亞等外來的精英的文學為主的解構性的文學解構敘事。

五、德希達之解中心與後全球化時代下的解構的敘事符號與書寫

如我們以德希達所提出的解中心（decentrement）的思想[9]，處理這個後全球化的時代之語文教育，我們將可針對這個詞的中心的概念，一一槓去，以求延異之。他以整體在他處有其中心的說法，再次重整了全球化的可能意義[10]。這指出一個極有意義的但亦極具挑戰意義的說法。當全球化的轉化為後全球化的之後，如果吾人真正要處理這個論題，這個活動將是一次革命：一次以解構，處理原結構，得出新的中心的延異成果發表會。解構的敘事符號，可以替後全球化的時代，標出語文教育應有的創發性，這一個革命是指：透過敘事對過去的與未來的連接性，重整出對全球化的語文教育的修補。這種敘事是一種針對全球化不能達到的，轉以後全球化的所謂的延異方式，呈現出全球化架構下被綁束的符號。這一種創新，我們可以用：解構的敘事符號標明它的呈現。並以：後全球化為題，將此解構的敘事表現在符號化的指涉過程下。這時，它是一種新的產品。以延異處理出特色，以符號化成為主要的敘事。並將此與時

9 Derrida, *Writing and Difference*, op. cit., pp. 280-282.
10 Ibid., p. 279.

間互動之。此一敘事的符號的書寫，將接續以差異的方式表現其存在性。

解中心的意義，對後全球化而言是一種新的意義。它可以是全球化呈現之後的異象遍地的一個時代。這一個時代將由全球化的所有相關呈現一一槓去為主要操作。我們暫以德希達的槓去，將延緩的全球化呈現並聲稱著，但亦幾近同步地以區異於此全球化的方式，一一差異的思考出新的可能性指涉。例如：全球化的時間表意謂著處理問題的方式的統一與融通可能。但後全球化的其中之一的可能反倒是：不以融通，反以區異的隔離法思考對策。當全球都求快速的教育時，我們反倒以極慢的方式教授語文。例如以一種重建舊的與失去的人格教育為主軸，不以快速的教師生產線的教授法，處理語文教育的模式。解的定位是移動已有的，在其他處找出新的但也是暫時的中心點。那麼後全球化時代，在時間上晚於全球化時代，但也就意謂了所有的其他可能性。在一個當前一切都以普通的人才為教育的同時，解此中心的語文教育可以是一種以文人氣節為主要訴求的新語文教育。

六、後全球化時代——全球化語文教育的解構與神話

德希達的解構理論固然是一個法系思潮之下的一環，但如我們應用它來思考所謂的後全球化的語文教育，它將代表出一個新的可能。德希達以修補術表達了他對結構主義的神話學的見解。本文希望提出的是個解構的延異說明，並以此敘事出後全球化這個符號，並依此，建立出後全球化的神話書寫。後全球化是一種宣言，它不是全球化時代的任何一個可能。它晚於全球化，也必須由全球化的所指出發，開始定位出能指。並將之定版為一個有關修補全球化的新的所指。我們可以依此方法流程，建立出對舊有的時代性與標竿性的新的補充。這個修補性的動態，是有意義的改寫出新的後全球化的理論與實踐。在

此意義之下，我們處理全球化的脈絡下的敘事與書寫的關係。但一直要求著後全球化方式下的新的敘事與書寫：解構的（以延異為主要方法)敘事符號化（將之束起重整，但不以全球觀點）；再繼之將它呈現為書寫。

所謂的後全球化時代下的語文教育，是在全球化的思考方式實現之後的一切可能。延異區隔出這個「後」字的解構性意義： 一個是延緩著時間的後；一個是與全球化有差異的後。在其後可就僅僅指出時間的晚於全球化，但亦可以是與其不同的方式（但沒有保證必然是較佳的版本與方法)。

本文希望提出的是一種呼籲：當我們以此為題時，我們不再以全球化為符號。反倒以槓去為樂見的結果。唯有肯甘心槓去，才會有勇氣與毅力重構當代適用的語文教育。後全球化的解構意義，也會同時建構出一種有關後時代的一種神話：它是新的機會與冒險。在各種理論與主義盛行的時代下，後時代有著改革與拋棄的無限可能性。當代的法國哲學家看似倡導解構，但德希達的思想也可以象徵一種針對過去的與已有的修補與聲稱：但是可能會以一種從未想過的方式處理這種修補。修補術對於我們的解構思潮而言是極正面的意義，它指出的是基於原本有的整體與所有相關性的部分的一種補足。但沒有固定的原則與要求，僅以現場的敘事為主軸，本文希望基於德希達針對結構主義的補充，建立出有關解構的敘事符號與其書寫的研究。我們亦希望這種研究可拋出針對後全球化的議題是真正的槓去已有的思維，由延緩的與區異的同步出發的延異的應用。解構的敘事使符號得以出現被修補的可能，經由書寫的出場，這個延異不僅是一次的任務，而是基於書寫之後無限的可被書寫的開始。誠如德希達所指出的：書的終結亦是書寫的開始。

語文教育研究在後全球化時代的終結與新生

——以臺東大學語文教育研究所為典範的相應的思考

周慶華
臺東大學語文教育研究所所長

摘　要

經濟、科技和相關思潮等全球化由西方社會所帶動後，已經造成地球資源枯竭、環境汙染、生態失衡、溫室效應、臭氧層破洞和核武恐怖等後遺症，必然要有反全球化才能化解能趨疲（entropy）危機。而這反全球化所要進入的後全球化時代，無法寄望西方社會內部自我產出見教，只能靠原就跟自然和諧共存的東方社會來型塑制衡力量。它在最新可能的言說形態是華語敘述，而有賴語文教育研究的發皇予以摶成。而這條道路的規模，經過臺東大學語文教育研究所的努力，逐漸顯出了清晰的面貌；但可惜的是它就要被裁併終結了，只好另為期待透過既有研究成果的「連類效應」來引出它的新生。

關鍵詞：全球化、反全球化、後全球化時代、華語敘述、語文教育研究

一、全球化與後全球化

近十餘年來，全球化的呼聲和實踐，像一頭猛獸衝破網羅在世界狂奔。喜歡刺激新奇的人，跟著它到處遺留痕跡；而驚恐逃避的人，則駭異莫名家園所遭到的蹂躪。前者，主導趨勢，還一直在鼓動別人「跟上來」；後者，則傷感遽變，偶爾還會聲嘶力竭的「喊停」卻都徒勞無功！換句話說，有人參與了全球化的嘉年華會；有人卻希望全球化快點過去或終止而進入後全球化時代，這是兩股會相互拉扯的力量。

現在即使全球化已經遭受不少阻力而現出某種疲態，但還是有許多人樂觀它的持續深化。這些樂觀者，都是出自於西方社會（佛里曼〔T.L.Friedman〕，2008；史旭瑞特〔T.Schirato〕等，2009；傅頌〔A.Fourçans〕，2011）；也有出自非西方社會（王立文主編，2008），但那全是應和者。因為全球化本來就是西方人所帶動促成的，他們勢必要繼續推行全球化，才能維持既有的榮景和文化優勢；而非西方人則純粹是基於「沾點好處」而迎合參與全球化的運作，二者的主從地位不可移易。因此，我們所看到的是從近代以來的一條西化的道路：工業化／現代化→資訊化／後現代化→普遍化／全球化，這裏面非西方人從未主導過任何一個階段的變革。

如果說全球化是指全球性的人口、金融、資訊科技和商品等的流動現象（湯林森〔J.Tomlinson〕，2007；1-3），那麼這背後的推手就非西方霸權莫屬。而西方霸權長久以來在世界各地推動民主政治、自由貿易、知識經濟和社會福利等文化全面性亟欲同化的工作，也已經形成一股「不可抗拒」的全球化氛圍，使得世界正在進行一體化的新構成。但由於這一新構成有強迫和威脅成分，所以全球化連帶的也遭到會引致負面效應的指控。這種指控，有的來自西方社會局部的「反思力量」，有的來自非西方社會的「恐懼反彈」（赫爾德〔D.Held〕等，

2005；5-6；佛德曼〔T.L.Friedman〕，2006：9），於是就出現了全球化和反全球化的行動拉鋸。

雖然如此，全球化的真正的「動因」卻還是很少被察覺，致使反全球化就只能在表面的作為上給予抵制，根本無力在深層的信念上加以掀揭批判。有人認為全球化不是到了晚近才開始，它從十九世紀以來逐漸發生的跨國貿易和資金勞工的流動、甚至幾度的金融危機時期就出現了。（佛德曼，2006：7）這是無可懷疑的事；但當真要說有全球化的事實，還可以遠推到十六世紀宗教改革後一併興起的殖民主義和資本主義。基督教新教徒憑著他們「因信稱義」的信念，脫離舊教會的束縛，由於社會地位低落（而非上層社會的既得利益者），必須以快速致富的方式來改善處境，所以促成了資本主義的興起；爾後為了更能取得存在的優勢，連帶地到世界各地掠奪資源和建立根據地而造成殖民主義的隆盛（當今的美國和加拿大，就是被新教徒征服後興建的國家），而全球化也就從此時陸續的展開，迄今都不見平息當中藉別人的資源來實現自己「致富美夢」的優著氣燄。而基督徒所以會走到這個地步（舊教徒後來也紛紛受到刺激而跟著張揚起來），關鍵就在他們所信守的「原罪」觀。換句話說，原罪教條的訂定，勢必會影響到新教徒贖罪的恐懼（駭怕回不了天國）而恆久的不安於世。而緣於贖罪的必要性，一種深沉的塵世急迫感也悄悄的孳生，終於演變成要在現世累積財富兼及創造發明（包括哲學、科學、文學、藝術和制度／器物等等的建樹翻新）來榮耀上帝並藉以獲得救贖；尤其在資本主義和殖民主義矯為成形後，更見這種「過度的煩憂」（相對的，同樣源自希伯來宗教的猶太教和伊斯蘭教，在它們流行的地區，因為沒有強烈的原罪觀或甚至沒有絲毫原罪觀念，所以就不時興基督徒所崇尚的民主制度、科學至上和資本主義／殖民主義等行徑，以至相關的成就就沒那麼「耀眼」）。因此，它所體現的「創造觀」這一世界觀，就正好支持了它要以「創造」來回應上帝造人而人負罪被貶謫到塵世後的尋求救贖的「必經之路」。但可嘆的是，非西方社會中人原不是這種信仰，卻在人家一番「傾銷」後「迎合」了上去，導至世界日漸一體化在窮為耗用地球有限的資源。(周慶華，2010：13-15）就因為這耗用地球有限資源而導至資源枯竭、環境汙染、生態失衡、溫室效應、臭氧層破洞和核武恐怖等後遺症，所以必須以反全球化來緩和能趨疲（entropy）的危機和挽救世界的沉淪！

既然要反全球化，那麼全球化就不能再看著它延續，而必須讓時序推進到後全球化時代。這是從現在漸漸廣見的反全球化思潮「加碼」（也就是知道轉批判西方人遺禍地球的根本原因而促其調整信念）後所期待實現的，雖然還不到時候，但在實質上已經理念發出了（周慶華，2010)，遲早會有相關的迴響。

二、後全球化的「後」思維

其實，全球化歷經幾個世紀的衝撞，也快到強弩之末了。而當今綠能經濟的形成(麥考爾〔J.Makower〕，2009；山德勒〔A.Schendler〕，2010；瓊斯〔V.Jones〕，2010)以及中國和印度等第三世界的崛起(肯吉〔J.Kynge〕，2007；塞斯〔A.Chaze〕，2007；馬哈揚〔V.Mahajan〕，2010)，不啻在預告全球化必須走向下一步了。只不過綠能經濟所強調的再利用和開發新能源等觀念和作為，還是老套（只是轉成綠色資本主義罷了)，並非真有助於終結能趨疲的危機；而第三世界的崛起(尤其是中國躍升世界第二經濟體最搶眼)，儼然一切以「重構文明」或「再造文明」的新意識在主導經濟和科技的運作，但情況卻無法這麼樂觀，因為西方強權的經濟和科技全球化已經快要耗用完地球有限的資源，第三世界崛起除了「拾人唾餘」還得分攤環境汙染和生態失衡等後果，基本上沒有什麼遠景可以期待。因此，所謂後全球化的「後」，它的意義還得越過這一新經濟和西方強權威力轉弱的「假相」而從徹底「反全球化」來定位。

基於這個前提，後全球化的「後」思維就得有東西來填補反全球化後所會出現的思想空缺。而這在我們必要凸顯主體的立場，一定是先寄望自己採取行動來回應。因此，在這個重要時刻，華語敘述就得積極形塑，以備「不時之需」。大家知道，敘述為人類展示發達語言的運作能力以及刻意藉為區別學科的捷徑。（周慶華，2002）它在如今正當全球化風捲殘雲而促使海峽兩岸同感必要藉機發聲的關口，所推出的華語敘述就成了一個可以檢視的好案例。只是華語敘述本身在缺乏「雄厚實力」作為後盾的狀況下仍舊高揚不起來；尤其臺灣一地近年來的華語敘述熱潮卻難以激起國際社會的迴響，就可見它的「主體性」未能完構的一斑。要改善這種不利的處境，既有的華語敘述模式勢必得向新式的華語敘述模式過渡，以未來可以有的相關「濟世」或「益世」的良方重新發聲，一切才庶幾可望！

大體上，這一濟世或益世的良方，乃在於反全球化取向。換句話說，最有可能成為這一波反全球化的強大制衡力量的華語敘述及其抗衡式的華語帝國，則期待儘快形塑反轉來發揮濟危扶傾或挽救世局的功能。前者（指華語敘述），緣於面對歐美強權所推動的全球化浪潮，原自有一定威勢的傳統中國，竟也不能免俗的全心去擁抱，尾隨別人度日；以至百多年來一直不見自家面目，民族尊嚴從此掃地！因此，寄望一個新穎的華語敘述來針砭時局且試圖挽回失去的自信心，也就有「時代的意義」。而這個新變途徑，則在復振深化可以藉為濟危扶傾舉世滔滔暴亂安全閥的傳統仁學。傳統仁學以「推己及人」為張本，節欲面世，所具有的「綰結人情／諧和自然」特性，可以緩和西方強權為「挑戰自然／仿效上帝」所帶來的蹙迫壓力和迷狂興作。（周慶華，2005；2006；2007；2008；2010；2011）後者（指華語帝國），乃因英語帝國的形成，靠的是殖民征服和資本主義動能，使得英語在跨洲際的流動中取得一種「傾銷」和「迎合」的絕對優勢。如今另一個華語新興勢力正在醞釀，但要離可以成為華語帝國的目標還很遙遠。理由是華語背後的文化形態並不像英語背後的文化形態以造物主的支配身分自居，沒有殖民他者的強烈欲望和連帶興作資本主義，自然也無力反凌越西方社會而奪取帝國地位。但華語因內蘊「氣化觀」的韌度和諧和性，卻可以用來制衡英語帝國過度行使所導至的世界破敗的危機；而在相對上的挽救世局有功而自成一個抗衡式的帝國。這一抗衡式的帝國，在具體上可以使華語敘述從三方面來開展：第一，構設後環境生態學。現行的環境生態學，大多是為了因應臭氧層破洞、溫室效應、酸雨危害、熱帶雨林減少、土地沙漠化、野生動物瀕臨絕種、海洋污染和有害廢棄物等問題，但實質成效卻極有限。這癥結乃在西方資本主義所帶動的全球化，迫使舉世參與耗用資源所造成的；大家不反資本主義，就拯救不了地球。因此，新的解決途徑，就在從恐懼全球化出發，徹底反資本主義，並使相關議題推進到後環境生態學的層次。

第二，強化災難靈異學。有關災難的界定，常被「自然」化或「物理」化，而忽略它跟靈界的連結而不為無意性。它的種類多，乃是為平衡生態所採取的手段不同，人間儼然是靈界的試煉場域。在這個場域裏，死亡成了災難最深的見證；而當中又有慢速死亡的潛在性災難在拖長試煉，更具警惕意味！但一般的解釋都僅止於人謀不臧或神鬼作怪，殊不知它是靈界為回歸秩序化所作的調整，災難種類多及死亡多樣化，所代表的是靈界的對策「多管齊下」，為的是因應靈界分項負責者的不同能耐。因此，循著災難必現靈異的理路，可以構設出一套災難靈異學；至於它還有一些非本質的難題，則不妨俟諸異日再行深入處理。

第三，開啟新靈療觀。舊靈療以撫慰受傷殘的靈體和協商索討者去執或力勸當事人對外靈的寬恕，效果普通、甚至鮮見真正的療癒案例。它除了不懂靈靈互涉或靈靈互槓的輪迴潛因，而且還低估了靈體互有質差的重要性，以至經常事倍功半。如今倘若大家覺得靈療還有存在的空間，那麼它勢必是啟靈式的，以強化靈體對「相敬兩安」、「無求自高」、「修養護體」和「練才全身」等策略的深切體認，才有辦法逐漸扭轉他者靈療為自我靈療，而取得雖然弱勢卻是強者的存在優勢；進而以此新靈療觀開啟緩和輪迴壓力和特能因應能趨疲危機的稀罕新遠景。

這麼一來，所謂的後全球化，也就不同於當今許多反全球化聲浪所想推進的時代。後者有原始主義（返回未有全球化時代）、社會改良主義（主張在發達國家和發展中國家之間建立一種平等互利的關係）、民族主義（反對西方文化的入侵和普遍化擴張）、原教旨主義（想透過自己所認同價值觀的普遍化擴張來對抗西方價值觀的普遍化擴張）和馬克思主義（要打破資本主義一統天下的局面）等反全球化運動（汪信硯，2010），但它們僅是消極抵抗或不附和而未能極力批判的取向，卻都成了全球化的組構成分而欲「後」無由；更何況裏面所摻雜的要從「普遍價值原則」（如保護生態環境、控制核武擴散、尊重人權和信仰自由等）來解決全球化偏狹化困境的遐想（同上），也如同天邊雲霓，杳不可及，因為全球化的單一價值觀如果可以被扭轉也就不致有今天不堪的下場了。換句話說，所以會有全球化，就是西方創造觀型文化單一價值觀所強力促成的，今天要它容受其他文化的價值觀，那就等於不必認同它而全球化也可以不發生了；但事實卻不是這樣，只要全球化存在一天，西方創造觀型文化的單一價值觀就不可能退讓而自行縮手。因此，所謂的普遍價值原則，最後也都要由西方人所欽定才算數，不可能經過別人的認定而後要求他們來信守。但這在培植一個深具抗衡力量的華語敘述上就不同了；它除了可以自持，還可以推廣以拯救世界的危殆（也就是一方面不隨人起舞；一方面看準世界弊病而提供新療方），遠比那些只能從「自己的立場」出發的反全球化運動來得務實有效。

三、全球化時代語文教育研究的命運

可以統攝理性和感性認知的語文教育研究，在後全球化時代應該能夠據此發展的，但它在全球化時代卻早就消沉了；以至所要藉它來接上這裏倡議的致力於華語敘述的發展，就得再費心別為規畫了。也就是說，原特別重要的語文教育研究這種話語，它還沒來得及後設思考到可以主導反全球化運動的階段，就先被掃進歷史的陳跡裏，致使現在有反全球化的需求才要重振它來擔任形塑華語敘述此一非常的任務。而這不妨從語文教育研究在全球化時代的命運談起。

倘若說語是指口說語而文是指書面語，那麼語文二者就是涵蓋一切所能指陳和內蘊的對象。（周慶華，2004：1-2）緣此，語文教育就是一切教育的統稱而可以統包一切教育；它既是「語文的教育」又是「以語文來教育」。在這種情況下，語文教育研究也就廣及各個語文教育的領域。（周慶華主編，2010：東大語文教育叢書出版理念 1）但現今卻因為受到學科畫分的限制，語文教育研究反而被拘泥在語言／文學（或文章）教育研究的範疇，大為縮小所該有的領地。而即使是這樣，它所研究的「語文教育」這一對象在全球化時代，也早已深陷「難以開展」的窘境！

由於全球化是「一個不斷地國際探險、侵略和殖民的長期發展下的結果，經由經濟、武力、宗教及政治利益方面的行動，並透過交通和傳播技術的高度發展，才有辦法形成」（愛德華〔R.Edwards〕等，2003：17 引伊凡斯說），所以在它強勢且逼迫別人就範的氛圍中，所有的教育就不得不跟著改絃更張；以至有人所指出世界各地的教育或學校教育改革所具有的「緊密連結學校教育、就業、生產力和貿易，以提升國家經濟」、「提升學生在就業相關的技能和能力的成效」、「在課程內容和評量中，取得更直接的控制」、「減少政府對教育的花費」和「使社區更直接地參與學校決策，以面對市場選擇的壓力，增加教育的投入」等五項基本要素（同上，5 引卡特等說），也就無慮是這一波教育市場化的最深標識。就因為一切以市場為導向，教育不再像早期可以多元博雅的發展（中華民國比較教育學會主編，1996；中國教育學會主編，2000；鄭燕祥，2006；黃乃熒主編，2007），所以相關研究也順勢自我屈就（無能回過頭來引領風尚）；而語文教育研究這一不具競爭力的領域，自然很快的被邊緣化，從此不再聽到它還有「什麼希望」可說。

此外，原來教育所要傳遞的知識實體和精熟，也因為全球化而出現機構和專業的認同危機：「在全球化特殊現象中，當知識、教學論和教師不再視為必須具備權威時，且透過符號和意指實踐的豐富性可以壓倒他們的話，他們依然具有主體性嗎？在全球化現象中，這些問題假定擁有重要的顯著意義，因為它的確就在這些現象中，且具備學校教育解組、認識論的不確定性以及電子文本等特質，權威將會被推翻。」（愛德華等，2003：165 引摩根等說）這種危機，也使得學習誘惑在教育內的定位無端的弔詭起來：

> 這確實是一項成就，教師使學習更加無趣、沮喪、灰暗、無性欲！我們必須理解如何滿足社會的需求。假如人類對學習非常瘋狂的話，就如同他們在做愛一般，想像一下，這會發生什麼事情。人羣會衝撞並推開學校的大門！這可能是一場極端的社會災難。因此，你必須讓學習更加惹人討厭，如此才能限制運用知識的人羣數目。（愛德華等，2003；166 引傅柯說）

換句話說，全球化也讓集體學習瓦解以及促成不同行為的可能性。這樣所謂的教育研究又要研究什麼？它不就在教育理想性失落的過程中也喪失了著力點？而已經被邊緣化的語文教育研究，豈不是要更加的「舉棋不定」？因此，不論是市場導向還是認同危機，語文教育研究都不得不進入慘淡的黑暗期。

更有甚者，全球化所一併帶動的後現代解構思潮，把語文的創作和接受當作是不斷補充匱缺和遊移填實空白的歷程（伊瑟爾〔W.Iser〕，1991；薩莫瓦約〔T.Samoyault〕，2003；德希達〔J.Derrida〕，2004），而完全不理會自我理論本身的盲點（如「不斷補充匱缺」和「遊移填實空白」等也得回返自身，而造成相關論點都不再可信）（周慶華，2009），它竟也風行了又風行；導至一切語文研究和語文教育研究彷彿都快要變得不可能！而這讓原本就受制於市場化和缺少認同的語文教育研究更為雪上加霜，再也無人相信可以重擎大纛揚威！

語文教育研究在全球化時代的命運是這樣。它勤於尋覓自己的領屬，卻發現前有敵陣後有潰兵；而呼求不會有響應，且孤立無援還遭逢長年的寒冬！這是它從「一切」教育研究萎縮到「語言／文學（或文章）」教育研究而「廣大」的精神闇默不彰以來，再一次廢敗消沉，不知何時才能重見天日而輝煌起來。

四、語文教育研究在後全球化時代的持續蕭條

前面所揭發的全球化和反全球化兩種情境，照理前者是要被看壞而後者是要被深為期待的，但整體情況卻是後者還在難產中而前者依然如脫韁野馬，致使凋零殆盡的語文教育研究更無從「起死回生」。因此，語文教育研究在後全球化時代的持續蕭條，也就是預測兼事實的描述。這本來是註定如此的事，毋須再次提醒大家強為認知；但這裏為了看它是如何「持續」蕭條的以及要從那裏去尋求轉機，所以才另立一節來「接著談」。

以臺灣來說，原語文教育研究大多集中在幾所師範院校，偶爾還可以看到對語文教育「熱中」的現象（如舉辦學術研討會、撰寫學位論文和出版叢書等），但近年來師範院校紛紛改制後，相關的語文教育系所也跟著轉型，如今僅剩臺東大學語文教育研究所和臺中教育大學語文教育系所，整體研究人力突然大幅縮小；而外界一點也不為語文教育研究低迷而感到惋惜！國外過去還有人在為人文和科學「兩種文化」的分化而呼號，希望透過教育來縫合：

> 教育不是解決問題的全部答案，但如果沒有教育，西方世界甚至不知如何下手解決問題。所有的矛頭都指向同一個方向：縮小我們兩種文化間的差距……為了知性的生活、為了我國的特殊危機、為了西方世界隨時會爆發的貧富差距危機、為了那些只要世人運用一點智能就能脫離貧困的窮國等等，我們、美國和所有西方世界，都有義務用最新的眼光，重新檢視我們的教育。（史諾〔C.P.Snow〕，2000：145）

但現在我們卻看不到語文教育研究被其他學科研究凌駕而有人站出來講一些「振奮人心」的話；好像是「全球化社會要湮沒它的」只好認了。如此一來，語文教育研究就不得不退到角落去「苟延殘喘」，有心人多嚷嚷反而會被視為不自量力兼自討沒趣！然而，大家又知道語文教育還一直存在著，而存在著的語文教育又不能沒有相關的研究來提升它的品質和引導未來的走向。因此，儘管已經到了後全球化時代而語文教育研究還在持續蕭條，我們仍然得期待它重新活絡起來，這才相應於大家正要過渡的後全球化時代的理想需求。

事實上，並不是毫無表現可以給這個看似空窗期的「後語文教育研究」時代增添光彩的。因為我所服務的臺東大學語文教育研究所從2002年設立以來，就以全國唯一從事專業的語文教育研究相標榜，並試圖以結合現代語文教學的理論及實務、發展多媒體語文教學、培養專業語文教育人才、提供在職教師語文教育進修和開拓未來語文教育產業等為發展重點，到今年度已經有近百篇的學位論文（詳見附件一）以及學位論文出版三十多種（詳見附件二）。另外，還有語文教育叢書的陸續出版（詳見附件三）以及我個人出版的書（詳見附件四）等。這些成果固然還嫌單薄，也未必都朝著反全球化的方向，但在語文教育研究一片沈寂的後全球化時代，我們是有那麼一點信心想喚醒正在「居後」而卻還不知「清醒」的心靈。只不過很可惜，這樣一個研究成效超常的研究所，卻迫於現實環境被學校的整併政策終結了，永遠不再招生；明明才剛站起來演奏一首好曲子，卻馬上要成為絕響！因此，原應再出餘力反全球化的，現在就真的參與了蕭條的行列。這實在是一齣時代的反諷劇，連我們身在當中的人都訝異莫名！

語文教育研究的最後一個據點撤去後，似乎相關的志業也要停止了。這是我們此時此刻不得不憂心的地方！但也因為前路被截斷了，所以正好可以促使大家再行思考後續反全球化的「能量積蓄」問題。換句話說，正由於一個有能力開啟新氣象的語文教育研究所被迫結束經營，才激起我們想到接下來「那裏找轉機」的問題。因此，前面所說的持續蕭條的語文教育研究如何尋求轉機一語，也就是因為有正要「大展鴻圖」的臺東大學語文教育研究所的終結而遺留給大家一起來研議。它可以不成功，但不能沒有此一志意。

五、終結後的新生的可能性

今後的語文教育研究，終究是要致力於形塑華語敘述且作為反全球化的制衡力量，從自我完足到落實為第一線教育的參鏡來發揮影響力，它才有現實感和理想性。而這也不能因為一個研究所的結束，就放棄別的可能的新生期待。縱是如此，這裏面還有一點轉折，我們得先通過它，以便能順利的「到達彼境」。

這是緣於有所要形塑的華語敘述何以是最合適反全球化（而不是靠其他敘述）一個問題存在，不先解決它也就無法保障自我立論的可靠性。我們知道，人的一切行為都可以上溯到世界觀來理解（終極信仰本是最優位的，但當世界觀據它而形成後，它就內在當中，所以只要追究到世界觀就可以了）。而如果不是出於迎合信仰，所信守的世界觀根本無涉「創造觀」的非西方社會中人是不可能參與全球化的運作的。理由是非西方社會中人原信守的世界觀，主要有中國傳統的「氣化觀」和印度佛教所開啟的「緣起觀」：一個相信宇宙萬物是由精氣化生的，特別講究諧和自然和綰結人情；而一個相信宇宙萬物是由因緣和合而成的（不為所縛就成佛），特別講究自證涅槃和解脫痛苦。（周慶華，2005；2007；2008）信守這兩種世界觀的人，都不會有類似信守創造觀的人那樣「急切」的演出終至「失態」！然而，百年來敵擋不了西方霸權凌厲的攻勢，原信守上述兩種世界觀的人都走出陣地降敵去了，徒然遺下一個本可以「試為拖延卻不願等待」的喟嘆！

這顯示信守氣化觀和緣起觀的人也有「墮落」的潛能（才會盲目屈就）；原先他們無知所期望的追趕或超越西方的成就，事實證明已經是夢幻泡影（不但如民主政治的追求而造成社會內部更大的不安，還有其他如科技的發展／學術的構設／文學藝術的創作等也都「小人一號」），永遠只能成為人家的影子，而醞成舉世一起陷入不可再生能量即將趨於飽和的危機！因此，要有新的世界觀來對抗這些舊的世界觀，才有可能讓岌岌可危的世界「起死回生」。

雖然如此，要大家全然棄守舊的世界觀而改崇尚新的世界觀，可能會難如登天；而這就得先從兩種世界觀的多元辯證做起，然後再逐漸走向所要追尋的目標（以至真的走到那個地步又要如何的問題，則可以屆時再議，現在無法預期）。由於這種多元辯證是要在地進行，以達普遍化革新的效果，所以它可以「上升」為一種反全球化的新媒因（memes）。

媒因，作為「思想傳染因子」（道金斯〔R.Dawkins〕，1995；林區〔A.Lynch〕，1998），在類比上所能提供給在地反全球化的動力是那構想的「切合時代需求性」，要阻擋它傳播的人必須加倍的付出心力。換句話說，反全球化的新媒因從在地出發（不論由誰來倡議），連結成網絡，最後一定可以看到改善當前處境的成效。而這內在的動能，就在於透過多元辯證兩種世界觀而推出的新方案。

這個新方案，由新能趨疲世界觀分別來對治既有的世界觀，一方面極力批判規諫信守創造觀的人必要淡化對天國的嚮往，不能再無視於大多數的蒼生還要在地球上「寄生」（他們根本不知道有什麼天國可嚮往或無法認同對方所嚮往的天國），自己多耗用一份資源就會減少別人一次生存的機會，同時也直接間接的危及自己後世子孫的存在優勢；一方面則多方提醒奉勸信守氣化觀和緣起觀的人得從盲目跟隨的迷茫中醒悟過來，究竟是一起走上「同歸於盡」的末路還是自我節制而清貧過活，總得作個抉擇。然後當對治有效了，就可以回過頭來強化新能趨疲世界觀的正當性。此外，既有的創造觀、氣化觀和緣起觀等，各自信守的人又可以進行「內部」的辯證，透過「諧和自然／綰結人情」和「自證涅槃／解脫痛苦」的作為來折衝緩和「挑戰自然／媲美上帝」的激化，次階段性的有果效後又可以晉身回返新能趨疲世界觀而讓它「總其成」。而這不在意從一小地方開始踐履連結，冀能廣起效應；以至反全球化媒因的在地新構想就「於焉形成」，從此再也不須疑慮反全球化會無處著力。（周慶華，2010：15-19）所謂可以作為反全球化憑藉的華語敘述，就是要在這一「在地新構想」的發覺凸顯上。它因為還有氣化觀的內質以及兼納緣起觀的輔佐，如果能再促使創造觀反向思變，那麼它就能達成反全球化的目的，而實踐第二節所說那三個向度。

華語敘述不是一蹴可幾（得先克服它有別其他敘述的自我顯能難以「立即見效」的困境），所以它也不可能有相關研究所的存在就會「積效卓著」，更何況它就要吹熄燈號了呢！因此，務實一點的，我們是要靠它的「連鎖效應」來展開全面性的批判，使得反全球化成為日益普遍的運動；同時以不隨順興作科技、資本主義和殖民征服等「自然」的化解能趨疲危機（而不是像第二節所引論者遐想的先塑造一些價值原則，然後再去解決全球化的困境）。而這種連鎖效應，是以冀望已經播下的研究者種子及其研究成果直接間接的激勵更多人加入反全球化行列為最近途徑的。而在這種情況下，一個有指標性的研究所的終結，無乃也因此「希冀可成」而如同獲得了新生。換句話說，研究所的結束倘若能夠引發大家珍惜所擁有的經驗而有機會就去實行推廣，那麼研究所不就重獲新生了嗎？所謂「終結後的新生的可能性」，也就因為這樣而得到了肯定。

參考文獻

山德勒（2010），《綠能經濟學——企業與環境雙贏法則》（洪世民譯），臺北：繁星多媒體。

王立文主編（2008），《全球在地文化研究》，臺北：秀威。

中國教育學會主編（2000），《跨世紀教育的回顧與前瞻》，臺北：揚智。

中國比較教育學會主編（1996），《教育：傳統、現代化與後現代化》，臺北：師大書苑。

史諾（2000），《兩種文化》（林志成等譯），臺北：貓頭鷹。

史旭瑞特等（2009），《全球化觀念與未來》（遊美齡等譯），臺北：韋伯。

伊瑟爾（1991），《閱讀活動——審美反應理論》（金元浦等譯），北京：中國社會科學。

佛里曼（2008），《世界又熱、又平、又擠》（丘羽先等譯），臺北：天下。

佛德曼（2006），《了解全球化》（蔡繼光等譯），臺北：聯經。

汪信硯（2010），〈全球化與反全球化——關於如何走出當代全球化困境問題的思考〉，於《北京大學學報（哲學社會科學版）》第 47 卷第 4 期（33-34、35），北京。

肯吉（2007），《中國撼動世界：飢餓之國崛起》（陳怡傑等譯），臺北：高寶國際。

周慶華（2002），《故事學》，臺北：五南。

周慶華（2004），《語文研究法》，臺北：洪葉。

周慶華（2005），《身體權力學》，臺北：弘智。

周慶華（2006），《靈異學》，臺北：洪葉。

周慶華（2007），《走訪哲學後花園》，臺北：三民。

周慶華（2008），《轉傳統為開新——另眼看待漢文化》，臺北：秀威。

周慶華（2009），《文學詮釋學》，臺北：里仁。

周慶華（2010），《反全球化的新語境》，臺北：秀威。

周慶華主編（2010），《流行語文與語文教學整合的新視野》，臺北：秀威。

周慶華（2011），《語文符號學》，上海：東方。

馬哈揚（2010），《非洲崛起：超乎你想像的 9 億人口商機》（陳碧芬譯），臺北：高寶國際。

麥考爾（2009），《綠經濟：提升獲利的綠色企業策略》（曾沁音譯），臺北：麥格羅・希爾。

傅頌（2011），《青少年也懂的全球化》（武忠森譯），臺北：博雅。

黃乃熒主編（2007），《後現代思潮與教育發展》，臺北：心理。

湯林森（2007），《文化與全球化的反思》（鄭棨元等譯），臺北：韋伯。

塞斯（2007），《印度：下一個經濟強權》（蕭美惠等譯），臺北：財訊。

愛德華等（2003），《全球化與教學論》（陳儒晰譯），臺北：韋伯。

赫爾德等（2005），《全球化與反全球化》（林佑聖等譯），臺北：弘智。

德希達（2004），《書寫與差異》（張寧譯），臺北：麥田。

鄭燕祥（2006），《教育範式轉變：效能保證》，臺北：高等教育。

瓊斯（2010），《綠領經濟：下一波景氣大復甦的新動力》（鄭詠澤等譯），臺北：野人。

薩莫瓦約（2003），《互文性研究》（邵煒譯），天津：天津人民。

附件一

碩士班畢業論文

論文名稱	研究生	指導教授	年度
《中西兒歌的比較及其在語文教學上的運用》	陳詩昀	周慶華	99
《原漢學童作文病句比較探討》	曾振源	周慶華	99
《原住民影片中的原漢意識及其運用》	巴瑞齡	周慶華	99
《中西格律詩與自由詩的審美文化因緣比較》	林靜怡	周慶華	99
《成語的隱喻藝術》	王韻雅	周慶華	99
《越南童話的文化審美性及其教育價值》	麥美雲	周慶華	99
《色彩詞的文化審美性及其運用 ——以新詩的閱讀與寫作教學為例》	謝欣怡	周慶華	99
《語素、語詞意義的引申與擴張——以『青』為例》	楊淅淳	陳光明	99
《現行語文教育的缺失與改善途徑》	石國鈺	周慶華	98
《飲料名稱的審美與文化效應》	顏孜育	周慶華	98
《唐傳奇戲劇化在閱讀教學上的應用》	廖五梅	周慶華	98
《臺語委婉語的研究：「性」的社會、文化解讀》	蔡正雄	陳光明	98
《漢語語法的社會與文化功能 ——以漢語語法的靈活性為切入點》	潘善池	周慶華	98
《重新定義「臺語」 ——客家人對「臺語」名稱的態度分析》	張顯榮	張學謙	98
《金庸《碧血劍》改版書寫差異研究》	張淑琪	林雅玲	98
《漢語字詞意義的擴張與引申——以「白」為例》	徐碧鴻	陳光明	98
《張愛玲小說作品經典化研究》	陳彥宏	林雅玲	98
《美濃客家家庭客語的流失與保存》	鍾秋妹	張學謙	98
《國小國語教科書課文插圖融入教學之研究 ——以南一版第五冊第四單元為例》	徐巧縈	洪文瓊	98
《新加坡「講華語運動」的語言行銷分析》	張尹嬴	張學謙	97
《兒童美語廣告的語言意識型態分析》	許詩君	張學謙	97

《印度學生對語言政策態度調查》	凃淑琪	張學謙	97
《女性學習白話字的讀寫研究》	張雅閔	張學謙	97
《臺語加強詞的研究：語料庫語言學的分析》	謝昌運	張學謙	97
《「前景」與「背景」：曹俊彥自創故事類圖畫書中文字與圖像的強調手法》	陳韻竹	陳光明	97
《國語教科書中說明文的篇章結構》	侯雅婷	陳光明	97
《越南籍新女性移民跨文化語言學習策略的個案研究》	江芷玲	周慶華	97
《國小國語首冊教科書學習項目及學習順序之比較分析》	魏美娟	洪文瓊	97
《國小學童記敘文中的連接成分使用情況分析以臺東大學附小為例》	林亭君	陳光明	97
《國小低年級學童病句分析》	林怡伶	陳光明	97
《電視字幕對於語言理解的影響 ——以「形系文字」和「音系文字」的差異性為切入點》	陳佩真	周慶華	97
《神話在語文教育上的運用》	蘇瓊媚	周慶華	96
《英語品牌和商品名稱之命名與漢譯 ——以女性保養品為例》	林裕欽	陳光明	96
《國民小學語言人權教育活動設計》	紀淑萍	張學謙	96
《翻譯語篇與現代漢語回指的比較研究》	曹怡仁	陳光明	96
《越南籍新住民華語語音偏誤及教學策略研究》	陳心怡	王本瑛	96
《國語教科書記敘文標題的研究》	林家楓	陳光明	95
《國小學童記敘文的擴寫研究》	高敬堯	陳光明	95
《唸名速度與閱讀能力關係之追蹤研究》	張毓仁	陳光明	95
《洪醒夫小說世界的鄉土關懷》	許淑閔	張子樟	95
《國小學生摘寫故事大意之研究》	莊雅茹	洪文珍	95
《多媒體教材對國小六年級低語文能力學生閱讀學習成效之研究——以說明文教學為例》	朱啓銘	吳淑美 王明泉	94
《童詩閱讀教學探究 ——以〈在夢裡愛說童話故事的星星〉為例》	黃連從	周慶華	94
《臺灣大學生對語言權利態度調查》	黃昭惠	張學謙	94

暑碩班畢業論文

論文名稱	研究生	指導教授	年度
《兒童傳記之內容分析研究——以居禮夫人為例》	蕭孟昕	黃志順	99
《圖形組織應用於國小國語課文結構教學之研究》	葉明慧	黃永和	99
《「文化回應教學」與國小讀寫課程設計——以屏東縣長樂國小為例》	黃靜惠	王慧蘭	98
《讀書會在新移民女性語文教育上的運用——以讀報互動作為開展核心》	匡惠敏	周慶華	98
《莊子寓言在讀者劇場中的應用》	林桂楨	周慶華	98
《一個關於橋樑書的新願景——從圖像閱讀銜接到文字閱讀的教學研究》	曾麗珍	周慶華	98
《心智繪圖應用於文章構思的研究》	呂秀瑛	黃志順	98
《導讀志工參與國小閱讀活動之研究——以臺北市永樂國小為例》	郭寶鶯	陳仁富	98
《國小低年級國語教科書記敘文句型分析——以南一、康軒、翰林版為例》	陳家珍	陳光明	98
《數學教科書中的語言表達》	陳雅婉	陳光明	98
《兒歌的韻律研究》	李金青	陳光明	98
《國小六年級學生以電腦寫作的修改策略之研究》	黃香梅	陳光明	98
《童話中的反動思維——以狼和女巫形象的塑造及轉化為討論核心》	嚴秀萍	周慶華	98
《澎湖的風土人文在語文教學上的應用》	鄭揚達	周慶華	98
《童詩圖像教學》	許峰銘	周慶華	98
《說演故事在閱讀教學上的應用》	林秀娟	周慶華	98
《小琉球的風土人文在語文教學上的應用》	蔡秀芳	周慶華	98
《國小學童中文量詞概念與閱讀理解能力相關之研究》	許慧萍	洪文珍	98
《中文關聯詞測驗與閱讀理解相關之研究——以一到四年級為例》	張藍尹	洪文珍	98
《國小高年級學童關聯詞使用與閱讀理解能力相關之探究》	吳淑玲	王本瑛	98

《圖像與修辭技巧結合之寫作教學 ——以國小四年級為例》	林彥佑	許秀霞	98
《看見自己的思考——以圖像組織提升國小三年級學生寫作能力之行動研究》	羅文酉	秦麗花	98
《以圖畫故事書為媒介指導兒童編寫劇本之行動研究 ——以國小六年級學生為例》	夏洪憲	秦麗花	98
《知識性文本閱讀策略教學之行動研究》	范姜翠玉	吳敏而	98
《國小教師國語文語言覺識調查》	林美慧	陳光明	98
《國小高年級議論文寫作教學模式之探究以一個班級的行動研究為基礎》	蔡藻藻	楊淑華	98
《海島型縣市國民小學鄉土語言閩南語教材名詞代名詞類詞彙之比較研究——以澎湖縣、金門縣為例》	鄭孟嫻	洪文瓊	98
《國小學生閱讀不同文體文章提問表現之研究 ——以澎湖一所國小為例》	鄭嘉璇	洪文瓊	98
《運用迷你課程改善學生發問行為之行動研究》	陳淑瑜	洪文瓊	98
《作文病句探究 ——以九年一貫教育第二階段學生寫作所見現象為例》	許淑芬	周慶華	98
《新移民女性子女國語文補教教學》	葉玉滿	周慶華	98
《成語的語法與修辭及角色扮演 ——以康軒版國語教材所見為例》	陳湘屏	周慶華	98
《九年一貫第二階段國語課本連接成分的研究 ——以南一、康軒、翰林版為例》	吳靜芳	陳光明	98
《少年小說班級讀書治療對國小高年級霸凌學童的影響》	黃婷珊	洪文珍	97
《感官的獨白與合奏——視聽作文教學》	劉佩佩	周慶華	97
《圖畫與文字的邂逅：圖畫書中的圖文關係探索》	陳意爭	周慶華	97
《九年一貫國小國語教科書中鄉土文化內容之研究》	吳麗櫻	陳光明	97
《拒絕遊牧——流浪教師的修辭策略》	廖惠珠	周慶華	97
《國民小學國語習作大意練習的內容分析》	沈珠帆	洪文珍	97
《擴寫教學對國小二年級學童記敘文寫作之影響》	張金葉	陳光明	97
《解除寫作的夢魘 ——小學生作文病句的診斷與補救途徑》	李麗娜	周慶華	97

《國民小學第一學習階段學生硬筆字學習成果分析》	曾詩恩	洪文珍	97
《讀寫整合生命教育教學對國小高年級自傳創作影響之研究》	董霏燕	洪文珍	97
《創造性的場域寫作教學》	林璧玉	周慶華	97
《少年小說中的人物刻畫——以紐伯瑞兒童文學獎得獎作品為例》	林明玉	周慶華	97
《臺灣青少年成長小說中的反成長》	許靜文	周慶華	97

附件二

碩士學位論文出版

作者	書名	出版地	出版社	出版年月	備註
黃連從	《童詩閱讀教學探究——以「在夢裡愛說童話故事的星星」為例》	臺北	秀威	2007.8	
江芷玲	《越南新移民跨文化語言學習策略研究》	臺北	秀威	2008.8	東大學術 1
陳佩真	《電視字幕對語言理解的影響——以「形系」和「音系」文字差異為切入點》	臺北	秀威	2008.10	東大學術 2
陳意爭	《圖畫與文字的邂逅——圖畫書中的圖文關係探索》	臺北	秀威	2008.12	東大學術 3
林明玉	《少年小說中的人物刻劃——以紐伯瑞兒童文學獎得獎作品為例》	臺北	秀威	2009.1	東大學術 4
許靜文	《臺灣青少年成長小說中的反成長》	臺北	秀威	2009.1	東大學術 5
許淑芬	《作文病句探究——以九年一貫教育第二階段學生寫作所見現象為例》	臺北	秀威	2010.2	東大學術 6
李麗娜	《解除寫作的夢魘——小學生作文病句的診斷與補救途徑》	臺北	秀威	2008.12	東大學術 7
廖惠珠	《拒絕遊牧——流浪教師的修辭策略》	臺北	秀威	2008.12	東大學術 8
林璧玉	《創造性的場域寫作教學》	臺北	秀威	2009.1	東大學術 9
陳湘屏	《成語的語法與修辭及角色扮演——以康軒版國語教材所見為例》	臺北	秀威	2009.10	東大學術 10

葉玉滿	《新移民女性子女國語文補救教學》	臺北	秀威	2009.7	東大學術11
顏孜育	《飲料名稱的審美與文化效應》	臺北	秀威	2010.8	東大學術12
石國鈺	《現行語文教育的缺失與改善途徑》	臺北	秀威	2009.11	東大學術13
潘善池	《漢語語法的社會與文化功能——以漢語語法的靈活性為切入點》	臺北	秀威	2010.1	東大學術14
廖五梅	《唐傳奇戲劇化在閱讀教學上的應用》	臺北	秀威	2010.4	東大學術15
陳雅婉	《數學教科書中的語言表達——教你看懂數學課本的文字敘述》	臺北	秀威	2010.6	東大學術16
匡惠敏	《讀書會在新移民女性語文教育上的運用——以讀報互動作為開展核心》	臺北	秀威	2010.2	東大學術17
曾麗珍	《一個關於橋樑書的新願景——從圖像閱讀銜接到文字閱讀的教學研究》	臺北	秀威	2009.11	東大學術18
林桂楨	《莊子寓言在讀者劇場中的應用》	臺北	秀威	2010.11	東大學術19
麥美雲	《越南童話的文化審美性及其教育價值》	臺北	秀威	2010.7	東大學術20
黃靜惠	《「文化回應教學」與國小讀寫課程設計》	臺北	秀威	2010.2	東大學術21
蔡秀芳	《小琉球的風土人文在語文教學上的應用》	臺北	秀威	2010.8	東大學術22
許峰銘	《童詩圖像教學》	臺北	秀威	2010.5	東大學術23
嚴秀萍	《童話中的反動思維——以狼和女巫形象的塑造及轉化為討論核心》	臺北	秀威	2010.3	東大學術24
鄭揚達	《澎湖的風土人文在語文教學上的應用》	臺北	秀威	2010.6	東大學術25

林秀娟	《說演故事在閱讀教學上的應用》	臺北	秀威	出版中	東大學術26
林靜怡	《中西格律詩與自由詩的審美文化因緣比較》	臺北	秀威	2011.03	東大學術27
王韻雅	《成語的隱喻藝術》	臺北	秀威	2011.01	東大學術28
謝欣怡	《色彩詞的文化審美性及其運用——以新詩的閱讀與寫作教學為例》	臺北	秀威	2011.02	東大學術29
曾振源	《原漢學童作文病句比較探討》	臺北	秀威	2011.01	東大學術30
巴瑞齡	《原住民影片中的原漢意識及其運用》	臺北	秀威	2011.01	東大學術31
陳詩昀	《中西兒歌的比較及其在語文教學上的運用》	臺北	秀威	出版中	東大學術32

附件三

東大語文教育叢書

書名	主編	出版地	出版社	出版年月	備註
語文與語文教育的展望	周慶華	臺北	秀威	2009.12	東大語文教育叢書一
閱讀與寫作教學的新趨勢	周慶華	臺北	秀威	2009.12	東大語文教育叢書二
流行語文與語文教學整合的新視野	周慶華	臺北	秀威	2010.08	東大語文教育叢書三
語文產業	周慶華	臺北	秀威	2010.11	東大語文教育叢書四
跨領域語文教育的探索	周慶華	臺北	秀威	2011.07	東大語文教育叢書五
後全球化時代的語文教育	周慶華	臺北	秀威	2011.07	東大語文教育叢書六

附件四

周慶華著作一覽表

書名	出版地	出版社	出版年月
《詩話摘句批評研究》	臺北	文史哲	1993.09.
《秩序的探索——當代文學論述的省察》	臺北	東大	1994.11
《文學圖繪》	臺北	東大	1996.03
《臺灣當代文學理論》	臺北	揚智	1996.08
《佛學新視野》	臺北	東大	1997.02
《臺灣文學與「臺灣文學」》	臺北	生智	1997.08
《語言文化學》	臺北	生智	1997.08
《蕪情》	臺北	詩之華	1998.06
《兒童文學新論》	臺北	生智	1998.03
《新時代的宗教》	臺北	揚智	1999.04
《佛教與文學的系譜》	臺北	里仁	1999.09
《追夜》	臺北	文史哲	1999.09
《思維與寫作》	臺北	五南	1999.09
《文苑馳走》	臺北	文史哲	2000.03
《中國符號學》	臺北	揚智	2000.12
《七行詩》	臺北	文史哲	2001.06
《作文指導》	臺北	五南	2001.06
《後宗教學》	臺北	五南	2001.09
《未來世界》	臺北	文史哲	2002.02
《死亡學》	臺北	五南	2002.02
《故事學》	臺北	五南	2002.09
《閱讀社會學》	臺北	揚智	2003.07
《文學理論》	臺北	五南	2004.01
《後臺灣文學》	臺北	秀威	2004.02
《後佛學》	臺北	里仁	2004.04
《創造性寫作教學》	臺北	萬卷樓	2004.08

《語文研究法》	臺北	洪葉	2004.09
《身體權力學》	臺北	弘智	2005.05
《靈異學》	臺北	洪葉	2006.01
《語用符號學》	臺北	唐山	2006.06
《紅樓搖夢》	臺北	里仁	2007.02
《我沒有話要說——給成人看的童詩》	臺北	秀威	2007.03
《語文教學方法》	臺北	里仁	2007.06
《走訪哲學後花園》	臺北	三民	2007.06
《又有詩》	臺北	秀威	2007.06
《又見東北季風》	臺北	秀威	2007.07
《佛教的文化事業——佛光山個案探討》	臺北	秀威	2007.12
《剪出一段旅程》	臺北	秀威	2008.02
《轉傳統為開新——另眼看待漢文化》	臺北	秀威	2008.04
《從通識教育到語文教育》	臺北	秀威	2008.06
《文學詮釋學》	臺北	里仁	2009.02
《新福爾摩沙組詩》	臺北	秀威	2009.03
《銀色小調》	臺北	秀威	2010.04
《反全球化的新語境》	臺北	秀威	2010.04
《飛越抒情帶》	臺北	秀威	2011.03
《語文符號學》	上海	東方	2011.05
《文學概論》	臺北	揚智	出版中
《生態災難與靈療》	臺北	五南	出版中
《華語文教學方法論》	臺北	新學林	出版中

後全球化的華語文學斷裂現象分析

歐崇敬
環球科技大學通識教育中心副教授

摘 要

華人文學存在著斷裂現象：關於華人情感的表現在文學上，存在著美感的分歧，最明顯的表現在臺灣鄉土文學與外省懷鄉文學上。進而，尚有大陸的商合文學與武俠小說虛幻文學，此外尚有崇尚愛情的鴛鴦蝴蝶派文學。這就使得華人文學始終存在著基於意識形態與現實感的分配與充實上的表現比例問題。從而，來衍生出各種文藝理論的主張，甚至是各種文藝政策的制定，更甚著成為政治上的鬥爭工具；乃至於是信仰上的堅持。認識華人文學的分歧，乃有助於華人的自我認識。

關鍵詞：華人、文學、分歧、美感、意識形態

一、臺灣鄉土文學與外省懷鄉文學

黃春明和白先勇出生年代幾乎是完全一模一樣，但是背景卻大不同。黃春明在宜蘭長大，念師範學校；白先勇小時候經歷過桂林、南京、上海才到臺灣來，在臺北長大。

反觀鄉土文學世界里面的小人物，幾乎資源極盡窮盡，他們只要把日子過下去，只要獲得了一點點資源，他們就欣喜若狂。所以在鄉土文學的世界中，具有一種黑色的喜悅，這是因為在困境之中，看到了一絲希望和光芒，這些鄉土的小人物就願意抓著這希望活下去。舉例來說：作家黃春明所撰寫的〈兒子的大玩偶〉、〈看海的日子〉，都是描寫社會的邊緣人，極力設法爭取每一種可能和希望，讓自己活下去的故事。

〈看海的日子〉描述一個妓女為了尋找希望，在所有恩客中尋找一個最合適的對象，讓自己懷孕生下一個可愛的孩子，用自己賺來的錢為自己贖身，帶著懷孕的希望種子離開妓女戶。這樣的希望在黃春明的筆下展現了強大的生命韌性。

〈兒子的大玩偶〉描述一個父親是從事最傳統的廣告業，要身掛廣告看板，並且穿著小丑裝扮來吸引目光，因此自己剛出生的孩子總是看到午休時間回家吃飯的小丑爸爸，有一天孩子看到卸妝後的爸爸，卻不認得了，為了討好兒子，於是這個父親只好再重新裝扮成小丑，讓孩子能夠快樂的認出他；這是一個黑色或灰色的戲謔喜劇，充滿辛酸。在黃春明的四十多篇小說中，所有人物都是積極地用各種方式使自己能夠活下去，而這些人物最高的層次大概只會是一個小地方的校長，或者是一個公務人員，凸顯了鄉土文學世界，要說明在這個土地上更大多數的人是怎樣活著，怎樣面對命運，怎樣解決死亡，以及各種威脅。

相對來看懷鄉文學，卻不是這樣。白先勇所面對的世界，是外省達官顯要到了臺北以後的日子。故事中的人物總是一羣外省人在懷鄉，想著桂林、南京、上海等故鄉，白先勇三十四篇的小說中，這些達官顯要都有一個共同且明顯的特色，他們都在感嘆生活不如從前、過得沒有以前好。一個曾經擁有大量空間的顯貴，到臺灣來好像被困在一個小島，自覺不斷地萎縮，這發生在白先勇的爸爸白崇禧的身上。但是若以本省人的眼光來看，白崇禧已經是全臺灣一百名以內的重要權貴，是當時本土臺灣人無法達到的榮華，但是白崇禧總認為自己不被重用，成為非主流，受到打壓，自己的桂系系統、派系系統漸漸在弱化，所以資源不斷地萎縮狹小，因而產生憂懼。

白先勇的作品可以看到擁有大量資源的人，透過〈遊園驚夢〉的片段來說明自己的故國情懷牢騷。他們有自己的小圈子，有不同的語言方式，不同的穿著方式，例如：旗袍、外省麻將、問候的語言，上海話、浙江話、空軍的四川話。這類別的圈子在長期五十多年臺灣發展中一直存在。

我們可見到的例子，國民黨在所謂的外省籍統治四十多年，大量的培養軍中作家，如朱西寧、段彩華、司馬中原等，雖屬曇花一現，不過不只這三位，可能數十位、上百位都有。軍中作家包括詩人、小說家、散文家，曾經被列為十大散文家的作家。這些作家所描述的愛國懷鄉的大陸情形，對於臺灣來講是具有非常斷裂的情形。因為百分之九十活在臺灣這塊土地的人民，沒見過這麼大的土地，也沒有辦法到中國大陸去。大多數的人，透過這些文學作品，被移植了一個虛幻的、懷鄉的情感。熱愛大陸這塊土地並不是錯誤的，對大多數的臺灣人來講，原來故鄉就是臺灣，已經沒有懷鄉的需求了，可是由於當代文學的創造，使他們被移植了非現實性的記憶，這又是一種斷裂。

「非現實性的記憶」意思是：沒有淪陷北京的記憶，沒有頓時失去故鄉，而不能再重回的情感記憶。可是我卻因為看了這些作品而感同身受，然後被移植了這樣的一個心情。例如梅常明說所說的東北、長白山夜話，或是北京的胡同、山海關……是怎樣的景色，我們都很想知道。照理說想知道的感覺對於臺灣人來說，可能和東京、京都、奈良的感覺應該作為同等比喻。日本也作了很多的移植在臺灣人的生活記憶裏面，特別是皇民化以後。這種斷裂的狀態裏面，我們可以看到殖民的世界、殖民的記憶觀，在我們文學環境裏面。

為什麼 70 年代鄉土文學作家關心大眾，原先日治時代的作家大有八十位小說家，他們當時的創作語言是日文，只有一部分作家能用中文創作，但中文的創作量仍非常少，除了鹽分地帶作家林芳年的中文小說超過三十篇以外（共五十三篇），當時代的作家大多不超過三篇中文小說，所以小說的影響力有限。

但是到了 70 年代情況就不一樣了，生在 1930 年到 1940 年代的臺灣作家、本土作家長大了，這一代的臺灣作家受了師專教育系統或專科教育系統，到了 70 年代作品寫作開始成熟了，年齡大約三十歲左右，開始有穩定的工作，便聚集起來，開始創辦、寫作本土性的刊物。同樣的第二代外省作家，同樣的也創造了如中外文學等幾種刊物，形成兩邊強烈的對比和對話，也包括他們的不相容。大約經過了二十年的努力，這個不相容因為後現代主義的出現，才開始轉變。轉而面對全球化的問題，和新時代的來臨。

二、文藝政策與當權意識造成文學的斷裂

華人的文學觀的斷裂世界，除了黨國世界的價值因素以外，另一個造成華人文學與文化世界的斷裂的重要原因就是「文藝政策」。最明顯的例子，當國民黨和民進黨執政時期的文藝政策就有明顯的不同；一個是忠黨愛國的文藝政策，一個是要設法獨立建國的文藝政策。兩個政黨執政時期的文建會風格是天差地別的。

國民黨時期的文建會，積極補助這種外省籍相關的文化或是電影視覺藝術的拍攝和投資；到了民進黨時期的文藝政策，則是積極補助各種地方型態的、地方文化的發展，這使得臺灣各大學或是臺灣文化所受到的補助型態，在二十一世紀開始分為兩種截然不同的面貌。也就是說這是一個關鍵的分水嶺，使得舊有的文藝政策所主導下來的文學勢力或是文化勢力，被重大的改變。舊有國民黨所培養的外省精英或留美精英、不管本省外省以忠黨愛國為主軸的精英、以國民黨為核心價值的文藝政策所培養的精英，到了二十一紀以後瞬間的釋回。

這遍存在各種不同的文化向度上面，包括建築、土木、視覺藝術、美術、設計、文學、語言、文化相關產業的各種研究，它甚至也影響到各種休閒產業的研究，也就是說它無所不在的產生了彼此的斷裂關係。那麼這種文藝政策的斷裂關係，放在香港、放在澳門、放在中國大陸，甚至放在沿海地區和內陸地區，也都一樣有了差異。

最明顯的是，北京的文藝政策不同於上海的文藝政策，上海的文藝政策也不同於廣州的文藝政策，它們在要求的尺度上是不同的，大都市來說，中國大陸的文藝政策最為寬鬆自由靈活的是南京，反而上海具有最高的經濟發展力，其文藝政策的緊張度卻是最高的，新聞檢查的嚴格度也是最高的，可是在廣州這邊，我們也以為它是非常影響開放的，但其實它的嚴格度也十分接近上海，那麼這樣的文藝政策主導之下，也使得文人的投入會不斷地因為政策而改變，可是改變之後，就不會簡簡單單的瓦解和散去，也就是說在國民黨時期所培養出來的文人，它一樣會在國民黨下野以後持續的聚點在一起，會像一撮一撮化石般的孤島凝聚在舊有的空間之中，形成了整個華人文化世界、文學世界的斷裂情況。

1987 年整個時代環境不同，接著是李登輝執政，使得整個時政用人的脈絡不同，二十一世紀民進黨執政。二十世紀以後臺灣文學、鄉土文學、本土文學成為顯學，可以看到又是一個強大的斷裂。過去興盛一時、紅極一時的作家突然邊陲化了，最明顯的例子如張曉風。張曉風 2007 年才剛滿六十五歲，而且還在陽明大學任教，是當時十大散文作家，他就讀東吳大學中文系時即得了許多獎，而且平心而論，張曉風的散文確實很不錯。作品可歸類為閨秀文學或娟秀文學。另一位作家是琦君，琦君的散文在 80 年代、90 年代紅極一時。但是現在？琦君的作品幾乎不再被討論。若說琦君因年邁了或不再活動了而退流行，此理由尚合理。不過，其實她人還在大學擔任副教授，而且還經常在活動。另外，在外省優秀女作家如瓊瑤，她如果不靠流行的戲劇界來支撐她的文學，她的被閱讀性將大大的下降。

鄉土文學和懷鄉文學對立和斷裂的狀態，這種斷裂的狀態始終沒有被彌補過。余光中所代表的外省作家，以及葉石濤所代表的本省作家，兩邊處於無法融合的狀態。可是在新的策略下卻被整合了。臺灣島上所有的文學創作都是「臺灣文學」的研究範疇。臺灣文學研究的研究者也可能是外省第三代、第四代的研究者，也可能是本省籍或高山族。在這個多元文化之下，它開始有些模糊的世界。為什麼這個斷裂沒有完全破局？第一代、第二代、第三代作家，大有人在，他們的記憶沒有完全被割開，因此這個斷裂繼續存在於整個文壇、文學界、文化發展之中。

此外仍可看到一種斷裂，在於中國大陸的三合文學，這種三合文學代表斷裂的痕跡。現代小說一直發展到十九世紀有一種大的斷裂，在於高壓的政治統治，最明顯的表現就是文革時期的文學。對於文學種種有隱喻的各種表現，我們可以將文學作對比的，而不是競爭的。不是競爭的原因是彼此沒有對話，只是在同一個狀態底下有一個對稱的分布。在文學史上的專有名稱是監獄文學，監獄文學最明顯的代表是姚嘉文。

姚嘉文是考試院院長，他在監獄的服刑期間，竟然寫了三百萬字分成七冊的小說，而且和中國歷史結合在一起，用極為隱諱的方式來諷刺當局，他隱諱到極不容易看出來。我們都知道姚嘉文是學法律的，他在獄中為了讓自己的腦袋不生鏽，特別用史學的考據方法，並以他手邊可以拿到的文學作品作參考的情況之下，來鍛鍊自己的文筆。據姚嘉文院長自己所說，他們在監獄中可以看到各種翻譯的外國文學，世界著名的小說文學都可以看到。所以他就吸收這些外國翻譯文學的技巧，然後表現在他的小說。有一大批人也在監獄中完成他們的小說，或以監獄的經歷來完成自己的小說，包括施明德的二哥施明正，他的小說也極具代表性。

姚嘉文的《臺灣七色記》長篇小說中，最著名的是《黑水溝》，講的就是臺灣海峽。整個中國移民的歷史，一直到臺灣的種種發展，融合在《臺灣七色記》裏面。我們看到這樣的監獄文學，為當時的政治迫害作了一個非常鮮明的烙痕。我們看到這種斷裂狀態就以鄉土文學和監獄文學作為一個最重要的代表。對兩岸來講，它永遠沒有辦法抹除，這可以看到小說或文學的重要性。時代再怎麼進步，電視劇再怎麼發達，網路再怎麼發達，小說是沒有辦法被取消的。原因是它代表一個時代的心靈和一個時代的精神。即便它是以網路發展，以網路的方式銷售也是一樣，文學的價值是沒有辦法完全被抹煞掉的。

三、文學寫作技巧、語言使用不同，產生分裂

現在可以討論的是寫作技巧上的斷裂。最明顯就是由於懷鄉文學或是鄉土文學，他們共同有一個使用的技術就是寫實主義。可是本土作者的寫實主義和外省作者的寫實主義所運用的技術其實不一樣。語言的表現方法，有明顯的差異。本省的寫實主義有一個困境是要不要使用閩南語，或是客家話，或是高山族語言，一旦使用的時候，它的文字怎麼表達，這個特別性就會有困難，因為沒有定案。還有一個問題就是會減少他的讀者，於是我們就看到，所謂的寫實主義，在鄉土文學的發展之下，到二十一世紀出現了另一種文學，即「臺語文學」。

這種臺語文學很可能即連會用臺語演講的人都有閱讀上的困難。筆者認為全臺灣會用臺語演講的人不到一萬人，所以他的讀者會在一萬人以下。於是可能的讀者、具有閱讀條件的讀者，當然和黃春明那個時代具有閱讀條件的讀者不一樣，黃春明那個時代具有閱讀條件的讀者在百萬人以上，甚至在五百萬人以上，凡是能看得懂國字的人都能閱讀。我們看到那種寫實主義，就產生那種斷裂，來自語言的斷裂。

這種語言斷裂有一個關鍵性，就是本土的沙文主義，或是河洛語族一枝獨秀的沙文主義。河洛語族基本上認為閩南語才應該是國語，它忘記了它作為一個被壓迫者，這時候想要揚眉吐氣，它同時又壓迫別人，壓迫了誰？最明顯就是壓迫客家族跟十三族的高山族。可是別忘了，他同時也回頭壓迫外省族羣，包括蒙古族、藏族，我們還有蒙藏委員會的存在。在臺灣這個地方是二十多個民族，所謂多元民族所形成的共和國，用一種語言壓抑其他語言，就會形成斷裂。不代表其他族沒有意見，是他的意見不夠大，沒有辦法形成主流聲音來與之對抗。所以人們可看到寫實主義內部的一種斷裂，來自於所謂的民族主義，或嚴重的由河洛語族所形成河洛語族的文學敘事。

可是除此之外，寫實主義還有一種斷裂，就是「非現實主義」。何謂非現實主義，就是表面上是現實主義，實際上是幻想。比如說寫實主義所強調的是人要有一個理念，可是有人藉著寫實主義之名，非現實的書寫。最明顯的就是來自懷鄉文學。懷鄉文學為了懷鄉，必須美化自己的故鄉。沒有人會醜化自己的故鄉，因為他懷鄉。所以我們看到白先勇筆下的故鄉的情人，那個沒有來得及逃出來的未婚妻或者是女朋友，總是長得乾淨漂亮、優雅、氣質高尚，那麼令人覺得懷念。看一眼她的照片，每個人看到都會覺得劇中的男主角真是應該要娶到那樣的女孩子，沒有娶到那樣的女孩子真是太大的不幸。

對照現實生活上的需要，娶了本省籍的女子，他依對照馬上就是一個知識低、沒有文化、氣質不優雅的、咬字不清晰的、國語說不好的，成為某種審美觀的一種價值上的歧視或是偏差。最明顯的是我們看《暗戀桃花源》，劇中男主角娶了閩南女子作為太太，但男主角總是懷念昆明的女朋友，她是如此的優雅，有個美麗的名字「雲之凡」。但是，閩南人太太一出現，就是臺灣國語，走路看起來很不優雅；而 2007 年的版本，本土太太變成客家人，一樣的老土模樣沒有改變，只是講的是客家語言。

四、懷鄉文學結合強烈的非現實性、幻想主義

非現實是由於懷鄉文學的存在，總是把寫實主義和幻想主義結合在一起。他的寫實主義是用在把故鄉美化，把故鄉的一景一物都說得好的不得了。這點最大的落差就是 1987 年，兩岸探親開放以後，加上大陸旅行團去了以後，很多人帶著歷史課本里面的憧憬到大陸去，都大失所望。當然公安要付一定的責任。我們發現懷鄉文學有太強的非現實性，它對本土有太高的偏見，不夠實際。本土文學始終對這樣的文學有意見，也知道這樣的文學所產生的文化，或是政治人物所有的言談，比如他們說馬英九之所以閩南語都說不好，是因為從頭到尾就沒有想學的意願，如果有想學的意願早就學好了，不用現在才學怎麼說。這樣的論述也是很多價值觀所造成的，彼此之間有非常多的偏見、歧見或不可溝通之鴻溝，這就說明，由於寫實主義和非現實性的描寫之間所產生的斷裂情形，雖然都用寫實主義的筆調，可是所作出來的成果卻有現實與非現實的兩大區別，而現實與非現實中，又充滿了所謂本土的、外省的、幻想的、勞動的、各種二元對立。

於是，在幾組二元對立的情況下，交互組合之後，它就成為幾十種甚至幾百種的組合；所以它的斷裂和分裂，一旦交互組合起來，將形成一股巨大的張力，也就是多種或更多的交互組合關係，這種交互

組合就形成更大的分裂型態。在本島、臺灣內部，把這種分裂型態和大陸交互組合，那種分裂型態就更多。

我們面對一個歷史上罕見的分裂和複雜情形發生在臺灣島上，這點在中國大陸的中南海，最近終於漸漸的認知到，發現臺灣的複雜性可能不亞於整個中國大陸的複雜性。大陸民族數量雖比我們多，但其複雜性並沒有臺灣島那麼激烈。單從文學上的說理，若只從本省人的世界去看，也有斷裂。最明顯就是，臺灣人所使用的寫實主義和從日本人的寫實主義是不一樣的。

五、日語和漢語使用習性的斷裂

日本的寫實主義是改造過後的自然主義，最具代表性的就是左拉和莫泊桑。法國的左拉，最有名的作品就是《酒店》和《娜娜》這兩部小說；莫泊桑最重要就是短篇小說。自然主義重視精細的、細微的環境客觀性的描寫，還原自然的環境的書寫，而不添加任何東西；但寫實主義卻沒有很高的境界性。可是為什麼在日本接收寫實主義主要集中在自然主義？原因是當時日本明治維新之後，正好左拉和莫泊桑興起，而在世界已極著名的巴爾音克和福樓拜這兩個重要的寫實主義大將，已經稍微退了溫度。

日本屬阿爾泰語系的曲折語，動詞放在後面，是一種中間可以不斷轉折的語言。這是極為精細的語言表現；這種極為精細的語言，非常適合於自然主義的使用。在臺灣原本使用日語創作的作家，如龍瑛宗作家，我們對照日本自然主義大師的作品，用日文相互對照或中文翻譯相互對照，會以為是同一個人寫的。他們以日文寫作時，和自然主義是相同寫法；當用中文寫作就非如此，中文的動詞不在最後。而漢藏語系更不適合用自然主義寫法來創作，因為漢藏語系較具有模稜兩可、較為簡潔的、幾個文字即充滿意象。所以本土內部的寫實主義也有斷裂，即自然主義和寫實主義的斷裂，筆者稱之為福樓拜和莫泊桑的斷裂，更重要的是日語和漢語使用習性的斷裂，此為文學上第五種重要的斷裂形式。

此外，文學家所描寫的都市也產生斷裂。最明顯的是林文義和宋澤萊兩位幾乎同年的作家。林文義所描寫的是臺北都會區，而宋澤萊所描寫的區域是彰化以南到屏東。宋澤萊描寫精準面對本土的城鎮、本土的景象。鄉土作家林文義則面對了臺北都會區，他的淡水河是接近香江的；宋澤萊描寫的《打牛湳村》是極度本土化的。他們兩位同為本土作家所描繪的都市城鎮經驗內部也是斷裂的。更不用說外省作家和本土作家，其斷裂更是顯而易見。再加上外省作家大多有出國的經驗，因此他們所描寫的國際都會的經驗，留學的各種美好；相較於本土作家，他們可能上一個師範學校都極不容易，如此情況下，他們的城市觀是很不一樣的。例如：王禎和的花蓮，讓人立刻想到一羣等待美軍來嫖妓的《玫瑰玫瑰我愛你》的應召女郎。黃春明的宜蘭，讓人聯想到《看海的日子》；想到廟裏的羅漢腳都比不上敲鑼的黑欽仔這樣的人物，筆下小人物命運是如何乖舛。

由這些本土性的城鎮所透露出來的意象，是無法跟白先勇筆下去芝加哥念博士是如何辛苦，忘記女朋友長得什麼模樣，這兩種世界的對比性太強了。兩方的經驗，時空是無法共融的，也不可共量的，這種斷裂也是臺灣文學上的一種情況。

六、武俠小說世界的斷裂

武俠小說是 7、80 年代臺灣重要的文學之一，武俠小說的黃金時期是 70 至 90 年代。為什麼 90 年代到二十一世紀無法再成為主流，因為網路世界無遠弗屆，以及整個電視數位元化、數位元影像、手機的興起，打亂了以前武俠小說愛好者的世界。過去媒體不發達時，武俠小說是許多人寄情的場所。最重要的兩個代表是古龍和金庸，以及溫里安這些武俠小說家。武俠世界基本上所描繪的都是中原，沒有以臺灣為場景的作品。所有的派別峨嵋山、華山、鍾山等，這些都是在中國，或是在遠一點的大理、雲南，卻總不見在閩南一帶，最有趣的是，寫武俠小說的作者也鮮見是福建人。

整個武俠小說世界基本上是以中原作為一個核心的價值，除了中原以外，似乎都帶有非正道的色彩。這隱含了一種價值觀存在，這又是另一種斷裂。我們看到西域或大輪法王、金輪法王等，各地方在價值上都很難趨於正統。始終有一個中原的、極度的情結，「中」就變得非常重要，例如王崇陽此一角色，中間的中是多麼重要。華人深深的被烙上武當、少林，天下最名門正派的兩個武林正宗，一個是在河南省，一個是在湖北省，中原又再度的跳上來。另外的泰山派、峨嵋派都是標準、傳說中、重要的中原文化聖地。一提到歐陽鋒就想到蛤蟆功的西毒，還有偏遠一點的桃花島——東邪，沒辦法很正常，總是看到這樣的情況，代表北邊的洪其棟是個乞丐，我們總是沒辦法看到完美的形象，原因是正統核心的觀念造成的一種斷裂性。

其實在 70 至 90 年代基本上很多武俠小說的讀者都是臺灣人，大陸卻不准出版是最有趣之處。所謂中原正統，除了少數從大陸到臺灣來的人知道中原長得怎樣之外，其他臺灣人都不知道中原的風貌。可是武俠小說實在寫得太有吸引力了，比當時老三臺好看許多，在這種情形之下，武俠小說令人陶醉。

小說中的張無忌能夠大難不死，在宮廷之上救出所有的魔教教徒，再跟正派六大門派對打，唯一只有小時候餵他吃稀飯的周芷若才能刺傷他，在他血流如柱、武當派準備一躍而上攻下他之時，武當派的師伯師叔發現張無忌是自己人時，立刻坐下來將內功輸給他，吸取好了之後，再把內功輸給師叔師伯，表示內功很高超。這些劇情太棒了，讀者認為如果能出現這種江湖奇俠，領導統獨兩邊的話，問題不就解決了嗎？武俠小說產生現實時代的斷裂，可是終究夢會醒來的。

張無忌始終沒有在現實生活中出現，始終就是沒有理想的張無忌出現，來解決生活上的困難。所以武俠小說所形成的文學斷裂，像遊魂一樣，在我們生活的周遭出現。

七、選舉文化影響城鄉文學、文化意象的斷裂

這種斷裂情況出現在 80 年代解嚴以後的臺灣，我們可以看到另外一個為選舉文化所影響的斷裂世界觀，更嚴重的是近二十年以內民進黨這種草莽式的選舉文化策略，只要贏而不在乎任何摧毀的選舉文化，這種選舉文化觀又反過來影響到整個城鄉的文學、文化意象的斷裂，也就是說它只要搶攻看到灘頭堡，它在各種文宣的書寫上面，並不在乎它割裂了整個文化精神，甚至是消費了道德、消費了良知，消費的是我們社會的共同價值，它都在所不惜，因為它的目標就是要「贏」，是它唯一最高的價值。

如同臺獨大老辜寬敏曾說「本土執政就是最高的道德」，這指的是同一種價值，但是所有的文宣書寫。所有的廣告，就都形成我們所謂的文學文化表述的一個部分，包括所有的宣傳單，我們可以有一種研究叫作宣傳單的文學，宣傳單的文化，或是各種選舉的語言、選舉的文學、選舉的文化，此部分廣義的來說，都是文學或是文化書寫的一個部分，這個部分在近二十年來，充分的呈現它是片片柔腸的割裂，星羅棋布的孤島，站在臺灣所有的城鎮裏散發的傳單上面，所聆聽的各種選舉語言之中，而這樣的語言又散播在網站上數位化，數位化以後又返回到中國大陸的網路世界，他們又吸收到這樣的部分來互相批評或者是透過這些斷裂的內容來了解臺灣，來進入臺灣的世界，於是我們可以看到這種交互斷裂性，透過選舉文化、文藝政策、黨國價值世界、文學的翻譯世界和地理的所在世界、語言的使用世界，交互的形成了各種斷裂的情況，也就是嚴重的不連

續，在華人的世界裏面早就已經如實的展開來了，我們未來絕對不會進入一個連續狀態。

斷裂永遠只會是斷裂，它不會終結，真要終結的方式是什麼？是形成是一個更大超越的統合，才有可能終結，必須要產生新的議題與新的發明或者是新的結構，才有可能產生新的統合。這種新的統合，在文化文學的書寫上面，我們必須要基於人類文明的共同發展而擬出新的統合書寫，這種統合並不是統一，而是使得彼此可以交流，由於數位資訊的進步，我們可以透過網路的介面來形容這個不得不統合的現象，這個所謂不得不統合的現象，還會由於語言翻譯機的發達而形成。

人們只注意中英或英中翻譯機的發達，也許有一天有臺語文學翻譯成北京文學的發達，它一樣的被了解，換句話說，新的資訊介面發展，或者是新的產業的發展，或者是人類新的拒絕斷裂之欲求的發展，可能會推動我們一個新的統合的局面，當然在這裏面會有新的行業出現，會有新的活絡於整個大華人世界串聯者的曲線，不管是從企業、從政治，從任何一個行業的各種角色，都會出現新的統合或者是串聯的建構者，這種建構者絕對不能等同於掮客，也不能等同於是騎牆派，而是在建構一個新的華人社會的可能，也就是建構一個新的文化交流可能，建構新的閱讀可能，建構一個新的全方位書寫可能。

全方位的書寫，新的閱讀統合世界，也就會形成一個新的經濟社會型態，當然對應者，各個所在地，也就必須提出新的政治、經濟以及社會的政策來對應所謂的新經濟型態，這個新經濟型態將加入在新的世界性體系裏面，形成一個新世界體系的環結。換句話說，華人世界由於面對自己的斷裂情況，必定會重新擬出一套新的統合而進入到新的體系之中，新的世界體系會因為華人自我面對斷裂世界而改變，這個改變可以有效的提高貧窮者的生產力，數位化的連結會使得許多貧窮飢餓的人受到照顧、受到關懷，或者是弱勢者也會在這個過程裏面有被更高度關懷的可能。

八、人性所產生的非現實性的需求欲望結構

同樣的非現實性如歌仔戲和布袋戲的情形，這中間又有一段布袋戲重新興起，就是霹靂布袋戲。黃俊雄的下一代黃文擇的霹靂布袋戲，一段時間又奇蹟般的出現。不過同樣的，到了二十一世紀，沒有辦法再那麼興盛。後來，霹靂布袋戲使用非現實性的聲光效果，讓非現實性的布袋戲又攀上另一個巔峰，這情況猶如裴勇俊超越了瓊瑤一樣。這說明瞭人性所產生的非現實性的需求欲望結構。

科幻小說的倪匡，偵探小說、推理小說最著名的亞森羅蘋。最重要的是林佛兒所創造的有關推理的作品，包括林白出版社也形成一種斷裂。在高壓政治統治之下，我們無法好好創作作品，改變為寫科幻、偵探、推理的作品，這也是可以經營的文學世界。這種情況讓寫實主義進入了另一個夢幻王國裏，歸根究柢是同一個邏輯，這又形成文學世界的一種斷裂。最後我們可以舉出來的歷久不衰的鴛鴦蝴蝶派的斷裂。鴛鴦蝴蝶派到了二十一世紀後改成有限電視的偶像劇作代表，例如：最近的電視劇：《轉角遇到愛》、《換換愛》或把瓊瑤再度更精細的改編，如：《又見一簾幽夢》，它使得我們的文學世界有了一個和現實上巨大的拉扯。

文學世界的斷裂性是好是壞，我們不需要去界定它，但是它是一個事實，是我們文化裏面一個具體現象，是不容忽視的。當面對我們的文化時，如何去面對這些斷裂所產生的效益。但是居心叵測的人是利用這些效益，獲取他的個人利益，或許是選票，或是形成民族主義的領袖。心地良善的人，是設法超越此斷裂，為文學上的斷裂架設橋梁，使得大家在到下一個歷史階段時能夠順暢過渡。最後到底是居心叵測者勝出還是正確認知者獲勝，這就看策略家贏，還是陰謀家贏。

九、第三條路之文學斷裂的超越趨勢

文學書寫的斷層，在兩岸主要是因為一個政治的情勢的割裂所造成的，在臺灣內部也是一樣，有所謂的軍中作家跟香港作家這個斷層。當然在過去的歷史里面，是無與倫比的巨大，但是在二十一世紀以來這兩邊的趨同愈來愈明顯，而且網路的交流，網路小說幾乎已經是沒有分際，繁體與簡體之間的轉換也非常的方便。這樣的創作精神的一個翻版自由市場，但這樣的市場也隨網路世界的興起，以及有線電視的出現，大幅銳減。

（一）網路、有線電視可解決文學斷裂情形

文學斷裂到何時才告一段落？就是網路世界來臨時。遠流出版社所出版的金庸武俠小說，在網路大量興起時漸漸沒有銷量。遠流出版社在 1996 年曾表示什麼書都可以不出版，只要靠不斷地再版金庸的武俠小說，就可以養活全公司幾十個人。尤其凡金庸小說改編的電影、電視武俠劇上檔，出版社就必須向全臺灣調紙，以才能再版金庸紙本小說，以趕上市場需求，這即是當時的盛況。這盛況好比史艷文跟楊麗花在 60、70 年代的演出，我們尚且留意一下，楊麗花歌仔戲轟動的終結者是為夫婿洪文棟的參選。當洪文棟參選時，楊麗花還在國家戲劇院月臺，免費演出請大家看。到了洪文棟不再參選，楊麗花也因為年邁而使歌仔戲轟動的情況不再。

而今已不再如從前了，大家共同面對的是現代的世界生活村，以及這個新世紀文明的到來，新的網路世紀的到來，新的流行文化的到來，所以各種文學流派因為都已經如實的在我們過去的一百多年裏面演化過了，所以大概大家已經不缺文學手法了，而且也厭倦各種文學

手法的再實驗了，接下來是怎樣如實的表現各個城市、各個城鎮、各個鄉間以及真實的人性故事，所以，文學斷層的超越趨勢、第三條路不但是已經出現了，而且是已經具體的有了非常多的書寫，但是除了上面所說的這種發展趨勢以外，其實還有一個角度值得我們注意的，就是各種方言文學的書寫，包括原住民文學的書寫、臺語文學的書寫、客家語文學的書寫，我相信還會有非常多大陸少數民族語言的書寫會出現，那這個對於所謂的差異文化，或者各種民族文化的保留，其實是有幫助的，這也是另外一個文學斷層的跨越和新趨勢的表現，

（二）擺脫意識形態，鼓勵各種文學、各種語言創作

過去的文學斷層是基於意識形態、基於國家主義、基於政治情勢的斷層，那麼未來它的差異化不再是一種斷層，而是一種多元化的表現，表現的是一種創意，那麼它關懷的同樣會是人性，只是在書寫的語言上不同，所以我們可以把各種民族語言的書寫和外國文學等量齊觀，同樣是面對人性，我們不覺得沙特的《嘔吐》是因為法文的不同而和我們有任何存在主義上的、種族上的差別。所以語言的使用不同，並不足以讓我們產生隔閡，政治意識形態的斷裂，才會造成我們在文學上的隔閡。所謂為藝術而藝術，還是為人民而藝術；文學作品是寫實的、還是超現實的、非現實的這些爭論，其實都在二十一世紀會完全消失，我們發現這些都是意識形態之爭，因為這些表現手法通通都是我們需要的；同樣在藝術的表現型態上也是這樣，不管是寫實的或是非寫實的；現實的或是非現實的，各種超現實的手法，通通都是我們表現上可以選擇的項目，歸根究柢都是我們可以投入興趣，藝術創作能力的一從屬選項而已。

這些寫作方式我們甚至可以融入在同一部作品裏面，比如說一部長篇小說裏面，有兩百個單元，每一個單元有不同的敘事角度，不同的文學手法來表現，形成兩百多篇短篇的小說，但是又是一個共同的

長篇小說，又被區分為八個中長篇小說，完全是可能的！所以這些手法都是協助我們表現得更為良好，所以把這個小說的手法作為一個意識形態。實際上是非常的落後，我們完全不需要再把它奉為圭臬，當然也沒有這麼愚蠢的小說家，還要奉行哪一個文學理論作為圭臬，或奉行哪一種文學態度作為圭臬，因為創作「就是要自由」才能夠創作出更多的作品出來，創意本身就在超越各種形式的藩籬，創意本身就在超越各種典範的藩籬，所以我們見到兩岸的創意競相飆漲，甚至引進日本、美國、英國、法國、韓國、義大利，各種有創意的產品進來。

2007 年北京城外曾經進行八達嶺長城上面作服裝的走秀，可以說是一場世紀走秀。在過去，長城是兵戎之地、見險之地，區隔了所謂蠻族與中國漢族，是文明與野蠻的差別，如今卻在長城中間的走道上，卻能走起流行服裝秀。

所以，野蠻與文明的差別在這裏面已經不見了，我們用了一種解構，用了一種差異，融入在流行文化裏面進到一個全新的紀元，所以中國大陸體現這樣一個趨勢，這原則上也是這樣的一個趨勢，我們會有一個新紀元的出現，這新紀元的出現不再是文明、野蠻之間，不再是現實、非現實之間。

後全球化對師範學院語文教育學系轉型後的挑戰與因應

黃亮鈞[1]
桃園縣忠福國小碩士教師

摘　要

自九所師範學院改制升格或合併為綜合大學，「師範學院」一詞已於 2005 年走入歷史，原語文教育學系也因此歷經一場大幅度的學系變革，其轉型取向可分為三類：維持語文教育專業人才培育、轉為專門化的中國文學領域、轉向新興的華語文領域等，致使原語教系已然進入「轉型後」時期。在此同時，國際間全球化的發展，亦隨著近年來歐美國家的經濟趨疲，中國與印度所代表的東方經濟體系漸漸崛起，標識著全新「後全球化」時序的到來，這不僅對往後臺灣高等教育的發展投下一未知變數，更可視為語文教育學系轉型後的新挑戰，成為一值得加以關注的課題。

本文的研究目的就是試圖發掘後全球化對師範學院語文教育學系轉型後的挑戰之所在，並據此提出相關的因應之道。至於本研究的探討架構，主要是從臺灣高等教育市場層面、師範學院變革層面、學系

[1] 黃亮鈞，臺灣大學國家發展研究所碩士，現任教於桃園縣忠福國民小學。

轉型取向層面等，切入深究後全球化在這三面向的挑戰，並依此提出因應方針。本文的研究結論有三：

臺灣高等教育方面，各大學招生不足將是日後的挑戰，除了教育部已鼓勵國內非學齡成人學生回流教育外，本文更建議中短期內應擴展國際交流與招生，長期則仍需以卓越的教育品質，吸引國際間優秀人才來就讀。

師範學院變革改制後的大學，往往礙於先天與後天上的不利條件，以至於在爭取教學卓越經費補助上失利，建議各學校應尋求第二波變革，優先與他校進行整併，或次而朝向大學策略聯盟發展。

語文教育學系轉型後，並未佔有絕對優勢。多數轉為中國文學相關學系後，得與眾多大學中文系角逐資源；至於維持培育語文教育專業人才的學系，亦需擔憂未來的就業市場前景；甚至轉向華語文領域的學系，也面臨其他大學逐漸增設的華語科系之競爭壓力。因此，建議各學系應持續強化學系發展特色，才能真正區隔市場，掌握相對的競爭優勢。

關鍵詞：臺灣高等教育、師範學院、語文教育學系、全球化、後全球化

一、前言

早年臺灣九所師範學院的成立宗旨，在於培育具備國小專業教學能力的師資，然而隨著 1994 年教育改革的浪潮，加速臺灣高等教育朝向市場化發展，甚至師資培育不再為師範所壟斷，原本師範學院的師資培育優勢逐漸褪色，兼之臺灣少子化問題日益嚴重，致使各師範學院不得不圖謀改革來因應環境變遷，最終紛紛進行升格、合併或改為教育大學，至於原先師院內所設置的教育相關學系，如語文教育學系、數學教育學系、社會教育學系、自然教育學系、資訊教育學系等，也在時勢所趨下，紛紛放棄原先國小師資培育的課程規畫，多轉為一般學系來發展。

筆者為東師語教系畢業生，在求學期間適逢師範學院改革之際，對於就讀的語教系從盛到衰的變遷感觸良多，畢業後進入國小教育現場後，更深切體會到國小師資市場急劇萎縮的窘境，儲備教師為教師甄試而流浪，正式教師同樣為學校減班而被超額，因此認為師院改制、系所轉型等，雖是出於無奈，但卻是必然的趨勢。然而，目前九所師院的教育相關學系，雖然已透過轉型來力挽劣勢，但就現今臺灣高等教育市場競爭白熱化的情形，許多學系在轉型期間，在各項發展定位尚未明確時，就必須馬上面對高等教育優勝劣敗的殘酷考驗，甚至臺灣高等教育市場在全球化的推波助浪下，各大學尚得面對歐美日先進國家的高等教育壓力，好比教育部所積極推動的「發展國際一流大學及頂尖研究中心計畫」（五年五百億計畫），其實也正是此波壓力下的反制，試圖讓臺灣高等教育擠進國際大學排名中，以確保能和國外一流大學匹敵。

如今，在歷經 2008 年金融海嘯後，國際局勢已有別於以往。誠如《後美國世界》一書的作者 Fareed Zakaria（2008：22）所言：

> 我們目前所經歷的，則是現代史上的第三次權力轉變，或可稱之為「羣雄競起」的時代（the rise of the rest）。最進一、二十年，世界各國莫不享有以前不敢奢想的經濟成長率，此期間雖不免有起伏，但整體走勢確實是向上攀升的。這波成長趨勢雖以亞洲最為明顯，但已不侷限於亞洲地區。因此，稱之為「亞洲崛起」（the rise of Asia），實已無法正確描述這次轉變。

由於歐美國家的經濟發展趨疲，中國與印度所代表的東方經濟體系明顯崛起，各國間莫不卯足全力爭取更多的國際權勢，致使全球化開始走向全新的發展局面，甚至可視為一「後全球化」時代的來臨。在此之際，臺灣高等教育該如何在後全球化中謀求發展？剛從師院轉為綜合大學的學校，又是否能及時調整步伐，以因應局勢的丕變？亦或者，從原師院教育相關學系轉型後的新學系，能否重中再次找到最佳的自我定位？

鑑此，本文將以筆者較熟知的師範學院語文教育學系為研究案例，且考量當初師院語教系的課程設計畢竟是以國語教學為主體，因此研究對象將鎖定在各師院語教系如何從原有的國語教學基礎上進行學系轉型，對於非國語教學方面的轉型，如有些師院語教系包含英美語教學部分，在轉型時會將此抽離成立英美語學系之情況存而不論。至於，本文的研究目的，主要探討後全球化下原九所師範學院語文教育學系在轉型後可能遭遇到的各面向挑戰，並據此提出相對應的解決途徑，以作為後全球化下師院語教系轉型後的發展建議，甚至可為其他原師院教育相關學系轉型後的運作，提供可行的參酌面向。

二、後全球化對臺灣高等教育的影響

臺灣 1987 年解除戒嚴後，臺灣社會各項改革潮流風起雲湧，而 1994 年教育改革的推波助浪下，致使教改團體促成「廣設高中大學」

的政策，眾多技術學院改制科技大學，新興的大學如雨後春筍般林立；再加上當時《大學法》的條文修正，放寬了政府對於大學發展的管制，舉凡大學組織、人事、課程、招生、師資聘任等事項漸回歸大學自主運作。於此之際，高等教育開始朝向自主化、大眾化與市場化發展，連帶影響到後來的師範學院之變革，加速了語文教育學系的轉型。甚至現今大學評鑑制度的規範依據，也是當時《大學法》條文修正中所確立下來，然而大學評鑑雖然有助於政府引導大學朝向卓越發展，但卻也同時造成高等教育市場的激烈競爭，產生優勝劣敗的局面。

持平而論，臺灣 1994 年後的高等教育改革其來有自。1980 年代以來，世界各國的高等教育都經歷了程度不一的「市場化」（marketization），也就是政府放鬆管制，將市場邏輯引入高等教育，讓競爭與價格機制引導高等教育機構回應市場的需求，以增強彈性、提升效率，同時透過評鑑制度的建立，一方面提供高等教育消費者更充分的資訊，另一方面也形成高等教育必須注意品質及績效責任的壓力。（戴曉霞，1999：234-235）臺灣高等教育的改革其實正是因應國際間高等教育趨勢，循著歐美國家及日本的高等教育步伐而前進

然而，國際間高等教育市場化的浪潮，能如此迅速地影響各國高等教育發展，其實並非偶然，究其原由，與「全球化」（globalization）的推波助浪有關。隨著全球化的開展，全球化所帶來的全球互賴（global interdependence）是全世界人們的生命彼此緊密交織在一起的一種狀態。（Ferrante，1998：20-21）市場化和全球化（globalization）、去中央化（decentralization）及新右派（the New Right）產生相當的關係。（楊雪冬，2002：9-14）換言之，全球化使得各國原先所受制於時空界線的隔閡逐漸縮小，不同國家與區域之間的連結日趨緊密，由於歐美國家與日本的高等教育朝向減輕政府負擔、引進市場邏輯、強化競爭機制等所得到的可觀成效，致使各國紛紛起而效尤，高等教育市場化也就在這全球化浪潮中成為必然的趨勢，相對促使各國高等教育市場趨向緊密連結。

雖然不少學者對於高等教育市場化的結果不以為然。如陳伯璋（2001：18）就認為：

> 當大學愈來愈傾向以企業方式來經營時，學術社羣本身便遭受到威脅，傳統教育所要培育具備寬廣心智、知識和理解的學習者之主張，不免受到擠壓或忽略。知識的實際應用日益受到重視，而課程中智識的成分逐漸喪失，傷害了大學原本自豪的學術精神，也造成了知識的危機。

儘管如此，臺灣高等教育自 1994 年轉為市場化發展後，其態勢已然成形，並未見到逆轉的可能，而隨全球化時序的嬗遞，近年來西方強權經濟趨疲、中國與印度所代表的東方經濟體系藉機崛起後，國際間東西方一長一消的變動，更讓全球化邁向全新的「後全球化」時代。此意謂著，臺灣高等教育機構不但需要面對國內校際間優勝劣敗的競爭壓力，彼此爭相角逐績效，以作為獲取更多資源與補助的保證，往後更因後全球化所帶來國際間極為緊密的互賴關係，臺灣各大學必須承受歐美先進國家高等教育的強大壓力，並與漸興起的東亞區域各國之高等教育相互競逐。

三、師範學院語文教育學系的變革與轉型

由於國小教學屬於包班制，實際上並不需要專科教學，因此早期小學師範教育並未有分系的情況，臺灣師範專科學校至多只有語文組的選修組別，並未有語文教育學系的設立，然而自 1987 年臺灣九所師範專科學校一次改制為師範學院後，鑑於當時《大學法》規定必須設系的限制，使得原本僅是分組課程之一的語文組，才正式獨立成為「語文教育學系」，主要培育具備國小語文教學專業的初等教育師資，為師範學院特

有的專業學系，由於當時師範學校具備師資培育的專屬權，師範學生仍保有公費資格，因此更讓語文教育學系成為許多學子的優先升學選項。

隨著臺灣自由化與民主化的進展，1994 年所掀起的教育改革浪潮，使得政府開始廣設高中大學，高等教育機構開始逐年增長，導致師範學院面臨到各大專院校的市場競爭壓力；此外，教育改革對於高等教育的最大訴求，就是寄望政府對於高等教育政策進行鬆綁，因此教育單位遂將過去的《師範教育法》修改為《師資培育法》，將過去以「公費為主」的師範教育體系改為「自費為主，公費為輔」的師資培育制度，並開放師資培育學程，打破了師範教育一元化師資培育制度，嚴重衝擊到師院語文教育學系原有的國小教育優勢。爾後，隨著臺灣生育率逐年下滑，少子化趨勢導致國小教師需求萎縮，原先以培育國小師資為主的師範學院深受影響，迫使師院不得不開始尋求轉型，以因應逐漸萎縮的國小師資培育市場。

於此，嘉義師範學院率先於 2000 年與嘉義技術學院合併為嘉義大學，其餘師範學院更陸續進行改制變革，最後於 2005 年間正式宣告師院體制走入歷史。各師院變革的時間與方式，如下表 1 所示：

表 1　九所師範學院的變革過程分析表

變革時間	變革前校名	變革後校名	變革方式
2000 年	嘉義師範學院	嘉義大學	與嘉義技術學院合併
2003 年	臺東師範學院	臺東大學	升格改制為大學
2004 年	臺南師範學院	臺南大學	升格改制為大學
2005 年	國立臺北師範學院	國立臺北教育大學	升格改制為教育大學
2005 年	臺北市立師範學院	臺北市立教育大學	升格改制為教育大學
2005 年	新竹師範學院	新竹教育大學	升格改制為教育大學
2005 年	臺中師範學院	臺中教育大學	升格改制為教育大學
2005 年	屏東師範學院	屏東教育大學	升格改制為教育大學
2005 年	花蓮師範學院	花蓮教育大學	升格改制為教育大學
2008 年	花蓮師範學院	東華大學	與東華大學合併

資料來源：作者自行整理

就九所師範學院的變革過程中，多數師院選擇改制為「教育大學」，如國立臺北教育大學、臺北市立教育大學、新竹教育大學、臺中教育大學、屏東教育大學等；少數直接更名為「大學」，如臺南大學和臺東大學；甚至與他校合併為綜合大學者亦有之，如早期的嘉義大學、後來的東華大學等。至於師範學院變革後的最大特色，就是將原有的師院縮編為一大學教育學院，與其他人文藝術與理工等學院並列，改變原先只以培育國小師資為宗旨的定位，朝向發展多元專業領域的綜合大學格局。

因著師範學院的大幅度變革，原為師院體制內的語文教育學系，相對連帶受到影響，開始一連串的轉型發展。對師院語教系而言，首要的關鍵抉擇，就是決定是否繼續保留國小教育學程，多數學校考量到國小師資需求因少子化而銳減，因此紛紛放棄以培育國小師資的初衷，僅有國立臺北教育大學語文與創作學系中的語文師資組、臺中教育大學語文教育學系等，仍以培育國語文教育師資人才為宗旨，但只有前者繼續保留凡就讀本科系，就能逕自修習國小教育學程的資格，至於後者臺中教育大學語文教育學系則需透過甄選才有資格選修國小教育學程。此二者的轉型方向，其實是堅持深化國語文教育領域，破除語文教育只有國小教育功能的迷思，屬於固守本源、持續精進的第一類轉型取向。

除此之外，在多數捨棄國小師資培育功能後的轉型學系中，又以轉為專門化發展的「中國文學」相關學系最多，如國立臺北教育大學的語文與創作學系之文學創作組、臺北市立教育大學中國語文學系、新竹教育大學中國語文學系、嘉義大學中國文學系、臺南大學國語文學系[2]、屏東教育大學中國語文學系、東華大學中國語文學系等，是為第二類轉型取向。

---

[2] 臺南大學國語文學系的學系名稱雖然不是中國文學系，但其課程規畫多為中國文學相關課程，因此將此歸類為中國文學系。

值得一提的是，原臺東師院語文教育學系在轉型後，雖然同樣捨棄原先語文教育的師培功能，但卻是在原先國語文專業的基礎上，順應當時方興未艾的對外華語學習熱潮，轉型為「華語文學系」，此是所有語文教育學系轉型途徑中較特殊的第三類取向。

總結來說，「語文教育學系」自 1987 年後由師專選修組別晉升為一科系後，歷經不到二十年的時間，至今已隨著師範學院的終結而褪變，其轉變結果歸納如下表 2：

表 2　九所師院語文教育學系轉型後的各學系分類統計表

轉型取向		校名	系所	數量統計
第一類	維持語文教育專業人才培育	國立臺北教育大學	語文與創作學系（語文師資組）	2
		國立臺中教育大學	語文教育學系	
第二類	轉為專門化的中國文學領域	國立臺北教育大學	語文與創作學系（文學創作組）	7
		臺北市立教育大學	中國語文學系	
		新竹教育大學	中國語文學系	
		嘉義大學	中國文學系	
		臺南大學	國語文學系	
		屏東教育大學	中國語文學系	
		東華大學	中國語文學系	
第三類	轉向華語文領域	臺東大學	華語文學系	1
總計				10

資料來源：作者自行整理

由上表的分類統計中，原九所師範學院的語文教育學系在轉型後，屬於第一類「維持語文教育專業人才培育」的學系僅存二所，且國立臺北教育大學語文與創作學系內的語文師資組，還只是一組別而已，顯見目前以「語文教育」為名的學系已嚴重萎縮；大部分原師院語教系選擇大幅度轉型，其中以第二類「轉為專門化的中國文學領域」的學系佔多數，合計七所，至於第三類「轉向華語文領域」的學系的只有一所，為數最少。語文教育學系從創設到轉型，期間短短不到二十年，但仍以語文教育為發展方向的學系竟只剩下二所，變革幅度之鉅，實在是當初 1994 年教育改革始料未及的結果。

四、後全球化對師範學院語文教育學系轉型後的挑戰

師範學院語文教育學系轉型後的發展，隨著後全球化的到來，漸面對到全新的挑戰。本文為了能具體條理出此間挑戰之所在，考量到當初語教系的轉型，始自師範學院的改制變革，而這又是受到臺灣高等教育市場的變遷影響，連帶導致的結果，三者之間有著緊密的連動關係，因此在研究探討上將據此分為臺灣高等教育市場層面、師範學院變革層面、學系轉型取向層面，從中論述後全球化時代為師院語教系轉型後所帶來的挑戰，茲分析如下：

（一）臺灣高等教育市場層面

臺灣高等教育隨著改革開放政策的推動，高等教育趨向市場化發展，造成臺灣大專院校的數量急遽成長，目前已達到 164 所學校，已達飽和程度，但近年來臺灣少子化問題嚴重，大專院校漸面臨招生不足問題，根據教育部（2010）針對〈98 學年大專校院新生註冊率變動分析〉報告指出：

> 就近年觀察，一般大學之招生缺額由 93 學年的 1 萬 6 千人逐年遞減至 96 學年的 1 萬 3 千人後逐年遞增，98 學年達 2 萬人，其中公立學校之招生缺額為 2 千人，私立學校 1 萬 8 千人，主

要增幅來至私立學校，且較上學年增加 2 千餘人，顯示一般私立大學招生缺額續創近年新高。

就市場的供需角度分析之，亦即是臺灣大專院校數量太多，造成供給過量，但學生數卻逐年遞降，需求漸減。因此，臺灣高等教育市場的最大競爭壓力，其實是來自於最現實的招生問題，尤其對於末段排名的大專院校最為不利。

面對國內大專院校新生人數不足的困境，許多大學開始轉向國外招生，而教育部近年來為加強高等教育的國際競爭力，亦積極鼓勵各校進行國際交流，多少提高了外籍學生來臺攻讀學位的意願。根據教育部統計每年來臺灣的外籍生人數，如下圖 1 所示：

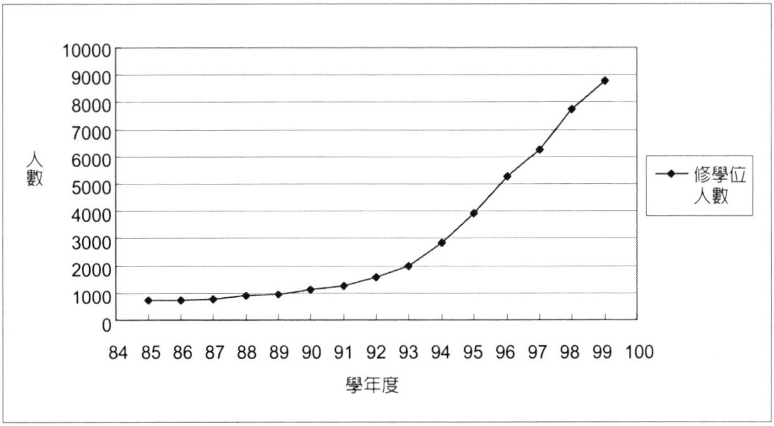

圖 1　各學年度外籍生來臺修學位的人數統計圖

資料來源：教育部統計處（2011），〈留華學生人數〉，線上檢索日期：2011 年 4 月 3 日，取自 http://www.edu.tw/statistics/index.aspx，圖由作者自行繪製。

由上圖可知，來臺就讀的外籍學生人數雖然逐年遞增，但每學年度所增加的幅度至多一千多人，仍不足以填補現階段招生員額的缺口。

至於，去年 2010 年 8 月 19 日立法院三讀通過關於承認大陸學歷與開放中國大陸學生來臺的「陸生三法」，包括〈臺灣地區與大陸地區人民關係條例〉、〈大學法〉及〈專科學校法〉等部分條文修正法案，其中「開放陸生來臺」被許多公私大學視為解決招生問題的最佳方案，但根據教育部所制定的「大陸地區人民來臺就讀專科以上學校辦法」（教育部，2011a），未來每年招收大陸學生的名額，將以全國招生總量限制 1%（約 2000 名）為原則，且將不編列獎助學金、不允許校外打工或兼職、畢業後不得續留臺灣等，此限量管制不但對於解決臺灣招生問題是杯水車薪，且嚴格的限制條件更成為大陸學生選擇赴臺就讀的障礙，最終可能不但招收不到大陸優秀的學生，且陸生來臺也能可選擇相對聲譽較佳的學校，無助於目前招生不足的學校。

此外，由於臺灣高等教育市場已深受全球化的驅動，各國之間的互動關係更為緊密，當臺灣各大學正積極招收外籍學生時，國外各大學亦能來臺招收臺灣新生，對臺灣各大專院校入學人口的影響不容輕忽。以兩岸之間的高等教育為例，當臺灣準備於今年新學期開始招收大陸學生時，中國大陸亦在今年 3 月宣布放寬大學免試招收臺灣高中畢業生的標準，由學測的頂標級擴大至前標級，並可向北京大學、北京清華大學、復旦大學等頂尖名校在內的 205 所大學，提出免試入學申請。據報導指出：

> 去年是大陸第一年實施免試入學，有一百二十三所學校提供臺生申請，學校自主安排招生細節和錄取標準，招收臺灣學測成績排前 12%的頂標生。國臺辦指出，去年大陸各大學免試招收臺灣學測成績達頂標級的高中畢業生共八十三人，分別由大陸三十七所大學錄取……今年大陸學校招生擴大到收前 25%的前標生。以今年有十四萬四千多人參加學測計算，達到前標和

> 五十八級分的學生有三萬六千多人。也就是大陸要搶的臺灣學生，程度是至少可以考上好的私立大學，推估只要達到考取輔大以上水準的學生，都可以申請。（中國時報，2011/3/17）

由此可知，即便是才剛逐漸鬆綁的兩岸高等教育市場，彼此也都為了爭取對方優秀學生前來就讀，紛紛放寬過去所制定的嚴格規範，形成一場激烈競爭的招生角力，更遑論在全球化的影響下，其他歐美日等先進國家的高等教育市場對臺灣的衝擊，必定更甚於此。

綜而言之，目前臺灣少子化問題已漸影響各大專院校的招生人數，但國外來臺就讀的外籍生人數既不足以填補此缺口，甚至國外來臺招募新生的學校，更可能吸收到臺灣部分的新生，致使臺灣高等教育生源不足的問題更加嚴峻。原師院語文教育學系轉型後的學系，雖然仍在「公立」大學的保護傘下，衝擊幅度應不若私立學校來的劇烈，但仍可能造成學系被迫減招學生人數，甚至影響系所未來的生存發展，為後全球化下師院語文教育學系轉型後的挑戰之一。

（二）師範學院變革層面

臺灣高等教育的挑戰，除了來自大專院校數量上供過於求，所導致學校招生不足的壓力外，近年來各大學也因著國外高等教育市場的競爭壓力，開始積極追求卓越品質。尤其，臺灣於 2002 年加入世界貿易組織（World Trade Organization，簡稱 WTO）後，其中關於服務貿易的項目中，即討論到未來各國的教育服務計畫朝向自由、公平和開放等基本原則發展，使得臺灣高等教育更感受到全球化的影響力，教育單位加倍關注臺灣高等教育在國際上的競爭力。

近幾年來，教育部一方面積極引導大學卓越發展，2005 年起編列額外競爭性經費來推動「獎勵大學教學卓越計畫」（教育部，2011b），鼓勵大學提升教學品質，並同時推動「發展國際一流大學及頂尖研究中心計畫」，藉由五年五百億的計畫，激勵良性的學術競爭；另一方面又陸續完善大學評鑑機制，並於 2006 年成立專責評鑑機構「財團法人高等教育評鑑中心基金會」，針對各大學校務、系所與師資培育等進行辦學與教學的品質督促，以提高大學水準。教育部每年固定的大學經費分配之外，還額外增加競爭性經費的補助，並落實評鑑制度，明顯在於提升大學的研究與教學品質，塑造臺灣高等教育於國際間的聲望，但教育部更深遠的規畫，其實是在引導「大學分類」，有效進行資源分配。

所謂的「大學分類」主要參酌美國加州的大學分類方式，將各大學分為研究型的加州大學、教學型的加州州立大學、與社區型的社區學院等三層次，且招收對象、學雜費、學位屬性等均有別，以此避免大學間的功能重疊導致資源浪費。（李嗣涔，2008：34-35）臺灣自 2002 年由行政院選擇成立跨部會的高等教育宏觀規畫委員會後，經一年半的會議討論後，第一項建議即呼籲教育部著手進行大學分類，朝研究型、教學型、專業型、社區型的方向發展大學分類與定位。（劉兆漢，2008：24-27）雖然目前對於大學分類制度仍處於草擬階段，但由於各大學受到教育部競爭性經費的利趨下，莫不在研究型與教學型之間開始尋求自我定位，以利於爭取到更多經費補助，因此「大學分類」其實已悄然的進行中，此勢必成為未來臺灣高等教育的新趨勢。

然而，當臺灣高等教育正邁向卓越發展之路，由師範學院轉為綜合大學的學校，在體制較屬於教學型大學，因此「獎勵大學教學卓越計畫」就成為師範體系的大學爭取經費補助的來源。根據教育部「獎勵大學教學卓越計畫」的規畫內容而言，2005 年為教育部第一期提升大學教學品質而設置的競爭性獎勵機制，並於 2006 年在此大計畫下又細分為全校性的獎勵大學教學卓越計畫、特定領域的重要特色領域人才改進計畫、區域性的區域教學資源中心計畫等子計畫，且前二者僅能擇一申請、不可重複，但由於補助項目額度多，所以鼓勵性質大於競爭性質，但自第二期開始，執行期間為 2009-2012 年，終止了重要特色領域人才改進計畫，僅剩獎勵大學教學卓越計畫、區域教學資源中心計畫等子計畫，前者佔總經費七至八成，補助約 20%至 30%（約 30-45 所）學校；後者佔總經費二至三成，成立約十個區域教學資源中心，因此在「名額有限、競爭者眾」的情況下，申請到經費補助的難度提高，「獎勵大學教學卓越計畫」始成為「競爭性」經費。九所由師院變革為大學的學校，申請到第一、二期教學卓越經費補助項目的情況，茲統計如下表 3：[3]

表 3　九所師院變革為大學後申請「獎勵大學教學卓越計畫」結果一覽表

<table>
<tr><th>變革方式</th><th>學校</th><th>2005 年</th><th>2006 年</th><th>2007 年</th><th>2008 年</th><th>2009 年</th><th>2010 年-2011 年</th></tr>
<tr><td rowspan="3">合併</td><td>嘉義大學</td><td></td><td>◎</td><td>△</td><td>△</td><td>◎</td><td>◎</td></tr>
<tr><td>花蓮教育大學</td><td></td><td>△</td><td>△</td><td rowspan="2">◎</td><td rowspan="2">◎</td><td rowspan="2">◎</td></tr>
<tr><td>東華大學（2008 年與花蓮教育大學合併）</td><td>◎</td><td>◎
※東區</td><td>◎
※東區</td></tr>
<tr><td rowspan="2">改為大學</td><td>臺東大學</td><td></td><td>△</td><td>△</td><td>◎</td><td></td><td></td></tr>
<tr><td>臺南大學</td><td></td><td>◎</td><td>△</td><td>△</td><td></td><td></td></tr>
<tr><td rowspan="5">改為教育大學</td><td>國立臺北教育大學</td><td></td><td>△</td><td>△</td><td>△</td><td></td><td></td></tr>
<tr><td>臺北市立教育大學</td><td></td><td>△</td><td>△</td><td>△</td><td></td><td></td></tr>
<tr><td>新竹教育大學</td><td></td><td>◎</td><td>◎</td><td>◎</td><td>◎</td><td></td></tr>
<tr><td>臺中教育大學</td><td></td><td>△</td><td>△</td><td>△</td><td></td><td></td></tr>
<tr><td>屏東教育大學</td><td></td><td>△</td><td>△</td><td>△</td><td></td><td></td></tr>
</table>

說明：◎代表獲得獎勵大學教學卓越計畫；△代表獲得重要特色領域人才改進計畫；※代表獲選區域教學中心計畫。

資料來源：教育部（2011），〈獎勵大學教學卓越計畫〉，線上檢索日期：2011 年 4 月 3 日，取自 http://www.csal.fcu.edu.tw/Edu/program_index.asp。表格由作者自行整理。

---

3 表三僅概略呈現申請到「獎勵大學教學卓越計畫」的項目，詳細的經費額度或計畫名稱，請參見教育部獎勵大學教學卓越計畫網頁：http://www.csal.fcu.edu.tw/Edu/program_index.asp。

由表 3 可知，第一期（2005-2008 年），由於教育部競爭性經費名額多，各校可就發展需求，擇一申請全校性的獎勵大學教學卓越計畫、或特定領域的重要特色領域人才改進計畫，所以九所大學均能獲得教學上的經費補助，但第二期（2009-2012 年），教育部限縮補助項目後，九所學校中僅有嘉義大學、東華大學、新竹教育大學等三校獲得全校性教學經費補助，隔年更僅剩嘉義大學、東華大學等二校而已。由此可知，九所師院變革為大學後，大部分的學校其實並沒有因為轉型而得到有利的優勢，反而在近年來爭取競爭性經費補助上出現失利。

此現象反映出二個值得關注的課題：首先，在高度競爭的高等教育市場中，各大學愈來愈傾向「強者恆強，弱者恆弱」的發展趨勢。具體而言，原九所師院轉型後的各大學中，至今仍能爭取到教學卓越經費補助的，只有嘉義大學與東華大學等二校，此兩者的共通點在於都採取與他校合併的變革方式。嘉義大學為嘉義師範學院與嘉義技術學院合併而成的學校，在結合兩校資源後，充備了嘉義大學的實力；後者，東華大學原本就是體制健全的綜合大學，花蓮師範學院併入後，擴大了原有的大學格局。由於合併變革的方式，在兩校不斷整合校內師資、課程與資源後，大學必定會走向規模化發展，此有助於學校在眾多競爭對手中脫穎而出，獲得大學教學卓越經費的補助。反觀多數由師範學院獨自改制為大學的學校，雖然已朝向綜合大學發展、校內系所亦大幅調整，但在轉型過程中，因著教育單位未提供足夠的經費與資源，改制後徒有「大學」頭銜，卻無體質上的真正改變，因此在這「先天條件不良」的情況下，不免在激烈競爭的高等教育市場上區居劣勢。

其二，在競爭性經費的引導下，大學如何進行自我發展的定位已日趨重要。尤其 2009 年起，教育部限縮了計畫補助的項目後，各大學是否能獲得競爭性經費補助，將取決於該校是否能具體提出朝向教學型大學發展的計畫。雖然師院獨立改制為大學的學校普遍存在「先天條件不良」的不利因素，但新竹教育大學卻是2009年唯一獲得補助的學校，且蟬連四屆全校性教學卓越經費補助的殊榮，顯見在學校「先天條件」外，「後天自我定位」將日益影響著師院轉為大學後的發展。目前除了嘉義大學、東華大學、新竹教育大學等在朝向教學型大學發展上漸見成效外，其餘六所大學仍多陷入「後天自我定位不明」的窘境，好比臺南大學與臺東大學雖為綜合大學後，學校也有志於往教學型大學發展，偶能獲得經費補助，但後繼無力；又好比國立臺北教育大學、臺北市立教育大學、臺中教育大學、屏東教育大學等，雖名為「教育大學」，卻又不以培育中小學教育師資為主要發展方向，甚至缺乏成為教學型大學的具體規畫，以至於到現在都未獲得全校性教學卓越經費補助，僅在特色領域上有卓越的佳績。因此，當臺灣高等教育趨向大學分類化時，大學自身定為若遲遲不明，無法提出具體且明確的教學型大學發展規畫，勢必在爭取競爭性經費上不易獲得青睞，阻礙了學校後天的發展格局。

總結而言，原九所師範學院變革後的各大學中，與他校合併的嘉義大學與東華大學是目前發展規模最佳，並明確以教學型大學作為定位的；至於其餘七所獨立升格為大學的學校，普遍存在先天經費資源不足的情況，除了新竹教育大學積極朝向教學型大學發展外，其餘學校在後天的自我定位上仍為不足，致使無法獲得政府更多的教學卓越經費補助，甚至未來恐在高等教育市場中被邊緣化，因此如何突破此一困境，以圖謀大學朝向教學卓越發展，已是師院語文教育學系轉型後的挑戰之二。

（三）學系轉型取向層面

語文教育系的轉型取向有三：維持語文教育專業人才培育、轉為專門化的中國文學領域、或轉向華語文領域等，此三類發展取向因著各自的定位不同，而面臨不同的挑戰。

首先就第一類維持語文教育專業人才培育的轉型取向來說，目前全臺灣僅有國立臺北教育大學語文與創作學系語文師資組、國立臺中教育大學語文教育學系，仍維持培育語文教育專業人才的初衷。然而，持平而論，語文教育學系的設立最初是因應國小教育環境的需要，但隨著臺灣少子化問題嚴重，國小語文教師的需求已不復當年，且就國小教學實際情況來說，國小教育實際上是以包班制為主，國小教師不像國高中教師需要具備專業語文能力後才能教授語國語，許多非語教系背景的畢業生，依著大學所習得的語文教育知識，進入教育職場後依然能應付國小語文教學工作，因此未來此二學系的發展若仍只是執眼著於國小語文教育面向，則其發展性必受限制。

另外，第二類朝向專門化中國文學領域的轉型取向上，是多數教育大學所選擇的轉型途徑，包括國立臺北教育大學的語文與創作學系之文學創作組、臺北市立教育大學中國語文學系、新竹教育大學中國語文學系、嘉義大學中國文學系、臺南大學國語文學系、屏東教育大學中國語文學系、東華大學中國語文學系等七所學校。但是直諱而言，在師院語文教育學系轉型之際，全臺灣公私立大學的中國文學相關系所，已達三十一所之多[4]，若再加上現今語文教育學系轉型後的七所，竟激增到三十八所，未來勢必造成中國文學領域供過於求，且互相搶奪資源的困境。

最後，第三類以華語文領域作為轉型取向的學系，僅臺東大學華語文學系，此轉型乃順應國際間因中國大陸崛起後而興起的華語學習需求，未來相當有市場發展潛力，是三種語文教育學系轉型取向中最富優勢的。然而，此轉型取向的挑戰，主要有二，一是國內華語文領

---

[4] 本研究統計，國立大學設有（中）國（語）文學系的學校，包括臺灣大學、政治大學、清華大學、成功大學、中央大學、中山大學、中正大學、中興大學、臺北大學、暨南國際大學、高雄師範大學、臺灣師範大學、彰化師範大學；私立大學設置（應用）（中）國（語）文學系的學校，如淡江大學、文化大學、輔仁大學、世新大學、東吳大學、東海大學、逢甲大學、靜宜大學、華梵大學、玄奘大學、元智大學、玄奘大學、明道大學、銘傳大學、實踐大學、國立臺中技術學院、修平技術學院、育達商業科技大學。

域的競爭者漸增，許多公私立大專院校紛紛加入競爭的行列，目前與臺東大學一樣設有華語文相關學系已有六間[5]，且許多大學也爭相開設華語文教學相關學程，未來隨著國內華語文專業人才的增加，相對壓縮了東大華語文學系的優勢；此外，華語文真正的市場需求，其實是來自於國際上想學華語的外籍人士，雖然近年來到臺灣學習華語的外籍生逐年增加，如下圖 2 所示：

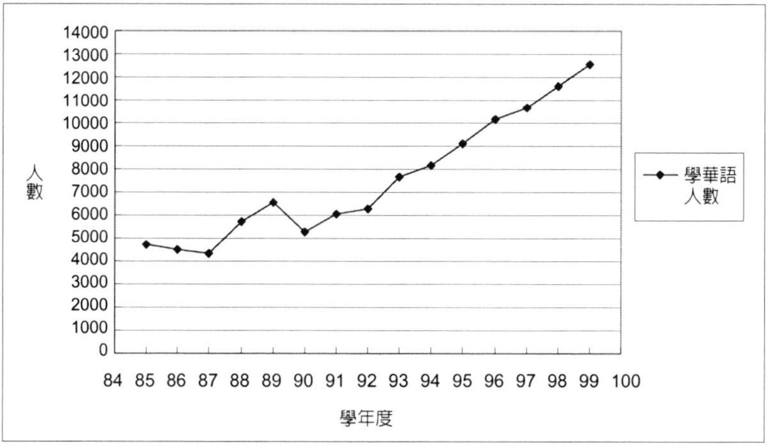

圖 2　各學年度外籍生在臺學華語的人數統計

資料來源：教育部統計處（2011），〈留華學生人數〉，線上檢索日期：2011 年 4 月 3 日，取自 http://www.edu.tw/statistics/index.aspx，圖由作者自行繪製。

但其增加幅度仍維持在平均一千人左右，只呈現平穩增長趨勢，並未如預期的陡增，顯示臺灣國內華語文市場需求的發展潛力有限。

5　此六間設有（應用）華語（文）學系的公私立大專院校，分別為國立臺灣師範大學、國立聯合大學、中原大學、銘傳大學、僑光科技大學、文藻外語學院。

鑑此，華語文學系的未來發展則必須多著眼於國外想學華語的外籍人士上，且如何訓練學生使用第二語言來教授華語、如何提供合適的國外華語教學實習機會等，都將成為華語文系的新挑戰。

五、後全球化下師範學院語文教育學系轉型後的因應

後全球化的時代，本文以為語文教育學系轉型後的挑戰，實則來自於臺灣高等教育市場、師範學院變革、學系轉型取向等三層面的新困境，語文教育學系轉型後的發展，不可能脫離此三層面的連帶互動關係而獨立運作，因此相關的因應之道也就必須據此而逐次開展。

（一）臺灣高等教育應持續擴大國際交流與招生

受到臺灣國內少子化的影響，高等教育市場在未來將面對生源不足的難題，嚴重波及各大學學系的生存發展，更是師院語教系轉型後的挑戰之一。為解決此困境，教育部已於今年放寬大學入學的標準，鼓勵非學齡的成人學生至大學進修：

> 為降低少子化對高等教育衝擊，教育部昨天提出「二二四」政策，將修改《同等學力資格認定標準》，讓年滿廿二歲、工作滿四年者，即使沒有高中畢業學歷，只要通過大學甄試或單招，不用考學測或指考就可進入大學就讀，預計明年開始實施。（中國時報，2011/3/8）

此「二二四」政策，透過國內已逾學齡的成人學生之回流教育，多少能紓解大學招生不足的問題。但由於臺灣高等教育受到後全球化的影響，國外各大學所帶來的競爭壓力日益激增，國外學校對臺

招募新生所造成的「吸力」，已是國內少子化問題外，另一牽動臺灣各大學新生入學人數的新變數，是以臺灣高等教育的招生不能僅以「擴大內需」途徑來解決，還必須「拓展外給」。目前臺灣外籍生來臺攻讀學位的人數，其實仍存在許多成長潛力，本文由衷建議教育單位應協助各大專院校持續拓展國際交流與招生，並積極鬆綁陸生來臺的政策，吸引國外與對岸學生來臺灣修讀學分或攻讀學位，一方面填補各大學招生員額的缺口，另一方面也可以加速臺灣高等教育國際化的腳步。

於此，原九所師範學院改制或合併後的大學，中短期的目標，應配合教育部現下所推動的高等教育國際化政策，如鼓勵大專校院辦理全英語授課之學程、加強與外國大學學術合作和交流、推動大專校院雙語環境之建置、辦理雙聯學制之課程、鼓勵交換教師及學生、鼓勵大專校院設置外國學生獎助學金等，來逐步提高校內來臺留學的外籍生人數。至於長期的目標，仍應精進大學教育的素質，如同許多歐美先進國家的高等教育之所以能吸引各國優秀學子前往就讀，除了是因為國家公費補助、或學校獎學金的誘因，更重要的是這些國家與學校的教育品質優良、教學與研究資源豐富、學術成果卓越等因素，因此前身為師院的各大學，若能以此為借鏡，不但能招生無虞，更可與國際化潮流並進。

（二）師院轉型後的各大學應與他校進行整併或建立策略聯盟

語文教育學系轉型後的前景，與各師範學院改制後的發展格局息息相關。畢竟，師範學院改制後的大學，若能越早適應全球化下的高等教育市場競爭，越可以獲得更多的校內外資源與補助，也越能帶動該校語文教育學系轉型後的發展。以此檢視目前九所師院變革後的發展情況，可知嘉義大學與東華大學由於採取二校合併的變革方式，能夠凝聚兩校的課程、師資與資源，其效益遠比其他七所採獨立改制為大學的學校更具市場規模的優勢，甚至更能在競爭性經費上獲得補助，顯見大學合併對學校的發展是相對有利的。

因此，由師院獨立改制為大學的學校，未來是否得再次歷經第二次變革，採與他校合併的方式來提升競爭力，已成為最近教育單位熱烈討論的議題。教育部近年來積極推動大學整併政策，今年 1 月 10 日立法院更三讀通過《大學法》部分條文修正案，賦予教育部強制整併國立大學的權限，藉此提升國立大學的競爭力，且教育部未來預計規畫的合併對象中，許多都是原師範學院獨立轉型後的大學，如臺南大學與臺南護專合併案、臺灣大學與國立臺北教育大學合併案、中興大學與臺中教育大學合併案等。（中國時報，2011/1/11）本文對此是樂觀其成，並優先建議原師院轉制為綜合大學的七所學校，可積極透過合併途徑，結合二所大學的優勢與資源，產生規模經濟的效應，增加自身的競爭力。

然而，本文亦顧慮到大學整併所可能耗費的時間與成本，整併並非一蹴可及，且過程中難免存在許多未知數。其實，整併不如想像容易，它必須要考量學校組織、文化、學校運作、師資結構、兩校互補性、師生感受、距離、校友意見、學生學習形態與修課，乃至社會意見等，再進行整合。（張芳全，2005：199）好比臺灣大學與國立臺北教育大學的整併案談了至少十五年，但迄今仍陷入膠著。因此，本文另外提出以「大學策略聯盟」途徑來提升競爭優勢，作為整併之外的備用方案。策略聯盟（alliance strategy）在目前許多產業，如航空業、服務業、通訊業、公用事業或網路商務業，已經是十分普遍的現象（Gomes-Casseres，1996：2）。其主要原因是面對日趨激烈的市場競爭，企業與企業間互相合作、結盟或因理念結合以擴大規模，或為互補長短以各蒙其利。（沈洪柄，2000：9）現今國內清華大學、交通大學、陽明大學與中央大學等四校共同成立的臺灣聯合大學系統，即是一大學策略聯盟的最佳範例。

大學策略聯盟與目前教育部所推動的區域教學資源中心計畫，雖同樣強調資源整合與經費共用，但其中最大的差異處，在於後者不強調各校的差異性，主要以臺灣北、中、南、東等區域位置為考量，透過區域內各校之間的教學經驗分享，達到輔弱共進的目的，避免各大學間的教學品質差距過大；至於，大學策略聯盟則講究功能性互補，強調實質的校際合作，包含各校學分可互修、圖書資源可互借、師資可交流、學校資源可共用等，成效遠比區域教學資源中心顯著，且更利於跨區域的校際整合。

過去 2004 年教育部曾因各師範學院的類型相仿，有意推動師範聯合大學系統，初期主要以國立臺北師範學院、新竹師範學院、臺中師範學院、屏東師範學院等四校進行系統運作，以期運用師院的教育資源與師資培育的優勢，發揮師資培育及教師在職進修的功能，發展符合國家長遠規畫的師資培育策略，但後來因各界對於師範學院轉型的不同考量，最後功敗垂成。時自今日，九所師範學院雖然朝向綜合大學發展，但因著過去同為師範學院的歷史背景，且轉型後都仍保有教育學院，甚至其中仍有五所大學是以「教育大學」自居，此些屬性都有利於未來朝向策略聯盟發展，應可視為大學整併方案之外，另一可能開創新契機的途徑。

（三）學系轉型後需明確定位各自的特色

由於語文教育學系的轉型有三種不同取向，且因各學系不同的發展條件，其因應之道也就各自有別，但本文以為最關鍵的因應對策，還是在於各學系是否能發展出各自的學系特色。這主要考量到過去高等教育屬於菁英教育，但在市場開放後，卻反而朝向大眾化發展。原本認為高等教育機構能主動回應競爭與市場力量，多樣性自然會產生，但是激烈的競爭反而迫使各大學向一致性靠攏，不敢發展沒把握的「特色」，經費的競爭導致所有大學校院採取相似的發展策略。（戴曉霞，2000：62-63）致使多數語文教育學系寧可轉為較熟悉中國文學領域發展，結果落得與眾多大學中文相關學系相互搶奪資源的窘境；抑或固守語文教育領域的學系，同樣得深思如何避免走回師院語教系的老路；甚至轉以華語文領域的學系，也出現越來越多向華語文市場靠攏的同質性競爭學系。由此觀之，若要突破此癥結，轉型後的各學系應積極尋找自我特色，才能製造出優勢「差異」，從競爭市場中脫穎而出。

就本研究對目前語教系轉型後的學系發展之觀察，不少科系其實已逐步進行市場區隔的動作。例如維持語文教育專業人才培育的學系中，臺中教育大學語文教育學系的發展較具特色，其課程設計能維持原有的聽說讀寫基礎，並拓展中國文學與應用中文領域，已有別於原師院語文教育的窠臼；其次，多數轉為中國文學領域發展的學系，雖然傾向提供學生多樣的增能學程，如各階段教育學程、對外華語教學學程等，以提供學生多元的專長，但對於本身學系所欲發展的中國文學方向多不明確，少數如嘉義大學中國文學系則以「小說戲曲」和「宋代學術」為發展特色，且配合地方來發展雲嘉南地區文學，則較能與一般大學中文系之間作出市場區隔；最後，轉向華語文領域的臺東大學華語文學系，其本身系所的華語文定位即具市場優勢，並亟欲拓展海外華語教學市場，然而礙於師資人力限制，目前對外華語教學的對象主要以南韓為主，未來更積極拓展不同國家的華語市場。上述案例都值得作為其他系所在發展上的參考與借鏡，以重新定位自身學系的發展特色。

六、結語

後全球化不但是一股不可逆的潮流趨勢，更不斷地對臺灣高等教育帶來衝擊，本文探究師範學院語文教育學系轉型後所要面對的挑戰時，主要以臺灣高等教育市場層面、師範學院變革層面、學系轉型取向層面等面向來進行討論，以此掌握轉型後的真正發展困境，並提出相關的因應對策。

直而言，臺灣高等教育層面上，目前所面臨的是日益招生不足的難題，深切影響語文教育系轉型後各學系的生存發展，本文以為中短期內應擴展國際交流與招生來增加生源，但長期仍必須精進教育品質，才能吸收到國際間優秀的人才；此外，師範學院變革改制後，面對的是激烈競爭的高等教育市場環境，多數轉型後的綜合大學由於先天經費資源不足、後天定位不明，往往在爭取教學卓越經費補助上屈居劣勢，本文認為轉型後的各大學，應優先採整併方式來提高競爭力，或次而發展大學策略聯盟，結合各校教學資源，擬聚更多的競爭優勢，以避免在競爭市場中被邊緣化；最後，由語文教育學系轉型後的學系，其類型可歸納為三類，面臨到的挑戰亦不同，多數選擇轉為中國文學相關學系後，馬上面對到眾多大學中文系的競爭壓力，至於仍維持培育語文教育專業人才的學系，亦為未來就業市場感到焦慮，而唯一轉專攻華語文領域的學系，則面臨漸增的華語系所之競爭壓力，鑑此，本文以為由語文教育學系轉型後的各系所，仍得加強自我的科系特色，才能在其他相似的競爭學系中，作出有利的市場區隔。

持平而論，師範學院語文教育學系的轉型並非特殊個案，許多原師院教育相關學系，如數學教育學系、社會教育學系、自然教育學系、資訊教育學系等亦處於相同的境遇，因此本文就臺灣高等教育市場層面、師範學院變革層面、學系轉型取向層面等面向，所歸結出原師院語教系轉型後之挑戰與因應之道，不但可作為語教系轉型後的發展方針，更可提供師院教育相關學系轉型後之建議，期能彌補師院各教育相關學系之不足，加速轉型的腳步，進而具備後全球化高等教育所需的競爭能力。

參考文獻

中國時報（2011/1/11），〈整併國立大學　教部有法強制〉第 A3 版。

中國時報（2011/3/8），〈22 歲以上　工作四年　免學測進大學〉第 A5 版。

中國時報（2011/3/17），〈學測前標生　有望念北大〉第 A1 版。

沈洪炳（2000），〈企業羣集　雙贏互利〉，載於齊思賢譯，《策略聯盟新紀元》（9-11），臺北：先覺。

李嗣涔（2008），〈各校自主決定發展〉，載於國立中央大學、國立中山大學編，《預約百年卓越——臺灣高等教育論壇談大學之分類》（33-42），桃園：中央大學出版中心。

陳伯璋（2001），〈新世紀我國大學教育目標與課程的改革方向〉，載於楊國樞、瞿海源、林文瑛（編著），《新世紀大學教育》（1-29），臺北：前衛。

張芳全（2005），《教育議題的思考》，臺北：心理。

教育部（2010），〈98 學年大專校院新生註冊率變動分析〉，線上檢索日期：2011 年 4 月 3 日，取自 http://www.edu.tw/statistics/content.aspx?site_content_sn=8169。

教育部（2011a），〈大陸地區人民來臺就讀專科以上學校辦法〉，線上檢索日期：2011 年 4 月 3 日，取自 http://www.edu.tw/news.aspx?news_sn=4181。

教育部（2011b），〈獎勵大學教學卓越計畫〉，線上檢索日期：2011 年 4 月 3 日，取自 http://www.csal.fcu.edu.tw/Edu/program_index.asp。

教育部統計處（2011），〈留華學生人數〉，線上檢索日期：2011 年 4 月 3 日，取自 http://www.edu.tw/statistics/index.aspx。

楊雪冬（2002），《全球化：西方理論前沿》，北京：社會科學文獻。

劉兆漢（2008），〈從本地出發〉，載於國立中央大學、國立中山大學編，《預約百年卓越——臺灣高等教育論壇談大學之分類》（21-29），桃園：中央大學出版中心。

戴曉霞（1999），〈市場導向及其對高等教育之影響〉，《教育研究集刊》，42，233-254。

戴曉霞（2000），《高等教育的大眾化與市場化》，臺北：揚智。

Fareed Zakaria 著、杜默譯（2008），《後美國世界》，臺北：麥田。

Ferrante, J.著、李茂興／徐偉傑譯（1998），《社會學——全球性的觀點》，臺北：弘智。

Gomes-Casseres, B.(1996). The alliance revolution-The new shape of business rivalry. Ma: Harvard University Press.

試談楷書書法形近易溷結構其教學策略

——以歐、褚二體「示」旁為例

許文獻
臺中教育大學語文教育學系兼任助理教授

摘　要

歐陽詢與褚遂良俱為初唐書法大家，其流傳於世之碑帖，猶為今世書法臨習之主要內容，然而，受到二王書風之影響，歐、褚二家書體亦有部分字形或筆劃則存有所謂規範性或藝術性取捨上之爭議，尤其在形近字形之溷合現象方面。因此，本文擬以二家書體所從示諸例為研究範疇，探討以下幾項要義：

一、中國文字「示」字與從示之字考源。

二、歐、褚二體從示諸例之比較分析，包括：書法史、平正、呼應、勻稱與隸變等標準。

三、在書法教學上之建議事項。

關鍵詞：楷書、歐陽詢、褚遂良

一、前言

書法學習應以楷書入門，而入門習帖之對象則又以歐陽詢、顏真卿與褚遂良等體為主。然而，唐代楷書又師法魏碑，因此，在相當多的字形或其偏旁之中，往往遺存魏碑遺風，甚至承襲其俗體或訛混字形，此皆為吾人在進行書法教學或臨習各帖時所遇到「規範性與美感衝突取捨」之主要問題來源。因此，本文擬在歐、褚二體所見從示字形諸例之基礎上，試論此中之相關疑義。

二、研究評議

中國文字發展歷史悠久，其字形變化不僅一脈相承，更多有訛混之現象，而以書法教學首重之楷書字形而言，其相關法帖字形亦多存訛混之例，甚至在屬於入門法帖之歐陽詢或褚遂良等法書作品中，訛混者依舊不乏其例。因此，今筆者擬從形近易溷義界與歐、褚二體書法作品比較研究等兩方面，試論形近易溷字之相關研究成果與主要問題：

（一）形近易溷之義界

自殷墟卜辭以來，中國文字經歷了從圖畫至線條化之發展，其圖象意味逐漸減少，線條化特徵之強化則使中國文字更加簡潔而有效率，然而，此字形發展特徵，對漢語語言文字發展所產生之直接影響，便是文字學上所談到之「同化」與「訛化」，例如：

A.戰國楚系文字之同化字形

隸定形源	來	李	麥
來	 （郭店《老子・》簡 13）	 （包山簡簡 77）	 （包山簡簡 13）

B.古文字中所見之「口」、「甘」與「丁」形近訛溷例

分期溷合	口、甘	口、丁（或口）
殷墟蔔辭		 （《鐵》117.3）
西周金文	 （考叔[爿言]父簠）	
戰國文字		 （郭店《性自命出》簡 39）

可知中國文字在漫長之演變過程中，同化與訛化仍為字形演變之主流，其原因不外造字者或用字者對字形使用上，希望能更「簡便」與具有「效率」之要求，而形近則為造成此現象最主要之原因；惟此中最值得注意的是，在大部分的此類字例中，或許是受到上下辭例制約之影響，多未失去其辨義功能，此尤為中國文字發展上最難能可貴的地方。

（二）歐、褚二體書法作品比較研究

歐陽詢與褚遂良為唐代楷書大家，歷來對其評價甚多，大抵而言，歐體重「險勁」，褚書見「清麗」，茲列舉歷來書法家對此二體之評價內容：

1. 評歐體

(1)「詢初效王羲之，後險勁過之。」
(2)「筆力勁險」（唐張懷瓘）
(3)「勁、險、刻、厲，森森若武庫之戈戟，向背轉折，渾得二王風氣。」（元郭天錫評《夢奠帖》）
(4)「率更楷法源出古隸，故骨氣洞達，結體獨異，居唐楷第一。」（明郭宗昌）
(5)「信本亦擬右軍，易方為長，險勁瘦硬，崛起削成」（明項穆）
(6)「千門萬戶，規矩方圓之至者矣。」（清翁方綱《復初齋文集》）
(7)「率更風骨內柔，神明外朗，清和秀潤，風韻絕人，自右軍來，未有骨秀神清如率更者。」（清翁方綱）
(8)「歐陽詢書法初學王羲之，後漸變其體，創造出一種險勁瘦硬、流宕精美的書體，人稱『歐體』。」（郭農聲、李甫《書法教學》）
(9)「歐陽詢的書法熔鑄了漢隸、六朝碑書和晉代楷書的特點，風格上的主要特點是筆法森嚴、平正峭勁。」（莊義友、熊賢漢主編《漢字與書法藝術》）
(10)「橫平豎直，結構森嚴規矩，承襲了北朝碑刻漢字間架的剛硬嚴謹，加上一點南朝文人線條筆法的婉轉，成就了唐楷的新書體。」（蔣勳《漢字書法之美——舞動行草》評歐陽詢之《化度寺碑》與《九成宮醴泉銘》）
(11)「勁險刻厲，平正中見險絕，自成面目。」（施永華《國民小學團體活動書法教學》）

2. 評褚體

(1) 「字里金生，行間玉潤，法則溫雅，美麗多方。」(《唐人書評》)

(2) 「楷書疏瘦勁練，溫雅有姿。」(郭農聲、李甫《書法教學》)

(3) 「清麗剛健，用筆方圓兼施，提按分明，融隸書遺韻，以「筋」取勝，柔中帶剛，透射出遒逸、婉暢的書風。」(陳星平)

綜上所引諸家之說，拙意以為歐、褚二體之比較分析，或可作成以下之總結：

1. 對歐體之綜合評價：主承八分與右軍、易方為長、規矩方圓、險勁瘦硬。

2. 對褚體之綜合評價：亦承八分、柔中帶剛、易長為扁。

其中，承八分隸遺緒為歐、褚二體之共同特徵，二家並遠紹王右軍遺風，可謂「上承魏晉篆隸、下開唐楷體法書」之主要代表，然而，中國文字自秦統一後，雖在規範度上有所提升，但到了魏晉分治時期，其字形之規範度又有所移易，並影響到了書法之習寫，此可從東漢八分書所習見隸變字形與新疆出土《三國志》寫本殘卷之隸楷過渡字可見一斑，再者，在楷書書家中，有「書聖」美稱之王羲之，其部分作品真偽，在學界研究中曾有過爭議，因此，沿緒魏晉書風之歐、褚二體，亦不免有部分訛溷之例，尤需值得注意。

綜上所述，可知中國文字「形近訛溷」之現象，自殷墟蔔辭以下，即存在於各時期之書體作品中，雖然大多數對辨義無礙，卻往往是吾人在進行文字或書法教學上之主要問題。因此，本文將從歐、褚二書體中所見比率最多之訛溷例，即從示諸例著手，試論此中之相關疑義。

三、歐、褚二體從示諸例之字形比較分析

《說文》釋「示」之形為「從上，三垂日月星也。」（卷一上「示」部），若依許慎說法，應屬合體象形例，惟考其卜辭之形，例如：

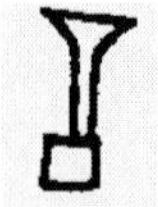
（《合集》22062）

則其形構又當釋作象神主之形，其後再透過筆劃直線化與隸變等過程，進一步演變為篆形以下之「示」字。因此，對於歐、褚二體所見「示」形之考證，應可從以下幾個方向著手，包括：

（一）以書法史而言

隋唐統一了魏晉南北朝之分裂局面，其時不僅仍有南北文化之差異，在書法發展上，亦有南北二分之說，因此，屬初唐楷書大家之歐陽詢與褚遂良，其書風亦有融合南北二體之趨勢，即以歐陽詢之《化度寺碑》、《九成宮醴泉銘》、《卜商》、《夢奠》與《張翰》等名作而言，《九成宮醴泉銘》之寫成年代較晚，可說是歐體發展之最後總結，亦為當時南北書風融合之最後結果，因此，上述蔣勳即評《九成宮醴泉銘》「承襲了北朝碑刻漢字間架的剛硬嚴謹，加上一點南朝文人線條筆法的婉轉，成就了唐楷的新書體」[1]，施永華與阮大

---

1 詳見蔣勳，《漢字書法之美——舞動行草》，臺北：遠流，2009 年 8 月，頁 120。

仁亦有相近說法[2]，俱為其理也。今復考歐、褚各碑帖所從示旁之歷時性發展條件，可知歐、褚各帖仍應以南之婉轉風為主，但又以褚體最為明顯。

（二）以文獻形式而言

唐代書法作品大抵有兩種形式，即碑刻與寫本。[3]而關於這兩種文獻形式在書風上之表現，依理而言，碑刻筆劃應較為生硬，其猶殷墟蔔辭之契刻筆劃，而寫本則較具有飄逸與藝術風，此則可比較戰國楚簡與楚金文之異同，即可略知一二。因此，以今所見歐、褚二體之文獻形式而言，此中或可議者，大抵有：

1.在歐陽詢寫本《卜商》、《夢奠》與《張翰》中，其筆勢險勁有餘，收放有度，蔣勳評此特徵為「筆勢夾緊的張力……都是控制中的線條，沒有王羲之的自在隨性、雲淡風輕」[4]，可知歐陽詢雖師法二王，惟其筆力運用仍謹守筆劃法度，未至狂放之地步。

2.蔣勳認為歐陽詢墨跡本較碑帖之筆劃來得更「剛硬削麗」，並認為這是受到政治興革之影響。[5]今復考歐體墨跡與碑帖各本，可知其主要差異乃在於有如刀砍之起筆，茲試擬其相關筆劃比較表：

---

[2] 詳見施永華，《國民小學團體活動書法教學》，臺北：教育部臺灣省國民學校教師研習會，2010 年 9 月，頁 29－頁 30；阮大仁，〈小談歐陽詢北派書風對行書之影響——兼論時人應變多學定武蘭亭〉，《中華書道》，第 61 集，頁 18－頁 37。

[3] 詳見陳明貴，〈漫談碑帖〉，《中華書道》，第 59 集，2008 年，頁 72-頁 75。

[4] 詳見蔣勳，《漢字書法之美——舞動行草》，臺北：遠流，2009 年 8 月，頁 124-頁 125。

[5] 詳見蔣勳，《漢字書法之美——舞動行草》，臺北：遠流，2009 年 8 月，頁 122-頁 125。

	墨跡本	碑帖
側		
捺		
努		
撇		

綜上所述，可初步推知，在歐、褚二體之筆勢運行中，起筆與結構收放佔有舉足輕重的地位。

（三）以平正原則而言

楷書書法求平正，其猶人之站立，即如唐代書家孫過庭所雲：「初學分布，但求平正；既知平正，務追險絕；既能險絕，復歸平正。」一語道破書法習寫應以結體之平正為依歸，而莊義友與熊賢漢亦雲「平正是楷書結體的基本審美規範，又是楷書的高妙境界」[6]，即其理也。而以歐、褚二體所從示諸例而言，二體所從示之中豎筆皆有挑筆或趯勢，此猶可助其偏旁具挺立之勢；又以結構高低而言，歐、褚二體所從示諸例又可分為兩類：

6 詳見莊義友、熊賢漢主編，《漢字與書法藝術》，廣州：暨南大學，2004 年 9 月，頁 113。

1. 如歐陽詢「三十六法」之「左高右低」者：。

2. 如歐陽詢「三十六法」之「左短右長」者：。

實則上述第二類書寫型態，疑應遠紹古文字之書寫遺緒，例如：

（戰國文字：上博楚簡）

（春秋金文：蔡姞簋）

（古隸：居延漢簡）

知此等古文字字例之古旁向右延伸者，其所從示之形構亦多與之同高，此可謂漢字在平正原則上之最佳體現。另外，再以並列豎筆而言，在歐陽詢「三十六法」中有所謂「垂曳」之法，然而，以從示諸例而言，褚體之垂曳特徵遠勝歐體，最主要因素仍在於歐體強調端正與法度，而褚體則更著重在華麗飄曳之風。以上所述「左高右低」、「左短右長」與「垂曳」等特徵，乃就書法筆劃與空間營造而言，惟復考歐、褚二體從示諸例，則又可探知其字形存在兩項疑義，包括：

3. 歐體《九成宮醴泉銘》的「祕」字問題

從其圖版字形而言，可知若非拓印疏失，則其原碑字形應已剝損，而從其殘泐之形考之，則又可知此「祕」字所從示、必二旁之筆劃經營實多有存疑者，例如：若以平正原則而言，其右所從必形之左點位置似與「示」旁右點同高，但如此一來，筆劃必當繁緟，失去平衡感，因此，顧建平即認為此例之所從之示與必應有借點之情況。今復考中國文字從示諸例形源，可知「示」旁確有省筆或借筆之情況，甚至與「禾」形混訛：

(1)古文字從示諸例疑省其豎筆達成整體結構之平正目標，例如：

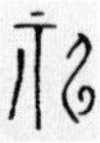（陳貝方簋） （上博楚簡）

(2)古文字「示」「禾」常可互換，例如：

（上博楚簡）

復可初步推知：在漢字方塊結構中，獨體之「示」原本是以中軸線為主之平衡結構，惟在加入其他偏旁後，進一步促成其形之異化與避讓，而在此過程中，隸變與替換便成為其主要發展模式，以求得整體字形結構之平正。

4. 褚體「示」旁之訛誤

隸變後之「示」旁與「衣」旁形近，而或許是為了筆劃繁緟之避讓，並為求整體結構之平正，因此，在褚體部分字例中，「示」「衣」二形常有混訛之情況，例如：

因此，在平正原則方面，歐、褚二體所從示旁或以併筆與訛替方式，藉此求得文字方塊之平正，雖稍違反其法正原則，惟仍無礙於字形之整體美感。

（四）以勻稱原則而言

楷書筆劃間之等距分布，即所謂勻稱原則。以「示」字而言，其獨體二橫三豎之筆劃結構，正可成為以中軸線為為主之五筆等距勻稱結構，然而，在其隸變為偏旁後，破壞了原有之筆劃勻稱關係，使得其形在整體結構中必需另覓其勻稱布局。大抵而言，歐、褚二體所從示諸例，其上首筆隸變為點畫，並失去中軸線之意義，而「示」形在偏旁中呈現出「倚旁而立」之勢，即其橫筆多由左下往右上延伸，上點畫與中豎筆則倚靠其偏旁而書，且使「示」旁多居於整體字形結構之左上位置，屬於一種橫向的切割美感。又值得一提的是，歐、褚二體此類書寫特徵，早見於古文字之書寫布局之中，例如：

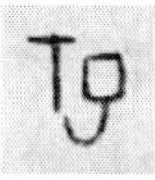
（《乙》6419）

（包山楚簡簡240）

（包山楚簡簡231）

（西周：害夫鐘）

（《璽彙》5423）

（《京都》1851）

在上述三形中，蔔辭例從示從巳（即「祀」字），包山簡二例則可分別釋作從示從曼與從示從兄（即「祝」字），可知此三例所從示旁，或置於左上一隅、抑或屈書於右下角、或則總偏左半、甚至居於左下，足見中國文字「示」旁在空間經營上之匠心獨具，其主因應為此類「示」旁尚未隸變，書寫者又為顧及其筆劃之勻稱性，故而以此種空間擺置方式書寫，而又以置於左上角之書寫習慣，仍一直影響到後世楷書之書寫模式。

（五）以筆劃呼應原則而言

書法筆劃之呼應，往往是其藝術風格得以建立之基礎，因此，即如清代書家劉熙載所雲「書之章法有大小，小如一字及數字，大如一行及數行，一幅及數幅，皆須有相形、相呼相應之妙」，而莊義友與熊賢漢亦雲「一旦失去這種『呼應』，……也就沒有生動的靈氣——『氣韻』」[7]，其所謂「氣韻」、抑或書法習寫之「意在筆先」者，皆以此為基石也。歐體所從示旁與其組成形構間之呼應情況相當完備，此可參以下幾個碑帖字形：

 以「祕」字而言，其所從必之左下點畫直接併入「示」旁右點之下部空間，使整體形構顯得相對平衡，莊義友與熊賢漢稱其為「穿插呼應」[8]，其說甚是，而莊義友與熊賢漢亦提出此種「穿插呼應」並非「固定不變」之看法[9]，尤可點出中國書法藝術在筆劃空間安排上之美感特色；換言之，若再比較歐、褚二體從示字例之筆劃避讓特色，倘從褚體之「祕」字而言：

 可知歐體之避讓特色應稍優於褚體，此或許是受到歐陽詢書法重視法度規整之影響，而使其體尤重視整體結構之避讓，而褚體存在諸多古隸筆劃，亦可能影響到其書寫上避讓布局。

1. 在比稱與錯落原則上

自甲骨文、金文，以至楚簡文字，其筆劃除間有肥筆或出鋒外，在書寫筆劃之變化上，尚且不如魏晉以下隸楷，雖其結構餘韻猶存，卻似乎缺少那麼一丁點飄逸柔美之風。因此，書法大家王羲之曾雲「平正相似，狀如運算元，上下方整，前後齊平，便不是書，但得其點畫耳」；而丁文雋亦雲「書之結構，貴在能變化。不特同一點畫必須殊形異態，即同一文字，亦須各具面目，不可字字一律。」俱言書法習寫時應重視筆劃之變化，此即莊義友與熊賢漢所謂「比稱與錯落之原

[7] 詳見莊義友、熊賢漢主編，《漢字與書法藝術》，廣州：暨南大學，2004年9月第1版，頁117。
[8] 詳見莊義友、熊賢漢主編，《漢字與書法藝術》，廣州：暨南大學，2004年9月第1版，頁118-頁119。
[9] 詳見莊義友、熊賢漢主編，《漢字與書法藝術》，廣州：暨南大學，2004年9月第1版，頁118-頁119。

則」。[10]而以歐、褚二體從示諸例而言，褚體之比稱與錯落變化優於歐體，例如：

 其所從示與從申之豎筆，垂針屈避而書，使二豎筆之書寫型態完全不同，更使其書體顯得更為神采飛揚。

2. 就隸變程度而言

隸變代表了中國文字由篆轉隸或楷之重要階段，而魏晉以來之書法亦深受此演變之影響，東漢八分書尤為此演變之重要分水嶺。因此，師法二王、且處於初唐時代之歐陽詢與褚遂良，其書體亦或多或少猶存隸變之遺風，即以二家書體所從示旁諸例而言，歐體之側、橫、撇三筆分開書寫，其一筆一畫，一絲不苟，例如：

 其例雖已屬隸變以來之楷書寫法，但猶存古文字「示」旁之書寫模式；至於褚體則又不然，其所從示旁之橫、撇二筆多連筆書寫，此即褚體沿承古隸與八分遺緒之證，茲列舉相關比較字例：

（褚體「神」字） （古隸：孫臏漢簡）
（八分隸：史臣碑） （古隸：張遷碑）
（八分隸：曹全碑）

從上引五例而言，首例為褚體「神」字，其所從示旁之橫、撇二筆連書，此可溯及古隸與八分隸中之部分寫法，例如：孫臏漢簡之「示」字、史臣碑之「視」字等，據此或可推知，褚體雖亦曾師法歐體，惟其書風已自成一格，不僅華麗有餘，更繼承了古隸與八分隸以來之寫法，正可謂復古而創新矣！

綜上所述，針對歐、褚二體所從示旁諸例之特色，或可作以下幾項推論：

---

[10] 詳見莊義友、熊賢漢主編，《漢字與書法藝術》，廣州：暨南大學，2004 年 9 月，頁 119-頁 122。

1.歐、褚二體所從示旁皆符合歐陽詢「三十六法」之「左高右低」與「左短右長」之平正原則，惟二家書體所從示旁或見併筆與訛化，雖稍失法正之義，但仍能進一步強化其書體之平正特色。

2.在勻稱原則上，歐、褚二體皆繼承了古文字以來「示」旁之書寫特徵，雖無古文字之筆劃勻稱特色，但在結構布局上卻顯得更有其方塊美觀之意義。

3.在筆劃呼應上，其結構布局與避讓特色上，歐體俱優於褚體。

4.褚體「示」旁之比稱與錯落變化優於歐體。

5.歐體法正，其「示」旁之變化多重於側筆，且較少連筆之勢。

6.褚體飄逸，其「示」旁之側筆、勒筆與掠筆皆變化多端，其至有出格之情況，即便如此，褚體仍存在不少部分隸書之

四、在書法教學上之建議

從上述歐、褚二體所從示旁之初步分析中，可知其相關之書法教學內容或活動，理應重視以下幾個方面：

（一）強化側鋒之習寫

此所雲側鋒，指書寫筆勢而言，即如施永華所雲「側筆就右，便包含以側取勢之意。若從側鋒來說，不僅是把『點』稱為『側法』而已，如『天』、『利』、『近』等字的撇、捺、勾、挑等均是『側鋒』」[11]，即其理也。而歐、褚二體所從示旁，若以用筆而言，至少包含了點、撇與勾等側鋒筆勢，幾乎佔了字體本身筆劃之三分之二以上，因此，

11 詳見施永華，《國民小學團體活動書法教學》，臺北：教育部臺灣省國民學校教師研習會，2010 年 9 月，頁 85。

強化側鋒之習寫，將是練好歐、褚二體「示」旁之基礎功夫。惟需注意的是，歐、褚二體所從示旁之豎筆強調勾、挑，此為進行相關字例習寫時，教學者所應特別強調之處。

（二）注意平出收筆之運用

基本上，「逆入平出」屬隸書之筆法而言，然而，透過以上本文對歐、褚二體所從示旁之初步分析，可知歐、褚二體仍或多或少猶存漢魏篆隸遺風，此尤可從褚體所從古隸或八分書之「示」旁筆勢中略知一二，即便強調回鋒之歐體，其所從示旁亦回鋒不若他例明顯，因此，強化「平出」筆勢之運用，將可進一步鞏固學習者對此二書體「示」旁之習寫狀態。

（三）體會折、疾、澀之運用技巧

折筆相對於轉筆而言，多用於楷書之中，而疾與澀則指行筆之流暢度，屬蔡邕所謂「九勢」之內容，其云「書法有二，一曰疾，二曰澀。得疾澀二法，書妙盡矣」，即其理也。以歐、褚二體所從示旁諸例而言，歐體法正，其所從示旁，強調一筆一畫、一絲不苟，因此，未有運用折、疾、澀等筆法之處，然而，如上所述，褚體所從示旁存在併筆連書之情況，尤以其橫、撇二筆為然，惟需注意的是，褚體此種書寫筆勢重折回下撇之氣韻，而非規整之折書，換言之，善用折、疾、澀之書寫技巧，並妥善拿捏此中之運筆力道與氣韻，將是能否成功摹習褚體此筆法之重要關鍵，甚至更能掌握學者所論之書法「空間」概念。[12]

---

[12] 詳見蘇麗瑜，〈書法空間理論引介——從蔡長盛《書法空間之研究》談起〉，《中華書道》，第 59 集，頁 56－頁 68。

（四）強調背勢之寫法

背勢寫法可說是歐、褚二體之主要特色之一，而此二家書體所從示旁雖與此筆勢無直接相關，但仍不脫其書寫氣韻，以上述比稱與錯落原則而言，其平行之二豎筆，亦多採背勢寫法，因此，習寫二家書體「示」旁時，亦應強調此筆法之習寫，以奠定其書寫基礎。

（五）毋需刻意強調併筆寫法

如上所述，歐、褚二體所從示旁常有併筆與訛替之情況，書家或稱其為「帖寫字」[13]，雖毋需禁止，亦毋需鼓勵，因其併筆或訛替皆有一定道理，例如：意在筆先、計白當黑，因此，只要書寫者能掌握筆劃呼應原則，亦猶不礙其筆法布局矣。

（六）教學示例建議：謹據上所列教學建議，並配合相關教材，試擬以歐、褚二體所從示旁為習寫目標之教學活動設計：

<table>
<tr><td>教學科目</td><td>書法</td><td>年級</td><td>五年級</td><td>單元名稱</td><td>示字習寫</td></tr>
<tr><td>教學日期</td><td></td><td>教學時間</td><td>本單元
共 60 分鐘</td><td>教材來源</td><td>自編</td></tr>
<tr><td>學校</td><td></td><td>教學者</td><td></td><td>設計者</td><td></td></tr>
<tr><td colspan="6">壹、單元教材分析
一、本單元以「示」字與從示諸例之習寫為主，著重對歐、褚二體「示」形之轉換練習。
二、歐陽詢與褚遂良俱為初唐書法大家，亦為楷書習寫之法書來源，本單元</td></tr>
</table>

[13] 詳見施永華，《國民小學團體活動書法教學》，臺北：教育部臺灣省國民學校教師研習會，2010 年 9 月，頁 95-頁 96。

擬透過對「示」旁之習寫，使學生進一步領略楷書之美。

貳、學生經驗分析

一、一、二年級時，已有硬筆字之習寫經驗。

二、已具備學習毛筆字之經驗。

參、教學重點

一、「示」字與從示諸例之字形來源。

二、歐體從示字形欣賞。

三、褚體從示字形欣賞。

四、能說出二者之差異，並以實作方式進行觀摹學習。

肆、統整

一、了解中國文字之偏旁結構經營。

二、體會楷書之運筆方式。

三、領略不同書體間之差異。

四、習寫原則：

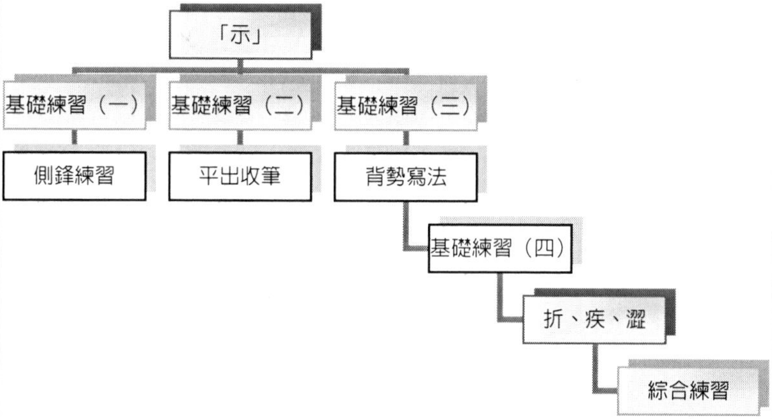

發展活動	能力指標	教學方式	評量方式	分鐘	教學資源
壹、準備活動 一、教師：準備從示諸例之古文字資料。 二、學生：以硬筆練習「示」與從示諸例，並準備毛	1.「示」字與從示諸例之字形來源。 2.歐體從示字形欣賞。 3.褚體從示字形欣賞。 4.能說出二者之差異，				

筆。 三、師生互動：以簡易圖畫與學生進行本週課程討論	並以實作方式進行觀摹學習。				
貳、發展活動					
一、引起動機： 以古文字字形或影片欣賞之方式，與學生進行討論		討論	討論	5	ppt、電子白板、影片
二、進行活動： 1. 教師製作「示」形拆解筆劃教材，請學生進行組合遊戲		遊戲	書寫	12	ppt、電子白板
2. 請學生在組合完成後，推測其成果較接近哪位書法家之風格					
3. 依習寫程式，指導學生進行臨摹與習寫 1. 基礎練習（一）：側鋒練習 2. 基礎練習（二）：平出收筆 3. 基礎練習（三）：背勢寫法 4. 基礎練習（四）：折、疾、澀 5. 綜合練習		實作	書寫	30	手工宣
參、課後活動 請學生以示旁為習寫目標，再行臨摹與習寫相關字例					

五、結論

本文透過對歐、褚二家書體之字形筆劃分析，嘗試藉由理論基礎建構實務教學之架構，雖僅以「示」字與從示諸例為範疇，但冀能在書法教學上能收到拋磚引玉之效，並敬祈學界方家賜正！茲列本文之幾項研究推論：

（一）大抵而言，歐體法正、褚體華麗，因此，二家書體所從示諸例雖多併筆與訛替，但在筆劃呼應、平正與避讓等方面，歐體略勝一籌，惟歐體在筆劃變化度與承繼古隸風上，則猶不如褚體。

（二）歐、褚二體所從示旁之教學應強化「側鋒」、「平出」、「背勢」與「折、疾、澀」等筆法，以奠定學生習寫之基礎。

（三）楷書雖以法正為目標，但在規範度上仍多少受到行草之影響，因此，在未來研究方向方面，如何統整書法習寫之規範與藝術之平衡度，則猶吾人或可再強化之內容。

參考文獻

施永華，《國民小學團體活動書法教學》，臺北：教育部臺灣省國民學校教師研習會，2010 年。

陳明貴，〈漫談碑帖〉，《中華書道》，第 59 集，頁 72-頁 75，2008 年。

陳欽忠，〈試論虞歐褚薛四家楷書〉，《興大中文學報》，第 5 期，149-160，2000 年。

莊義友、熊賢漢主編，《漢字與書法藝術》，廣州：暨南大學，2004 年。

郭農聲、李甫主編，《書法教學》，臺北：洪葉，1995 年。

蔣勳，《漢字書法之美——舞動行草》，臺北：遠流，2009 年。

蘇麗瑜，〈書法空間理論引介——從蔡長盛《書法空間之研究》談起〉，《中華書道》，第 59 集，頁 56－頁 68，2008 年。

從「文化研究與實踐」談後全球化的語文教育

楊秀宮
樹德科技大學通識教育學院副教授

摘　要

本文嘗試對「全球化」作批判，從「文化研究與實踐」的角度來思索「教育」，尤其是「語文教育」的今後走向與重點。在後全球化「多點」視角的情境裏，依循文化的「概念圖式」的作法，亦即是尋找一個貼近經驗卻又具有理想義涵的「概念圖式」作為中間媒因。至於語文教育的「概念圖式」，則推定其為「詩」。文章分為六節：一、前言。二、何謂「全球化」、「反全球化」、「後全球化」。三、「在地文化」與「普同」的關係：（一）從「多之上的一」來思索、（二）從「多點研究」的思路到「文化實踐的齊一」。四、「文化研究與實踐」的主體性轉向：（一）「理性」上場的觀點、（二）統型、統類的思維。五、「概念圖式」的應用及其對語文教育的意義。六、結語。

關鍵詞：全球化、後全球化、語文教育、文化研究、圖式概念

一、前言

語言與文化關係密切，這已經啟動了很大量的研究，語文教育經由語言的研究關聯於社會的結構與文化的內涵，也是早有研究成效的事了。但是經歷全球化的「趨同」走向，文化變得表層化，也變成重視「空間」的流通性而輕忽「時間」的歷史價值。

語言的研究透過字形、字義、語法、語義、語境等得出與文學相繫、與學術連結的文學理論。而文化的研究相對地是更發散的一個研究樣態，近來趨於「文化」為焦點的語言教育，相對地也就更接近於生活與實踐層面。但是兩者卻不是可以二分於兩個不相屬的研究領域。換言之，文學與文化的研究並不是兩個類別的內涵，而是學術領域的微觀視角與宏觀視角的畫分。

全球化對於文化與教育的影響十分巨大。對文化而言，它改變了文化的根本結構及對文化的詮釋，使得許多國家與社會很難再全然保持自己的文化，但也導致了對全球化的反動，「全球在地化」成為另一股風潮；就教育而言，無論教育的目標、內容、方法、教學者與學校組織，均須因應此一變遷。教育與文化如何因應此一趨勢？已成為教育與文化改革的重要課題。（劉金源編，2005：37）

本文嘗試對「全球化」作批判，擬從「文化研究與實踐」的角度來思索「語文教育」的今後走向與重點。

二、何謂「全球化」、「反全球化」、「後全球化」

（一）全球化的浪潮

儘管全球趨同於某一文化或某一潮流的「全球化」的氣氛非常濃鬱，但是對於「全球化」的評價卻未達到「同調」。有人從正面肯定了全球化的事實，有人則從憂懼的角度對「全球化」進行批判。終結「全球化」而盼望一個「後全球化」的來臨，是憂懼「全球化」的人所殷切期待的。雖然「後全球化」不會是時間歷程里有起有落的一個明確階段，它可能是「全球化」議題紛擾的同時為學者所建構或觀想的一個「世界觀」或「文化型態」。無論如何，談論「後全球化」必然無從迴避「全球化」是什麼的問題。

認可「全球化」的美國學者羅伯特（Robert Charles Ulin)）持正面迎受說：「全球化是安全的選擇，因為全球化的理論形態與歷史形態具有高瞻遠矚、縱橫捭闔的維度。」（羅伯特・C.尤林，2005：262）這是從各種社會與各種差異性文化互動交流的過程來論「全球化」的涵義。他的「全球化」概念並不是與「區域文化」切隔為二而說的，他認為

> 全球化恰似合唱，不但銜著資本主義的持續擴大和資本主義霸權，也迎向需要超越「界限文化」的限制，並清楚意識到多樣化的互相連結的潛力。（羅伯特・C.尤林，2005：263）

羅伯特對於「全球化」持樂觀見解，相對於批評「全球化」者的觀點，或者是屬於不同學者依其所處客觀環境之差異，從不同側面的

理解。也或許是不同學者主觀理解後的「一種『全球化』各自表述」的情形。

事實上，全世界關係的強烈化是和全球經濟，以及資訊科技的發達密切相關的。從一個資本社會的發展動機與動力來說，「全球化」似乎是蘊涵於資本主義社會的進程裏的。如果全球化是一個方興未艾的過程，則它顯然不是一個平順的過程，而是個充滿權力（power）與欲望（desire）運作的過程。（黃瑞祺，2003：51）這是一個關注資本主義影響力，但也批判其過分區同於「利益」而忽視其他非資本價值的觀點。

（二）「反全球化」的觀點

從有識之士憂心各地文化對全球資本霸權的屈服，實說明瞭區域文化特色非常重要，但是今日透過文化層次激發行動，則是一項極其艱鉅的工作。文化必須有所改變以配合全球經濟嗎？這是勢所難免，文化確然會改變。（哈瑞森／杭廷頓，2003：412）如果人類對於「全球化」的發展不能心存戒慎恐懼的話，那麼全球化發展的負面因素與結果，必然會如一些「反全球化」者所警示的那般降臨到我們的生活里。讓我們來看看「反全球化」的言論為何而提出。

應該承認的事實是，今日全球化被視為順承於現代化的進程。或者說，現代化在相當長的時期裏是西方的現代化，並且在一段時期內，西方模式也是一種全球模式。從這個意義上講，全球化在一定時期內是西方化的過程。現在大部分學者都認為，全球化進程的最初階段排斥了非西方文明，並且阻礙了它們的發展，剝奪了它們解釋全球化的權利。（俞可平主編，1998：63）

文化全球化所提示的國際關係背景表明，文化全球化與維護西方國家的文化霸權具有內在一致性。（朱效梅，2003：149）而這樣的全球化是有其負面效應的。

有學者關心文化的發展，觀察到文化全球化同時存在文化上有三層不平等關係。第一，文化全球化的理論基礎是建立在「西方中心論」之上的文化同質化或均質化，其初衷就是維護西方在世界的文化霸權。這對非西方國家，確切地說對所有美國以外的國家而言是不平等的。第二，文化全球化的過程是不平等的。它的實現是以經濟實力和文化力量的不平等為基礎的。第三，文化全球化的結果是不平等的。從已有的文化全球化結果來看，基本上就是全球美國化。（朱效梅，2003：157）

有感於全球化負面效應，周慶華曾說：

> 不論如何，由西方霸權所推動的民主政治、自由貿易、知識經濟和社會福利等文化全面性「亟欲」同化的事實，已經有一股不可抗拒的全球化氛圍，而不得不承認世界正在進行一體化的新構成。這種構成因為有「強迫中獎」和「劇力威脅」成分，所以全球化連帶的也會遭受引致負面效應的指控。（周慶華，2010：7）

由於全球化而輕忽了文化的「在地性」是堪慮的。愈來愈多的學者留意到文化的「在地性」的重要意義。例如紀登斯（Anthony Giddens）說過，全球化可界定為全世界社會關係的強烈化（intensification），而這些社會關係仍連結著遠方的在地性。（引自黃瑞祺，2003：57）若是忽略了區域文化，而唯歐美文化是從，則有走向「齊一化」的弊病。反全球化的觀點在此情形下應聲而起。

> 反全球化的正當性，在某種程度上是全球化的不能正當性的對比而凸顯出來的。它主要是以「無從齊一信仰」（被強迫齊一信仰的另當別論）的理由來站穩腳跟，然後寄望喚起被征服者的自覺而各自回返原先的生活軌道。（周慶華，2010：12）

簡單的說，「無從齊一信仰」作為反全球化的理由，可以使得被征服者回返原先的生活軌道。這是從一個假像的「一」轉回各個在地文化的「多元」呈現。「多元文化」的提倡如何在全球化之後如何成就一個理想的世界？這是「反全球化」之後要思索的重要課題。

「反全球化」之後所可能出現的景象會是什麼？人類會不會一直處於「全球化」與「反全球化」兩股勢力競衡的狀態裏？還是我們轉向對「後全球化」有所企盼與擘畫？

（三）後全球化的期待

從全球化也就是一種「強勢文化」發展的樣貌來論，吾人能做的還是回到「文化」的課題來思索。而「教育」是發展與成長的重要條件。因為「迄今為止的所有教育，在很大程度上都是文化適應」。（小約翰‧B.科布，2003：164）從教育著手是重點，而什麼樣的內涵是可以率先作為的部分？王岳川研究指出：

> 語言是理解的普遍媒介，是過去與現在實際互滲的介質。理解本質上說是語言的……人只有藉助語言來理解存在，人的本質是語言性的。語言不只是工具或表意符號系統，而是我們遭際世界的方式，它揭示著我們的世界。（王岳川，1992：42）

標示「語言」的重要性和首出性，亦即指出了「語言」，或著更寬廣地說是「語文」的教育應為首當其衝，這是一般人普遍認同的。

全球化因時因地會有不同的義涵或界定。亦即是「全球化」隨著物件或生活內涵的改變而有變化。可不可能全球化有發展至一個圓滿的型態，所以不必談論「反全球化」，而是只要認真朝向「圓滿的全球化」作努力？究竟「後全球化」要從何開始？是等待就可以的嗎？還是需要努力來獲致？如何努力？努力的方式是什麼？

周慶華提出非常具有價值的觀點：一個「統觀性」的文化治療方案。他說：

> 所謂統觀性的文化治療方案，是指可以統觀全局而致以相關的文化治療的策略及其施行途徑；它是經過統觀權衡而後選擇相應的文化予以治療，前提是「應需」而邏輯結構則是一種或多種「文化修為」。由於文化治療旨在「應需」，所以它的策略擬定及其施行途徑的規畫就得「因物制動」而由統觀權衡能力來保證；而它的邏輯結構在一種或多種的「文化修為」，以至慎為選擇也就成了文化治療可以寄望的一大考驗。（周慶華，2010：66）

「文化修為」論點實際上亦即是一種文化的「實踐」觀點，透過對於現今「全球化」的弊病予以把脈和開出可以治理的處方，這就是「後全球化」到來的一種努力方式，也是一個契機。

在一種趨向「西方文化」為中心的情勢裏，「全球化」一辭變成是非西方國家的「文化浩劫」，為了避免人類文明走入狹化的胡同，人類需要「新的世界觀」。周慶華認為人類社會孕育多元的世界觀，最主要的有三：一是創造觀、二是氣化觀、三是緣起觀。（周慶華，2007）全球化的氣焰已經使得人類社會原有的在地性泯滅，原有的文化特色也歸趨於強勢的「主流文化」。因此，全然棄守舊的世界觀而改崇尚新的世界觀，得從多元辯證做起，而多元辯證是要在地進行，以達普遍化革新的效果，所以它可以「上升」為一種反全球化的新媒因（memes）。（周慶華，2010：18）從不同的區域文化出發是反省「全球化」迷思的一個重要轉向。

從一個「批判」的角度來審視目前「全球化」的情形，我們不得不說這是一次「反全球化」的思索與作為。但是，如果科技的便利及其效用是全球人類的共同依賴，則某一種技術、方法的「全球化」又似乎是不可拒斥的潮流。這就引出了一個問題:「後全球化」要如何定位?綜合了「全球化」與「反全球化」的思路我們才能清楚的把握「後全球化」一義。

三、「在地文化」與「普同」的關係

「在地文化」是後全球化概念下的一個核心辭,在談論多元的「在地文化」之時,為了避免紛雜而毫無交集,也為了人類共同文化的延續與發展,不可避免地需要為各地自主發展的多元文化構建一個可以「會通的」、「普同的」上層概念,俾作為發展的方向或指標。湯一介的「和而不同」,可與「普同」觀點相呼應。他說:

> 如何使不同文化傳統的民族、國家和地域能夠在差別中得到共同發展,並相互吸收,以便造成在全球意識下文化多元化發展的新形勢?我認為中國的「和而不同」原則或者可能為我們提供有正面價值的資源。(湯一介,2001:67)

湯一介的「和而不同」見解,主要是從孔子及其弟子的見解來論述文化多元化發展的形勢。孔子曾說:「君子和而不同,小人同而不和。」(《論語・子路》)有子說:「禮之用,和為貴。」(《論語・學而》)張岱年解析其義,他說:「『和』一方面與『同』相對,一方面與『爭』相對。與『同』相對的『和』指多樣性的統一,亦即內容豐富而協調一致。這是發展的規律、是創新的原則。與『爭』相對的『和』指不同事物的相容相濟、相輔相成。」(張岱年,2004:208-9)往昔說的「和」即是今日所說的「普同」。

就「普同」一辭而言,它與「在地文化」是密切相關的,兩者的關係並不容易切割。但是如果將「普同」與「在地文化」從一個「對反」的關係來論，會有什麼樣的效果？這個論題的思索可以讓吾人清楚的把握到一個重點，亦即是 「普同」並不是一個「外在」於「在地文化」的標準。「普同」來自於主體對於處境的體察與努力，是因為主體的質素與造化才共創出「和而不同」的價值。

「在地文化」指的是各地區自主性文化發展與特色呈現的情景。而「普同」是因應繁多文化如何「和而不同」，理出一條可以互相了解、共同努力或共構美好未來的文化發展之途，這是多元「在地文化」發展時的願景。

讓我們轉向對「在地文化」的關注來思索文化研究與實踐的可能路徑與走向如後：

（一）從「多之上的一」來思索

「多之上的一（one over many）」這個概念來自於當柏拉圖的「理型界」與感官的現象界相疏離，而又因為標示其「崇高性」，以至於產生了包括知識論、倫理學各方面如何達致「真」「善」理型之困惑時，柏拉圖自己，以及亞里斯多德都有採用「多之上的一」的做法。（Robert Audi／林正弘審訂，2002：852-3）

就可以明白他所論述的「全球化」概念，是採用「多之上的一」的觀點來看待「全球化」，而不是強調那與「多」相分離的「一」來談論的「全球化」。曾經凸出以歐洲中心或西方中心而論的「全球化」，其實都是「多」的一部分，是「多」的其中之一，而不是「多之上的一」。忽略邊緣區域或弱勢羣體的「全球化」論述，其實是「反全球化」觀點所拒斥的。

更清楚的說，引起全世界文化實踐的這個齊一風潮，並不能是朝向一個強大勢力作為「中心」的齊一。它必須是從「多點研究的思考方式」引生出的，後於文化「差異」的「文化實踐的齊一」。

（二）從「多點研究」的思路到「文化實踐的齊一」

多點研究是處理不同的地方文化，是與「全球化」趨近卻又能有自己「在地文化」的特色的好點子。多點研究的思考方式，主要是從田野調查、微觀描寫，民族志的撰寫為其特徵。（羅伯特・C・尤林，2005：272）

多點研究凸顯出全球化是走「多之上的一」這個指導原則來建構的時尚；而不是走與「多」相分離的「一」之路徑。如果「多」代表的是「多點研究」的觀點，那麼「多之上的一」造就的是「普同」的論調。後全球化意念下的文化發展，是百花齊放、是各式文化和鳴的型態，可以覺識其乃從「多之上的一」這個進路進行的文化實踐。在此同時，多元文化的呈現就會代換了「歐洲中心」或「西方中心」的文化潮流。語言與文字的使用也從齊一化趨向於各式區域語言的活絡。

多點研究對於地方文化的關注如果能成為風氣，那麼「全球化」的意義就會從一個「實質內涵」的文化入侵，變成研究方式或方法應用到「在地文化」的共用。不過需要留意的是，全球適用的「文化研究方法」，並不能只是出於「量」的考量，而忽略「質性」的發掘。

人類文化發展的歷程既可以選擇從「在地文化」走向「普同」；也可以選擇以「普同」作為「在地文化」的目的因。此外，依據柏拉圖的「理型」論點，如果人類的文化發展是依據一個先驗的理想而有所進展，那就可以說是有一個高懸的「普同」的理型做為各區域文化的效法目標。全球化的論調如果不是偏狹為「西方化」，是可以把理想的「普同」相當於整全義的「一」來給予崇高位置。但是這顯然是「理論」層可以論述的部分。真正的文化產出是離不開生活層面，離不開在地經營與實踐的部分。因此從「實踐」層看，「在地化」才是人類文化通同的起始。這就是從「多之上的一」來思索，常見的有「多點研究與實踐」的路線。

四、「文化研究與實踐」的主體性轉向

多元文化的呈現是對於「全球化」的一種反動，但是在多樣化發展的同時，也需要有「和而不同」的共同價值，才能既維繫各區域的文化特色，也可以共創人類整體福祉。尋求一個共同理解的「普同」價值是不可忽視的，但是「普同」的追尋並不必就是一個外在的範本，否則又得留意「全球化」的復辟。

「文化」傳承與教育一直是人類生存的重要任務。在全球化過度走向「齊一化」特徵下，若要催生「後全球化」時代來臨的話，吾人仍然需要從「教育」與「文化」的關係來切入。除了有上述周慶華教授提出的「統觀性」的文化治療方案外，還有其他從「主體」、「實踐」的面向來探索的觀點可以參考：

（一）「理性」上場的觀點

西方學者 T. Miller/G. Yudice 在《文化政策》一書中強調了「將品味哲學化」的文化政策。康得的哲學探索了人類「美」、「善」的本源，提示了獨立於「私人利益」而具有普世價值的「審美能力」與「道德實踐理性」的主張。（T. Miller/G. Yudice，2006：10）

康得的名著《判斷力批判》主要還是從主體的理性、能力上來闡述其中的哲理。如果人類依循康得所示的哲學而行，人們自然會趨同於一個普同或普世價值的原則，而可以全面包容不同主體及其文化者。用「哲學化品味」代換「一己之私慾」，自然在文化的發展上得以相容並蓄、包容萬象。那麼「全球化」的訴求就不是西方化或利益取向的一個趨勢。而可以提升到一個既重視在地文化，而且具有普同意

義的「後全球化」理境。亦即是從追求「多之上的一」的路徑來審視「後全球化」的脈動與境域。

（二）統型、統類的思維

用中外學者的理論來陳述，則有下列關於主體能力的教育觀點可供參究：

1. Ruth Benedict 的「文化的統型」

Ruth Benedict 是著名的文化學研究學者，對於「文化的模式」、「文化的統型」有深入的研究成果。他認為各種文化都形成了各自的特徵性目的，它們並不必然為其他類型的社會所共有。各個民族的人民都遵照這些文化目的，一步步強化了自己的經驗，並根據這些文化內驅力的緊迫程度，各種異質的行為也相應地愈來愈取得了融貫統一的形態。然而整體不是它的所有部分的總和，而是一種由部分之間獨特的組合和相互聯繫而產生的新實體。（露絲・本尼迪克特，1991：121）如果我們想真了解一個文化，我們需要深深探索這個文化的精神（genius），深深認知駕馭這個文化中的個人及團體行為的態度。Benedict 把這個精神叫「文化的統型」，她發現文化統形方法與文化之理則的整體研究法，多少相通。（莊錫昌等編，1991：25）

Benedict 說：「整體決定著它的部分，不僅決定著這些部分之間的關係，而且也決定著它們真正的本質。」Benedict 所指的「整體」似乎有著一種「優先性」，它並不是由部分所決定。相反的，她重視不同區域文化的差異性，認為兩個整體之間則存有一種類的間斷，任何一種理解都必須考慮到兩者之間的不同的本質。這比那種對於兩者中都有的相類似因素的認識要重要的多。（露絲・本尼迪克特，2009：35）她既關注兩者間「不同的本質」及其「差異」的論點，也強調「整體」

的優先性。這就是一種「不偏不倚」的論點，需要主體精神的講究與培育來成就。

要勾勒出民族學上令人滿意的現在文明圖景就不能忽視「文化的統型」。文化完形在我們已知的那些最高級、最複雜的社會裏，也同樣有強制性，同樣有意義。但是，對我們來說，這樣的材料太複雜、太眼熟了，以至於難以成功地處理它。（露絲・本尼迪克特，2009：37-8）不是從「材料」而是從主體應有的「精神」，才能適度說明「文化的統型」及其涵義。

2. 荀子的「統類」思維

西方學者兼顧「文化差異」與「統型」的見解對於文化的發展具有前瞻性。但是這種思維模式其實在中國古代已經出現，例如荀子的「統類思維」。「類」概念為荀子學說裏重要的用字。相對於物類的存在，荀子有明「通」知「統」的「統類」觀點。曾說：

> 法先王，統禮義，一制度；以淺持博，以古持今，以一持萬；苟仁義之類也，雖在鳥獸之中，若別白黑；倚物怪變，所未嘗聞也，所未嘗見也，卒然起一方，則舉統類而應之，無所儗作；張法而度之，則晻然若合符節：是「大儒」者也。《荀子・儒效》

「統類」所要成就的是「壹」或「普同」的觀點。荀子曾經從「心知」來說明「以一持萬」，其義類似於「多之上的一」，只是他的用辭為「壹」。

> 心生而有知，知而有異；異也者，同時兼知之；同時兼知之，兩也；然而有所謂一；不以夫一害此一謂之壹。《荀子・解蔽》

「統類」是一種包容差異，成就文化之統的哲學思維。能在彼此不一的類項求得「壹」，而「壹」即不是「此一」也不是彼一。但從另一個側面論，「壹」即是「此一」與「彼一」的「和而不同」，是在「不以此一害彼一，不以彼一害此一」的情形下「和」而得「壹」。

荀子勸誡眾人在取捨之前應該妥善「權衡」，不只是選擇性的權衡某些欲惡之事物而已。必須有周詳審思的歷程，而且是儘可能做到全面性的「兼權之」。《荀子・不苟》說：

> 欲惡取捨之權，見其可欲也。則必前後慮其可惡也者，見其可利也，則必前後慮其可害也者，而兼權之，孰計之，然後定其欲惡取捨，如是常失不陷矣。凡人之患，偏傷之也，見其可欲也，則不慮其可惡也者，見其可利也，則不顧其可害也者，是以動則必陷，為則必辱，是偏傷之患也。

荀子這個見解對於吾人面對科技便利下的全球化局勢，進而思索未來的文化出路者有很好的提醒作用。

「統類」含有「統整」或「統合」的意思，而「類」則指的是天地間萬物經過分野而成「類屬」的意思。經過「不以此一害彼一」、「不以彼一害此一」的兼衡，使其「統合」為「壹」。這里說的「壹」並不是「偏此一」或「偏彼一」，而是「此一」、「彼一」兩方經過「權衡」、「兼權之」，經過「相容並蓄」而得以統合的文化整體的涵義。

五、「概念圖式」的應用及其對語文教育的意義

「文化」的生成過程，「語言」佔有重要的位置。從強調語言的首出性來說，如果「沒有語言」就不成為今日所見的文明與文化。但是

合適把語言視為成就文化的「工具」或「手段」嗎？也許單純地把「語言」和「思維」來做論時，「語言」乃是思維之工具是沒有太大問題的。可是如果把範圍擴大到人類的「文明」或「文化」來論，則語言實不應只居於「工具」的位置，因為語言乃是文化的一部分，而且是核心的部分。語言與文化的關係可以分為三個層次：(一) 語言屬於制度文化的層次，是文化的一個重要組成部分；(二) 語言是記錄文化符號的體系；(三) 語言與文化相互制約和影響。(邢福義，1992：9) 強調語言是文化的一個組成部分，並且是非常重要的部分。此如人類語言學家博厄斯（Franz Boas，1858-1942）指出，在文化環境中和在社會背景里研究語言，乃是把每一種語言理解為整個文化的一個方面。(鄧曉華，1993：4) 或者從一個「主體」的角度來論說，「語言」或「語文」教育乃是成就文化發展不可缺的要素。

語言佔有重要位置，它是人與人溝通互動的仲介，也是人類思考時不可缺的媒介。語文教育作為文化研究與實踐的一環來論，其重要性是有目共睹的。但是在談論「語文教育」時，除了文字、符號等客觀的素材外，主體部分也是教育所不可忽略的面向。尤其在文化的「多點」研究與實踐裏，如何兼顧到「整體性」的保握？這自然就回到「主體」的培育重點來了。本尼迪克特認為人類學家正在從單個的原始文化研究轉向多種原始文化的研究，但是整體構型研究遠比各個部分的連續分析來得重要。更有一種心理學觀點認為從「整體」而不是從部分出發才是妥切的路徑。這主要由格式塔心理學作為代表，該學派認為：在最簡單的感覺——知覺中，分析那些分隔開來的知覺並不能解釋總體的經驗。主體框架，即由以往經驗所形成的種種形式，才是最為關鍵的。(本尼迪克特，2009：125)

人類的生活習性、交流、知識衍生……等，都與語文發生關聯。人類依賴語文才有可能產生文化、傳遞文化。因此語文對於文化的豐富與多采多姿勢是不可或缺的條件或內涵。而立足於後全球化的氛圍裏，筆者以為「語文教育」仍然是文化演化的必要條件，它既是處於文化發展的工具性條件的位置，也是文化發展的主要內涵之一。

「後全球化」標示的是差異性、個特性等，容許「彼此不同」，強調的是「不相害」。以「不相害」為原則，其實就是指向「和諧」、「和而不同」的價值，凡此皆是後全球化所意欲的「普同」。它既不會是一項有形體的建築，也不容易指向一個客觀的、外在的理型或構圖。那要如何掌握與理解？從「後全球化」作為一個進行式的概念來論，我們的主體作為對於世界文化的走向才是具有決定性影響力者。主體的教育與學習在後全球文化的走向上有必要被凸出與關注。

後全球化的語文教育必然是多元化發展的趨勢，而且是眾聲喧譁的情況。但是如果什麼都可以是後全球化的語文教育，也就等於沒有一個可以為大家所共同信賴的教育重點。其實在後全球化「多點」視角的情境裏，有必要類似尋找「文化的概念圖式」的作法，亦即是尋找眾多語文重點里可以展示出類同於「語文教育的概念圖式」，用以說明語文教育在文化發展的明確方向或指標。

「概念圖式」是本文設定的一個關於語文教育的重點。本節採取列維・斯特勞斯（Levi-Strauss）的「概念圖式」作為一個重要的參考。他說過：「在實踐和實踐活動中間，必定存在著一個仲介，也就是說，概念圖式，藉概念圖式的仲介作用，實質與形式才能實現為結構，這就是說，作為實體（entities），它們既是經驗的，又是智識的。」（引自馬歇爾・薩林斯，2002：71）本尼迪克特的論點指向「統型」對於學習或文化的影響。「統型」亦即指主體構造一個「圖式概念」的意思，也相當於荀子所推崇的「統類」。

「概念圖式」有其重要的存在意義，它的存在為的是消除下層組織和上層建築之間由來已久的矛盾。亦即調和「物質」的下層組織和「觀念」的上層建築間的斷裂。（引自馬歇爾・薩林斯，2002：72）所謂上下兩層在本文的論述裏，乃意指「在地文化」為下層組織，而「普同」價值為上層建築。在文化實踐之時，有必要構造出一個貼近卻又具有理想義涵的「概念圖式」作為中間媒因。

「後全球化」時代的來臨，並不是歷史的必然或「時間」可以切分出來的，它需要關注「文化」的眾人知道自己追尋的是什麼樣態的「價值」與「文明」。最基本的認定有二：其一是區域發展的特殊性之保留，這需要一種人類學家的研究精神與方法。其二是人類普同的共性之合和。這需要參與的各文化羣體具備追求普同價值的「理性」，或者能加強精神的或主體的「統類」、「統型」。

筆者認為「詩」是語言與世界連結時用來表意「概念圖式」的最佳語文型態，而詩的教學、閱讀與創作則是「在地」文化趨向理想進展過程裏的仲介媒因。詩人所創作的「詩」是感性與理性融合的最佳表現，其所表意的內涵具有豐富的想像空間。對一般人來說，屬於「詩」的思維不是邏輯的、不是說理的。它比較接近於「概念圖式」。

詩人創作必然地要轉向他自身，是自身的內在情思、感悟、體驗的符號畫；另一方面，這種轉向本身又是指向外性，是向他人說，並力求讓他人懂。因而便是「詩人用它的工具轉向他自身」，同時又是一人從另一個角度（他者）「顯現他如何」（Showing him how）。（馬欽忠，2004：158-9）「詩的創作」使人進入抽象的境遇，形成一個充滿想像、類似於概念圖式的媒介。此概念圖式的媒介一方面連結我們的現實世界，一方面則連結於理想的、更整全意義的世界。由於概念圖式是人所構建，猶如「詩」是「詩人」所創作，因此它模擬了人人可以遭逢的「和」或「普同」價值所在。所以「詩人的詩作」有如「概念圖式」的建構，是需要經由主體的教育來完備的。詩作能力的培育乃是後全球化語文教育的重要課題，負責在「差異」與「統合」的辯證裏找尋時代的核心意義。

六、結語

語言的研究與文化的研究一直是人類文明裏不可或缺的部分。但是出現「全球化」景象的緣故，迫使學者們意欲將語文教育的重心作出調整。但是如何變更才能避免「全球化」所帶來的災厄？要如何強化「語文教育」才能挺立於「後全球化」的文化場域裏？這是一個值得大家思索的問題。在此氛圍下，我們可以確定的是：

（一）全球化並不是真正的全球普遍化，而避免「全球化的災厄」才值得所有人類共同重視的「後全球化問題」

（二）無可避免地，「後全球化問題」的面對與解決，其實也走入了「全球化」的「普同」的時程表內了。

（三）提出「後全球化的語文教育」之前，須先釐清什麼是「全球化」？什麼是「反全球化」？什麼是「後全球化」？並處理「後全球化」與「全球化」、「反全球化」的關係如何諸問題。

（四）「後全球化」乃是一種從全球化的批判而來的世界文化發展氛圍。「後全球化」看重文化差異性，珍惜「在地文化」的自主發展。卻仍然要追求一個「概念的圖示化」或「多之上的一」才能不失一個「普同的」、「整全的」理想，卻又不能步上「全球化的誤區」。這是值得再思索的重要課題。

綜合而言，「後全球化」是以「在地性」為焦點轉移的事實來成就的。「後全球化」氛圍內的「人類作為」不應只有雜多而缺「整全」意義。如果各地區、各角落、各國家、各羣體能思索哲學裏「多之上的一」，以及從自己的在地文化如何連結其他地區的在地文化，並思索「和而不同」、「普同價值」，那就算是拉開了「後全球化」的序幕。

「多點研究」是一種「後全球化」的研究模式，對於文化多元發展貢獻良多。當人類開始注重「文化」的開發，而且是多元文化的趨勢，則語文教育的任務無疑是更加重的。「後全球化」的語文教學目標，在「文化」轉向的趨勢下需要照料的內涵就更為龐雜而任重了。不僅要加強字義、字形的教學，也要留意「文化比較」的課題。

揉合語言與文化的語文教育將呈現什麼樣的面貌？就橫切面來論，在一般性的語文教育裏，一方面是用自己的語言文字建構並傳遞自身的文化特色；另一方面則描述並解讀差異性文化下的作品。而就縱切面來論，一方面要照料到各個區域性文化的特殊性；另一方面還要從語言或語文的本質或特色的保留來思索後全球化的「語文的概念圖式」。這些路徑並不是擇其一進行即可，而是需要並轡進行。

而在揉和著思想的語文教育裏，著重於「詩」作為文化研究與實踐的「概念圖式」地位來論，那麼在文化研究與實踐的這個路徑可以使人從中獲得對於世界，或更深度地說是對於「存在」意義的「理解」。

參考文獻

小約翰・B.科布（2003），〈後現代的多元文化與教育〉，王治河主編，《全球化與後現代性》，桂林：廣西師範大學。

王岳川（1998），《後現代主義文化研究》，臺北：淑馨。

朱效梅（2003），《大眾文化的研究》，北京，清華大學。

邢福義（1992），《文化語言學》，湖北：湖北教育。

周慶華（1999），《語言文化學》，臺北：生智。

周慶華（2007），《語文教學方法》，臺北：里仁。

周慶華（2010），《反全球化的新語境》，臺北：秀威。

俞可平主編（1998），《全球化時代的「社會主義」》，北京：中央編譯。

馬欽忠（2004），《語言的詩性智慧》，上海：學林。

馬歇爾・薩林斯著、趙丙祥譯（2002），《文化與實踐理性》，上海：上海。

哈瑞森（L.E. Harrison）／杭廷頓（S.P. Huntington）著、李振昌、林慈淑譯（2003），《什麼文化很重要》，臺北：聯經。

張岱年（2004），《文化與價值》，北京：新革。

崔新建（1999），〈跨世紀文化建設初探〉，中國人學學會，《人學與現代化——全國第二屆人學研討會論文集》，南寧：廣西人民。

湯一介（2001），《和而不同》，瀋陽：遼寧。

劉金源編（2005），《全球化社會現象》，高雄：南臺灣大學校院通識教育策略聯盟。

鄧曉華（1993），《人類文化語言學》，廈門：廈門大學。

羅伯特・C.尤林著、何國強譯（2005），《理解文化——從人類學和社會理論視角》，北京：北京大學。

露絲・本尼迪克特（Ruth Benedict）（1991），〈文化的整合〉，見莊錫昌等編，《多維視野中的文化理論》，臺北：淑馨。

露絲・本尼迪克特（Ruth Benedict）、未著譯者姓名（2009），《文化模式》，北京：社會科學文獻。

Robert Audi 主編、林正弘審訂（2002），《劍橋哲學辭典》，臺北：貓頭鷹

Toby Miller/George Yudice 著、蔣淑貞、馮建三譯（2006），《文化政策》，臺北：巨流。

誘惑莫多

——後全球化的語文境況

蔡瑞霖*
義守大學大眾傳播學系暨通識教育中心教授

摘　要

有別於現象學還原法，「采風誘惑」（the graphical seduction）係融入符號學和結構主義及其解構成分而成為「現象志方法」（a phenomenographical method），本文援用此來探討當代的語文境況。譬如，從語文片段「自 80 年代後，全球化發展更盛」的上下文脈絡中，析取出「後全球化」的創新語彙，將其語境「往後擬仿而超前地加以呈現」，亦就是「在文本閱讀的采風誘惑中，巧妙地閹割了句讀逗號之結果」。依此，語言文句中的記號系統乃是不停流動及綿延的，其意義不僅偶然、任意而且配當怪異，但也因此產生了符合劇情思維（scenario thinking）和飄浪內容之語文世界的碎片。然而，就消費文化的政治經濟學來看，這種創新的析取卻反而符合了後現代性格，即文本自身之液態現象及其意義被快速蒸發的事實——甚至也常見於閱讀傳統中國

* 義守大學通識教育中心暨大眾傳播學系合聘專任教授 xavier.co@msa.hinet.net；0933-392907

語文或漢文語句的文本上。爰此，本文將尋找當代語文境況的後全球化窘困，視其為資本主義全球化自身窘困之必要的一環，並論述吾人如何面對此「采風者恆被采風」的誘惑情節、如何藉「誘惑莫多」為中止逗號以走出此類語文斷句的兩難。本文藉由早期布希亞的消費者社會觀點，探討此問題。

關鍵詞：後現代、（後－）全球化、陌生人、剩餘情節、誘惑、現象志、文本

一、何以「大眾媒體」為標題

布希亞（Jean Baudrillard）從 1968 年出版《物體系》（Le système des objets），兩年後又完成了《消費社會》（La société de consummation）一書。該書就馬克思的問題意識，討論商品之為使用價值轉而為交換價值，再過渡到交換的象徵意義，而且象徵又成為癥兆。在何種意義之下，生產勞動的結果，讓使用價值的物品成為交換用途的商品？又如何轉為象徵或癥兆？意義皆有不同。又兩年後，布希亞出版《符號的政治經濟學之批判》（Pour une critique de l'économie politique du signe）一書。這三本書，是布希亞早期對於消費社會哲學的完整論述。後來的《生產之鏡》（Le miroir de la production）、《消費符號》（La consommation des signes）與《象徵交易和死亡》（L'échange symbolique et la mort）這三本書是前此論述之深化和再分析。至於，《論誘惑》（De la seduction）和《擬仿與模仿》（Simulacres et simulation，另譯為「擬仿物與擬像」），則綜合了早期布希亞的消費社會哲學論述之批判觀點。

自柏拉圖以來， mimesis 被視為「再現」（representation）文化的哲學來源，這個 imitation 現在被布希亞解釋為 simulation 模仿（擬像），一種比擬出來的刻意模仿。依布希亞，若不斷地摹仿原本再複製以成為純粹，即「擬仿」（simulacra）之意。在消費社會裏的「擬仿」有矯飾之意思，無論是工業時代的媒體，或後工業時代的資訊媒體，使用矯揉造作的方式加以摹仿，皆以「擬仿」稱之。然而，「模仿」在一般日常用語里僅單純解釋，非「擬仿」之意，在此姑且以模仿為譯註。正如沙特提出的 Imagination 和 On Imagination，布希亞於 1981 年到 1983 年的著作中，主要思考的是「如何面對物體的態度」之問題，便是回應到他在早期所談到的《物體系》之立場。整體而論，布希亞在消費社會的情境當中，所要討論的是人與世界的關係。然而，從他早期的消費理論到後期的擬仿或摹仿理論，當中最為重要的就是論「誘惑」。此為關鍵性之跳躍，從消費世界中對於物的分析而過渡到「人如何對待物」，當中的轉折處即為「誘惑」。從現象學的角度來看，所談到世界的「存而不論」之過程，其實是指 reduction 之意，此為主體性自我給出和描述的現象學式操作，但是其中較為主觀的部分都被胡塞爾所抽離，成為形式上假設的自我（ego）。因此，phenomenology 的操作，即擱置，或說缺少了一項 do seduce 因素，seduce to something 能夠使人回到生活世界中，非僅現象學問題，而更是成為其中一個環節，即一種「現象誌的誘惑法」(phenomenographical seduction)，以補充胡塞爾的現象學方法之豐富度。現象誌（現象志 phenomenography）或說「采風」，不只是作為研究的對象，也是我們自身所給出的而身處其中，不得不與他人遭遇的具體情境，就此誘惑而言，吾人採取以田野工作方式以現象采風來說，此亦可稱呼為「采風誘惑」。

我們說「誘惑出於欲望，終結於恐懼」。欲望產生之過程，最終導致的恐懼，以及此誘惑之命運論述，是消費社會的真實。而就布希亞而言，誘惑則是作為政治命運，也是書寫策略，用來說明消費社會中人是如何自我擬仿到物品世界。

二、大眾媒體文化要素的數學函式

消費既是神話也是一種結構，最小的邊緣化就是其結構，這是關於差異與個性化的問題。消費者社會中，人在其自身保持個性，亦即作為社會的基本公民除了所應當要具備的社會條件之餘，還能夠裝飾自己，成為具有個性者，此即「最小之邊緣差異」。此外，消費者社會的公民條件還必須備有最大公分母，即此處〈大眾傳媒〉中所言 P.P.C.C.，意指最小的共同文化或素養之條件。

「最小邊緣化」(P.P.D.M.，即 Plus Petite Différence Marginale)，意即在有限的邊緣文化中去表現自我。消費社會中，人們在共同擁有的基本欲望滿足之餘，於邊緣部分再加以個性化的表現，使消費者依然受到集體文化的制約，此即「最小共通文化」(P.P.C.C.)。如何說明共通文化？（一）消費邏輯：將自己表現出個性化，卻是將自己掉陷於集體文化之漩渦中。(二)結構性模式：消費社會的邏輯結構並非是循著歷史的發展，另有其整套依循發展的結構。此中有性別、階級、教育程度之區分，卻又相互密合。布希亞試圖從弗洛依德的心理結構中走出，再結合馬克思的哲學命題，來處理當代之新場景。

過去的女性不單是被傳統的男性觀點所制約，也自己願意被制約，甚至進入到消費社會裏更是情願如此，因此，這就存在一種自動生成的、自願放棄主動決定性力量的總體模式。布希亞並不以異化觀念作為他的論點，而是以誘惑、消費結構和符號的交換等等，來說明今日的社會並非是異化的存在主義式之問題，而是一種被符號消費的交換行為，這些都是大眾媒體所造成的。

文化有一種回收再循環（re-circle）的特質，譬如醫學中關於身體一切的循環(檢查、營養、使用等)，並試著處在消費社會的高度生產中，以高等公民之裝備以便進行符號交換。這是一個建立典範的過程，此中包含了一個基本文化的素養，譬如美國的社會表面上似乎講究人權、自由和民主，事實上卻是刨製了許多的消費個體，使其進入到生產線上，促進資本主義者之最大獲益，以鞏固其美國資本主義之強權個性。當然，布希亞也對普普藝術、流行文化等代表美國精神的文化現象進行批評；由此可見，整體的美國精神就是布希亞所要批判的最大對象。布希亞似乎已經看出美國文化的深層結構如洋蔥般被層層包裹和封鎖，譬如在他的論述中提到魁北克省，屬於法語區，不過是美國文化的邊緣地區。因此美國學界對於布希亞的論述多少帶有一些隱憂，深怕他將這個多重封鎖的文化洋蔥予以拆解。論述中最基礎的模擬範例就是大眾媒體，它以循環、再循環的迴圈方式，來教養美國公民成為一個標準的消費個體，並且將此範式複製到全世界各地區。我們可以說，「循環、再循環」是深成的必要結構。

在本書的第三節中提到，若是要達成上述所言之目的，媒體最好是在電視節目里推出益智問答的遊戲、能夠提升公民教養的節目，諸如此類的節目能夠形塑出標準的美國式公民，這種微調的方式成為公民教養的必要成分，布希亞就以最小的公共文化 P.P.C.C.（Plus Petite Commune Culture）來稱之。這種搶時問答、搶答題目的媒體節目，能夠掌握與形塑共同的文化記憶、文化運用的趣味性和公民的標準素養，也就是所謂的大眾文化 P.P.C.C.之定義，一種標準組合：「代表普通消費者要獲得消費社會之公民資格，而必須擁有的最小一套同等物品。是普通個體要獲得的文化公民權資格，最小一套同等的正確答案。」個人的髮型、儀態或者生活品味等，都要被教育成符合消費社會的要求；就儀式而言，在符號的傳播系統中，每一個人都認得此符號，成為符號的傳播者，並且自身也形塑成符號的內容；「傳播」是為了達到大眾教育之目的，並且透過科技的運用，它也被視為 P.P.C.C。這裏的重點不在於參加人數之多寡，而是在於參加者在質的訓練上是否成功。所以，這是由集體的媒介所進行的一套編碼，符號系統之共同建構、分享與運用，購物行為就是最佳例證。我們要看得懂價格、書寫符號、其標籤上的說明或者折價優惠，所有的符號皆因為在公民社會裏進行消費行為時，不至於造成混亂而能夠在最短時間內消費完畢，不耽擱其他共同成員做相同的事情，也可以說，這就是一套遊戲。

布希亞認為，針對美國文化進行批判是不能夠迴避藝術成就。自二次大戰後，美國紐約取代巴黎成為世界藝術中心，贏得世界潮流的關注焦點，譬如抽象表現主義（Abstract Expressionism）的波洛克（Jack son Pollock）、迪庫寧（Willem de Kooning）、羅斯科（Mark Rothko）和紐曼（Barnett Newman）等人，在當時是獨領風騷的。之後的藝術發展也連帶興起了極簡主義（Minimalism）去除所有的附加物（畫框、畫架），純粹就色彩和油料所產生的肌理變化，以材料自身作為最低限的趣味而被掌控。美國的現代藝術似乎是改寫藝術史及其本身的定義，引發了藝術史上的大革命。但是，布希亞以一個歐洲思想家的角色，反而是以此為理由，提出在.P.P.C.C.中就有一種所謂的精緻文化之表現即 P.P.C.M.（Les Plus Petite Communes Multiples）；也就是說，它可以讓我們看出藝術本身之精緻化必須要有本尊，才能製造出無數的分身（多樣性），共同成為一項產品。而今原產品作為本尊，卻因為複製許多分身之後，本尊之原件被圖案化、符號化，此後不斷地被加以複製，散布四處的分身幾乎與本尊之間具有最大的類似性，那麼，本尊是否存在已不重要，而是將原件做為模本不斷地量產，以應付消費社會中匿名的公眾。所以，藝術不再只是商品化，也同時被工業化以便量產。商品化在過去的傳統中既以存在，自文藝復興以來的藝術被複製、贊助、工會形式、甚至被宗教團體或皇室所豢養。所謂藝術的工業化是在市場上被區隔，也可以被無限的大量生產、客制化，終結過去「物以稀為貴」、「獨一無二」的產品概念，我們將這種現象稱為「藝術之終結」。

因此，消費邏輯就是一套符號操作的邏輯。一些消費社會的普通公民必須具備特定的文化教養，並且自我努力足以能夠欣賞高檔的藝術。他們擁有 P.P.C.M.，有別於過去為資本家、上流社會才能擁有的傑作，如今的一般公民只要是具有消費能力者，皆可擁有和收藏。藝術在社會文化裏的市場供需之流動中，文化涵養的降低與無限量的複製、被普遍化、平價化，所以人們只要擁有最少量的藝術品組以顯耀其身份（P.P.C.C.），這就是所謂的美國文化（P.P.C.M.）。顯然，這是整套的符號系統在遊戲中運作，美國式家庭的組合如維根斯坦所說的家族類似性，在不愧對自我在資本主義中追求財富的精神，榮耀給予上帝之餘，還能擁有一切世俗的享樂，此符號系統便給予享樂的保證。也可以說，這一套文化組合的遊戲是一套實踐哲學，或者稱為政治經濟學中的實踐哲學，終極目的在於符號的精密操作，無視於宗教的、種族的、亦或文化差異的內容，只要能夠服膺於美國的立國精神。布希亞所指的象徵美學，並非指過去舊時代里未被符號所吸取的、具有內涵與厚度的象徵，而是已經被形式化後抽離內涵的象徵之空殼，他將兩者對照，將傳統藝術符號予以薄化，去除象徵、無內容僅留形式，這就是美國式的抽象表現主義或極簡主義之藝術。就美國人而言，這是普遍通過文化工廠複製的藝術，反而代表前衛精神與流行，與世界生活息息相關的藝術並未被終結。

三、流行藝術與媚俗

布希亞稱之為媚俗，儼然是為一箇文化範疇。它原來被批判、貶抑的意義於今被全面擁抱，在社會流動性中成為最佳的文化範疇，儘管是被複製成虛偽矯飾的物品，社會亦能夠承接這種虛假的現象。反之，在一個無社會流動性的社會中，媚俗是無法存在的。就布希亞的定義，媚俗就是對於稀有的、欠缺的、唯一物品進行重新估價，因為它是在既有的最大統計效益中，失去獨特的價值與貧乏的物品，如尼采說「重估一切價值」。當一切都被解構時，媚俗成為這個世俗中最後的價值觀（用以衡量的尺度），然而這種尺度竟然也是虛假的。

因為媚俗的矯揉造作之調性，人們擔憂其身份地位與符號之使用在消費社會中落後人羣，無法在庸俗的世俗社會中成為最佳流動者，因此在日常生活中的擺設物品增多，一切皆為擺設而擺設。擺設似乎是一套解構，布希亞說：「機器是一套工業標誌，而擺設是後工業的標誌。」機器是資本家最為得力的資本之一，然而在後工業時代，資本家需要消費、工人也可以參與投資生產，資本家與工人兩者身份間唯一的差別在於擺設的精緻與否，可以說擺設是物品在消費社會中唯一的真象，是物品生產當中的一條生產線。人類在二十一世紀裏，物品分類系統成為一個沒完沒了的遊戲，一個既定的模式。

擺設試圖要超越模式，卻因為正處在此遊戲當中，而徒勞無功。無遊戲者卻仍然遊戲著，布希亞稱此為「偽社會事件」。社會需要這個虛假遊戲，作為政府在某種政治經濟學的考量下，不可揭穿它、反而使之繼續遊戲，因此在於立國精神上有其根本之轉變，布希亞莫不質疑美國是否已經遺忘過去所追求的人權、自由與獨立的傳統價值，轉而成為一個遊戲強國。無論是政府、民眾、商人、軍事人物或者科學家，皆為了一種模糊癡迷的好奇心，而不斷地推動五彩繽紛的遊戲而已。這當中存在著與誘惑相關的激情。事實上，這種激情在消費社會里不斷地被解構為讓自我陷落的套裝組合，這又是排斥激情的一種矛盾過程，走過一遭之後所獲得者為無內容的激情之完成。

何謂流行藝術？總的來說，就是一種消費的藝術。再繼續追問，它是消費？流行？還是藝術？布希亞認為，消費邏輯只是一套符號操作，原本物品的地位與物品在藝術文化上的表現，只對其自身具有啟示的意義，而今卻成為自我內爆的過程，為了要成為符號，它不斷地複製自己，將自己符號化、無限複製和散播，讓自己符合所謂的流行。流行藝術是否為我們談論的當代藝術之消費形式，或者只是一套模式之效應？亦或是一套純消費的物品？布希亞並未給予答案，卻話鋒一轉的帶到廣告的概念里。廣告一詞在法文中隱含公眾參與的質性，而非空頭解釋行銷的意義，是由人親自與商品及所推銷使用的語言，共同進入此場景中。在英文的解釋，則是指專業的行銷者，由他們所創造出來的事物演變成符號用以取代人，再透過機制散布出去。廣告恰如流行藝術般有其相同的曖昧性，因此消費邏輯也就取消了傳統藝術的崇高地位，如布希亞形容「內在的光輝之不再」。

誠如班雅明的靈光（aura）概念，布希亞以相類似的詞性——「去魅」（de-captivate）來說明，他認為美國藝術不再有魅惑性，藝術品是生產製造物而非藝術創造。流行既是如此，具有美國調性的藝術必須不斷地擴充自己，一旦不流動勢必萎縮，那麼整體的消費社會之公民養成即面臨崩潰的狀態。依此，消費社會以資本主義的擴張性，世界員警的任務自居，這種美國性不斷地在生產線上複製符號，它是現成的、剛剛從生產線（裝備線）上形成的符號，由美國政府所構作出來的現世生活倫理之神話。可以說，美國性就是由當代文化滋生出來的邏輯，當我們在批評現代主義時，最具典型的還是美國；假使，說到需要反省的對象，仍然是美國。後現代與現代之間的拉鋸戰，缺乏對照的引爆點，就美國才能夠看出它的矛盾在於現代主義本身的無限誇張，從它的誇張的、荒謬性、失去人性的遊戲態度，這也是後人類的態度。因此，後現代是針對美國的論述。

這裏提到的後現代，是晚期資本主義邏輯必然要有的，現代主義便可以加以解消，這就是美國式的天真。當美國文化以擴張的方式製造流行就必須要署名，無論是個人或集體的行為都是因為好名而養成的習性，此習性透過周邊的物品流動而來。流行是什麼？就是為自己署名、消費的物品或藝術進行研究者，必須自創品牌以獨樹一格。布希亞又提到，流行藝術原本就是一種平庸的藝術，屬於平民的藝術，不過是將它予以神聖化的過程，最終為取消自己作為藝術的基礎。以約翰·凱吉的作品〈4 分 33 秒〉為例，他的目的在於瓦解現代性。

這種遊戲的操作，最後演變到純粹為「為遊戲而遊戲」的形式。〈4 分 33 秒〉仍然是一個修辭學的問題，藝術以流行方式發生，正是因為它充份的使用任何傳統文化事物的形式，卻又完全地解消其內容。因此，流行離開美學中的審美範疇，它已然失去原來的意義。約翰·凱吉的作品僅能讓我們會心一笑，但是就布希亞而言，微笑、開懷大笑……任何笑的形式在消費社會中都是一種符號販賣的結果，消費符號與人民的關係是疏離的。

四、大眾媒體：消費即訊息

布希亞也引用麥克·魯漢的論述，他認為所有的歷史或社會新聞在符號的層次上，事件或是演出、消息或者廣告，其實都是屬於消費的內容。若是要使消費具有真正的意義，不過是將廣告作相互連續和承接的話語之剪輯，並且是不矛盾的資訊，然而這些資訊只是在空洞的、抽象的時空之中。透過電視節目的宣導，更是看出它是不斷地並置組合的符號，呈現一種淺薄的歷史共時的消費而無貫時性，完全就是一種消費的模式。因此，布希亞接受麥克・魯漢「媒介即訊息」的論述。甚至，他還更深入的說明：「媒介即訊息」。這的確是媒體消費之分析的基礎特徵。消費分析在於，為何媒介願意只是作為一種訊息、一項純粹的材料，而失去了作為材料與工具的中介意義？這就是將所有以理性作為使用工具，以工業為出發點之意義一併解消。依此，布希亞便再向前推述，找出「消費即訊息」的概念，即媒介為了消費而如此作為。

大眾傳播是一套強制性的訊息程式，因為訊息自身都成為被消費商品。也就是說，訊息為創製消費的氛圍而將自己成為訊息，一旦未達到被消費之目的，訊息也隨即消失。這是一個循環現象，是閱聽人先於訊息，亦或訊息先於閱聽人？這個問題在此是無意義的，因為消費儼然是個循環機制，是符號系統化所強制執行的系統和模式。那麼，大眾媒體的真象為何？如布希亞引用麥克・魯漢的一段話：「真像是什麼？它的功能就是對世界中特殊的、唯一的、只能敘述世界的特性予以中性化（neutralism），將同質之訊息相互產生意義，相互參照以形成整體的傳播媒體之大環境。」在這個媒體宇宙中，任何人都不能破壞這個遊戲，因此它是一個消費社會的總體訊息。總而言之，訊息本身具有消費性，它既是生產、又被消費，既是生產又被再生產，訊息的整體仍是一個更大的訊息。換言之，消費與訊息是完成的等同。若說麥克・魯漢將媒介等同於訊息，那麼，布希亞則是將訊息等同於消費，因此媒介就是消費。

再做另外的思維，尼可拉斯・魯曼認為媒體是最複雜的、掌握性最強的封閉系統，因為媒體宇宙就是一個總體性，其中包含著媒體運作的封閉性，也是在系統中不斷地冒出和增生的各個小系統。由此可知，符號系統一定是可以被解讀的，閱聽人（一般的公眾）通過電視

（最大宗的媒介物品）畫面的消費（consummation of image）符號解讀訊息，因此「媒介即訊息、即消費」成為當時的美國社會中最強勢的消費武器。今日的世界是後工業的資訊時代，網路取代電視媒介的功能，並且將符號複雜化到極致的表現。亦如符號系統論中，能指的反覆敘事取代了所有的所指，譬如在兩伊戰爭中，美國介入其中，不斷地將戰爭畫面透過視訊反覆的傳遞回國，這種重覆敘事的現象就是技術結構所造成的。它的目的在於，使能指訊息不斷地擴大。引用拉岡的說法，能指作為它者的語言、主人之語彙，被發揮到淋漓盡致，廣告即是如此。自主化的媒介本身即是相互參照，這種符號的參照系統予以擴充，就是資本主義全球化的思維邏輯。

在這個消費社會裏造成的後果是，廣告商不信任自己的廣告詞與產品，消費者卻是非常地信任廣告。在真與偽之間，消費社會裏存在著偽社會的行為，也真實的在行銷新的藝術風格之產品。此中，於當代消費社會中並無存在先驗的真理、絕對的真理，也沒有上帝需要操煩的領域被正面開啟。倒是存在著許多的偽事件、新事件及贗品，以及其他自動產生編碼要素的媒介操作。編碼的規則取代了媒介的參照物，原因在於編碼比參照物還重要，參照物可以隨時消失再加入、被孤立或是被減除，但是編碼系統不斷地擴張，此即符號的暴力被神奇的操作與擴張。因此，新聞、廣告和記者等商業界的行銷人才，皆屬於奇觀社會的操控者，他們會導演、虛構物品或事件，集體尋歡、猥褻，讓消費物品存在於自然的誘惑中純粹的消耗，如此如咒語、神話般的寓言就可以成真。

此寓言就是通過自身表白、自我實現的話語，它可以被檢證是合理合法、合乎現實社會生存的。成功的廣告商成為 new art master，他能夠以精良的技術操作媒體，以實現自己所承諾的寓言。美國式的寓言是一個反覆敘事的寓言模式，不僅欺騙自己也欺騙他人，到最後謊言的源頭消失，所有的人包括自己都完成相信它。這種外在的現實能夠讓這一類自說自話的、自我實現寓言的範例，獲得其唯一的舞臺。

因此，它是一套美國式的宣示，效宗國家和上帝的榮耀、消耗能源和破壞生態的咒語，甚至也是一套現世倫理的說詞，當中的巧妙對白，這是指廣告中的暗喻部分。總的來說，神話世界被加以神聖化，最後卻尋不回現實生活當中的真實意義。

五、何以「最美好的消費物品即身體」為標題

第八章所牽涉到的哲學問題是：靈魂與物體的關係、身心的關係、以及關於女性的問題。雖然布希亞並未正面討論它，卻是主張當代的消費社會當中，女性的身體成為具有色情與性交易的功能。如此論述從何而來？女性主義者又會如何來看待布希亞的論點？布希亞提出「身體作為最美好的消費品」，這是在論述上的一個策略，在當代消費當中商品所引起的消費誘惑，再也沒有比將身體美化、色情、交易等行為來得直接。

布希亞認為身體在當代消費社會中，是最特殊、最具奇觀的商品，因為它所承載的意義非常豐富且沉重，它可以在廣告、時尚和大眾文化里關連到保健、衛生、營養和醫療等等；它也可以讓人擁有青春、美貌、陽剛或陰柔等的特質；它同時也會影響我們的護理、飲食、健身與實踐方面。總而言之，這些都是影響當代消費社會的神話，而身體成為救贖的關注點，在他的心中似乎已無上帝的存在。

布希亞對於天主教和基督教的傳統，作為一個當代宗教的存在意義，似乎也將它視為是世俗化，尤其是就新教倫理的立場，它更是資本主義的代表。因此，能否救贖？此救贖的意義，不再是傳統的宗教意義，而是它至少能夠在消費的無邊際之大海里稍稍靠岸。若是人能夠將過去視自己的身體具有神聖性，而今已不再那麼神聖而抽離了內容，最後卻還得要靠岸，那麼身體也許是需要救贖、也具有救贖的意義吧！因此，身體取代靈魂，成為傳統的心物二分、唯心／唯物、唯

靈論，已經不再是那麼重要了。既無先驗世界、無超越的、無絕對者，「唯一能夠讓我們靠岸的就是身體」這是布希亞不願明說的事實。

六、自戀式投入的身體

身體是一個文化的事實，有文化之處身體就被組織起來，可以說，身體既是反映事物也具有反映社會的關係。我們必須要找到事物的客觀組織模式，或者是社會當中人與人的組織模式，從身體如何被看待就可知一二。再者，資本主義社會的財產私有化、人身安全與自由等等，儘管身體是為個人的天賦權利，擁有保護人身的自由安全，但是身體在資本主義社會當中，卻是可以被出售和利用。

傳統秩序和消費社會是相互對照的。在傳統生活中，人們對於自己的身體並無自戀式的投入；反之，現代人是極度自戀。現代人的身體勞動與自然的關係，並不是將自然物品開發成可以使用的物品，而是通過自戀與表演將物品開發為布迪厄所說的「奇觀」。身體有兩種實踐，一是當作資本來使用，另一則是視為偶像；前者是以貨幣形式上保有利潤的暫存狀態，這是資本家累積資本的因素。然而若是將身體外化成為商品，它就成為消費品。身體既可以是資本，亦可以做為商品，布希亞於是將身體稱為「偶像」。以身體作為議題，不再如梅洛・龐蒂的論述，亦或將傳統哲學過渡到當代哲學的語言轉向、身體轉向或者社會轉向，單純的說明身體在過去既不被認知，而今卻以它為中心作哲學式探究的任務。就布希亞的論述，消費包括身體是無所不囊括的。

廣告中指出的女性身體行為，如美容、護膚、美體和瘦身等幾乎是千篇一律的型態，這其中所隱射的意義是，不以他人之外力協助來進行「自我救贖」，因為保養得當並維持著美麗，就能夠獲得眾人的注意，獲得與美麗同等世俗化之幸福感。

有一則廣告是以影星碧姬・芭杜做為代言人:「妳在妳的皮囊裏感覺好嗎?」這是一句相當精簡的廣告詞,一般消費者或是觀眾看到這則廣告不禁地都會興起念頭:「我能夠好好的經營自己的皮囊,好讓自己能夠裝扮漂亮。」這並非傳統關於身心的問題,而是商品竟然也包括身體,並將身體視為一付可以套用的皮囊。碧姬・芭杜的秘密為何?那就是她很真實的活在自己的身體當中,如同一隻確切地填滿其衣著(皮囊)的小動物,但是除了穿著之外已無內容可言,因為她的靈魂在裝扮當中已經被忽略、不再重要,無法適用「身體囚禁靈魂」諸如此類的傳統論述。身體這個皮囊作為服裝的住所,是為一個符號,各種模式的參照點。皮膜會自我生成與維持,必須要善待自己才能夠擁有好的皮衣,因此大眾媒體便出現許多的廣告詞,教民眾如何善待並護理好自己的身體。語鋒一轉,若是自我不去善待身體便會受到懲罰。相對於救贖,懲罰也是一個天堂與地獄的對照,並非要等到所謂的末世審判。依此,身體馬上體現了末世審判的意義,真正的天堂與地獄都存在於消費社會的現實生活裏。

如何我們不這麼做,將會如何?布希亞認為這種現象與清教恐怖主義相同,唯一不同的、懲罰者是自己。此處提及的清教(新教)對像是英美國家,他們認為當中存在的恐懼會剝奪人間的幸福,所以新教倫理之規範是:必須要樹立敵人,並且好好地工作,通過勞動以獲得財富,並用此財富來榮耀上帝,其餘的就是好好享樂吧。因此可以說,「辛勤工作、好好享樂」是為新教的現世倫理學。如果身體做為工作與享樂的交集點,顯然必須要善待它。為了要能夠善待身體,使得它不被懲治而又能夠獲得救贖,必要時採取一種內轉機制,進入到自己的身體裏進行自戀式的投入(資本投資),建立自身之財富。如同對待孩子般柔順的對待自己的身體(拉岡「a/小玩意」、巴特「戀物」),所以在性別畫分上似乎被去勢、被閹割,不再具有陽剛性。這種女性化或中性化的身體取向稱為「逆推式的退縮」,符合「最美的被關切之物」此言說。

從馬克思一路到法蘭克福學派，再過渡到法國的消費社會理論，「拜物教」歷經一波三折。在馬克思的思想是，原始的拜物教如何過轉到物品（商品）的拜物教；就阿多諾所論述的文化工業，商品拜物教是指對物品無止盡的需求，取代其正常的使用需求；而在後現代論述里，純粹是對商品的品牌、符號和象徵意義的需求。身體能夠體現這三者的歷程：最原始的是具有巫術般的物品對身體產生操縱，繼而是商品滿足身體的勞動以獲得贖回，最後物品和身體的物質性相繼消失，剩下純粹的符號拜物教。因此，布希亞稱這個歷程為「不斷地被重新佔有的身體」。這仍然屬於資本主義的邏輯範疇，身體被重新佔有是非自主意願，目的在於「享樂、與被享樂」(即娛樂)，甚至於和消費社會的整套編碼結合，身體成為資本投資、並加以操心和掛念的東西，誠如海德格所說的，朝向自身死亡的存有，在此過程中並不存在，完全是無時間感的操心掛念。

七、美麗與身體性別：「色情／叛逆」

布希亞提到兩種功能：第一種功能是「美麗」，第二種功能稱為「色情」。美麗是基本應有的，往往過轉到色情時美麗已不再被需要。然而，若無美麗作為誘惑的必要過程，通常是不容易開啟色情的欲望。也就是說，身體的唯一神聖被世俗化成為一套遊戲，神聖不再是離開世俗為截然兩分的超越層面，而是無限制的使世俗延緩、讓美麗與色情在其中進行遊戲。因此，身體關係的新倫理學因而產生。布希亞使用兩個新名詞——「芙莉芮主義」(Phrynéisme) 和「健身主義」(Athlétisme)，這當中有性別之分，前者為陰柔女性、後者是為陽剛男性，其中女性具有優先權，因為女性所建立起來的範例對於消費社會的倫理而言，非常具有指導性，所以美麗對於女性來說，變成一種後現代的宗教命令並且是絕對的命令。它並非是道德品性，倒是像一種能夠讓靈魂活起來的符咒，而布希亞利用對照法加以說明：「上帝要挑選美麗作為符號給予身體，如同資本家在其企業裏追求成功。」他將這兩者等同起來，完全地世俗化。依此，布希亞鋪展出廣告和雜誌的神秘調性。新教倫理還有上帝的存在，然而，後現代的消費新倫理觀卻是已無上帝可言；就兩者來說，仍然有救贖的意味，前者必須靠上帝的選擇來救贖亦或懲罰，而後者只需要自己評估美麗與否來進行救贖和懲罰。

因此，姑且暫時作一個小結：任何商品都是美麗的，或者是必須藉由包裝和廣告行銷襯托出它的美麗，才能稱為商品。我們稱此為一套美麗的邏輯。若是以今日的話語來說，就是時尚的邏輯（the logic of fashion）。另外，布希亞在他的《論誘惑》（On Seduction）此書中提到，誘惑本身所追求的美麗是如何改變並賦予新的價值？它的實際使用和新的價值，成為一個交換的價值；也就是說，原來是由人在市場上使用商品，現在就連人也被使用和被交換，美麗成為人被使用和交換的符號與材料。可以說，這是一種符號與價值的運作。由此，足可見得女人就是自己最好的設計師或是美容師。依此，我們推述出一種工業美學：現代工業所生產的都是看似美麗的東西，此物品用來使自己變得更美麗，或者襯托其他的美麗。

說到色情，在於人的 sexual desire，布希亞清楚地將動物的本能、生物學的性欲，與作為人的色情交換區分開來。當然動物性的誘惑永遠存在，譬如動物本能的求偶舞就是一種誘惑。但是，也唯有人才會將誘惑彰顯出來，還能夠進行交換行為，甚至於可以用符號代替，以至於連誘惑本身都被商品化。女性做為自己容易自戀並賦予自己身體價值，如康得所說的道德無上命令，對女性則是給自身審美的無上命令。依此推述，任何的女性自身皆擁有性欲的本原，以及具有最大開發潛能的色情之交換能量。照布希亞的區分，若我們僅只於滿足色情欲望的個體結構，眼睛所見的只有「美麗」；假使我們能夠將交換的功能一併提出，那麼也就能夠達到色情的功能。

如同符號工具化的編碼規則，布希亞曾經提到消費的變體 meta-consumption 一詞，消費的概念並非是一切琳瑯滿目的物品可供選擇，而是消費者本身常常處在一個變動的需求中，永遠不知道自己的欲望是什麼？或者如傳統哲學所說的 metaphor 而已。譬如用熱度表現色情「so hot」即好色，「Queer」表示反向色情，引發出另外一種吸引力；服裝秀表演的時裝模特兒，常常又熱又冷的在伸展臺上引領風騷等等，這些都是由類似抽象畫的消費商品之色情符號所組成的知識。誰來審查時裝模特兒？那些被稱為審查官的裁判通常是從裸體模特兒開始審查，裸體包含了肉體、性和欲望，而這些不過是赤裸裸的 eroticism，在消費社會裏必須予以昇華和編碼。所以審查員所要審查的是以裸體為基礎，所逐步建構並且編碼而成的符號系統。它的社會功能與效益如何？如同色情就在符號中並表現於外，用符號來傳遞和散布，引起效用。然而，欲望是個人的，色情則是為公眾而騷擾的，並且向外傳播。時裝模特兒的功能性是「美麗」，因此就在它的曲線中，並不在它所要表達的內容為何。也就是說，我們無需要複雜的知識系統，純粹就感官功能之審美即可看出一個美麗的身體曲線。久而久之，這些曲線形成一套符號，若是對照到東方傳統的圖像或日本浮世繪，這些東方版的身體曲線大多數屬於陀螺形、葫蘆狀，與西方的審美標準不同。無論東西方對於審美曲線看法為何，這些抽象的曲線自然沒有內容、不在場，僅只於形式上的興奮而無法有真實的內容可以享受。因此，曲線能夠吸引我們的眼光之外，其餘都是空虛而不可擁抱、觸摸亦或結合。當我們欣賞時裝秀的時候，它可以由某種眼神來代替，從空洞當中看出色情與美麗，如同米杜莎的眼睛。

通過美麗與色情之後，任何人（尤其是女人）皆擁有至高無上的快感，並且具有生產力。在此所指的生產力並非世代的生產、或是物品的生產，而是一種價值的生產。這種時尚邏輯是很嚴格的，因為身體與物品彼此之間必須相互扣緊，以構成同質性的符號網。譬如女性的化妝品能夠因應所有周邊主要使用、次要使用，乃至於疑難雜症都可以套用。所以這種符號網具有完備的特性，它面對物品時複製了所有的差異，對應於身體也有各種差異，可以說它是一種很綿密的符號網。是以，身體與物品的同質性建立起一種典範，我們稱之為「指導性消費」。

色情、美麗、身體和女性的結合，就是貌美的天生尤物，經過後天的裝扮，「女體」就被當代美學浸泡於全面被假符號圍繞的場所裏。為了要達到被這些化妝品、服飾和配飾所圍繞著，做為女性必須要能夠去蒐購和消費，而在天性上就被激發出購物欲望和衝動。潛藏的購物之血氣（thymus）不斷地被撩撥，這些獲得皆因為女性運動的解放。為此，女性與身體在歷史中經歷了一波三折：過去的女性被關在家裏，身體成為自己的囚牢；現在的女性則是關進自我的身體，而身體被視為女性的天堂；然而，在消費社會裏，女性與身體則是被擺置於商品的置物架上進行交易。對於女性主義運動而言，她們所要挑戰的就是女性在歷史演變上的大轉折，並非關注在細節處。然而，女性主義者卻往往「反饋」成為自己主張的解消者，在這解放運動的一波三折裏，女性主義者想要解放女性，也只是將身體從家裏解放出來；女性不再與自己的身體對立，過去的女性身體被視為一種束縛，現在卻樂於做為女性裝扮自己；甚至，將自己視作商品進行交易，並且在當中享用自己。所以女人從愛自己的身體開始，成為真正的女人。對於女性身體解放的論述，布希亞並未做價值上的論斷，但是他告訴我們「皮囊」就是這麼一回事。

八、神聖化的商品符號

這一點可以使得這一波三折達到一個快感原則，這是一個很正式的原則，它可以讓欲望的力量轉變為符號或商品之操作。關於布希亞的經濟學意義，若是個體將自己當作商品，無論性別都能夠將身體視為物品，並包裝成最美的物品進行交換。這種被解構的身體，同時也相應於被解構的性欲為代價。依此，身體既然可以獲得美麗、以及被商品化，此策略似乎成為「擺脫靈魂之瑰麗的魅影」。靈魂並非只是spirit，也是幹擾身體的東西。因此身體要靠岸於自身的小船，讓身體從過去的歷史裏長期替靈魂背負著原罪，身體的價值不再只是傳統作為顛覆靈魂的價值。事實上，它現在還有另一個用途即是將身體當作商品交易，成為新的符號。所以，最能夠反應神聖領域的是身體，因為它帶有物質性。而如今，它卻又披上另外一個神聖的氛圍，重新變成一個神聖化的符號。布希亞認為，若是如此，身體崇拜與靈魂崇拜彼此就不會產生矛盾。也就是說，心物兩者一起在世俗的神聖中遊戲，所以身體帶有意識形態之功能，布希亞稱此為消費倫理中具有指導性之神話。身體是由物質所構成，但是與靈魂相比較並不存有較多的物質，它仍然是一個抽象的概念，靈魂與身體的物質性消失，雖然兩者共同存在於世俗里，卻如同鬼魅般的在人間漂移，唯一不同的，身體可以附著於商品。

我們不禁要試問，這樣年輕、貌美又是商品化的身體總是女性的嗎？前述略為提到，布希亞稱男性為健身主義，即強壯、聰明、有事業心等；女性則是稱作弗里洛主義，如女神（貶抑的）般出賣自己做為色情的交易者，以撫慰男性肉體需求和滿足其心靈空虛者。如此說來，現代的雜誌正是凸顯這兩種主義，譬如為符合男性需求而推出的商業性汽車雜誌，其內容讓閱讀者感受到男性模特兒的一種敏銳的眼光、寬厚的肩膀、靈活的肌腱和擁有一臺具有陽剛性的運動型汽車，相對於女性做為溫柔的、審美的事物，這些都屬於當代的色情神話。每一個人都會被這樣的色情神話掏洗過一遍，相對於猶太教所謂的「大離散」（the Diaspora）大漂移或大飄浪的概念，我們可以說，後現代資本主義全球化所造成的每一位消費者，都進入了一種所謂 diasporas 普遍的飄浪，消費社會中無所不在的新離散現象。借用布希亞的用語，我們可以戲稱為「極度飄浪」（hype-diasporas）的現象，這些都會衝擊到每一個人在消費社會裏如何自處的情形。布希亞也承認，無論是男性範例或是女性範例，還能夠有第三型態的多型倒錯，譬如酷兒論述、同性戀或是性別顛倒等其他論述。

過去的女性性別之界定，都是由歷史所造成的。如今布希亞卻認為女性的歷史在今日而言，仍然遭到相同的奴隸與流放，對身體的壓抑與對女性的剝削都是同一個符號在作祟，這個符號要求所有被剝削者獲得一個性別的區分。誠如拉岡對於「主人能指」的論述，我們亦可以說，在消費中的每一個人都是主人能指。但是，每一個人也都是由主人能指所對應到的「對象 a」亦或是其他的「他者」。做為他者都是被規定的，而做為「對象 a」或「小戀物 a」也只不過是能指符號的附屬品。因此，布希亞認為所有的女性解放到性解放，使得人從男女的性別差異轉而為色情與美麗的差異。若是女性和性欲之間的基本意識形態還分別的不清楚，就要求性解放，事實上只會使情形更混淆，女性被邊緣化、被歧視和物化的情形更是嚴重。

隨著女性一步步地被解放，女性愈來愈混同於只是自己的身體，如沙特所言：存有在其自身存在，恰好與意識（consciousness）作為「為他存在」(for itself）是一個很明顯的對照。我們可以看出沙特與德波娃之間，兩人對於哲學話語的表達之是如此鮮明地對照：女性在其自身只為存有，而男性則是為了自己的身體朝向世界而成為存有。更進一步的說，女人僅只「在己」，男人不僅「在己」、而且還可以「為己」。那麼，男人就具有指向性，儘管其內在常常是個無 nothingness。如此說來，女人只擁有自己的身體，男人卻是擁有身體以外的世界；換句話說，男人的世界在身體外面，女人的世界就在其身體。性獲得自由、色情的表現或是種種的消費遊戲，都是建立在女性只能等同於她自己的身體，如此的新價值判準上。因此，整體社會就是要建立這一套監督與執行的力量。

布希亞如此說，女性、青年、身體可以說成三位一體，即是形容年輕貌美的女性之身體；這就成為一體化、可回收的新消費神話之關鍵點，必須以自主性的整合，才能稱為「自戀式的解放」。事實上，自戀式的解放恰好將這三位一體予以綑綁，重新交給一個輪迴，或交由現實世界再重新綑綁。如此的說，解放形同未解放、或者說所有解放的可能性都被抹煞掉。女性如此，男性亦然。男性會被規定為叛逆等同於青年，因此就被符號化；在某種意義下，他成為角色等同於符號系統的某個消費遊戲。

妙齡的女體與叛逆的青年之社會功能，一旦他們被貼上標籤並予以框限，便可以將他們的危害集中起來以利管控。這樣的論述也符合傅柯所說的「控制社會」，就是用控制的方式來使非常態者順從。若是從德勒茲的角度來說，就是逃逸；任何人都會經歷自我的女性、年輕、叛逆、男性等危害集中的標籤，再從後現代神話中逃離出來。為了要鞏固這樣的神話，就必須要用醫學來支持它，將身體交給醫學背書。對身體做出如此要求，就如同在社會上的名望是用財富將它包裹，布希亞以「被軀體化」加以形容。前述曾提到身體被自身神聖化，在此處則是所有的人都被軀體化。換言之，人唯有通過身體才能夠被救贖，而回到神聖的領域裏，然而此領域卻是在世俗的消費遊戲中。以醫生為例，傳統的醫生將身體視為被救贖的對象；又譬如農民通過身體的勞動，具有工具式的功能，但是這其中的價值是被內化與個性化的。而今是要通過身體救贖以顯現其社會地位，所以它具有某種神聖的力量。古代的巫醫是要讓勞動的身體恢復原來的健康，然而醫術在當代的社會裏卻是要讓身體超出它的功能，恢復其神聖力量。這種神聖的力量除了自戀式的投入之外，還必須輔以新的價值，使得當代的身體不僅具有心理層面和社會地位的層面。當個體可以神聖化，醫學的大規模領域就能夠被發展起來。試著檢驗今日的醫療系統，除了身體的疾病醫療，還有絕大多數的醫療項目是針對美容、美體，甚至是為了增加更多的色情功能之誘惑力。這是集結眾多的力量，因為誘惑者與被誘惑者之間集體實踐社會的誘惑形式。

九、色情審查：苗條瘦身

在今日，醫療的主體遇到情色就會具有一種超特權的身份，祭祀的意義在交換當中產生一個文化效益，以服務於身體自己，布希亞稱此為一種虛擬的神力。這種神力是由醫學所提供，而人的身體就是承接者，可以相互感應。醫學可以幫助女性獲得她應有的功能（如前所述），其中最讓女性在意的是：要保持苗條（slenderness）的身材！這種絕對命令，幾乎在所有女性的身上都可以見效。瘦身的想法不僅是對於傳統肉體的否定，更是為一種時尚。這種身體的改變，比卡夫卡的《變形記》更具有強大的無上命令。它無須變形成為其他的異形，而只要讓一個女性的身體完整地符合此抽象形式的審美規定。因此，向符號看齊，這種區分是否為苗條的符號，是一個絕對的判準。這種以女性為代表，集體都在進行一種前社會性的瘦身運動，它有壓制性和剝奪性，甚至於衛生保健（包括消毒、殺菌、預防、混雜、污染等種種幻景）的目的，都是為了要讓身體去除邪魔，而不再肥胖。我們的身體就如同純粹的器具般，其功能的維持僅剩下進出口之排泄與分泌的功能，最後成為光滑、完美、無性別、可以抵禦外部侵襲，並自我保護的身體之界定，猶如斯賓諾莎曾經提出足以能夠讓人生存的一種「勁道」（conatus），運用在當今的消費社會，就僅只於展現在身體的曲線之美感。

這一套當代的倫理法則是衛生保健的抽象原則，是無須被檢驗和否認，而是默默地、實質的影響著我們。在此原則下，道德成為遊戲性質的，要我們熱愛自己的身體，卻又必須小心翼翼保護它，以免色情交換的功能喪失。因此，它也解消了我們做為人之本能的各種生成的欲望。這是一個很不幸的現世天國，讓我們的欲望無法獲得實現，而是被情色的交換價值否定了。若是要回到禁欲的狀態，並非是因為救贖而禁欲，而是要讓身體更加美麗而禁欲。這包含著兩套邏輯，一個是模式上的，另一個則是指死亡。這兩者構成文明的重要悖論，若要符合此模式，就必須擔負瘦身而亡的風險。瘦身可能導致死亡，卻又有許多人趨之若鶩；如此的暴力形式，身體在當中就成為所謂的祭品。

關於性交換的標準，其實是指色情，然而一般大眾卻覺得是淫猥。色情還可以被包裝並允許有一點裝模作樣，而淫猥是完全赤裸裸地又掉回到原始的欲望衝動裏。為何藝術可以允許身體以裸體呈現赤裸裸的演出，因為赤裸的身體有其臨界點，讓人們的視覺所挑起的情色欲望達到最高臨界，是為藝術最高的賣點，誘惑著人們自主化的感性表現。另舉一例，在哥本哈根的藝術市集裏，以情色議題作為商業性的展覽，展出完畢後卻發現色情可以成為很有效益的工業生產，因為它創造商業的利潤遠超過工業的投資與報酬。依此，情色場域以藝術的面貌出現，為所取代的新世紀投以期許。

所有的性都可以不斷地被擴張與膨脹，彷彿性的內爆。性工業自我複製成許多的分身，產品、訊息和敘事過程不斷地進行複製，愈是複製「性內爆」的產品，其色情便不斷地加溫與升級，在後現代的消費社會裏，成為大眾化的、合理的、具備其完整意義的東西。所有商業物品的擺飾都朝向性交易和性欲望而走，如布希亞所說：「一切給人看、給人聽的東西，都公然的披上性的戰衣。」這個漩渦永遠沒完沒了，當中存在著邊緣化的生產與分化的過程。如前所述，邊緣化有其差異性，分化則代表了角色分工，所有的色情系統都在分工，這套細微的符號系統正在增長它的內容。無論是個體或是集體的消費，都在此系統中分擔角色，並且不斷地進行內爆和複製。因此，可以這麼說，色情消費者其實是色情工業的直接製造者。

色情需要審查嗎？衛道者會進行道德審查，通常他們還是會認同的。並且他們回答的理由是：「色情不要進入社區、色情必須要加以管控、以及與生活環境作適度的驅離。」關於性欲望的解放並不僅只於女性的解放，事實上，它是死亡符號的幽靈，將被解放的女性又給予「性」的桎梏。回到人與人之間無契約的野蠻狀態，若無政府以公權力進行制約，是否會互相殘害？以布希亞的觀點，其實就是回到性的感官之狂熱，永遠都無法滿足的混淆世界裏。因此，一套審查制度是適當必要的，也許非必要給予冠冕堂皇的道德感，但是，這種審查制可以約束性解放。問題在於它並沒有宗教作為背景，沒有真正的道德自律性，在法律層面上亦無完整的法規作合理之要求與管控，僅存商業之理由，因此唯一可以要求的，是從商業審查來檢視身體作為消費之商品。總之，審查就是：用自己的身體來檢查性欲是否符合日常功能，與商業情色之交換。

廣告中就會出現象徵與幻象，廣告既是虛假，又被清教徒們付予更多的偽善，因此幻象就出現。譬如香檳酒的廣告，利用一朵紅玫瑰與香檳酒的情色意味的鏡頭效果，展現其脈動開闔，突然間瓶塞彈開、泡沫四溢、沿著瓶頸緩緩地流下，玫瑰變得蒼白，自行披上花瓣，畫面的緊張氣氛漸漸弱化……又譬如浴室的廣告，通常都需要很浪漫的女性，將象徵意味的物品與自己的身體互動，激發消費者的性高潮之誘惑幻想，同時也引起衛道之士的非議。女性若是要通過商品達到自我主宰的欲望，需要一些瘋狂的男孩出現在畫面裏，這是女性自我之新的心理補償。在色情的扮演中，其實就是欲望的交戰。布希亞又說：「若是要將成套的劇本在欲望的戰略中被演出，其實是需要很多具有氛圍的材料，其劇本里的語彙不盡然全是欲望、也不能再出現無意識的狀態，而完全是商業文化亦或是當代資本主義全球化的文化現象。各種文化的差異性匯集在一起，呈現一套陳腔爛調，它是一套把戲、一種精神分析的亞文化，此即第二等的虛構（隱喻）。

十、身體廣告：性玩偶

另外，它也需要分析、實踐的精神分析學，以扣緊色情和交易、遊戲與符號等等。布希亞曾經引用巴舍拉「火」的概念意義，它可以是文化符號以作為參照。今日的廣告和當代色情已不再具有意義，但是，它依然還是符號。廣告的色情已逐步升級，即使觀眾的年齡層過於幼齡，在廣告的分級上仍然做初步的時間分級罷了。整體而言，全球化的文化是逐步地升高色情的含量，因而有許多商標從外觀上便可以確認是超級符號，並且唯一的真實訊息就在商標上，而原來已經被忽略的內容很快地就被色情攻佔。布希亞提到一種關於文化內涵的meta-language，與弗洛依德所說的肛門情結和嬰孩的童年成長並無關連，他將兩者對照來看是因為精神分析哲學可以通過嬰孩的口腔期、肛門期……而找到 meta-language，藉以分析其心理情結。然而，我們看到今日廣告、文化中的性交易、和各種色情文化，並不會讓我們明確的知道它是什麼，儘管它是無害的，只是增加它的色情程度。事實上，這種幻象已無法再現（representation），它既無本尊、又同時有許多的分身，讓人無法忍受。以吉利刀片為例，影片中將兩片銳利的刀片貼在女性的嘴唇上，正好框住女性的性感嘴唇，令人想起古代某些區域文化的女性割禮之幻象，其中所傳達的訊息是：刮男性的鬍子與刮女性的體毛，都是屬於現代色情工業所帶出來的生活方式之細節，其實是久遠的傳統支持我們將一切色情化、隱喻化，既是合理也是合法的。事實上，這是被廣告所操縱，廣告用各種情感操作，因此性的唯一暗示與審查，就是我們的身體，它是一種消費材料。

任何的包裝廣告、色情的女性年輕化身體，都是一種性玩偶。虛擬的性愛機器是單一個人與虛擬世界進行一種賽博空間中的數位互動，以滿足性的欲望。生化科技與電腦資訊科技所造成的色情工業，確實有新一步發展的趨勢。在未來學研究發表提到，人所發明的機器其智能不會超過人本身的智能，如同上帝在創造人類的時候，絕不會創造一個比上帝本身還要聰明的生物。性玩偶除了身體的擬真，其器官也同時擬真，在社會結構所造成的總體性之全體擬像（Simulation）之效果，或者社會集體內爆之最大承受量的整體系統。性玩偶就是這個社會所內爆出人為的整體性之再現，它將性符號、裸體、第二性徵展現到物體上，以增強它的色情含義，因此它的象徵功能不斷地被擴張。審查性玩偶不能再以審查身體的方式，而是必須從文化層面進行過濾，譬如色情打扮、各種身體符號等，讓我們儘早在兒童階段就能夠適應它，那麼，才能夠避開排山倒海而來、大量出現的性玩偶。

性欲在總體的交換結構當中，首先要被撤銷的是象徵部分，第二個要被撤銷的是關於交換的部分，否則無法讓人永續地生存。無論是個體的性器官、性技巧或性需要，它做為個人的使用價值就會與交換價值不同，因為交換價值是一個經濟的、商業的行為，它有炫耀的特質。並且它的價值會被符號化，可以說符號價值排擠了象徵價值。有一些性玩偶製造出幼稚般的模樣如羅麗塔，有些模樣如同少女情懷，甚至還有猥褻行為的性玩偶，布希亞稱這些玩偶為「怪誕」。他也說明，送成人的玩具如同娃娃般的模樣，或者真的女孩戴著成人的胸罩，一個只是遮掩，另外一個是褻露，兩者都是同樣的做作，同樣和清教徒一般的虛偽。做為這樣一個資本主義社會下的父母們，也許出於良好的意願，而用性教育為藉口，用性符號過度地展示，對小孩子給予一個真正的閹割。在此，消費社會的生物繁殖策略，不能不是一項如假包換的真實遊戲：擬仿之餘，誘惑莫多！

參考文獻

Baudrillard, Jean, 1968, Le système des objets ; The System of Objects .（《物體系》）

Baudrillard, Jean, 1970, La société de consummation; The Consumer Society：Myths and Structures.（《消費社會》）

Baudrillard, Jean, 1972, Pour une critique de l'économie politique du signe; For a Critique of the Political Economy of the Sign.（《符號的政治經濟學批判》）

Baudrillard, Jean, 1973, Le miroir de la production; The Mirror of Production.(《生產之鏡》）

Baudrillard, Jean, 1976, La consommation des signes.（《消費符號》）

Baudrillard, Jean, 1976, L'échange symbolique et la mort; Symbolic Exchange and Death.（《象徵交易和死亡》）

Baudrillard, Jean, 1979, De la seduction; Seduction.（《論誘惑》）

Baudrillard, Jean, 1981, Simulacres et simulation; Simulacra and Simulation.（《擬仿與模仿》）

由《老子》文本談華語教學

——以詮釋學與比較哲學為後設之反思

吳懷晨
臺北藝術大學共同學科助理教授

摘　要

過去十餘年來，華語教學成了國內外中文系所研究教學發展面向的顯學，但當前的華語教學之授課仍是以初階的文化教材為主要內容。但一般的外籍華語學習者，多已是大專以上的成年人或研究生。以如此簡單刻板的教案去傳授外籍大專生，是否僅能引起一時之學習動機。長久之下其文化精神面向是否無法滿足？在本文中，試圖提出《老子》作為華語教學中的中高級文化教材為例，來闡述華語教學課程上的文化思想議題。尤其將以《老子》書中與起源論相關的章節為例，因為這方面的內容對一般的華語教師與學習者而言多是艱鉅的思想挑戰。一、在本文的論證順序中，將陸續提出現代中文譯本、文字與訓詁學、古代註釋版本、外國文化的參照之途徑來解讀《老子》的章節。二、在這些多面向的解讀策略進行之後，便足以證明筆者的主張：詮釋學的循環與視域融合將可作為華語教學方法論中的後設反思。三、最後，筆者將以黑格爾《邏輯學》中的有、無、變之辯證，以作為《老子》起源論的最通透之解釋。經過本文淺薄之嘗試，終將證明，華語教學的過程不能自外於中外文化（思想、哲學）的認識，而最終在一比較文化的互攝下，才能對於自身的華語教學文本有通透的理解。

關鍵詞：華語教學、《老子》、詮釋學、比較哲學

一、華語教學概況

過去十餘年來，華語教學成了國內外中文系所研究教學發展面向的顯學，不論是教研單位抑或政府機關都投入了一定的心血去鼓舞華語教學領域之成長。華語教學系所如雨後春筍般設立，逐年培育了一定的學生且產出數量豐富的論文。但，若仔細研究目前國內外華語教學的關懷主題或華語文教材，多半的題旨與內容仍舊是圍繞著初階的日常生活的課題。

因此論者便說：「當今海內外華語文教材討論的不免只是『穿衣吃飯』的『生存』問題。」即，華語文學的目標仍只在低層次的日常生活關懷上，而尚未進入到精神思索的層面，因為「穿衣吃飯屬於『語言習得』的範圍，而『天理人欲』則是『思想的訓練』。」（許維萍，2006：90）

在這樣的目標設定之基調下，顯見華語教學的研究與授課還是過於平常且瑣碎。它只能製造與創造刻板的學習經驗，其學習模式近於國中小學般的教案。然而，一般的外籍華語學習者，多已是大專以上的成年人或研究生，他們將華語習得視為第一，甚或第二、第三的外國語言之習得。以如此簡單刻板的教案去傳授外籍大專生，是否僅能引起一時之學習動機。長久之下其文化精神面向是否無法滿足？因此程棠說：「來中國學習的外國人，不管是出於何種目的，都有學習中國文化的強烈願望，絕大多數學生希望了解中國，希望了解中國文化。為了滿足他們的需要，我們有必要增設中國文化課。」（程棠，2008：226）

文化的課題乃是有順序與層級的，初級的文化教材集中在眼耳鼻舌身的日常生活需求，但中級以上的文化應已進入到抽象的思考問題，它不應該也不能只是吃飯穿衣的問題，而應該提高到諸如節慶藝術、族羣議題、醫藥治療、樂器繪畫、運動競賽等議題。更高級的文化則增添了美學、宗教、道德觀、歷史感、思想文明等內容。人是一個綜合體，一個華語學習的成年人亦是。由此可觀，健全的華語教學教材，應該不偏廢地整全地思考並編撰從初級到高級的文化內容。

教育部對於目前國內成立的華語文系所，明文規定至少需要授課選修「華人社會與文化」領域三學分。這其中包含了語言與文化、文化史、與思想史等科目。因此華語教學系的學生，必然要選讀《中國文化史》,《中國社會與文化》,《中國思想史》,《中國哲學史》等類的典籍。無疑，這些書籍已經包含了中高級以上的文化內涵。因此，華語教學或學習者應該更具有反思及思辯的視野來應付文化史或思想史中的經典議題。

在此考量下，本篇論文之寫作，並非為那些僅只要研究華語教學初級教案的研究生而撰。本文設定之的閱讀對象，是為了那些對中國文化思想有興趣的華語學習者，及希冀進一步反思華語教學深度的教師而立論撰寫。

二、華語課程中的《老子》選讀

以下，筆者茲以《老子》為例，來闡述華語教學課程上的文化思想議題。選擇《老子》其因甚明。《老子》影響華人文化甚深，是道家思想之起源；並與儒家並列為華人文化最重要的雙重影響者。甚至在歐洲,《老子》比《論語》還普及受歡迎。

而在臺灣，目前市面上可見的華語教學教材，多有選讀《老子》的文本。如《高中華文第三冊》、《生活華語》、《全新版華語第十二冊》中，皆選擇了五六節《老子》內文以為教材。《老子》五千言，言簡意賅，語言更是樸素；選擇《老子》來教導華語學習者，可借由《老子》樸素的文字讓學生體貼中文之簡樸美麗，更可讓學生領略東方思想。

（一）以下，筆者可先藉由《老子》的幾段文本來示範華語教學之過程，如《老子・第一章》，便是一段非常有著名的段落，既是《老子》一書之首，亦是華語文化的菁華面向之一：

> 「道可道，非常道，名可名，非常名，無，名天地之始，有，名萬物之母，故常無，欲以觀其妙，常有，欲以觀其徼，此兩者同出而異名，同謂之玄，玄之又玄，眾妙之門。」

喜愛中國文化者，必然會被此段中「道」的迷人概念所深深吸引。一個初初接觸的華語學習者在此就會引發文字習得的問題：

1. 首先此段有中國字特有的一字多義的例子，「道」、「名」皆是。

如果依印歐語言的文法，此處第一個「道」、「名」一般視為名詞，而第二個「道」、「名」則視為動詞，且解釋不一；以印歐語族為母語者，多難以想像字詞本身未經任何形式變化便可兼顧不同詞性。一個尋常的華語教師能夠融貫地解釋這段文本嗎？想必若不參照其他註釋資料，尋常的華語教師在講授這段著名的文本時便會遭遇困難，而且，是一思想上之困難。因此現代中文的譯本變成了必要參考之資料。筆者先以坊間可見的譯本為例：

(1) 余培林解釋此段說：「『道』是不能解說的，可以解說的『道』，便不是永久不變的『道』；『名』是不能稱謂的，可以稱謂的『名』，便不是永久不變的『名』。」（余培林，2004：18）

(2) 張默生則說：道，「指宇宙的本體」。「名」，是道的名相。（張默生，1980：1）余培林的解釋在字面意義上是可以理解的，但「道」是什麼？仍是一個待解的問題。而張默生的解釋則較為困難，因為他使用了哲學的名詞，如「本體」，如「名相」。

2. 另外一個初初閱讀的差異則是句讀。此句究竟要讀為「無名，天地之始」，抑或「無，名天地之始」，另外，此兩者同出而異名中的「兩者」指的是？「有」、「無」，抑或「有名」、「無名」？顯然這也是華語學習上所容易遭遇的華語文字系統特有問題。

(1) 仍見余培林的解釋：「『無』、是天地形成的本始；『有』、是萬物創生的根源……『無』和『有』名稱雖然不同，卻都是來自於道，都可以說是幽微深遠。」（余培林，2004：18）

(2) 張默生則說：「其實，『無』和『有』還不是同一處來的嗎？」（張默生，1980：2）顯然餘、張二人皆將「有」、「無」與「名」拆開解讀，而不釋為「有名」、「無名」。

在初步地解釋後，可見《老子》此段文本與世界起源論相關，這也是《老子》一書內容給人之印象。且讓筆者再將此議題深入，若教師進一步講授「反者道之動；弱者道之用。天下萬物生於有，有生於無。」《老子・第四十章》及「有無相生。」《老子・第二章》的文本，則世界起源論的立場會更鮮明，且引入了有無的問題。因為若世界是由「有無」而來，那「有」、「無」是什麼？

(1) 張默生說「『無』即是『道』的本體，此本體一動即生『有』，動而不已，即由『有』更生『萬物』。」（張默生，2004：53）

(2) 而余培林說：「『無』是道體，『有』是道用，體比先於用，所以『有生於無』。」（余培林，2004：73）

（二）在參照二氏之註釋後，顯然現代中文解釋不僅無法更清楚說明「有」、「無」是什麼，反而更增添了新的哲學名詞如「本體」、「道體」、「體用」等問題。

起源論：「這個世界從何而來？」顯然就是一個可以引發學習動機的問題。從大爆炸，從上帝，從道？從無中生有，從有中變為有？同樣地，「這個世界從何而來？」便會衍生出「這個世界從何而去？」的質問。這些，都關乎哲學存有論的問題，而引發對於人生哲學的探究與思索。筆者以為，這些都不是簡單可以回答的問題。於是乎，一個稱職的華語教師便該有基本哲學的素養與底蘊。

在臺灣現在的華語教育環境中，華語教師出身領域多元，有外文、傳播、文學院，而未必能在傳統中國文化與思想史上有所體悟，那麼在教學上必然就有文化上之見識侷限。

另外，對一異文化的華語學習者，當他接觸到諸如《老子》書中「這個世界從何而來？」這樣的質問時，必然會引發他挪用原有自身文化中的知識背景來理解，如《聖經》或希臘哲學中對於這個問題的解答或詮釋。因此，華語教師若對比較哲學或比較文化學陌生不熟悉，應該會有相當程度的華語思想教學上的困境。

因此，對於華語教學者自身學養之深化，筆者提出一「往上」走、與「向外」走的兩條途徑。

<table>
<tr><th colspan="2">華語教學者自身學養之深化</th></tr>
<tr><td rowspan="2">往上</td><td>註釋、訓詁</td></tr>
<tr><td>往歷史文化中去尋求根據</td></tr>
<tr><td>向外</td><td>向華語學習者原有的文化根源去尋求互解。</td></tr>
<tr><td colspan="2">這其實是詮釋學所稱的「視域融合」之工作。吾人總是不斷地帶著吾人的世界去和異己它者的世界打交道，從而在彼此的世界互求理解。</td></tr>
</table>

三、往上走的道路：訓詁與註釋

在釐清以上的文本後，可見現代中文譯本並無法清楚地交待《老子・第一章》及隨後的《老子・第四十章》、《老子・第二章》的文本意義。那麼，華語教師若面臨了《老子・第一章》「道可道，非常道，名可名，非常名，無，名天地之始，有，名萬物之母」的教材，他該如何稱職地講授？如果對於華語文化的菁華的「道可道，名可名」之面向無法掌握，那豈不是教學上之遺憾。並且，在參照現代中文之註釋後，反而更增添了如「本體」、「道體」、「體用」等哲學名詞的理解問題。

那麼，筆者設想著一個華語教師在知識擴展上的下一步是往上走去尋求古典中的訓詁詮釋。

（一）文字之訓詁

若吾人先由字詞的本義上說起，看是否可由訓詁古義得知《老子》書中「道」「有」「無」的意涵。

1. 道

「道」字，若見《說文》，釋為：「所行道也……一達謂之道。」段玉裁注：「所行道也。毛傳每雲行道也。道者人所行。故亦謂之行。道之引伸為道理。亦為引道。」可見在漢人的理解中，道的本義仍是與行走的道路相關。《易‧履》的「道坦坦」，《論語‧陽貨篇》的「道聽而途說」，《史記項羽本紀》的「從此道至吾軍，不過二十里耳」等，都是與道路相關的用法。

唯一與《老子》「道可道」的宇宙起源論相近者，乃是《易‧繫辭》中的「一陰一陽之謂道」，但就著作年代的理解，《老子》當早於《繫辭傳》，因此道字的起源義當來自《老子》無疑。

2. 有

「有」字，從金文字形看來，是以手持肉，乃手中有物之意。《說文》釋：「不宜有也。《春秋傳》曰：『日月有食之。』」段玉裁注：「不宜有也。謂本是不當有而有之偁。引伸遂為凡有之稱。凡春秋書有者，皆有字之本義也。」從《說文》看來，有乃是與無相對，凡是不存在的對立面則為有。這樣的字詞義與《谷梁傳》：「一有一亡曰有。」《易雜卦》：「大有眾也。」《繫辭》：「富有之謂大業。」等的字義相同。因此，可以斷定，自古以來，「有」便指涉著存在實有之意。

3. 無

「無」字，《說文》釋：「亡也」。《爾雅・釋詁》：「虛無之閒也」。而據甲骨文字形，無字乃象一個人在跳舞。在金文中，無、舞仍同字。可見要到了先秦時代，無才成了「有」的對立面，意味沒有。而老子書中的「天下萬物生於有，有生於無」是一最佳之例。

4. 小結

以上，可見「道」若意味著起源，「有無」非別指涉有／沒有、存在／不存在，三字在此的字義顯然都起源於《老子》。而勞思光先生說：「『道』字在先秦時代，南北傳統用法不同。儒家最初用「道」字，只是通路之義，推繹而有法則之義、規範之義；此外作動詞用，則與「導」字同義。此是古中國北方傳統之用法。屬南方傳統之道家，則用「道」字指形上意義之實有，亦指最高之形上規律；非一般經驗世界中之法則或規範。孔孟用「道」字，大致皆非作形上詞語……其後罕有人了解此概念原出自老莊之說。但今日作客觀考證，仍可知此種分別。」因此可見「道」、「有」、「無」與世界起源說之關係，在中土便與老莊學說有關。

若只求「道」、「有」、「無」之訓詁原意，仍舊只回到《老子》一書的使用意義。那麼，華語教師的訓詁工作便會形成一循環論證。吾人並沒有增添對於「道」、「有」、「無」等字詞的更進一步的理解。對於我們想進一步了解《老子》的第一章與第四十章仍是沒有幫助。

（二）王弼《老子注》

離開字詞考據的功夫，以下，筆者選擇以王弼的注解為例，來設想另一種華語教師擴展知識理解的過程。

1.如若我們要參照王弼的注解，「道可道，非常道。名可名，非常名」一句，王弼注為：「可道之道，可名之名，指事造形，非其常也。

故不可道，不可名也。」（王弼，1983：1）依照以下之旁引——許慎《說文解字》:「指事者，視而可識，察而見意，上下是也。」與《周易・繫辭》:「在天成象，在地成形。」韓康伯注:「象況日月星辰，形況山川草木也。」則，將王弼之「造形指事」解釋為「可識可見有形象之具體事物。」的話，那麼，王弼對《老子》的理解，則是將未可道，未可名的存有者解釋為未成形、未可見的萬有。於是依王弼，道就是未成形、未可見的存有。王弼說:「故未形無名之時，則為萬物之始。」「言道以無形無名始成萬物。」（王弼，1983：1）

而「無名天地之始，有名萬物之母」一句，王弼注:「凡有皆始於無，故未形無名之時，則為萬物之始。及其有形有名之時，則長之、育之、亭之、毒之，為其母也。言道以無形無名始成萬物，萬物以始以成而不知其所以然，玄之又玄也。」（王弼，1983：1）

故對王弼而言，「無」是指「未形無名」，「有」則是「有形有名」。有無之分，在於王弼，乃指有形／無形、有名／無名之別。在王弼理解的《老子》思想裏，「無」並非是絕對的空無或虛無，若以柏拉圖《巴曼尼德斯篇》著名的區來理解，則「無」並非是「絕對的不是」，而只能說成是「相對的不是」。

2.「道生一。」王弼注:「萬物萬形，其歸一也。何由致一？由於無也。由無乃一，一可謂無。」（王弼，1983：117）因此，「道生一」、「一可謂無」，在這個脈絡的解釋下，可說「道生無」；即道的存有順序先於無。

但吾人若參考王弼其餘的談論:「故未形無名之時，則為萬物之始。」「言道以無形無名始成萬物。」與二十五章注:「混然不可得而知，而萬物由之以成，故曰混成……名以定形，混成無形，不可得而定，故曰不知其名也。」（王弼，1983：63）[1]由這邊的談論可知，天

[1] 也可參考三十二章:「道，無形不繫，常不可名。以無名為常，故曰道常無名也。」「道常無名樸。雖小，天下莫能臣。侯王若能守之，萬物將自賓。」〈三十二章〉或四十一章:「道隱無名。」

地之始因為未形，故無法以名定，這呼應了第一章「名可名，非常名」，也即是第一章「未形無名」之「無」；並且，因為此天地之始混成無形，不知其名，強為之名曰道。故，在此脈絡解釋下，「道」即是「無」。[2]

3.「天下萬物生於有，有生於無」兩句，王弼注為：「天下之物，皆以有為生。有之所始，以無為本。將欲全有，必反於無也。」（王弼，1983：110）依有之所始，以無為本；可知王弼認為天地以「無」為始。

4.綜合王弼之意見，那麼，道即是有物混然。道即是無。若道是無，則無是有物混然，有乃是有物有形。如此，回答了《老子》「有」、「無」、「道」是什麼的問題。

5.小結

經過王弼注的釐清後，的確對於華語教師理解《老子》第一章與第四十章「道」、「有」、「無」有所幫助，則道是無，則無是有物混然。然後，至此華語教師只理解了「道」、「有」、「無」的字義，對於「萬物生於有，有生於無」是怎麼一回事仍無法揣想，而「有無相生」又是怎麼一回事？

四、向外走的道路：耶教

以下，筆者設想另一種華語教師與外籍學習者思索《老子・第一章》及《老子・第四十章》、《老子・第二章》等文本的可能面向，即向外走的道路。吾人幾可假設大多的華語學習者（不論是來自西方或東方）都對基督教的創世說有初淺之認識；基督教上帝七天創造世界的談論非常著名，影響西方文明甚劇。因此，當一外籍的華語學習者在《老子》書中讀到「萬物生於有，有生於無」或「道生一，一生二，

[2] 故《老子》第十四章說：「是謂無狀之狀，無物之象，是謂惚恍。」或二十一章「道之為物，惟恍惟惚。惚兮恍兮，其中有象；恍兮惚兮，其中有物。」此為「有物混成，先天地生……吾不知其名，強字之曰道。」

二生三，三生萬物」的談論時，簡單的對比就是聯想回聖經中的上帝創世說。於是，基督教創世說可以幫助吾人更理解《老子》的「道」與「有生於無」嗎？

然則，基督教的上帝創世說其基本論點可判定為「無中生有」，馬上就與《老子》書中的「有生於無」相輝映。但兩者是一致的世界起源論嗎？簡單地說，耶教主張「無中生有」來取代「從無得無」，否則世界的誕生將不可能。基督教以此來反對「從無得無」。聖經中關於此「無中生有」的文本主要有二：

（一）創世紀

創世紀第一章一至五節為：「起初，神創造天地。地是空虛混沌，淵面黑暗；神的靈運行在水面上。神說：要有光，就有了光。神看光是好的，就把光暗分開了。神稱光為晝，稱暗為夜。有晚上，有早晨，這是頭一日。

（二）馬太福音

馬太福音中第一章一至二節為：「太初有道，道與神同在，道就是神。這道太初與神同在。」[3]

《聖經》是一本福音書，充滿了有關上帝、耶穌等許多奇蹟話語，其中記載造物主以六天來進行創世活動，創造出物理的自然、生物，以及依神性而造的人。

但因《創世記》過於言簡意賅且出充滿神話式的記載；究竟其中的話語僅只是寓言，如神創造的六天該是怎樣的一個天數，歷來都受到許多神學上的質疑與解釋。然而，除了從福音與奇蹟話語的角度去解讀聖經外，很難得到一論理上的合理言說。即便如此，鑑於基督教

[3] 此兩段引文採用合和本譯文。

在西方文明上的巨大影響，從科學、記憶、宗教、世界歷史、神學，以至於藝術圖像等，《聖經 創世記》都留下了巨大刻印；這也是華語教師可以馬上從西方世界所擷取的對照之理論的原因。

第一段文本從虛空中創造天地，屬於福音式的宗教創世的描述，乃斷言式的語言，而在論理的思想上無法得出深刻之哲學意涵。但很顯然，《老子》書中並沒有指涉如此生動的創世主。

而在第二段文本，「太初有道，道與神同在，道就是神」，其英文「King James」的版本翻譯為「In the beginning was the Word, and the Word was with God, and the Word was God」。

顯然，和合本翻譯者用了中文「道」一字去翻譯此段，而「太初」（beginning）便是本文所討論的起源問題，在約翰福音中，「道」與「上帝」是同一的。以道翻譯「Word」與「God」，顯然是出自《老子》「道」一詞的考量，並且呼應了「道可道」「名可名」中道、名的雙重意義。以上字詞互譯間的釐清，顯然都是在《老子》華語文本教學時所可援用的思想脈絡，也都可以產生一定的問題討論與激盪。

而，如若吾人更添入了希臘原文的考慮「en arche ên ho logos, kai ho logos ên pros ton theon, kai theos ên ho logos」。那麼，「道」一字乃是「logos」的翻譯，道與邏格斯的對映討論乃是當代漢語哲學的常見問題；如果華語教師對此問題有簡單的掌握，當可講授更為精深的文化比較議題。

五、華語學習的後設理論：詮釋學的循環（hermeneutischen Zirkel）與視域融合

那麼，經過以上簡單的現代中文譯本、往上走、與向外走的文本考察，吾人是否要說，《老子》一書有若干內容是關於世界起源論或有無論的思想，但這種起源論的談論又確然需要指涉本體、體用、名相

等哲學的術語來讀。另外，也會引發華語學習者自身原有文化中的知識理解，如《聖經》或希臘思想的詮釋。因此，吾人的確可以見諸，文字的習得依賴著文化（甚至異文化）的視野。而文化視野的擴增是為了回過頭來促進文字與語言的習得；此一過程，乃是符合當代哲學中詮釋學的理論，可以「視域融合」與「詮釋學的循環」來解釋。因此，在一哲學方法的提供上，筆者認為詮釋學的視域融合可以作為華語教學理論的後設基礎。

詮釋學的循環強調：「詮釋學規則認為，我們必須從個別理解整體並以整體理解個別。」（Gadamer, Hans-Georg，1993：65）理解的活動並非由一獨斷或孤立的基點出發去詮釋文本或事物，當代的詮釋學理論教導著我們，在吾人的理解活動開始之前，吾人總是已經帶著某種前見解（Vor-Meinungen）來進行詮釋的活動。在《真理與方法》一書中，迦達瑪不斷藉著聖經釋義、語言的習得、翻譯的工作、與文學作品的闡釋來強調，詮釋活動總是個別與整體之間相互循環的結果。「理解的運動就這樣不斷地從整體到部分又從部分到整體。理解的任務就在於從同心圓中擴展被理解的意義統一體。所有個別和整體的一致就是當時理解正確性的標準，缺乏這種一致則意味著理解的失敗。」（迦達瑪，1993：65）

於是，如果華語教師與學習者重新探問，「道可道，非常道，名可名，非常名，無，名天地之始，有，名萬物之母」《老子・第一章》「天下萬物生於有，有生於無」《老子・第四十章》及「有無相生」《老子・第二章》這三段文本時，吾人所帶有的前理解是什麼？（一）在現代自然科學與中文語境的影響下，吾人提到「起源論」時，一般來說，該會認為那是討論宇宙起源、時空界線、量子、粒子乃至大爆炸的學問。（二）而經過以上對於古漢語的討論，吾人現在探問的前理解是否是，《老子》的「起源論」乃關乎「萬物從有物混然的『道』，即『無』中而生」的學問？（三）如果華語文化的研究生或教學者將思考的前理解轉換到聖經與古希臘語，那麼，「道」除了是道路、名稱（word），

「道」是否還是指「規律」(logos)與「原初的那個起源」或「起源者」,即神(God)?

那麼,(一)何謂「萬物從有物混然的『道』,即『無』中而生」的意義呢。如果以現代中文語意去翻譯,則,「『無』中而生」是否意謂著「『無』是『道』的本體,本體一動即生『有』,動而不已,即由『有』更生『萬物』。」(余培林,2004:53)(二)而若論到「道」的本義與「logos」的古希臘文本義之對應關係,那麼,用邏格斯的概念去理解道是否合宜?而以《老子》的道去翻譯聖經的 logos 是否亦合宜?在這樣的定義中,身為一漢語文字的使用者,吾人真能清楚理解古希臘文的談論?當以「太初有道」去翻譯「In the beginning was the Word」時,顯然已將《老子》中的道視為一太初/起源意義下的內涵。

顯然,中文世界已然使用了「道」去指涉古希臘哲學談論中的「logos」,然而,若吾人不援用「道」一詞,則更好的那個詞彙該是什麼?

在以上兩段中,筆者展現了華語教師與學習者在進入對《老子》「萬物生於有,有生於無」的理解前,他們所擁有的前理解是什麼;並盡力去演繹一詮釋上的循環。由個別出發去逼近整體,再由整體迴轉而理解個別。由現代中文語境去理解古代漢語的「道」、「有」、「無」,去理解古希臘文之「logos」;由漢語世界之「道」去指涉西方思想中之「logos」。於是,在經過詮釋上字義的相互考證後,而今華語教師與學習者該對《老子》「萬物生於有,有生於無」作何定義?如何的定義才是這相互循環之詮釋下完滿的意義統一體?

海德格曾經提示,詮釋學的循環並非一壞的循環,以下,是論到詮釋學循環時的一段著名談論:「循環不可以被貶低為一種惡性循環,即使被認為是一種可以容忍的惡性循環也不行。在這種循環中包藏著最原始認識的一種積極的可能性。當然,這種可能性只有在如下情況下才能得到真實理解,這就是解釋(Auslegung)理解到它的首要的經常的和最終的任務始終是不讓向來就有的前有（Vorhabe）、前見（Vorsicht）、和前把握（Vorgriff）以偶發奇想和流俗之見的方式出現，而是從事情本身出發處理這些前有、前見、和前把握，從而確保論題的科學性。」（Martin Heidegger，1993：353）

在本論文中，當華語教師與學習者試圖去理解《老子》「萬物生於有，有生於無」時，吾人是否已經帶著「起源論」等前見解去詮釋這項文本？吾人何以會帶著這些前見解去看待此項文本，而反省這些前見解的根源性與有效性，其誕生之歷史與演變之軌跡，乃詮釋學規則總提醒著吾人必要做到的考察。這些前有、前見、與前把握，是否能得到正確的理解，客觀的期待，而不致成為海德格所說的偶發奇想和流俗之見。

那麼，在吾人已經進一步理解「道」、「有生於無」與「logos」之意義後，吾人是否已經修正了在閱讀《老子》文本時所帶有的先理解，而如今，吾人該如何在詮釋之循環後，修正吾人之前見解，從而維持住意義的統一體之平衡？

以上這一連串、相互指涉循環的理解過程，其實都提醒著華語文的學習者與教導者，在把握異文化的過程中，吾人總是帶著某種前見解在詮釋著自身的文化文本與它者的文化文本。無人能不帶有任何的先理解與先期待來詮釋其所要詮釋的文本。當然，在進入文本而持續詮釋的過程當中，由原初的意義到逐漸解讀而得的整體的意義時，該要注意，兩者之間是相互循環詮釋，從而修正，從而維持住意義的統一體之平衡。因此，筆者斷言，詮釋學循環與視域融合乃可作為華語文教學的一項後設理論，提醒著華語教學者與學習者，不致於過度武斷地詮釋著教學與學習的文化內容。

往上	訓詁、考據 往歷史文化中去尋求根據	《說文解字》 《爾雅》 《康熙字典》
		王弼《老子注》
向外	向華語學習者原有的文化根源去尋求互解。 這其實是詮釋學所稱的「視域融合」之工作。吾人總是不斷地帶著吾人的世界去和異己它者的世界打交道，從而在彼此的世界互求理解。	《聖經》
		希臘思想的 logos

六、黑格爾——有無同出而異名

在以詮釋學的「視域融合」與「詮釋學循環」之論點來論述華語教學之可能的理論後設基礎後；以下，筆者將試圖以比較哲學的角度來為《老子》起源論「萬物生於有，有生於無」定調。

筆者將試圖證明，若沒有經過一番比較哲學視野的討論，則對於《老子》起源論不能有更通透的理解。因此以下的討論，將脫離華語教學文本或教案的思考，而純粹集中在哲學式的論證上。但結論終將證明，華語教學並非一獨立於其他人文學科的一門活動；比較文化思想，可更將讓華語教師與學習者更認識他們所要傳授與學習的華語文本。

（一）分離問題的討論：開端的不可理解（Unbegreifliche）

第一部分，筆者將以黑格爾著作的《邏輯學》為例，黑格爾在該書中談到「有無分離」的議題。在《邏輯學》該書開頭，黑格爾提出「純粹的有」與「純粹的無」兩概念以作為邏輯運動的開端，「純粹的有」因其本身沒有任何的規定性，因此就是「純粹的無」，此兩概念同一，且以「變」為兩者的仲介。

在「純粹的有」的第四個注釋中，黑格爾討論「開端的不可理解」。在此注釋中，黑格爾從有無分離與否的討論，論證了：若有無分離，則此「有」、此「無」都不能產生開端，故從而沒有世界的開始。且此沒有開端的結論暗藏著變生成消滅的不可能。以下，本文將詳細論證黑格爾的命題。筆者所整理的黑格爾之論證如下：

1. 前提：有無對立分離（黑格爾語境中，此一「分離」的意思是，預設著「無」乃不可思想的[4]）。則結論為：沒有開端。論證過程如下：

   (1) 不論是「是（有）」（ist），還是「不是（無）」（nicht ist），都沒有開端。推論如下：若「是（有）」（這裏的文法為現在式，意思指「是」與「正是」），那麼，此「是（有）」就不是開端了。既然它是了，它就不是一個開始點。若「不是（無）」的話，那麼它就不會開始了。「不是（無）」的怎麼能作為是而成為開始？

   (2) 如或假設，世界已經開始了（angefangen haben），那麼它就必須從無中開始。但無怎麼能作為一個開始？無只是無，無中沒有「有」。開端一定要是「有」。(3)因此，黑格爾的結論是，若有無分離，則從此「有」、此「無」都不能產生開端，故從沒有世界的開始。且此沒有開端的結論暗藏著變生成消滅的不可能。

2. 前提：有無分離。結論：沒有終點。

   (1) 若有，也不能有消滅。因為物若能夠 cease to be，那麼，有中就包含無了。但有只是有，而不是它自己的對立。

   (2) 若無，則無就是無，沒有終點的探討可能。

3. 因此，黑格爾的結論是，若有無分離，不論從「有」還是從「無」都不能推衍出世界之生成；則：世界無開端，無終結，反對變、生成、與消滅。並且暗藏著物質恆在的思想。

---

[4] 分離問題，始自柏拉圖《巴曼尼德斯》一篇。此一「『無』乃不可思想的」，依陳康先生的注解，乃是「絕對的不『是』」。

（二）「有無並不分離」與「有無同一」

第四個注釋所討論出的結論為：「有無並不分離」。吾人大致可以同意，此處之「有無並不分離」，其意涵當是「純有與純無同一」。

（三）迦達瑪論有無「已然過渡」

1.無從有中「無仲介地突然出現」，迦達瑪曾經在「The Idea of Hegel's Logic」一文中，細究考察了《邏輯學》中的一個段落用語，即「純無」是由「純有」中「無仲介地突然出現」（das Nichts am Sein » unmittelbar hervorbricht«）（Hans-Georg Gadamer，1976：76-7）。迦達瑪說，「突然出現」（hervorbricht）是一個精心挑選的詞語，以避免任何仲介與過渡的的想法。

黑格爾說，純有和純無「兩者都立即地消失在彼此的對立當中。」這便是真理的運動，就是「變」。在〈變〉一節的原文中，黑格爾寫道：

> 一個方向是毀壞，有過渡到無，但無又是它自身的對立物，而過渡到有，即生成。生成是另外一個方向；無過渡到有，但有是如此地揚棄自己自身而反倒是過渡到無，即毀壞。它們不是相互揚棄，不是一個在外面將另一個揚棄，而是每一個在自身揚棄自己，每一個在自身中就是自己的對立面。

迦達瑪建議，如果細心閱讀黑格爾文本的話，就會發現，黑格爾在這個部分談論到「過渡」之發生時，在辯證的次序上是極為精準的：純粹的有與純粹的無是同一的。「真理即是，並非是有，亦並非是無，反倒是有過渡到無去，及無過渡到有去——不是過渡——而是已然過渡（Was die Wahrheit ist, ist weder das Sein noch das Nichts, sondern daß das Sein in Nichts und das Nichts in Sein-nicht übergeht, sondern übergegangen ist)。」

迦達瑪說:「過渡因此,是已然發生了。過渡總是完成了。純有與純無獨然地存在在過渡或轉換之自身,即變,當中(Ein Übergehen also, der immer schon gewesen ist: Dieser Übergang ist immer ′perfekt′. Worin Sein und Nichts allein sind, ist das Übergehen selbst, das Werden)。」(Hans-Georg Gadamer,1976:77)有與無不會有它們自己分開的獨立自存,而只有在這個第三者,在「變」中,它們才「是」。

經由以上迦達瑪精闢的分析,吾人才能明白《邏輯學》中「有／無／變」三者關係之真理。迦達瑪的談論顯然提醒著吾人,在「純無」與「純有」立即地消失在彼此的對立當中的這個活動,尚未是一種「過渡」。迦達瑪點明瞭,「純無」與「純有」消失在彼此的對立當中的活動乃是一「已然過渡」,所以可分為:

(1)「有過渡到無」或「無過渡到有」,都不是一種恰當的談論。

(2)而正確的說法是,「過渡總是完成了」。純有與純無於變中一同出現。

(3)於是,邏輯上正確的說法,真理:

A.並不是「從無到有」,

B.也不是「從有到無」,

C.也不是有「有」、有「無」之後,才推衍出「變」。

D.真理乃是「有」「無」之間已然過渡。此已然過渡即為「變」。在此,吾人是否可以借用《老子》第一章中「此兩者,同出而異名」之論開端的語言,以描述此處之有無已然過渡為「有無同出」?那麼,以便對應本文接下來所要談的「有」「無」不相分離。關於「同出」這個用語的使用,筆者的意見是黑格爾論純有、純無之間之變動時,以後思的立場而言,確然有無是「同出」的,但「同出」卻不必然意謂著有無之間有「相互過渡」之發生。因為有無若「同出」,則必然有「無」過渡到「有」之發生,但不一定預設著「有」過渡到「無」之發生。

E.在「有」「無」已然過渡之中，「有」與「無」邏輯的次序顯然是，「有」與「無」並非可以獨立切割來之思想概念，即非先思想「有」再思想「無」，或先思想「無」再思想「有」。真理即是，「純無」與「純有」乃是不互相「分離」的。此一「純無」「純有」不分離的觀點，乃是對應著黑格爾解決「起源論」中有無分離的真理。有無乃互相結合而不分離的真理，乃是哲學思辯上「起源論」的真理。亦是本文由《老子》文本處所引發而來的核心問題。

2.邏輯學與存有學的同義

至於以古希臘人之 logos 去理解老子之「道」是否恰當？這牽涉到「道可道，非常道。名可名，非常名」一句該如何翻譯？如若吾人將之解釋為：「道若是可以說的，則此可說之道就不是恆常的道。名若是可以命名的，則此可命名之名就不是恆常的名。」

如果吾人考量「道可道，非常道」以下「名可名，非常名」的理解。後者指涉的是，可以命名之所是，並非是恆常之名。此乃以「名可命，非常名」來理解。或許，牽涉到言談之名、命更適切與 logos 對比。

海德格曾經談論過 logos 的字源，他拆解了 dialectics 之希臘原文 διαλεγεσθαι，透過拆解這個字，海德格繼續說明瞭 logos 之意。διαλεγεσθαι 一字可分解為 δια 與 λεγεσθαι。Δια 是一個簡單的希臘文介係詞，其意為「通過」，英文可譯為 through，海德格在此將其解釋為「貫通某物」（Durch etwas hindurch）。λεγεσθαι 為 λεγειν 之被動式，λεγειν 經過海德格之考證，意為「聚集」。海德格認為自我主體之意識，將它所貫通的被表像者聚集在它的意識中，這整個過程就是辯證法。並且，將 logos 這個字回溯到赫拉克利特的談論，海德格說：「赫拉克利特的基本詞語是 Logos，即聚集（die versammlung），這一切存有者整體作為存有者呈放和顯現出來的聚集。Logos 乃是赫拉克利特給予存有之存有的名稱。」（Hans-Georg Gadamer，1976：436）於是，logos 字之本義為聚集，而在哲學家赫拉克利特「給予存有之存有的名稱」。

那麼，「名可名，非常名」中的「名」與「命」，似乎在某個意義上可與 logos 對比。「名」是名稱之意，而「命」則指命名；兩者都是指對於存有給予名稱，在這個意義下，與海德格考證下「給予存有之存有的名稱」之意可會通。

然而，「名可名，非常名」之意義為：可以命名之所是，並非是恆常之名。在這樣理解下，指的是對於一恆常存有之所是，吾人無法對應給予一名稱。因為一恆常所是者，乃是無法用言語去衡量它。不論何種語言去横量此恆常所是者，都形同瞎子摸象，僅能描繪出此存有之某某面向。故，老子才在二十五章言，「強為之名曰道」。乃勉強言之地命名。如果吾人就這層存有無法用語言衡量的面向考量，則「名」與「命」，與 logos 之意義則無法對比。

（四）小結

1.有了以上比較哲學的視野後，可以幫助在華語文化下的人重新來審視《老子・第一章》《老子・第二章》《老子・第二十五章》《老子・第四十章》的文本。

首先，不論在王弼註釋抑或現代中文譯本中，都同意「道」即是無，則如此再加以解釋「道生一」與「天下萬物生於有，有生於無」的意涵；即「道」「無」是這世界的起源。因此若要說「『無』即是『道』的本體」（張默生）或「『無』是道體」（余培林）則大致無誤。而達致結論：道是無，則無是有物混然（王弼）。

但若參考了以上比較哲學的結論，則「此本體一動即生『有』，動而不已，即由『有』更生『萬物』」或「『有』是道用，體比先於用，所以『有生於無』」這樣的談論在論理上便顯得不通透。在這個意義下，「天下萬物生於有，有生於無」亦非是一通透的談論。

相對地，「道可道，非常道，名可名，非常名，無，名天地之始，有，名萬物之母……此兩者同出而異名」才真正是符合邏輯的談論。

因為在上一小節中，吾人已然論證出：「有」與「無」邏輯的次序顯然是，「有」與「無」並非可以獨立切割來之思想概念，即非先思想「有」再思想「無」，或先思想「無」再思想「有」。真理即是，「純無」與「純有」乃是不互相「分離」的，當世界起源，則「有」「無」已在已然過渡之中。此乃是哲學思辯上「起源論」的真理。因此「有」「無」同出而異名顯然合理解釋了本文由《老子》文本處所引發而來的核心問題。這是經由比較哲學的嘗試後，轉化得來對於華語文本的嶄新解讀。

2.而經由對於海德格詮釋學的理解後，可得知，那麼，「名可名，非常名」中的「名」與「命」，似乎在某個意義上可與 logos 對比。「名」「命」兩者都是指對於存有給予名稱，在這個意義下，與海德格考證下「給予存有之存有的名稱」之意可會通。而這是經由比較哲學的嘗試後，可以重新來對於基督教的「太初有道」，希臘思想的「logos」，與老子的「道」「名」之會通理解；這亦足茲華語教學界的深度文本解讀之參照。

七、結論：華語教學的反思

在經由以上對於《老子》文本的華語試讀與試教後，發現對於《老子・第一章》《老子・第二章》《老子・第二十五章》《老子・第四十章》的文本會有詮釋上的困難。文本假擬了華語教師向上走與往外走的兩條途徑，並由此參照了老子的現代中文譯本與古代註釋的解讀。最後，本文證明，唯有經過一比較哲學與比較文化學的考察，才得以對華語文本與文化達到一更為通透的理解與認識。如下表：

<table>
<tr><th colspan="3">華語教師的教學與知識擴展過程</th></tr>
<tr><th>以《老子》閱讀文本之例</th><th>知識擴展進程</th><th>理論架構</th></tr>
<tr><td>《老子》</td><td>文本、文字</td><td rowspan="3">文字學
訓詁學</td></tr>
<tr><td>《老子》現代中文譯本
《老子》現代外文譯本</td><td>文義</td></tr>
<tr><td>《老子》古代中文譯本
《說文解字》
《爾雅》</td><td>考據、訓詁</td></tr>
<tr><td>基督教起源論
希臘邏格斯概念</td><td>思想、哲學</td><td rowspan="3">詮釋學：
詮釋循環
視域融合</td></tr>
<tr><td>西方哲學
以《邏輯學》為對比</td><td>比較哲學</td></tr>
<tr><td></td><td>比較文化學</td></tr>
</table>

在上表中，由上到下，乃是華文視域與知識不斷擴展的過程，筆者試圖論證，從一比較哲學的基準點出發，希冀提出詮釋學視域融合的理論，以作為華語教學方法的後設思考。本文乃筆者淺薄能力的嘗試，華語教學的過程不能自外於中外文化（思想、哲學）的認識，而最終在一比較文化的互攝下，才能對於自身的華語文本有通透的理解。

參考文獻

王弼著、樓宇烈校釋（1983），《老子周易王弼注校釋》，臺北：華正。

余培林（2004），《新譯老子讀本》，臺北：三民。

迦達瑪（1993），《真理與方法》（洪漢鼎譯），臺北：時報。

許維萍（2006），〈淺談華語文教材教法在大學國文教材教法上的運用〉，《銘傳大學 2006 國際學術研討會——國文教材教法之學理與應用》，臺北：銘傳大學。

張默生（1980），《老子章句新釋》，臺北：藍燈。

程棠（2008），《對外漢語教學　目的、原則、方法》，北京：北京語言大學。

《說文解字》，線上查詢版：http://www.gg-art.com/imgbook/index_b.php?bookid=53。

《聖經和合本》，線上查詢版：http://springbible.fhl.net/welcome.html。

Georg Wilhelm Friedrich Hegel (1927-40). Sämtliche Werke. Hermann Glockner, ed.26 Vols. Stuttgart: F. Frommann.

Georg Wilhelm Friedrich Hegel (1969). Science of Logic.Miller, A.V., trans. London: George Allen & Unwin.

Hans-Georg Gadamer (1976). Hegel's Dialectic: Five Hermeneutical Studies. translated and with an introd. by P. Christopher Smith, New Haven: Yale University Press.

Martin Heidegger (1976). Pathmarks, edited by William McNeill. New York: Cambridge University Press.

附錄

後全球化時代的語文教育學術研討會稿約

一、緣起：

時序已經推進到一個西方強權威力轉弱而東方中國崛起的後全球化時代，一切以「重構文明」或「再造文明」的新意識在主導經濟和科技的運作；而另一股更需反全球化的後生態觀念也勢必要形塑完成，並且作為串聯全人類踐履隊伍的指導原則。因此，始終居於領航地位的語文教育，沒有理由在這一新時代不再引吭發聲；而重新來探討它的前進方向，也就正是時候。

二、主題：

後全球化時代的語文教育

三、子題：

（一）後全球化與語文教育的革新

（二）語文教育怎樣因應後全球化時代的文明解構思潮

（三）後全球化時代的華語文教學競爭課題

（四）走向後全球化時代的語文教育研究

（五）語文教育研究所在後全球化時代的終結與新生

四、主辦：

臺東大學語文教育研究所

五、時間：

2011 年 7 月 27 日（星期三）

六、地點：

臺東大學臺東校區教學大樓 5 樓視聽教室 A

七、論文題目提供日期：

2011 年 1 月 10 日前

八、論文截稿日期：

2011 年 4 月 25 日（為出版會前論文集）

九、論文字數：

10000-20000 字

十、論文格式：

請依一般論文撰寫格式（包括：題目、摘要、關鍵詞、內文、參考文獻等）

十一、聯絡資訊：

論文定稿請以 E-mail 寄送

（一）聯絡人：周玉蘭助理

（二）電話：089-355760

（三）傳真：089-348244

（四）E-mail：yulan@nttu.edu.tw

（五）地址：950 臺東市中華路一段 684 號臺東大學語文教育研究所

後全球化時代的語文教育學術研討會議程表

一、活動主題：「後全球化時代的語文教育」學術研討會
二、活動時間：2011 年 7 月 27 日（星期三）
三、活動地點：臺東校區教學大樓 5 樓視聽教室 A
四、參與對象及人數：校內外學者、在職教師、研究生、大學生共 100 人
五、活動程序表：

時間	活動內容
8:00-8:20	報到
8:20-8:30	開幕式
8:30-10:10	第一場　論文發表 主持人：溫宏悅主任　臺東大學英美文學系 發表人：王萬象教授　臺東大學華語文學系 含「英」咀「華」：後全球化時代的中國古典文學教學 董恕明教授　臺東大學華語文學系 有無之間 ——「現代文學」在華語文教學上的應用 簡齊儒教授　臺東大學華語文學系 後全球故事的組裝與拆卸 ——民間文學之華語文教學研究 蔡佩玲博士　臺東縣新生國中 後全球化時代的華語主導權之爭
10:10-10:40	茶敘
10:40-12:00	第二場　論文發表 主持人：王萬象教授　臺東大學華語文學系 發表人：陳意爭碩士　臺東縣富山國小利吉分校 國小教師的爭辯：後全球化時代的語文教育探討 黃筱慧教授　東吳大學哲學系 解構的敘事符號與書寫研究

	周慶華所長　臺東大學語文教育研究所 語文教育研究在後全球化時代的終結與新生 ——以臺東大學語文教育研究所為典範的相應的思考
12:00-13:00	午餐
13:00-14:40	第三場　論文發表 主持人：周慶華所長　臺東大學語文教育研究所 發表人：歐崇敬教授　環球科技大學通識教育中心 後全球化的華語文學斷裂現象分析 陳界華教授　中興大學外國語文學系 社會．宗教．複系：後全球化時代語文文本的形構程序與教學實務——立基／機於「我是誰」的田野調查的方法論之試論 （Society, Religion and Complexity: The Program and the Pedagody of Verbal Construction in a Post-globalizational Age – A Testing Primer Based/Biased on the "Who I Am" Field Work) 黃亮鈞碩士　桃園縣忠福國小 後全球化對師範學院語文教育學系轉型後的挑戰與因應 許文獻教授　臺中教育大學語文教育學系 試談楷書書法形近易溷結構其教學策略 ——以示、禾為例
14:40-15:10	茶敘
15:10-16:30	第四場　論文發表 主持人：杜明城所長　臺東大學兒童文學研究所 發表人：楊秀宮教授　樹德科技大學通識教育學院 從「文化研究與實踐」談後全球化的語文教育 蔡瑞霖教授　義守大學大衆傳播學系暨通識教育中心 誘惑莫多：後全球化的語文境況 No More Seductions: Linguistic Condition in Post-Globalization

	吳懷晨教授　臺北藝術大學共同學科 由《老子》文本談華語教學：以詮釋學與比較哲學為後設之反思
16:30-17:10	閉幕式
17:10-	賦歸

議事規則：主持人 5 分鐘，發表人每人 15 分鐘，綜合討論 30-35 分鐘。

鈴聲提示：發言結束前 2 分鐘按一短鈴；時間到按二短鈴；後如繼續發言，每隔 1 分鐘按二長鈴。綜合討論，每次發言以 3 分鐘為限。

（部分文章沒能及時交稿，未收入本書）

社會科學類　ZF0027　東大語文教育叢書 6

後全球化時代的語文教育

主　　編 / 周慶華
責任編輯 / 林千惠
圖文排版 / 姚宜婷
封面設計 / 陳佩蓉

法律顧問 / 毛國樑　律師
出 版 者 / 國立臺東大學
臺東市西康路二段 369 號
電話：089-355752
http://dpts.nttu.tw.gile
E-mail：service@showwe.com.tw
製作發行 / 秀威資訊科技股份有限公司
114 臺北市內湖區瑞光路 76 巷 65 號 1 樓
電話：+886-2-2796-3638　傳真：+886-2-2796-1377
http://www.showwe.com.tw
劃撥帳號 / 19563868　戶名：秀威資訊科技股份有限公司
讀者服務信箱：service@showwe.com.tw
展售門市 / 國家書店（松江門市）
104 臺北市中山區松江路 209 號 1 樓
電話：+886-2-2518-0207　傳真：+886-2-2518-0778
網路訂購 / 秀威網路書店：http://www.bodbooks.com.tw
國家網路書店：http://www.govbooks.com.tw
圖書經銷 / 紅螞蟻圖書有限公司
114 臺北市內湖區舊宗路二段 121 巷 28、32 號 4 樓
電話：+886-2-2795-3656　傳真：+886-2-2795-4100

2011 年 7 月 BOD 一版
定價：390 元

國家圖書館出版品預行編目

後全球化時代的語文教育 / 周慶華主編. --
一版. --臺東市 : 臺東大學, 2011.07
面 ; 公分. -- (社會科學類 ; ZF0027)
(東大語文教育叢書 ; 6)
BOD 版
ISBN 978-986-02-8198-9(平裝)

1. 語文教學 2. 文集

800.3 100010763

讀者回函卡

感謝您購買本書，為提升服務品質，請填妥以下資料，將讀者回函卡直接寄回或傳真本公司，收到您的寶貴意見後，我們會收藏記錄及檢討，謝謝！

如您需要了解本公司最新出版書目、購書優惠或企劃活動，歡迎您上網查詢或下載相關資料：http:// www.showwe.com.tw

您購買的書名：________________________________

出生日期：________年________月________日

學歷：□高中（含）以下　□大專　□研究所（含）以上

職業：□製造業　□金融業　□資訊業　□軍警　□傳播業　□自由業

□服務業　□公務員　□教職　□學生　□家管　□其它____

購書地點：□網路書店　□實體書店　□書展　□郵購　□贈閱　□其他

您從何得知本書的消息？

□網路書店　□實體書店　□網路搜尋　□電子報　□書訊　□雜誌

□傳播媒體　□親友推薦　□網站推薦　□部落格　□其他__________

您對本書的評價：（請填代號　1.非常滿意　2.滿意　3.尚可　4.再改進）

封面設計____　版面編排____　內容____　文／譯筆____　價格____

讀完書後您覺得：

□很有收穫　□有收穫　□收穫不多　□沒收穫

對我們的建議：________________________________

____

____

____

請貼
郵票

11466
台北市內湖區瑞光路 76 巷 65 號 1 樓
秀威資訊科技股份有限公司 收
BOD 數位出版事業部

(請沿線對折寄回，謝謝！)

姓　　名：＿＿＿＿＿＿＿＿　年齡：＿＿＿＿　性別：□女　□男

郵遞區號：□□□□□

地　　址：＿＿＿＿＿＿＿＿＿＿＿＿＿＿＿＿

聯絡電話：(日)＿＿＿＿＿＿＿＿　(夜)＿＿＿＿＿＿＿＿

E-mail：＿＿＿＿＿＿＿＿＿＿＿＿＿＿＿＿